Celil Oker

Lass mich leben, Istanbul

Zu diesem Buch

Remzi Ünal, Istanbuls einsamer Privatdetektiv, nikotinsüchtig und Kaffeeliebhaber, hat schon bessere Zeiten gesehen. Da taucht im Café Kaktüs Dr. Kemal Arsan, der smarte Internist einer Privatklinik, auf. Er vermisst seit vier Tagen seine Freundin, eine Krankenschwester derselben Klinik. Remzi übernimmt und scheint in ein Wespennest zu stechen: Ein junger Arzt liegt tot in der Wohnung einer Pflegerin, ein Kleinkrimineller geht mit dem Skalpell auf Remzi los, eine ominöse Klinik behandelt mit zweifelhaften Methoden rätselhafte Fälle. Die Ermittlung läuft aus dem Ruder.

Schöne, kluge Krankenschwestern, lügende Ärzte und eine verwirrte alte Frau halten Remzi im verkehrsverstopften Istanbul auf Trab. Wer gehört hier zu wem, und wer hat was zu verbergen? Remzi Ünal hat als Erster eine Ahnung.

»Oker weiß mit seinem manchmal durchaus trocken-ironischen Stil und einer detailreichen Milieuschilderung immer auch treffende gesellschaftskritische Schlaglichter auf das Leben in der 14-Millionen-Stadt zu werfen. Erstklassige Unterhaltungsliteratur für alle Fans dieses Genres und Istanbul-Freunde gleichermaßen.«
Günter Bielemeier, Buchprofile/Medienprofile

Der Autor

Celil Oker (*1952) arbeitete als Journalist, Übersetzer und Leiter einer Werbeagentur. Als er in der Zeitung die Ausschreibung las für den ersten türkischen Wettbewerb für Kriminalliteratur, schrieb er Schnee am Bosporus und gewann den ersten Preis.

Die Übersetzer

Gerhard Meier (*1957) studierte Romanistik und Germanistik. Nebenbei erlernte er die türkische Sprache. Seit 1986 lebt er bei Lyon, wo er literarische Werke aus dem Französischen und aus dem Türkischen (Hasan Ali Toptas, Orhan Pamuk, Murat Uyurkulak) überträgt.

Mehr über den Autor und sein Werk auf *www.unionsverlag.com*

Celil Oker

Lass mich leben, Istanbul

Kriminalroman

Aus dem Türkischen von Gerhard Meier

Unionsverlag

Die Originalausgabe erschien 2013 im
Verlag Altin Kitaplar, Istanbul.

Die Veröffentlichung wurde gefördert von TEDA, einem Projekt
des Ministeriums für Kultur und Tourismus der Republik Türkei.

Im Internet
Aktuelle Informationen, Dokumente und Materialien
zu Celil Oker und diesem Buch
www.unionsverlag.com

Unionsverlag Taschenbuch 776

Originaltitel: Ateş Etme Istanbul

Neptunstrasse 20, CH-8032 Zürich
Telefon +41 44 283 20 00
mail@unionsverlag.ch

Die erste Ausgabe dieses Werks im Unionsverlag
erschien am 2. September 2015
Reihengestaltung: Heinz Unternährer
Umschlag: hikrcn
Umschlaggestaltung: Heike Ossenkop
Druck und Bindung: CPI – Clausen & Bosse, Leck
ISBN 978-3-293-20776-9

Der Unionsverlag wird vom Bundesamt für Kultur mit einem
Verlagsförderungs-Strukturbeitrag für die Jahre 2016–2020 unterstützt.

Auch als E-Book erhältlich

Die Personen

Remzi Ünal: Privatdetektiv
Yildiz Turanli: Psychologin; Freundin von Remzi Ünal

Ismet Günaldi: Chefarzt im Manhattan Medical Krankenhaus
Kemal Arsan: Arzt im Manhattan Medical Krankenhaus
Hilmi Akalin: Arzt im Manhattan Medical Krankenhaus

Begüm Kalyon: Krankenschwester im Manhattan Medical Krankenhaus
Sultan Karakum: Empfangsdame im Manhattan Medical Krankenhaus
Ayla Duman: Patientenberaterin im Manhattan Medical Krankenhaus
Sinem Akalin: Oberschwester im Manhattan Medical Krankenhaus
Ümran Okur: Sekretärin von Dr. Ismet Günaldi im Manhattan Medical Krankenhaus
Tarik: Einsatzleiter der Sicherheitsfirma im Manhattan Medical Krankenhaus

Neriman Akalin: Mutter von Hilmi Akalin
Firdevs Işin: Freundin von Begüm Kalyon, selbständig arbeitende Pflegerin

Baller-Osman: Bandenchef
Sivri: Gehilfe von Baller-Osman
Ayakçi Burhan: Gibt sich als Baller-Osman aus, Schläg
Der Irre: Gehilfe von Ayakçi Burhan

Sivasli: Gehilfe von Ayakçi Burhan
Iskender Topal: Nachtwächter im illegalen Spital, Gehilfe von Ayakçi Burhan

Emre Yeğenoğlu: Concierge im schäbigen Hotel, wo Remzi Ünal zurzeit wohnt
Mahir Salman: Remzi Ünals Lieblings-Taxifahrer
Hakan und *Murat:* Taxifahrer
Ümran Karakullukçu: Nachbarin von Firdevs Işin
Hanife: Weitere Nachbarin von Firdevs Işin

I

Ich wachte auf. Mit Ach und Krach. Nicht dass ich tief geschlafen hätte, aber in der Nacht, na ja, der Restnacht, war ich mindestens zehn Mal wach geworden. Keine Ahnung, wann ich ins Bett bin und wie viel ich getrunken habe.

Wer alte Freunde verliert, hält sich an noch ältere.

Das Bett war hart, das Kopfkissen ungewohnt, der verrutschte Bettbezug roch. Aber egal, ich war so was von müde. Mir drehte sich ein wenig der Kopf. Ich musste auf der Stelle weg gewesen sein. Keine Spur von dem üblichen Einschlafritual: Was war heute, was wird morgen sein?

An die Motorengeräusche draußen gewöhnt man sich, an das verdammte Hupen nicht. Warnhupen, Protesthupen, Fluchhupen. Von jedem Fluchhupen wurde ich wach. Dann fluchte ich selbst, wühlte den Kopf ins Kissen und schlief bis zum nächsten Hupen.

Eine Plage für sich war das Getrappel hoher Absätze über mir. Wie kriegen die Frauen bloß die Füße in so spitze Schuhe, frage ich mich. Sie lachten, manchmal antwortete ein Mann, dann hörte das Getrappel auf, aber nur kurz. Kinder waren keine zu hören.

Natürlich wurden Türen zugeschlagen und Türen aufgerissen. Ich fluchte und schlief wieder ein. Ich schlief, um den schalen Geschmack des letzten Abends loszuwerden. Um zu vergessen. Um vielleicht etwas Schönes zu träumen. Ich habe aber nichts geträumt oder es schlicht vergessen. An manche Träume erinnert man sich nicht.

Die Frau, die mir erklärt hatte, warum man sich an manche Träume nicht erinnert, verfluchte ich nicht, ganz im Gegenteil.

Schließlich wurde ich ganz wach. Ich stierte die Wände an und die Wände mich. Ich richtete mich ein wenig auf, schob mir das Kopfkissen in den Rücken und lehnte mich an die Wand. Dann streckte ich mich zum Nachtkästchen aus, erwischte die Zigarettenschachtel, fischte die letzte Zigarette heraus. Da hatte einer vor dem Einschlafen doch noch ein wenig mitgedacht, bravo. Ich zündete die Zigarette an und fummelte mir die Schachtel als Aschenbecher zurecht. Die Wirklichkeit war weit weg. Zufrieden tat ich den ersten Zug.

Als zehn Milligramm Teer, null Komma acht Milligramm Nikotin und zehn Milligramm Kohlenmonoxid durch die Lunge in meinen Körper zogen, gestaltete sich die Welt erträglicher. Ein bisschen Schlechtes tut gut, sagte ich mir.

Vier Züge später tauchte aus dem Nichts der Remzi Ünal von gestern Morgen wieder auf. Und der von vorgestern Morgen und von vorvorgestern Morgen. Also der Remzi Ünal, der keinen blassen Schimmer hat, was er mit dem Tag anfangen soll. Mit anderen Worten: Ich.

Ich stand auf.

Die Zigarette drückte ich aus und versenkte sie in dem Grab, das sie sich redlich verdient hatte. Dann zerknüllte ich das Päckchen und warf es in den Papierkorb. Um noch mehr Mensch zu werden, brauchte ich jetzt einen Kaffee.

Draußen wieder Fluchhupen, danach Geschrei. Diesmal fluchte ich nicht, und auch im Obergeschoss war Ruhe.

Ich ging ins Bad und wusch mir ausgiebig das Gesicht. Das Wasser ließ ich laufen, damit es immer kälter wurde. Auch Haare, Nacken und Ellbogen benetzte ich reichlich. Tropfend ging ich zurück ins Zimmer. Ich holte meine Hose aus der Ecke, in die ich sie in der Nacht gefeuert hatte, und zog sie an. Weitere Finessen überlegte ich nicht, sondern ließ mein schwarzes T-Shirt über die Hose hängen.

Die Uhr hatte ich noch an, die Brieftasche lag auf der Kommode. Socken suchte ich mir nicht, sondern schlüpfte direkt in die Espadrilles, die es vor zwei Tagen im Laden an der Ecke im Ausverkauf gegeben hatte.

Im Zimmer war kein großer Spiegel, der mir offen und ehrlich hätte sagen können, wie ich aussah. Ich zuckte mit den Schultern. Du bist eben Remzi Ünal, oder was von Remzi Ünal noch übrig ist.

Ohne mich umzublicken, verließ ich mein Schlupfloch.

Die zwei müden Männer, die im Gang an mir vorüberkamen, grüßte ich nicht. Sie sahen aus, als hätten sie aus der Osttürkei Opferschafe gebracht. Beim Gehen berührten sich ihre Schultern.

Der Läufer auf den Stufen war abgewetzt und verstaubt. Dass er keine Schritte schluckte, wusste ich schon von dem nächtlichen Getrappel. An den Wänden kein einziges Bild.

Der Pförtner, Nachtwächter, Concierge, Kuppler, Drogenbeschaffer und gelegentliche Polizeispitzel Emre Yeğenoğlu guckte auf dem kleinen Fernseher an der Rezeption Discovery Channel. Als er mich kommen hörte, drehte er sich um und sah mich mit geröteten Augen an. »Morgen, Remzi. Früh dran heute.«

Ich sah auf meine Uhr. Menschen, die einer geregelten Tätigkeit nachgingen, waren um diese Zeit längst beim Mittagessen. Ich erwiderte nichts und lächelte nur gequält. Scherzkeks. Ich ließ ihn allein mit der Gazelle und dem hinterherjagenden Jaguar. Kein Frage, für wen Emre war.

Das Hotel lag zwei Straßen unterhalb der Istiklal-Straße; seinen Namen möchte ich schamhaft verschweigen. Ich ging auf die Tür zu, bei der die untere Glasscheibe schon kaputt gewesen war, als ich das Hotel zum ersten Mal betreten hatte. Bei spätabendlicher Heimkehr hatte mich durchaus schon die Lust gepackt, die Scheibe mit einem kräftigen Tritt vollends zu zerdeppern, aber getan hatte ich es noch nicht.

Draußen war der schönste Istanbuler Herbst zugange, den man sich nur vorstellen konnte. Zwischen zwei Häusern sah ich ein paar Wölkchen dahinziehen, ansonsten strahlend blauer Himmel.

Als Erstes kaufte ich mir am nächsten Kiosk Zigaretten. Geld hatte ich ja. Von den rot-weißen Päckchen, die vorne und hinten mit Warnungen zugepflastert waren, konnte ich mir eine ganze

Menge kaufen. Und wenn die zu Ende waren, wieder welche. Und wieder und wieder. Anstatt an Einsamkeit zu krepieren, krepierte ich doch lieber mit gnädiger Erlaubnis der türkischen Tabakaufsichtsbehörde.

Gemächlich ging ich die İmam-Adnan-Straße hoch, auf das Café Kaktüs zu. Im unteren Teil der Straße herrschte elende Langeweile, und weiter oben war es keinen Deut besser, denn wo noch vor einem Monat die Leute draußen an Tischen gesessen und geraucht hatten, war es nun gähnend leer.

Ich betrat das ebenfalls gähnend leere Kaktüs und bestellte bei dem langen Kellner einen Kaffee. Bis der kam, schon mal eine Zigarette? Aber nein, ging ja nicht mehr.

Ich schaute zu den Passanten hinaus. Zum Lesen holte ich mir nichts. Was auf der Welt so passierte, das passierte eben, ob ich nun davon wusste oder nicht. Wenn ich davon was erfuhr, pfiff ich ja doch bloß durch die Zähne, und davon hatte die Welt auch nichts.

Mein Kaffee kam. Wie ein lange erwarteter Freund. Mit einem kräftigen Schluck begann ich unser Zwiegespräch. Er war in Form. Heiß, aufweckend, ehrlich. Ohne ein einziges Wort vermittelte er mir, dass er immer an meiner Seite sein würde, sobald ich ihn nur vermisste. Innigst erwiderte ich seine Hingabe. Unser Gespräch vertiefte sich. Alles in mir öffnete sich. Die draußen vorbeigehenden Frauen kamen mir immer schöner vor, die Männer immer intelligenter.

Noch bevor ich die Hälfte ausgetrunken hatte, kam ein junger Mann durch die Tür und sah sich um. Er war blond und trug eine Brille und ein petrolblaues Hemd. Bestimmt hat seine Freundin sich verspätet, dachte ich mir und wandte mich wieder meinem warmherzigen Freund zu.

Der junge Mann ließ seinen Blick schweifen, als wollte er sich einen Platz aussuchen, dann blieb der Blick an mir hängen. Sogleich setzte der Mann den leicht übertriebenen Ausdruck von jemandem auf, der seinen Augen nicht traut.

Ich kümmerte mich nicht weiter um ihn.

Aus dem Augenwinkel merkte ich aber doch, dass er mich

noch immer ansah. Er wischte sich die Hand an seiner weiten Jeans ab. Er muss mich verwechselt haben, dachte ich. Es gibt reichlich Männer auf der Welt, die mit großem Ernst vor ihrem Kaffee sitzen und sich nach einer Zigarette sehnen. Und diese Menschen ähneln einander. Nicht ganz, aber doch irgendwie. Ich hoffte, er werde seinen Irrtum einsehen, sich hinsetzen und auf seine Freundin warten.

Aber nichts dergleichen. Er setzte sich überhaupt nicht hin. Er fuhr sich mit der Hand durch die Haare und wischte sich die Hand wieder an der Hose ab. Dann sah er durch die offene Tür hinaus, als könnte ihm da jemand bei seiner Entscheidung behilflich sein. Schließlich beschloss er, die Sache selbst in die Hand zu nehmen, und ging zwei Schritte auf mich zu.

Ich blickte auf und merkte sofort, dass er mich nicht nur um Feuer bitten würde.

Er beugte sich zu mir vor. »Sind Sie Remzi Ünal?«

Ich hatte einen Mafiaspruch parat, den ich schon lange mal loswerden wollte. »Wer will das wissen?« Keine Ahnung, ob er meine Anspielung kapierte.

»Jemand, der Ihre Hilfe braucht«, sagte er.

Ich sah ihm ins Gesicht. Von seinen zusammengepressten Lippen ließ ich mich nicht beeindrucken. »Ich bin nicht in der Lage, jemandem zu helfen«, sagte ich und versuchte, mich wieder auf meinen Kaffee zu konzentrieren. Das ließ er aber nicht zu. Er zog einen Stuhl heran und setzte sich mir gegenüber. Ein bisschen schief saß er da. Seine blonden Haare hatte er etwas lang werden lassen. Aber nicht allzu lang. Die blauen Augen wirkten hinter der Hornbrille klein.

»Es heißt, Sie seien der tüchtigste Privatdetektiv von ganz Istanbul.«

In der Hoffnung, der lange Kellner mochte das nicht gehört haben, blickte ich zur Bar hinüber. »Ach, woher«, erwiderte ich leise. »Ich hatte da ein, zwei Fälle. Und das ist auch schon eine Weile her.« Von wem er über meine berufliche Vergangenheit wusste, interessierte mich nicht. Ich sah auf meinen Kaffee, der mittlerweile kalt sein musste. Und wieder zu dem Mann. Er sollte mich in Ruhe lassen. Doch er lächelte, als würde er gleich zum nächsten Angriff ansetzen.

Erst zögerte er noch, dann redete er ganz schnell, wie um sich zu überwinden. »Wenn Sie mir zuhören, kann ich auch Ihnen helfen. Und zwar sofort.«

Sofort konnte er mir nur dadurch helfen, dass er abzischte. Irgendwie merkte ich aber, dass ich ihm das nicht sagen würde. Und das wiederum merkte er.

»Na, was sagen Sie?«

Ich fühlte mich wie bei einer gewieften Wahrsagerin. Beziehungsweise so, wie meine Kunden sich wohl manchmal bei mir fühlten. Früher mal. »Dann helfen Sie mir doch«, sagte ich. Und gestand mir damit selbst ein, dass ich seit einer Weile hilfsbedürftig war. Da, wo ich es nötig hatte, würde er mir zwar nicht helfen können, doch das war wieder ein anderes Thema.

Lächelnd setzte er sich auf seinem Stuhl zurecht. »Sie sollten mal Ihr Cholesterin messen lassen«, sagte er. »Könnte ziemlich hoch sein.«

Ich merkte zwar, dass ich ihm in die Falle ging, fragte aber trotzdem: »Woher wollen Sie das wissen?«

»Sie haben um die Iris herum so einen weißen Ring, ziemlich deutlich. Das lässt auf einen hohen Cholesterinspiegel schließen.«

Ich fühlte mich nicht bemüßigt, ihm zu erläutern, dass ich mich in letzter Zeit vor allem von Adana- und Urfa-Kebab ernährte, und, wenn ich schlecht drauf war, von Hamburgern und Fritten. Und dass ich mein Aikido-Training sträflich vernachlässigte.

»Und was soll ich tun?«

»Erst das Cholesterin messen lassen. Und dann tun, was der Arzt sagt.«

»Das meine ich nicht. Was ich für einen Arzt wie Sie tun soll?«

Breit lächelnd lehnte er sich zurück. Dann sah er sich um, ob uns jemand beobachtete. Es waren aber nur wir beide in dem kleinen Café. »Werden Sie mir zuhören?«, fragte er dann.

Das war genau die Nummer, die ich oft bei meinen Kunden abzog, und sie funktionierte immer. Ich verschwieg ihm das. Die Genugtuung gönnte ich ihm nicht. Ich nickte.

»Sie sollen meine Freundin finden«, sagte er.

Fast hätte ich geantwortet, super Idee, ich will die meine auch finden. Finden können hätte ich sie durchaus, nur wusste ich nicht, ob sie das auch wollte. Ich hatte mich zwar geändert, aber nicht so, wie es ihr gepasst hätte.

Ich musste mich sammeln, und dazu brauchte ich noch einen Kaffee. Ich sah zur Bar, wo der Kellner sich gerade zu mir umdrehte, als hätte er auf mich gewartet, und deutete auf meine Tasse. Dann sah ich mein Gegenüber an, ob der auch einen wollte.

»Ich hatte ein Bier bestellt«, sagte er.

Genug der Geselligkeit. Ich sah dem jungen Mann ins Gesicht.

»Sie sollen meine Freundin finden«, wiederholte er.

»Das habe ich kapiert. Und woher wollen Sie wissen, dass ich Sie nicht zum Teufel jage?«

»Ich weiß es eben.«

Ich beschloss einfach, ihm zu glauben. »Seit wann ist sie verschwunden?«

»Seit vier Tagen. Sie ist nicht zur Arbeit gekommen, und sie geht nicht ans Telefon. Ich bin zu ihrer Wohnung, da war sie auch nicht.«

»Freunde, Kollegen?«

»Die kann ich nicht fragen. Also nicht richtig.«

»Warum?«

»An meinem ersten Arbeitstag im Krankenhaus hat mein Chef mir gleich klargemacht, dass sich Ärzte nicht mit Krankenschwestern einlassen sollen, aus Prinzip nicht. Ich habe ein paar Mal rein als Kollege gefragt, aber niemand wusste Bescheid. Und weiter kann ich nicht gehen.«

»Also was jetzt, kümmern Sie sich um Prinzipien oder nicht?«

»Na ja …« Er wusste nicht recht, was an Berufsgeheimnissen er mir offenbaren sollte. »In Privatkliniken nimmt man es heutzutage mit den Prinzipien nicht mehr so genau.«

»Aha.«

Der Kellner brachte lächelnd das Bier und den Kaffee. Ich lächelte nicht zurück und nahm sofort einen großen Schluck, solange der Kaffee noch heiß war.

»Sonst haben Sie keine Fragen?«, wunderte sich der Arzt.

Ein weiterer Schluck Kaffee rann den Kehlkopf hinunter. Das tat gut. Eigentlich brauchte ich bis zum Abend nichts mehr zu essen. Und dann ein Adana-Kebab. Oder Leber. Und Raki. »Ich habe unseren Vertrag erfüllt«, sagte ich. »Als Gegenleistung für den tückischen weißen Ring um meine Iris, der da nicht sein sollte, habe ich Ihnen zugehört. Ob ich den Auftrag annehme, weiß ich noch nicht. Nehmen Sie das bitte nicht persönlich, ich weiß überhaupt nicht, ob ich noch Aufträge annehmen soll.«

Der Arzt leerte zügig das halbe Bierglas und wischte sich mit einer Serviette die Mundwinkel ab. Dann hob er das Glas, als ob er den Rest auch gleich hinunterschütten wollte. Er hielt aber inne, sah kurz auf die Wand hinter mir und verzog den Mund.

»Sind Sie verheiratet?«, fragte er. Seine Stimme war nicht mehr so selbstsicher wie zuvor. Mir war, als schuldete ich ihm eine Antwort.

»Nein.«

»Sind Sie mit einer Frau zusammen?«, setzte er ermutigt fort.

»Ich war es.«

»Was ist geschehen?«

Nun reichte es aber. »Was geht Sie das an? Falls Sie als vierte Überzeugungsmethode auf die Tränendrüse drücken wollen, das zieht bei mir nicht. Als ich das letzte Mal darauf reingefallen bin, ist es für mich gar nicht gut ausgegangen.«

»Sie sind aber meine letzte Rettung«, sagte der Arzt mit zitternder Lippe.

»Wenn Sie zu weinen anfangen, gehe ich.«

»Ich werde nicht weinen. Ich gehe lieber selbst. Verzeihen Sie, dass ich Sie belästigt habe. Mein Bier ist schon bezahlt.«

Er stand auf, wischte sich wieder die Hand an der Hose ab und zuckte mit den Schultern. Nach einer knappen Abschiedsgeste ging er schnell hinaus und verschwand die Straße hinunter. Ich starrte auf die leere Tür. Er hat hängende Schultern, dachte ich. Bei großen Menschen sieht das noch trauriger aus.

Herrgott noch mal. In meinem gar nicht so kurzen Berufsleben hatte ich junge Mädchen gesehen, die mich tränenden Auges auf die Wange geküsst hatten. Ihre Gesichter glänzten, weil ich sie aus irgendeiner misslichen Lage gerettet hatte, und ihre Blicke verrieten mir, dass sie mich niemals vergessen würden.

Mir fiel die Aikido-Anfängerin ein, die ein paar Stunden, nachdem ich ihre Bitte um Hilfe abgelehnt hatte, ermordet worden war. Ihr letzter Blick, als sie aus meinem Auto stieg … Und ob ich wollte oder nicht, musste ich auch an Yildiz Turanli denken.

Du wirst alt, Remzi Ünal, sagte ich zu mir. Ich stand auf, verließ das Lokal und ging die Straße hinunter. Der Kellner würde schon wissen, dass ich nicht die Zeche prellen wollte. Der Arzt war auf der Höhe einer Bar, in der wir mal den Geburtstag eines ermordeten Mädchens gefeiert hatten. Die Bar selbst gab es längst nicht mehr. Ein Tattoo-Studio war da jetzt. Ich legte einen Zahn zu, bis ich in Rufweite war.

»Herr Doktor, warten Sie!« Bei dem Wort Doktor drehten sich ein paar Leute zu mir um. Nur der Doktor selbst nicht. »Herr Doktor, so warten Sie doch, reden wir noch mal.« War das möglich, dass er mich nicht hörte? Ich ging noch schneller. »Wenn Sie schon fündig geworden sind, kehre ich wieder um«, rief ich.

Das musste er nun doch gehört haben. Er blieb stehen und drehte sich um. Als er mich erblickte, ging ein Lächeln über sein Gesicht. Fragend hob er die Arme.

Ich kam keuchend bei ihm an. Ja, du wirst wirklich alt.

»Wo wollen Sie denn so schnell hin?«, fragte ich.

Er sah mich wortlos an.

»Kommen Sie, reden wir noch mal«, fuhr ich fort. »Vielleicht lässt sich ja was machen.«

Er nickte und ging mit gesenktem Kopf neben mir her. Bis wir beim Kaktüs ankamen, redeten wir kein Wort. Meine halb leere Tasse und das Bierglas standen noch auf dem Tisch, und wir setzten uns wieder. Der Kellner sah uns an.

»Was möchten Sie?«, fragte ich den Doktor.

»Dass Sie meine Freundin finden«, erwiderte er verschmitzt. Ich bestellte noch einen Kaffee. »Jetzt erzählen Sie mal«, sagte ich.

»Was?«

»Alles, von Anfang an.«

»Dann nehmen Sie den Auftrag also an?«

»Weiß ich noch nicht. Erzählen Sie erst mal. Wer Sie sind, wer Ihre Freundin ist, und so weiter. So wie Sie es der Polizei erzählen würden.«

»Erst will ich wissen, ob Sie den Auftrag annehmen. Ich will nicht noch mal enttäuscht werden. Danach erzähle ich Ihnen, was Sie wollen.«

Ich schüttelte den Kopf. Nein, das mit dem Altwerden war tatsächlich keine gute Idee. Aber jetzt gab es kein Zurück mehr. »Na gut, ich nehme ihn an. Aber nicht dass Sie meinen, ich unterschreibe was. Ich tue meine Arbeit, wie es mir passt. Wenn was schiefgeht, versuche ich zuerst, meinen eigenen Arsch zu retten. Aber der, laut dem ich der beste Privatdetektiv von Istanbul bin, hat Ihnen das wohl schon gesagt.«

Er nickte.

»Was Sie mir sagen, erzähle ich nach Möglichkeit nicht weiter. Und was andere mir sagen, erfahren Sie nicht. Fotografieren, Telefonabhören und solche Scherze gibts bei mir nicht. Auch keine Quittungen, höchstens Ergebnisse.«

Wieder nickte er.

»Und ich muss sicher sein, dass es für meine Arbeit auch eine Gegenleistung gibt.«

Er sah mich fragend an und erwartete, dass ich ihm einen Preis nannte. Das konnte er haben. »Wie viel können Sie zahlen?«, fragte ich.

»Bitte?«

»Wie – viel – können – Sie – zahlen?«

Er sah so verdutzt drein wie ein Patient, der das Diplom bei seinem Arzt an der Wand als Fälschung erkennt. »Wie meinen Sie das?«, fragte er.

»Ich habe Ihnen ja gesagt, dass ich schon lange keine Aufträge mehr annehme. Ich bin über die Tarife für meine Art von Dienstleistungen nicht mehr ganz auf dem Laufenden. Also, wie viel können Sie zahlen?«

Er fuhr sich durch die gut geschnittenen Haare, die wie in einer Shampoo-Werbung quasi in Zeitlupe wieder zurückfielen. Ich wartete.

»Äh, ich weiß nicht so recht. Kann ich Ihnen das später sagen?«

»Nein. Jetzt.«

Er wiegte den Kopf hin und her und verzog das Gesicht, als gefiele ihm selber nicht, was er gleich sagen würde. »Rechnen Sie einfach zu dem, was Sie zuletzt gekriegt haben, zehn Prozent Inflation dazu.«

Ich musste innerlich schmunzeln. Naiv war der Kerl nicht. Ich stellte eine kleine Rechnung auf und nannte dann eine Zahl. Mit der gleichgültigen Miene eines Gebrauchtwagenverkäufers.

»Einverstanden«, sagte er, ohne zu zögern.

»Also gut«, erwiderte ich zufrieden.

Der Kellner brachte einen frischen Kaffee, und ich nahm einen Schluck, und gleich noch einen. Nun war ich bereit, ihm zuzuhören.

»Ich heiße Kemal«, sagte er, als wäre das schon etwas, das man nicht so leicht zugibt. »Kemal Arsan. Wie Sie schon wissen, bin ich Arzt, Internist, in einer Privatklinik in Mecidiyeköy. Und die erwähnte Dame ist dort Krankenschwester.«

»Wie heißt sie?«

»Begüm Kalyon.«

»Weiter!« Noch ein Schluck Kaffee.

»Na ja, wir sind seit etwa einem halben Jahr zusammen, aber das haben wir geheim gehalten, wie schon gesagt.«

»Mich geht es ja nichts an, aber warum hat sich nicht einer von Ihnen eine andere Stelle gesucht?«

Er sah mich an, als sei ich ein völliger Dummkopf, was ich vielleicht ja auch bin. Ich holte eine Zigarette aus der Tasche und hielt sie mir an die Nase. »Glauben Sie etwa, heutzutage findet man so leicht eine andere Arbeit? Nein, auch als Arzt nicht. Und für eine Krankenschwester ist es noch schwieriger. Wir hätten höchstens heiraten können, dann sagt keiner mehr was.«

Ich blickte ihn vielsagend an, und er begriff auch gleich. »Das hatten wir auch schon ins Auge gefasst. Für irgendwann später.

Aber jetzt ist sie verschwunden, seit vier Tagen schon!« Ratlos breitete er die Arme aus.

»Und sie meldet sich nicht am Telefon und ist auch nicht zu Hause?«

»Genau.«

In höchst bedeutsamer Manier ließ ich die Hand mit der Zigarette sinken und führte mit der anderen Hand die Kaffeetasse zum Mund. Trank aber noch nicht. »Fällt Ihnen nicht irgendein Grund ein, warum sie verschwunden sein könnte?«

»Nein. Es schien alles in Ordnung zu sein. Gerade das beunruhigt mich ja so.«

»Wissen Sie, ob sie Freunde hatte, abgesehen von ihren Kollegen?« Ich stellte die Tasse ab und hielt mir wieder die Zigarette an die Nase. Obwohl sie nicht angezündet war, strömte mir ein Duft in die Nase, der irgendwie milder, harmloser, schlichter war als sonst.

»Ich kenne nur eine Freundin von ihr, auch eine Krankenschwester. Sie arbeitet als Selbstständige, macht Hausbesuche und so. Ist gut im Geschäft.«

»Sind sie eng befreundet? Und wie heißt sie?«

»Firdevs. Den Nachnamen weiß ich nicht.«

»Und die Telefonnummer?«

»Nein, nur wo sie wohnt, weil wir ein, zwei Mal zusammen bei ihr waren. Wie gut sie befreundet sind, weiß ich nicht, wir haben damals nur herumgeflachst.«

»Verstehe.« Nun steckte ich die Zigarette in den Mund und feuchtete sie sorgfältig an.

Irgendwie wussten wir plötzlich nicht, wie wir das Gespräch fortsetzen sollten. Sollte ich ihn fragen oder nicht? Ich beschloss, es zu tun. Ich nahm ein Streichholz aus der Schachtel, und bevor ich es an der Reibfläche ansetzte, fragte ich: »Wenn Sie Ihre Freundin wiederfinden, was sagen Sie dann als Erstes zu ihr?«

»Ist das nicht eine recht persönliche Frage?«

»Nein, es ist Teil der Ermittlungen«, versetzte ich mit möglichst ernster Miene.

Stimmte ja sogar.

»Ich weiß nicht. Darüber habe ich mir noch keine Gedanken gemacht. Ich werde einfach sagen, was mir in den Sinn kommt.«

»Nun gut.« Ich riss das Streichholz an. Was mir nun in die Nase stieg, roch eher nach flüchtigem, sich verziehendem Pulverdampf.

»Zufrieden mit meiner Antwort?«

»Höchst zufrieden«, sagte ich und wedelte das Streichholz aus.

»Und was geschieht jetzt?«

»Jetzt werde ich Ihre Freundin finden. Und Sie denken einstweilen nach, was Sie ihr dann sagen werden.«

»Das ist alles? Sonst brauchen Sie nichts?«

»Das ist alles. Bis auf ein paar Adressen und Telefonnummern natürlich.«

Zehn Minuten später saß ich an die Wand gelehnt da und rauchte. Wenn die Besitzer des Kaktüs sich mit der Stadtverwaltung herumstritten, war das ihr Problem. Ich jedenfalls war mit ihrem Kaffee zufrieden, und der Rest ging mich nichts an. Kemal Arsan hatte verwundert zur Kenntnis genommen, dass ich mir von all den Straßennamen und Telefonnummern, die er mir aufzählte, rein gar nichts notierte, aber ich hörte ihm einfach weiter zu, ohne eine Erklärung abzugeben. Dann war er aufgestanden und hinausgegangen, diesmal in Richtung Istiklal-Straße.

Tja, ich hatte also wieder einen Job. Ich dachte erst mal gar nicht darüber nach, wie ich die Sache anpacken sollte. Auch nicht darüber, warum ich den Auftrag überhaupt angenommen hatte. Das nämlich wusste ich schon. Das Geld war es nicht. Ich fragte mich vielmehr, warum ich dem eigentlichen Motiv, das mich wieder auf die Straße und zu Leuten hintrieb, die auf meine Fragen falsche Antworten gaben, so wenig Widerstand entgegensetzte. Und warum ich Kunden, die mir nicht die ganze Wahrheit erzählten, das immer wieder durchgehen ließ. Wir sind eben alle nur Menschen. Selbst alle Remzi Ünals dieser Welt.

Ich warf den Zigarettenstummel auf den Boden, ohne ihn auszutreten. Dann ging ich hinein und zahlte. Wohin ich jetzt musste, war mir klar. Den Friseur zwei Straßen weiter würde ich garantiert finden.

Ich fand ihn auch, aber mit Mühe. Die Gegend hatte sich mächtig verändert, doch der kleine Laden schien wild entschlossen, sich dieser Veränderung entgegenzustemmen. Der Friseur mit seinem altmodischen Schnurrbart rasierte gerade einen Mann mit Dreifachkinn. Wann seine Schürze den letzten Waschgang erlebt hatte, war nicht zu ermitteln, was mich aber keineswegs störte. Hinter den beiden alten Friseurstühlen stand eine Ledercouch an der Wand, bestimmt zwei Generationen älter als die Couch in meinem schäbigen Hotel. In einer Ecke stand auf einem Campingkocher ein Aluminiumtopf zweifelhaften Inhalts.

»Haben Sie noch lange zu tun, Chef?«

Der Friseur musterte mich von oben bis unten, dann ging sein Blick wieder hinauf und blieb an meinem Bart hängen, der längst überfällig war. »Bin gleich fertig«, erwiderte er. »Nehmen Sie doch schon mal Platz.«

Ich setzte mich auf die Couch und versank regelrecht darin, so sehr gaben die Federn nach. Der Kunde mit dem Dreifachkinn hatte eine Glatze, aber die hatte wohl nicht der Friseur ihm verpasst, sondern der Zahn der Zeit. Im Spiegel sah ich, dass der Mann mit geschlossenen Augen dasaß. Seine Lider waren nicht weniger eindrucksvoll als das Kinn. Die Oberlippe schmückte ein frisch zurechtgestutzter Janitscharenschnurrbart.

»Einen Tee, der Herr?«

»Nein danke, habe gerade gefrühstückt.«

»Unser Hüso macht aber guten Tee.«

»Danke, geht schon.«

Er schüttelte den Kopf, als hätte ich mir eine einmalige Gelegenheit entgehen lassen. Ich griff zu einer der Zeitungen auf einem Hocker. Es war so ein Revolverblatt, wie es bei Friseuren gern herumliegt. Das Weltgeschehen drehte sich von der ersten bis zur letzten Seite um halb nackte Frauen. Abrüstungsgespräche wurden durch eine Sexbombe illustriert, das Bevölkerungswachstum anhand einer sich im Bett räkelnden und gerüchteweise schwangeren Sängerin, und über die Frage, wie modern die Türkei nun eigentlich sei, klärten Mädchen in Shorts und Kopftuch auf. Ich legte die Zeitung zurück.

Das Dreifachkinn stand auf und schaute sich lang im Spiegel an. Wohlgefällig. »Bitte schön«, sagte der Friseur und drehte mir den Stuhl zu.

Ich setzte mich, stellte die Füße auf die Stütze und lehnte mich zurück. Der Spiegel vor mir war größer als der größte LED-Bildschirm, den ich je gesehen hatte. Stellenweise begann er blind zu werden, doch wie es um einen stand, zeigte er noch zur Genüge: Augen, die viel gesehen, aber auch viel vergessen hatten; Ohren, die nicht die Hälfte von dem glaubten, was sie hörten; ein Mund, der nicht recht wusste, ob er zu dem, was er sagte, auch stehen sollte. Dazu ein Kinn, das nach der Bezeichnung »energisch« geradezu schrie (womit man aber völlig danebenlag), und eine Nase, die es hart ankam, dass ein paar Schläge, die man ihr versetzt hatte, noch immer ungerächt waren. In einem Wort: Remzi Ünal.

Remzi Ünal, der bei der Luftwaffe gekündigt hatte, bei Turkish Airlines rausgeflogen war, sich selbst bei einer achtklassigen Chartergesellschaft, die ein anständiger Frequent Flyer nicht mal dem Namen nach kannte, nicht hatte halten können, und der sogar die Cessna in seinem MS Flight Simulator seit Monaten nicht angerührt hatte. Der ehemalige Kapitän, ehemalige angehende Schwiegersohn und nunmehrige Privatdetektiv Remzi Ünal …

Der Friseur schnürte mir einen weißen Umhang ganz eng am Hals fest und begann, mich mit einem vorsintflutlichen Pinsel einzuseifen, sodass Remzi Ünal allmählich hinter dem Rasierschaum verschwand. Sollte er ruhig ein bisschen wegbleiben. Dann konnte ich mich Begüm Kalyon widmen, der Freundin von Kemal Arsan. Ich würde von Tür zu Tür stapfen und mir auf dämliche Fragen dämliche Antworten anhören. Wem meine Fragen nicht passten, der würde die Augenbrauen zusammenziehen. Und mancher die Faust ballen. So war das nun mal.

Schließlich kam ich zu dem Schluss, dass solch blinde Geschäftigkeit immer noch ehrenvoller war, als nur in Selbstmitleid zu baden. Eine wohltuende Einsicht.

Ich tat es dem Kunden vor mir nach und schloss die Augen, denn so fühlt man sich vor einem Spiegel gleich viel besser. Mit tiefen Atemzügen half ich diesem Gefühl nach. Ganz tief sog ich die Istanbuler Luft ein, die sich durch die offene Tür hereinmühte. Ich beförderte sie durch meinen zusammengeschnürten Hals bis weit nach unten ins Zwerchfell, und was sie noch an Sauerstoff in sich haben mochte, ließ sie von meinem Hara in die Adern, von den Adern in die Haargefäße und von dort in die Zellen fließen. Bald wurde mir leicht schwindlig, aber ich machte weiter. Ich spürte nicht einmal, ob der Friseur mir mit seinem Rasiermesser im Gesicht herumfuhr oder nicht. Nur dass sich mir beim Einatmen der Nabel spannte, merkte ich, und dass die Spannung beim Ausatmen wieder nachließ.

So war der Friseur mit meinem Bart beschäftigt, und ich mit meinem sich wölbenden und wieder zusammenziehenden Körper. Dann löste der Friseur die Schnur um meinen Hals, zog den Umhang fort und trat einen Schritt zurück.

»So, das hätten wir.«

»Danke«, erwiderte ich und fuhr mir dabei mit der Hand übers Kinn, wie man es nach einer solchen Rasur nun mal tut.

»Kann ich mal Ihr Telefon benützen?«, fragte ich dann. »Ortsgespräch.«

»Ich bitte Sie, selbstverständlich. Meinetwegen können Sie auch Präsident Obama anrufen.«

Er zeigte mir das Telefon, und ich wählte die Handynummer von Begüm Kalyon. Der Friseur zählte aus dem Augenwinkel mit, wie viele Tasten ich drückte, und merkte so, dass es sich um eine Handynummer handelte. Er kniff ein wenig die Augen zu, aber das überging ich.

Ich ließ es ausgiebig läuten, aber niemand hob ab.

Etwas anderes hatte ich nicht erwartet, aber einen Versuch war es wert gewesen. Für den Friseur deutlich sichtbar hängte ich auf und wählte danach die Festnetznummer der Frau. Mit dem gleichen Resultat.

Ich zückte einen Schein, mit dem neben der Rasur auch ein Anruf auf einem Handy großzügig bezahlt gewesen wäre, und bedeutete dem Friseur, dass er mir nichts herauszugeben brauchte. »Danke«, sagte er. »Nur, wenn ich mir erlauben darf …«

»Ja, was denn?«

»So wie Sie atmen, das gefällt mir gar nicht. Sie sollten sich mal abhorchen lassen. Nicht, dass Sie was mit dem Herz haben.«

Ich lächelte. »Keine Sorge, ich bin gerade zu einem Check-up unterwegs. Mal sehen, was rauskommt.« Im sicheren Vertrauen, dass sich etwas ganz anderes ergeben würde als eine Gefäßverengung, verließ ich den Laden. Ja, so ein umfassender Check-up konnte schon nicht schaden.

Ich, Remzi Ünal, war auf dem Weg zur Arbeit.

2

Mit der U-Bahn war ich schon ewig nicht mehr gefahren. Ob mein Auto noch funktionierte, war mir egal, ich ging ja kaum noch raus. Es stand noch immer, inzwischen wohl mit hochgestellten Scheibenwischern, vor der Wohnung, in der ich nach dem Umzug gerade mal eine Nacht hatte schlafen können.

Am Taksim-Platz ging ich in die kurzgeratene Istanbuler U-Bahn hinunter und ließ zwei Jetons aus dem Automaten. Um mich herum alle in hochwichtiger Angelegenheit unterwegs.

Am Ende des Laufbands machte ich einen Bogen um einen Geiger. Was er spielte, war beim besten Willen nicht zu erkennen. Das bezeugte auch der leere Geigenkasten vor ihm.

Mit gesenktem Kopf überließ ich mich dem Menschenstrom bis in den U-Bahn-Wagen hinein. Obwohl noch Plätze frei waren, blieb ich neben der Tür stehen und setzte die beim Friseur begonnenen Atemübungen fort, zumindest die unauffälligeren. Nicht der ideale Ort, um sich die Lungen mit frischer Luft zu füllen, aber das geschah mir nur recht.

Ich war nämlich wütend auf mich.

Herumkokettieren, ob ich einen Auftrag annehmen sollte oder nicht, das konnte ich, aber Kemal Arsan zu fragen, ob er von seiner Freundin ein Foto dabeihatte, war mir nicht in den Sinn gekommen. Alt wurde ich. Alt. Oder, schlimmer noch, beim Faulenzen war mein Riecher verkümmert. Falls ich je einen gehabt hatte. Und da war noch was Schlimmeres.

Der Mann nämlich suchte seine Freundin, die seit vier Tagen verschwunden war. Ich aber suchte seit Wochen eine andere Frau gerade nicht. Und auch sie, mit der ich schon fast vor dem Standesamt Beşiktaş gestanden hätte, suchte mich nicht. Und wenn sie mich doch suchte, hätte sie mich dann finden können? Wohl kaum. Leute zu finden, war meine Aufgabe. Von ihr hätte ich nicht mal ein Foto gebraucht. Ihr Aussehen, ihre ganzen Koordinaten hatten sich tief in mich eingegraben.

Und ein Foto hatte ich tatsächlich keines von ihr.

Ich atmete weiter tief ein und tief aus. So wie früher. Die von Millionen U-Bahn-Gästen infizierte Luft fuhr in die tiefsten Winkel meiner Lunge und strömte wieder hinaus. Istanbul in mich hinein, Istanbul aus mir heraus. Das unter meinen Füßen sich regende Istanbul brachte in den äußersten Verästelungen meiner Gefäße die eingeschlafenen Zellen wieder auf Trab.

Die U-Bahn fuhr und hielt. Leute stiegen ein und aus. Ich atmete weiter.

Mir gegenüber saß eine junge Frau, Studentin wohl, und sah mich an. Sie hatte Bücher auf dem Schoß, die sie mit den Händen bedeckte, als sollte ich die Titel nicht lesen. Ich lächelte sie an. Sie lächelte nicht zurück. Egal.

Ich atmete. Jetzt hasste ich mich schon weniger. Für das, was ich getan, und das, was ich nicht getan hatte. Und für das, was ich noch tun würde. Und das schließlich, was Leute mir antun würden. Belügen und betrügen würden sie mich. Mich anschnauzen. Weinen. Mir einen Kuss auf die Wange drücken.

Mein Gott, ich würde vielleicht das ganze Leben eines Menschen verändern!

Seis drum. So war ich nun mal. Ein Privatdetektiv, der auf eigene Faust durch die Straßen von Istanbul zog. Mich kümmerten weder Gerechtigkeit noch Strafe. Ich wollte lediglich nichts tun, wofür ich mich später schämen würde. Oder was den Göttern Schande machte, die seit vielen Jahren in den Metropolen der Welt über meine Kollegen schützend ihre Hand hielten.

Ich bin Remzi Ünal. Mal wirr im Kopf und mal klar. Mal weiß ich, was ich will, und mal nicht. Bin wieder in Action. Wieder hinter jemand her. Atme wieder.

Die U-Bahn-Türen gingen auf und zu. Menschen stiegen ein und aus. Wann kam endlich das verdammte Mecidiyeköy?

Als ich in Mecidiyeköy ans Tageslicht kam, rauchte ich erst mal eine.

Es ging dort zu wie eh und je. Brav stellte ich mich an die Fußgängerampel, und auf behördliche Erlaubnis hin gingen wir alle gemeinsam los.

An einem Kiosk sprach ich den unrasierten Besitzer an. »Könnten Sie mir bitte sagen, wo die Mevlut-Pehlivan-Straße ist?« Als reute ihn schon, mich eines Blickes gewürdigt zu haben, nickte er nur kurz in Richtung Straße. »Zweite links.«

Ich beschleunigte das Tempo. Waypoint 1 dachte ich mir. Hier waren schon weniger Leute unterwegs. Und da sah ich auch schon Waypoint 2 und nahm ihn aus fünfzig Metern Entfernung in Augenschein.

Das Manhattan Medical war so groß, dass es den Ringer, von dem die Straße ihren Namen hatte, locker geschultert hätte. Aus einem breiten zweistöckigen Gebäude ragte ein etwa siebengeschossiger Turm hervor. Die Erdgeschossfassade war aus weiß der Teufel woher importiertem hellgrünem Marmor. Zur Rechten und zur Linken des Turms war in unschicklich großen Lettern das Emblem des Krankenhauses aus zwei übereinanderstehenden M angebracht.

Ich ging auf die automatische Schiebetür zu, auf deren Flügeln natürlich auch jeweils ein riesiges M prangte. Die Tür glitt lautlos auf, und ich sah direkt mir gegenüber den Empfang, an dem vier junge Frauen in hellrosa Einheitskleidung vor ihren Computern saßen. Rechts davon war ein Café, das sich mit einem Starbucks hätte messen können, daneben ein Kiosk, und wer partout kein Geld ausgeben wollte, konnte dahinter Platz nehmen, wo es aussah wie in der Wartehalle eines Flughafens. Linker Hand vier

Aufzüge, neben denen aufgeführt stand, wo man sich für welche Krankheit Heilung erhoffen durfte.

Ich steuerte den Empfang an und passte dabei höllisch auf, auf dem glatten Marmorboden nicht auszurutschen. Dann setzte ich eine mittelprächtig besorgte Miene auf, und von den beiden Frauen, vor denen gerade niemand wartete, entschied ich mich für die Blonde. Mit einem künstlichen Lächeln versuchte ich, sie auf mich aufmerksam zu machen. Auf der Brusttasche trug sie ein Namensschild: Sultan Karakum.

Sie klimperte noch kurz auf der Tastatur, dann wandte sie sich mir zu, nicht weniger künstlich lächelnd als ich. »Herzlich willkommen.«

»Na ja, gar so willkommen ist mir die Sache nicht ...«

Ihr Blick verriet, dass sie gegen jegliche Anmache durch Patienten oder deren Angehörige geschult war. Sie intensivierte ihr Lächeln noch. Innerlich verfluchte sie mich, keine Frage.

»Wie kann ich Ihnen helfen?«

Ich trommelte mit den Fingern auf den Tisch und sagte: »Ich kenne einen Doktor, der hat gesagt, ich soll mich mal von oben bis unten untersuchen lassen, von wegen Herz und so. Tja, hier bin ich.«

»Ein Check-up also.«

»Mhm. Wohl nötig bei dem Kilometerstand.«

Sultan Karakum griff unter dem Desk zu einem Telefonhörer und drückte ein paar Tasten. Jetzt geht es los, dachte ich. Mit perfektem Dienstlächeln sagte sie: »Ich habe unsere Patientenberaterin gerufen, die kommt gleich und kümmert sich um Sie.«

»Vielen Dank«, erwiderte ich, blieb aber am Empfang stehen. »Darf ich Sie mal was ganz anderes fragen?«

Sie hob die Augenbrauen, als hätte sie für ganz andere Fragen nicht gerade viel Verständnis. Sie sagte aber nichts und sah mich nur an. »Ist Begüm heute da?«, fragte ich, um einen möglichst beiläufigen Ton bemüht.

»Bitte?« Es hörte sich mehr nach Ausrufezeichen an.

»Begüm Kalyon. Die arbeitet hier als Krankenschwester.«

Sultan Karakum stutzte und sah mich an, als hätte ich nach

Dr. House gefragt. »Begüm … Die habe ich heute nicht gesehen. Vielleicht hat sie Urlaub.«

»Aha. Na ja, ist nicht wichtig.«

Sie schien sich wieder gefasst zu haben. »Was wollten Sie von Begüm? Sie können mir glauben, unsere Patientenberaterin wird all Ihre Fragen umfassend beantworten.«

»So war es nicht gemeint. Diese Begüm ist die Tochter von einem Freund von mir, und mir ist eingefallen, dass sie hier arbeitet. Da habe ich mir gedacht, ich frag mal, wenn ich schon hier bin.«

»Ja, natürlich. Aber wie gesagt, ist sie wohl in Urlaub.« Sie fixierte auf einmal über meine Schulter hinweg einen Punkt, und ihr Gesicht leuchtete auf, wie vor lauter Freude darüber, dass sie den dämlichen Patientenanwärter gleich los sein würde.

»Ayla«, rief sie ihrer Retterin zu, »der Herr interessiert sich für einen Check-up, kannst du dich bitte um ihn kümmern?«

Ich drehte mich um. Und wenn ich mich nicht beherrscht hätte, hätte ich losgepfiffen. Vor mir stand nämlich eine der schönsten Frauen der Welt und lächelte mich an, als würde ich sogar mit der allerunheilbarsten aller Krankheiten nach zwei Tagen Aufenthalt hier gesünder entlassen werden, als ich es je gewesen war. Und wenn ich schön sage, meine ich damit nicht die Art hirnlose Illustrierten-Tussi. Sie wirkte einerseits so frisch, als habe sie gerade erst ihre Ausbildung abgeschlossen, und andererseits so reif, als habe sie schon in sechs verschiedenen Notaufnahmen heimliche Tränen vergossen. Am meisten fielen ihre braunen Augen auf. Wenn sie einen ansah, fühlte man sich sogleich durchschaut. Auf die Wangen hatte sie hauchzartes Rouge aufgelegt. Als einzigen winzigen Schönheitsfehler hätte man allerhöchstens bemängeln können, dass über ihren Mona-Lisa-Lippen ein kleiner Leberfleck thronte.

Im Gegensatz zu den Frauen am Empfang trug sie ein hellblaues, figurbetontes Kleid. Auf ihrem Namensschild stand Ayla Duman.

Sie war es wohl gewohnt, dass männliche Patienten von ihrer Schönheit geblendet waren.

»Sie haben völlig recht mit dem Check-up«, sagte sie und musterte mich von oben bis unten. »Sollte man ein Mal pro Jahr machen lassen. Vor allem in Ihrem Alter …«

Über diesen letzten Satz lächelte ich gnädig hinweg. Die Stimme der Frau passte übrigens zum Rest der Erscheinung.

»Wann war denn Ihr letzter Check-up?«, fragte sie flötend, damit es sich nur ja nicht als Vorwurf anhörte.

»Ist schon eine Weile her. Früher hatte ich oft welche, beim Flugeignungstest.«

»Ach, Sie sind Pilot?« Jetzt sah sie mir zum ersten Mal richtig ins Gesicht.

»Ehemaliger Pilot.«

»Ich kenne ein paar Piloten, die sind sogar älter als Sie, fliegen aber immer noch.«

Mit einer unwilligen Kopfbewegung zeigte ich an, dass ich das Thema lieber nicht vertiefen wollte.

»Also …«, sagte sie darauf leicht verlegen, »wir haben hier drei Check-up-Programme. Vielleicht sind Sie ja schon auf dem Laufenden …«

»Ich weiß gar nichts.«

Darüber schien sie sich zu freuen. »Dann müssen wir uns mal näher unterhalten. Kommen Sie bitte mit in mein Büro?«

Ich war mehr als bereit, ihr zu folgen. Wir gingen zu einer unscheinbaren Tür neben den Aufzügen, und als Ayla Duman mir dort den Vortritt ließ, strömte mir beim Vorbeigehen ein Blumenduft in die Nase.

Das Büro war ein Zimmerchen mit einem runden, niedrigen Tisch und fünf schlichten Stühlen darum herum. Auf einem Wandbildschirm lief stumm ein Nachrichtensender. Ayla Duman setzte sich mit dem Rücken zum Bildschirm und zog einen roten Terminkalender aus der Tasche. Sie schlug die Beine übereinander und sagte: »Also, dann schauen wir doch mal.«

Zwanzig Minuten später wusste ich über alle Einzelheiten eines meinem Geldbeutel angemessenen Basis-Check-ups für Männer Bescheid. Nach einer ersten Untersuchung durch einen Arzt würden standardmäßig Blut, Urin, Nüchternblutzucker, Cholesterinspiegel, Leberwerte, Blutsenkung und Kreatinin überprüft. Keine Ahnung, was Kreatinin bedeutete, aber das behielt ich für mich. Danach sollten Lungen und Abdomen geröntgt und als letztes ein EKG erstellt werden, dann würde ich mit den Ergebnissen wieder zurück zu dem Arzt kommen. Ayla Duman stellte mir das dar, als sei es die ausgemachteste Sache der Welt, dass all die Fummelei mich als kerngesund erweisen würde.

»Ach!«, sagte ich und schlug mir auf die Stirn.

Sie sah mich an.

»Für diese ganzen Blutsachen und so, da muss ich doch nüchtern sein?«

»Ja.«

»Ich habe aber schon gefrühstückt heute.«

Ayla Dumans Lippen verzogen sich kurz, als wollte sie etwas tausend Mal Erklärtes nicht schon wieder sagen müssen. Dann straffte sie sich wieder. »Wir fangen heute mit der ärztlichen Untersuchung an, dann gehen Sie zum Röntgen und zum EKG. Und zu den Analysen kommen Sie morgen früh dann nüchtern.«

Ich runzelte die Stirn, als ob ich nachdenken müsste. »Wissen Sie was, ich komme am besten morgen wieder, dann wird alles in einem Aufwasch erledigt. Und ich kann mich erst mal an den Gedanken gewöhnen.«

»Wie Sie meinen«, erwiderte sie und stand auf.

»Vielen Dank für die Erläuterungen«, sagte ich. »Ich würde Sie gerne aber noch was fragen.« Ich glaube, vom Ton her fiel ich dabei etwas aus der Rolle.

Ayla Duman hielt inne und sah mich leicht besorgt an. »Ja, bitte?«

»Wissen Sie, in welcher Abteilung Begüm Kalyon arbeitet? Ich würde sie gern kurz sehen, falls das möglich ist.«

Erleichterung bei Ayla Duman. Ich hatte sie nicht zum Essen eingeladen.

»Die arbeitet mal hier, mal da. Heute habe ich sie noch nicht gesehen.«

»Schade«, sagte ich und stand auf. »Vielen Dank noch mal jedenfalls.«

Sie schien zu sinnieren. »Wissen Sie was, jetzt wo Sie mich fragen, fällt mir auf, dass ich sie schon lang nicht mehr gesehen habe. Vielleicht ist sie krank oder was. Waren Sie übrigens schon mal Patient bei uns?«

»Nein, Begüm ist die Tochter eines Freundes von mir, da wollte ich nur kurz mal mit ihr plaudern.« Das schien mir eine hinreichende Erklärung zu sein. War es aber nicht. Ayla Duman schien nicht nur hübsch, sondern auch klug zu sein.

»Hm, der Freund muss Ihnen ja recht wichtig sein.«

»Wichtig genug, dass ich mir Sorgen mache, wenn seine Tochter seit Tagen weg ist.«

»Sehen Sie, jetzt haben Sie mich auch neugierig gemacht. Ich frag mal oben nach.«

»Sind Sie mit ihr befreundet?«

Ayla Duman sah mir in die Augen. Ziemlich lang sogar. Sie fragte sich sichtlich, in was dieser potenzielle Patient sich da auf einmal verwandelte. Dann griff sie zu ihrem Telefon und drückte ein paar Tasten. »Sie ist ein nettes Mädchen. Ich mag sie.« Sie musste am Telefon eine Weile warten und trat von einem Fuß auf den anderen. Mit einer Geste zeigte ich ihr an, dass mir schon klar war, ist ja ein Krankenhaus hier, da geht es immer furchtbar zu. Sie ging nicht darauf ein.

»Ah, Sinem, ich bins, Ayla«, sagte sie schließlich und begann, in dem kleinen Büro herumzugehen. »Pass auf, Begüm ist anscheinend nicht da. Weißt du da was? Ich hab sie schon eine Weile nicht gesehen.« Sie lauschte auf die Antwort und legte dabei unwillkürlich einen Finger auf ihren Leberfleck. »Und sie hat dir nicht gesagt, warum?«

Mich sah sie nicht an.

»Gut, gib mir die Nummer … Doch, doch, gib sie mir nur. Falls Ismet nach ihr fragt, sag ich ihr dann Bescheid.« Als ihr die Nummer durchgegeben wurde, machte sie ein Gesicht wie ein kleines Mädchen, das das Einmaleins auswendig lernt.

»Ich dank dir schön. Keine Angst, ich sag schon nichts. Tschüss.«

Sie wandte sich wieder mir zu. »Wir sind der Tochter Ihres

Freundes auf die Spur gekommen«, sagte sie seltsam förmlich. »Ich habe mit der Oberschwester gesprochen, mit der ist sie gut befreundet. Begüm hat ihr gesagt, dass sie ein paar Tage nicht zur Arbeit kommt, aber nicht, warum. Ihr Handy wollte sie ausgeschaltet lassen, deshalb hat sie der Oberschwester eine andere Nummer gegeben, da kann man ihr Bescheid sagen, wenn von der Leitung jemand nach ihr fragt.«

Nach dem Nachnamen von Oberschwester Sinem erkundigte ich mich lieber nicht. »Fällt es nicht auf, wenn eine Krankenschwester nicht zur Arbeit kommt?«, fragte ich.

»Da arbeiten so viele da droben, und noch dazu wird ständig hin und her gewechselt. Wenn nicht gerade ein Arzt direkt nach einer sucht oder die Oberschwester was meldet, kann man schon mal ein paar Tage verschwinden. Später arrangiert man sich dann mit den Kolleginnen, die in der Zeit mehr arbeiten mussten.«

»Vielen Dank«, sagte ich und blieb abwartend stehen. Im Vertrauen darauf, wie klug sie war.

Sie legte wieder den Finger auf den Leberfleck und sagte dann: »Warum sollte ich einem völlig Unbekannten die Telefonnummer meiner Kollegin geben?«

Da hatte sie recht. Ich aber brauchte die Nummer. Ich rang nach einer überzeugenden Antwort. »Wissen Sie was«, fing ich an, ohne einen blassen Schimmer zu haben, wie ich weiterreden sollte. Da klingelte Ayla Dumans Telefon. So wie Telefone klingeln, wenn sie eine Katastrophe ankündigen.

Ayla Duman bedeutete mir zu warten und hob ab. »Ja, gut, ich komme gleich«, sagte sie und legte auf. »Ich muss weg.«

Und ich hatte noch immer kein Argument parat. Da fiel mir zum Glück etwas anderes ein. »Rufen Sie sie doch an«, sagte ich. »Wenn wir sehen, dass es ihr gut geht, bin ich ja schon zufrieden. Und vielleicht rede ich dann kurz mit ihr.«

»Ja, das können wir machen, warum nicht. Also, mal sehen, was sie so treibt.«

Sie drückte erst auf eine Taste ganz unten, um ins Netz zu kommen, dann gab sie die Nummer ein, wobei ich ihr genauestens auf die Finger sah. Nach kurzer Zeit hörte ich aus dem Telefon eine Frauenstimme. Ayla Duman warf ungehalten den Kopf zurück. Sie wartete eine Weile, dann sagte sie: »Begüm, ich bins, Ayla. Ich hab die Nummer von Sinem. Keine Angst, ist nichts passiert, wollte nur mal wissen, wies dir so geht. Ruf mich an, ja?«

Sie legte auf und ging zur Tür. »Tja, Pech. Entschuldigen Sie, ich muss jetzt gehen.«

»Trotzdem vielen Dank. Vielleicht sehen wir uns ja morgen.«

Sie erwiderte nichts und hielt mir nur die Tür auf. Draußen beim Aufzug drückte sie auf einen der Knöpfe. Als sie merkte, dass ich ihr dabei zusah, lächelte sie mich an. Ich lächelte zurück und ging wieder zum Empfang, wo Sultan Karakum gerade mit zwei Frauen beschäftigt war. Daneben kehrte der Hausmeister den Boden. Mir war nach einer Zigarette, aber erst musste ich ein Telefon finden, so was musste es in einem Krankenhaus doch noch geben.

Ich fragte den Hausmeister. Der sah mich an, als wäre ihm diese Frage noch nie gestellt worden. Nach kurzem Nachdenken deutete er mit dem Besenstiel in Richtung Café. Dort fand ich nebeneinander zwei öffentliche Telefone und steckte in das eine meine Kreditkarte. Ich wählte die Nummer, die ich Ayla Duman abgekuckt hatte, und wartete, bis sich der Anrufbeantworter einschaltete. Eine leicht nervöse Frauenstimme sagte in überdeutlicher Betonung: »Wenn du mir was mitzuteilen hast, dann sprich bitte nach dem Signalton. Falls nötig, rufe ich dich zurück.«

Ich habe durchaus was mitzuteilen, dachte ich, und wartete auf den Ton.

»Guten Tag, wenn Sie Begüm Kalyon sind, dann hören Sie mir bitte gut zu. Ich bin Remzi Ünal, ein Freund von Dr. Kemal Arsan. Der macht sich Sorgen um Sie. Rufen Sie ihn bitte unter folgender Nummer an.« Dann gab ich noch die Nummer jenes Hotels an, für das ich mich so schämte. »Das ist ein Hotel. Sie können bei Emre eine Nachricht für mich hinterlassen. Falls Ihr Verschwinden keine beziehungsmäßigen Gründe hat, kann ich Ihnen helfen. Das ist mein Ernst.«

Ich legte auf.

Die Frage, warum ich noch immer kein Handy besaß, verschob ich wieder mal. Wo ich aber schon mal ein Telefon vor der Nase hatte, machte ich gleich weiter und wählte die Festnetznummer von Begüm Kalyon. Wieder nichts, wie zu erwarten.

Nun war es Zeit, hinauszugehen und Waypoint 3 anzuvisieren. Auf dem Weg zum Ausgang tastete ich nach meinem Zigarettenpäckchen; es war an Ort und Stelle. Zum Glück stand noch kein Doktor da, der gesagt hätte, hören Sie mal, bei den Ergebnissen sollten Sie das Rauchen lieber bleiben lassen. Leise lächelnd ging ich hinaus.

Nach der sterilen Krankenhausatmosphäre tat es gut, wieder die unkontrollierte, wilde Luft von draußen einzuatmen. An mein Ohr tönte stinknormaler Istanbuler Straßenlärm. Gleich neben der Tür stand eine Bank. Gestiftet von einer Bank. Zu den Kippen, die schon davorlagen, wollte ich das meinige beitragen.

Wenn man sich schräg auf die Bank setzte, konnte man sowohl das Erdgeschoss des Krankenhauses im Visier haben, wo die Leute wie auf einem tonlosen HD-Bildschirm hin und her gingen, als auch die Straße, auf der vor allem Taxis unterwegs waren. Eines davon würde ich nehmen, sobald ich mit der Zigarette fertig war, denn nach Beschreibung von Doktor Arsan wohnte die Kollegin seiner Freundin im Viertel Teneke, wohin es gerade mal zehn Minuten waren. Dann würde man weitersehen.

Ich tat einen tiefen Zug an meiner Zigarette und ließ den Rauch durch die Nase entströmen. Da sah ich aus dem Augenwinkel, dass sich jemand neben mich setzte, den ich gar nicht hatte herankommen sehen. Ein verwahrloster Typ, mit zerknitterter Hose und Turnschuhen, die schon bessere Tage gesehen hatten. Ich sah ihn nicht direkt an, sondern rückte auf der Bank ein Stückchen zur Seite.

»Hast du mal ne Kippe?«, sagte er.

Nun musste ich mir den Kerl doch mal anschauen. Er war kaum älter als zwanzig, vielleicht sogar noch jünger, aber das Leben auf der Straße hatte ihn schneller reifen lassen als irgendein Muttersöhnchen. Man musste ihn sehr genau ansehen, sonst vergaß man seine Züge sofort. Sein Gesicht war dunkel, oder seit

Tagen nicht gewaschen. Die Augen Schlitze, der Mund ein einziger Strich.

Ich hielt ihm mein Päckchen hin, und er nahm sich zwei Zigaretten. Eine steckte er sich in den Mund, die andere in die Tasche seiner verschossenen Weste, die er über einem weinroten T-Shirt trug. Die Zigarette zwischen seinen Lippen hielt er mir wortlos hin, und ich zündete sie ihm an. Er tat einen ersten Zug, sichtlich ohne Genuss.

Ich sah wieder vor mich hin. Bis ich die Kippe zu den anderen werfen konnte, war es noch eine Weile. Tja, Istanbul. Da kann man sich nicht aussuchen, wer sich neben einen setzt. Und wenn der Betreffende eine Zigarette will, gibt man sie ihm gefälligst.

Ich dachte an etwas ganz anderes, nämlich daran, wie weit die Verwandlung, zu der ich in dem antiken Friseurstuhl in Beyoğlu angesetzt hatte, eventuell noch führen konnte. Die Sucherei nach der Freundin eines wildfremden Menschen spülte wieder Geld in meine Tasche. Ich stellte wieder Fragen, bekam wieder Antworten, solche und solche, und ich telefonierte wieder herum.

Sollte ich vielleicht auch jenen anderen Anruf tätigen? Ich merkte, wie sehr ich mich nach der Stimme sehnte, die mir antworten würde. Wie würde die Frau wohl reagieren? Und falls sie nicht gleich auflegte, war ich dann fähig und willens, das Meinige zu tun? Ich wusste es nicht. Um diese verfrühten Gedanken zu verscheuchen, tat ich wieder einen Zug.

»Dein Handy wär jetzt recht.«

Meinte er etwa mich?

Ja.

Er hatte sich leicht zu mir vorgebeugt. Die Zigarette hing ihm im Mundwinkel, und seine Augen waren noch mehr zugekniffen. In der rechten Hand, direkt vor mir, hielt er ein Messer von einer Größe, mit der er es nie und nimmer durch einen der Röntgenapparate geschafft hätte, mit denen man jetzt am Eingang jedes größeren Supermarkts kontrolliert wurde. Es sah anders aus als alle Messer, die ich bisher gesehen hatte. Die Klinge war lang, aber irgendwie zu schmal.

Ich warf meine Zigarette zu Boden. Das Ausdrücken schenkte ich mir, ganz offensichtlich hatte ich andere Sorgen.

Ich wandte mich dem jungen Mann zu, streckte beide Hände in offenbarender Geste aus und setzte ein gewinnendes Remzi-Ünal-Lächeln auf.

»Ich habe kein Handy«, sagte ich ruhig.

Drohend fuchtelte er mit dem Messer.

Absurd. Da hatte jemand dankenswerterweise eine Bank aufgestellt, damit man als Angehöriger eines Patienten in Ruhe eine rauchen konnte, und nun saß ich neben einem vermutlichen Klebstoffschnüffler, der mir ein Messer an den Bauch hielt. Und dem zudem meine Antwort nicht gefallen hatte.

»Keine Mätzchen, her mit dem Handy.«

»Ich habe Zigaretten, aber kein Handy«, erwiderte ich im gleichen ruhigen Ton und ließ dabei ein wenig mein Auge umherschweifen. Kein Mensch schien uns zu beachten.

»Das kannst du deiner Oma erzählen. Los, raus damit, sonst kriegst dus mit Abuzittin zu tun.«

Wer mit Abuzittin gemeint war, konnte ich erahnen, nicht aber, inwieweit der Kerl gerade eine betäubte Birne hatte. Eine andere nicht uninteressante Frage war, wie weit ich auf meinen seit Wochen untrainierten Körper zählen konnte.

Ich veranschlagte kurz, zu welchen Schäden es unter Umständen kommen würde. Eine Beinverletzung war einem Durchbohren meiner inneren Organe allemal vorzuziehen. Es galt, die Initiative zu ergreifen.

Kein Zögern. Leicht zurückgelehnt, und dann hoch das Bein, in Richtung auf seinen Kopf. Das hatte er nicht erwartet. Die Hand mit dem Messer zuckte kurz, aber dann sah er, dass da doch ein größeres Problem auf ihn zukam. Sein ganzer Straßenkatzeninstinkt half ihm nichts, er kriegte meinen Fuß voll ins Gesicht. Unter der Wucht des Tritts bog sein Kopf sich zurück, doch gab der Kerl keinen Laut von sich.

Halb auf der Bank liegend, zog ich mein Bein schnell zurück und trat ihm in den Magen, worauf ihm doch ein »Humpf!« entfuhr. Als er nach vorne zusammenklappte, ließ ich mir auch das nicht entgehen und versetzte ihm einen Handkantenschlag ins Genick. Jetzt kippte er endgültig von der Bank, wobei ihm das Messer aus der Hand fiel. Ich stand auf und kickte es weg.

Als er sich aufzurichten versuchte, gab ich ihm in aller Ruhe noch einen Tritt in die Seite. Das genügt jetzt, dachte ich mir, und trat einen Schritt zurück.

Von der gegenüberliegenden Straßenseite sahen zwei Schuljungen herüber, während zwei Frauen sichtlich bemüht waren, davonzustreben und nichts gesehen zu haben. Wäre vor dem Krankenhaus ein Taxistand gewesen, hätten ein paar gelangweilte Fahrer schon mal nach dem Rechten gesehen, aber sonst? Istanbul eben. Da wurde schon mal geprügelt. Nicht einmischen. Nichts als Ärger sonst.

Ich sah mir meinen Räuberling an, der sich hochzurappeln versuchte. Ohne sein Messer wirkte er recht armselig. »Steh auf«, sagte ich. »Und hau ab, sonst hol ich die Polizei.«

Ohne zu antworten, sah er mir auf die Füße, ob da nicht plötzlich noch ein Tritt käme. Ich blieb reglos vor ihm stehen. Beim ersten Versuch kam er noch nicht hoch und fiel wieder auf die Knie. Dann schaffte er es, aufzustehen, und in einer Mischung aus Schmerz, Wut und Scham sah er mich an. Als wüsste er nicht so recht, was jetzt zu tun sei.

»Mach, dass du wegkommst«, sagte ich in sanfterem Ton. »Und lass dich hier nie wieder blicken.« Das war ein Vorschlag zur Güte, doch der Kerl ließ darauf seinen Blick umherschweifen, als suchte er nach dem Messer. Das gefiel mir gar nicht.

»Ich sag dir, hau ab, und zwar auf der Stelle!«

Da drehte er sich um und ging zur Straße hinunter. Auf einmal fing er sogar zu laufen an, als sei ihm plötzlich etwas eingefallen, aber er hinkte dabei.

Ich zupfte meine Kleider zurecht, und zu den Schuljungen, die mich noch immer anstarrten, hielt ich meine Hand pistolenartig hoch und tat so, als würde ich abdrücken, worauf sie sich augenblicklich trollten. Am nächsten Tag in der Schule würden sie was zu erzählen haben.

Soweit ich es durch die Fenster sehen konnte, hatte im Manhattan Medical niemand von dem Vorfall etwas mitbekommen. Darauf suchte ich nach dem Messer, das zwei Meter weiter neben einer zerdrückten Coladose lag.

Ich hob es auf. »Ach du Scheiße«, entfuhr es mir. Ein ganz gewöhnlicher Räuber schien der Kerl nicht zu sein, sondern eher einer, der sich nebenbei auf die Chirurgenlaufbahn vorbereitete.

Ich legte das Ding auf die Bank und setzte mich daneben. Dann zündete ich mir eine Zigarette an, von der ich doch sehr hoffte, dass ich sie ungestört würde zu Ende rauchen können. Ich schaute mir das ominöse Teil wieder an. Es war ein Skalpell. Also vorwiegend ein Einweginstrument, wie ich an einem vergnüglichen Abend von jener Frau erfahren hatte, die anzurufen ich mich nicht traute.

Der Griff war mit einem karierten Tuch umwickelt und weiter oben, wo man die Klinge einsetzte, mit einem kurzen, dicken Schlauchstück versehen, das Ganze mit Stahldraht umflochten, sodass einem das Skalpell nicht aus der Hand rutschte, wenn man es wie ein gewöhnliches Messer schwang, und man sich auch nicht schnitt, wenn man damit auf Widerstand stieß.

Ich tat einen tiefen Zug an meiner Zigarette.

An der Schneide war keine Spur von Blut, und die Spitze von makelloser Schärfe. Der Junge passte gut auf sein Arbeitsgerät auf. Ich überlegte mir lieber nicht, was das Ding hätte anrichten können, wenn es nicht zu operativen Zwecken, sondern zum Herumwühlen in meinen Eingeweiden benützt worden wäre. Ein Trost war immerhin, dass ich nur ein paar Schritte von der Notaufnahme des Manhattan Medical entfernt war. Ein Grinsen nötigte mir das aber nicht ab.

Ganz im Gegenteil. Ich hätte den Jungchirurgen nicht so einfach laufen lassen sollen. Aus der Entfernung hatte ich natürlich nicht genau sehen können, was er da Scharfes und Spitzes in der Hand gehabt hatte, aber das Handwerkszeug eines Kleinganoven war es nicht gewesen. In meiner Anspannung hatte ich mich ganz darauf konzentriert, meinen Hintern heil herauszukriegen.

Was hätte ich den Kerl fragen sollen? Na zumindest, wo er das Ding herhatte. Im Krankenhausmüll gefunden, hätte er wohl gesagt. Das hätte ich ihm nicht geglaubt, doch für überzeugendere Verhörmethoden war dies nicht der geeignete Ort. Also hätte ich ihn doch laufen lassen. Was sollte es schon, wo er es herhatte? Sowieso lief er seinem Verderben entgegen.

Ich schaute mich um, und am Rad eines der Krankenwagen fand ich, was ich suchte, nämlich zwei Seiten der hergewehten Wochenendbeilage einer Zeitung. Damit wickelte ich das Skalpell ein.

Ein letzter Zug an der Zigarette, dann trat ich die Kippe aus und kickte sie zu ihren Kameraden. Mit meinem Päckchen unter dem Arm zog ich davon. An der ersten Mülltonne ging ich noch vorbei, in die zweite warf ich das Instrument, mit dem man mir fast die Milz operiert hätte, achtlos hinein.

So ein Detektiv nämlich war ich. Was andere sorgfältig in eine Beweistüte gesteckt und in ein Labor geschickt hätten, pfefferte ich in den Müll. So viel Unterschied musste schon sein.

Ich hielt ein Taxi an und gab dem Fahrer die Adresse von Firdevs an.

3

Sie wohnte in einem schmalen, mit billigen rosa Keramikkacheln verkleideten Hochhaus. Von der Haustür war gerade noch das Eisengitter heil, aber kaum mehr eine der kleinen Glasscheiben dazwischen. Den Klingelknöpfen traute man nicht mehr zu, dass sie funktionierten.

Durch das Gitter bekam ich die Klinke zu fassen und machte die Tür auf. Im dunklen Treppenhaus brauchte ich eine Weile, bis ich den Lichtknopf fand, dann sah ich als Erstes ein kaputtes Fahrrad auf dem Boden liegen, und daneben einen zerschlissenen Einkaufskorb. Der Lift wirkte wenig vertrauenerweckend. Also zu Fuß.

Wie erwartet roch es in dem Treppenhaus nach gebratenen Zwiebeln. Im ersten Stock standen vor jeder Wohnungstür Schuhe in allen Größen, manche ordentlich nebeneinander, andere einfach hingeworfen. An der Wand entlang verlief wellenartig ein Kreidestrich. Der Zwiebelgeruch wurde schlimmer, je höher ich kam. Geräusche waren hinter den Türen dagegen kaum zu hören. Noch ein Stock. Das Licht ging aus, Feuerzeug an, Lichtknopf suchen.

Die Nummern auf den Türen waren höchst uneinheitlich gestaltet, aber nach einer Nummer suchte ich sowieso nicht. Was Kemal Arsan sich gemerkt hatte, war ein riesiges Weintraubenbild, und das hatte ich auf einmal vor mir. Es war eine Tür ohne Schuhe davor.

Firdevs Işin stand in Schrägschrift auf einem unmäßig großen Messingschild. Darunter, ebenfalls aus Messing, ein Türklopfer, ganz wie in alten Zeiten. Und tatsächlich war neben der Tür keine Klingel. Ich atmete tief durch. Vor wie vielen solchen Türen hatte ich schon gestanden? Und was hatte mich da nicht alles an Unerquicklichem erwartet …

Ich griff zu dem Klopfer und ließ ihn zweimal auf die stählerne Tür niedergehen, dass sie nur so zitterte. Ein kraftvoller Auftritt. Es tat sich aber nichts. Keine Stimmen, kein Pantoffelschlurfen. Ich klopfte noch einmal. Diesmal ging die Tür einen Spaltbreit auf, bevor das metallische Klingen der Tür ganz in den Tiefen des Treppenhauses verhallt war. Ich stellte mich direkt vor den Spion, ganz im Vertrauen, keine allzu üble Visage zu haben.

Eine junge Frau öffnete, ganz der Typ, dem man seine kranken alten Eltern bedenkenlos anvertraut hätte. Nicht unhübsch, wenn auch keine strahlende Schönheit. Die braunen Haare hatte sie zusammengebunden, sodass ihr ovales Gesicht mit den markanten Backenknochen und den ziemlich vollen Lippen gut zur Geltung kam. Aus Büchern über Persönlichkeitsanalyse hatte ich gelernt, die Form ihres Kinns verrate Entschlossenheit.

Bei ihrem Kleid aus blauem Jeansstoff waren bis auf den obersten und den untersten alle Knöpfe geschlossen. Sie strahlte all die

Professionalität aus, die man sich bei einer freiberuflichen Pflegekraft nur wünschen kann.

In ihrem Lächeln, wie sie es wohl den Angehörigen neuer Patienten zu schenken pflegte, mischte sich ein wenig Verwunderung. »Ja, bitte?«, sagte sie, und daraus hörte man ihre Hoffnung heraus, ich möge doch bitte kein Vertreter sein.

»Firdevs Işin?«

»Ja?«

»Es ist wegen meiner Mutter. Sie ist schon ziemlich alt und hat Krebs, leider im Endstadium.«

Sie wirkte unschlüssig. Als würde sie mich und meine kranke Mutter lieber wegschicken. Sie blickte nach links und nach rechts, ohne ersichtlichen Grund. Der Gedanke an einen neuen Kunden überwog wohl schließlich. Sie trat einen Schritt zurück und machte die Tür ganz auf. »Kommen Sie, reden wir drinnen weiter.«

Firdevs Işins Wohnung war sozusagen die Antithese zur Eingangstür des Hochhauses. Man betrat direkt ihr Wohnzimmer, und dort sah es genauso aus, wie man sich bei IKEA die aparte kleine Behausung einer jungen berufstätigen Singlefrau vorstellt.

Am Fenster direkt gegenüber tauchte die Jalousie mit Motiven aus der Heimat von Aikido-Begründer Morihei Ueshiba die Wohnung in sanftes Licht. Davor stand ein kleiner Holztisch mit einem zu mir hin aufgeklappten Laptop und zwei Stühlen. Rechts davon war ein dritter Stuhl in Kopfhöhe an der Wand angebracht, darauf eine Vase mit mir unbekannten bläulichen Blumen. Die linke Wand nahmen zwei lange Regalbretter mit vielen blumenverzierten Schachteln ein. Etwa ein Drittel des Bodens war mit einem Teppich bedeckt. Vor dem Zweiersofa unter den Regalbrettern stand ein Beistelltischchen mit Frauenzeitschriften und einer zylinderförmigen Vase mit Margeriten.

Auf dieser Couch saß eine junge Frau mit brauner Cordhose, gelbem Sweatshirt und Pferdeschwanz. Sie war recht hübsch, doch länger ansehen konnte ich sie mir jetzt nicht. Vor allem fiel mir ihre Stupsnase auf, vermutlich Frucht einer Schönheitsoperation.

Ich blieb erst mal an der Tür stehen und überließ Firdevs Işin die Initiative. Sie deutete auf den leeren Platz auf der Couch und sagte: »Nehmen Sie doch bitte Platz.« Sie hielt es nicht für nötig, mir ihre Bekannte vorzustellen.

Ich setzte mich, und sie zog sich einen der Stühle heran. »Das tut mir leid für Ihre Mutter. Wie alt ist sie denn?«

Ich tat so, als müsste ich ein bisschen nachdenken. »Über achtzig.«

Die Frau neben mir stand auf, und ohne mich eines Blickes zu würdigen, sagte sie: »Ich geh rüber in die Küche, dann könnt ihr hier in aller Ruhe …«

Meine Gastgeberin sah ihr nach, dann wandte sie sich wieder mir zu. »Und was genau hat sie?«

»Darmkrebs«, sagte ich spontan. »Wurde erst spät gemerkt. Und jetzt, nach der Operation, ist es mühsam mit ihr im Alltag.«

Sie nickte wissend. »Wo wohnt sie denn?«

Ich suchte mir was in der Nähe aus. »In Levent. Hinter dem Rathaus von Beşiktaş. Ich dagegen wohne drüben in Bostancı.«

»Ich verstehe.«

»Meine Schwester aus Uçaksavar, die ist den ganzen Tag über bei ihr. Aber abends muss sie nach Hause, sie hat ja ihre Kinder«, sagte ich mit leidender Miene.

»Ich verstehe«, wiederholte sie.

»Wir haben Sie wirklich bitter nötig.«

Firdevs Işin blickte mit gerunzelter Stirn auf eine Teppichecke, als müsste sie ein schwieriges Problem bewältigen. Dann sah sie zu mir auf. »Nachts bin ich derzeit ziemlich ausgebucht, deswegen muss ich erst überlegen. Woher haben Sie eigentlich meine Adresse?«

Ich freute mich, dass diese Frage endlich kam. »Ich habe da einen Bekannten, der ist Arzt. Kemal Arsan heißt er und arbeitet im Manhattan Medical, und Sie scheinen mit einer Freundin von ihm befreundet zu sein. Er hat Sie sehr empfohlen. Schönen Gruß übrigens.«

»Äh, danke.«

Jene Referenz schien das Merkwürdigste zu sein, was sie bisher aus meinem Mund gehört hatte. Ich wartete ab, was sie sagen würde. Und tatsächlich hatte sie einen Knaller auf Lager.

»Sie sind nicht zufällig Remzi Ünal?«

Offenbar hatten sie im Gesundheitswesen doch einiges auf dem Kasten, zumindest die Leute, die mir über den Weg liefen. So machte sich der Mann mit der sterbenskranken Mutter davon, und notgedrungen erschien Remzi Ünal auf der Bühne. Um das Gesicht zu wahren, schlug ich betont lässig die Beine übereinander.

»Wie haben Sie das gemerkt?«, fragte ich schmunzelnd.

»Begüm hat ihren Anrufbeantworter abgehört. Da habe ich mir gedacht, wenn zwei Mal in so kurzer Zeit jemand von Kemal redet, wird das vielleicht die gleiche Person sein.«

Na, wenn Remzi Ünal schon zurück ist, dachte ich mir, dann können wir ja auch seine Hilfstruppen rufen.

»Darf ich hier rauchen?«

»Es ist Ihre Lunge.«

Während ich mein Päckchen herauszog, holte sie aus einer Schublade einen Drehaschenbecher. Ich zündete meine Zigarette an und lehnte mich zurück. »Hatte Begüm denn vor, mich zurückzurufen? Wo wir jetzt schon offen sprechen.«

»Ich weiß nicht. Sie hat mich gefragt, was sie tun soll.«

»Und?«

»Ich habe ihr geraten, erst mal nichts zu tun, solange sie nicht weiß, wer dieser Remzi Ünal ist. Aber ob sie auf mich gehört hat …«

Gut so. »Na ja, die Chance, sich diesen Remzi Ünal anzusehen, die haben jetzt Sie.«

»Wo wir schon offen reden: Darf ich erfahren, was Sie von Begüm wollen?«

Ich beschloss, ihr die Wahrheit zu sagen. »Am Telefon war ich wohl nicht ganz ehrlich. Kemal Arsan ist nicht ein Freund von mir, sondern ein Kunde. Begüm ist verschwunden, und ich soll sie suchen.«

Gnädig ging Firdevs Işin darüber hinweg, dass ich gelogen hatte. »Aber der Anrufbeantworter, auf den Sie gesprochen haben, die Nummer hatten Sie doch nicht von Kemal?«

»Nein. Aber das gehört eben zu meiner Arbeit. Ich brauchte die Nummer, also habe ich sie mir besorgt.« Ich machte eine Kunstpause und blies den Zigarettenrauch hinaus. »Sollte das Telefon etwa hier geklingelt haben?«, fragte ich suggestiv, so wie ich das manchmal tat. Manchmal klappte es. Diesmal nicht.

»Nein. Hier ist kein Festnetztelefon.«

Wer so bereitwillig antwortete, den konnte man auch mehr fragen. »Wo ist Begüm denn?«

»Ich weiß es nicht.«

Klarer Fall von Lüge. Ich drückte meine Zigarette im Aschenbecher aus, der sie verschluckte, als wäre er grundsätzlich gegen das Rauchen. Also, die dritte Frage. »Wissen Sie wenigstens, warum Begüm sich davongemacht hat?«

»Ich weiß es, aber ich kann es Ihnen nicht sagen. Und wenn Sie mich zwingen wollen, schreie ich, damit Sie es nur wissen. Und die Wände sind dünn hier.«

»So was würde mir nicht im Traum einfallen.«

»Das freut mich. Was haben Sie jetzt vor?«

»Ich werde weitersuchen. Warten, bis sie die Nummer anruft. Es hin und wieder auf ihrem Handy probieren und zu ihrer Wohnung fahren. Und wenn mir sonst noch was einfällt, tue ich auch das.« Mir fiel da schon was ein, aber das behielt ich lieber für mich.

»Weitersuchen …«, sagte sie.

»Tja, ist meine Arbeit.«

Sie stand auf, sodass mein Besuch wohl als beendet anzusehen war.

»Vielen Dank für das Gespräch«, sagte ich. »Wie Sie sehen, bin ich doch ein recht zivilisierter Privatdetektiv.«

»Sie sind der erste, der mir über den Weg läuft. Wie die im Fernsehen sehen Sie ja nicht aus, wenn ich das sagen darf.«

Darauf musste mir was Geistreiches einfallen, aber dazu kam es nicht, da es an der Tür klopfte. Aber nicht irgendwie, sondern eher so: Herzstillstand auf der Intensivstation! Der Gerichtsvollzieher! Kein Studienplatz! Deine Freundin: Abschiedsbrief! Oder Einberufung zum Militär. Also ziemlich Scheiße.

Firdevs Işin und ich sahen uns an, ich so, als wollte ich sowieso gerade gehen, sie schulterzuckend: Musste da jetzt schon wieder einer … Sie ging zur Tür.

Und machte auf, ohne vorher durch den Spion zu gucken, was ich von einer alleinstehenden jungen Frau nun nicht gerade erwartet hätte. Was hatte sie vorhin gemacht, als ich gekommen war? Bestimmt jedoch würde sie den Fehler nicht noch mal machen.

Die Tür sprang nämlich auf, Firdevs Işin schreckte zurück, und drei Männer platzten herein, ganz der Typ, wo man lieber den Platz wechselt, wenn sich so einer im Kino neben einen setzt.

Ich sah sofort die Pistole.

»Ganz ruhig«, sagte der Mann.

Er hatte einen langen weißen Mantel an, ob das nun zur Jahreszeit passte oder nicht. Zu seiner braunen Stoffhose trug er italienische Schuhe made in China. Die Rübe millimeterkurz geschoren und kugelrund. Wie seine Mutter ihn wohl als Baby hingelegt hatte? Die Augenbrauen versuchte er sichtlich zu bändigen, doch waren sie immer noch halb so dick wie ein Finger. So wie er sich umsah, war er bestimmt erfahren darin, Quellen des Ärgers sofort zu identifizieren.

Als er mich erblickte, stutzte er kurz, dann fuchtelte er mit der Pistole im Sinne von Hände hoch. Pechschwarz war sie, riesig und bestimmt hochgradig tödlich.

Ich tat, wie mir geheißen.

Die beiden Kerle hinter ihm waren unscheinbarer, wie eigentlich immer. Sie trugen beide Lederjacken, Jeans, Pullover, der eine einen schwarzen, der andere einen grauen, und Turnschuhe, Puma. Aus ihren Gesichtern sprach die Zuversicht, dass ihr Boss schon alles regeln würde.

Der ging nun auf mich zu, sodass Firdevs Işin zur Seite weichen musste. Auch vor ihr baute sich einer der Männer auf.

»Was soll das?«, rief sie.

»Ganz ruhig. Gaaanz ruhig. Nur kein Geschrei«, sagte der Boss und gab dem schwarzen Pullover ein Zeichen, worauf der hinter mich trat. Ich hob die Arme ein wenig höher und gab keinen Mucks von mir, während der Kerl mich abtastete.

Vermutlich auf ein Zeichen hin, dass ich sauber war, zeigte der Boss mit dem Pistolenlauf auf die Couch. »Setzt euch hin da.«

Ich trat einen Schritt zurück, um Firdevs Işin vorbeizulassen. Als ich dabei unwillkürlich den Mann hinter mir berührte, stieß er meine Hand von sich.

Während Firdevs Işin zur Couch ging, sagte sie: »Was soll das hier? Was erlauben Sie sich eigentlich? Wer sind Sie?«

»Mach mal halblang«, sagte der Boss. »Wir unterhalten uns jetzt ein wenig, und dann gehen wir wieder. Keine Faxen also.«

Als ich mich neben Firdevs Işin setzte, wollte ich ihr aufmunternd zuzwinkern, aber sie merkte es nicht. Sie starrte nur auf die Pistole. Da halfen die dünnen Wände jetzt auch nichts, dachte ich.

Der Boss setzte sich uns gegenüber und sagte: »Wo ist deine Freundin Begüm?« Das hatte gerade noch gefehlt. Um zu unterstreichen, dass die Antwort doch bitte, wenn es recht war, möglichst plötzlich kommen sollte, hielt der Boss den Pistolenlauf in Richtung der Frau. Nicht direkt, als ob er zielen würde, mehr so wie zufällig.

Und dann wartete er noch nicht einmal eine Antwort ab, sondern wandte sich mir zu. »Und wen haben wir da?« Der Lauf schwenkte zu mir. Irgendwo so zwischen Augen und Nabel.

Firdevs Işin kam mir zuvor. »Seine Mutter ist krank, schwerkrank. Deshalb will er mich engagieren.«

»Aha, noch eine Krankenschwester«, erwiderte er. Die beiden Pullover lachten sofort los, uns wollte der Scherz sich nicht erschließen. Der Boss drehte sich nicht zu den beiden um, doch als er kurz mit den Schultern zuckte, verstummten die Kerle sofort.

»Gut, um dich kümmern wir uns später. Aber ich hab noch immer keine Antwort auf meine Frage.«

Firdevs Işin sah ihn an, als hätte sie die Frage vergessen.

»Wo Begüm ist, will ich wissen.«

»Wer ist Begüm?«

Der Boss hob die Augenbrauen, die gleich noch buschiger aussahen. »Keine Mätzchen, ja. Gib anständig Antwort, sonst kommt mein Kasimpaşa-Blut durch!«

»Das was?« Dabei schaute sie so unschuldig drein, als wollte sie nichts lieber als antworten, wenn sie doch nur diesen Ausdruck verstünde.

Er schüttelte missbilligend den Kopf. Dann wurde er so richtig ernst. »Jetzt hör mal zu, ich hab dich im Guten gefragt, und das tu ich noch ein Mal: Wo ist diese Begüm? Wir wissen, dass ihr Freundinnen seid, also verarsch mich hier nicht. Sag mir, wo sie ist, oder ruf sie an, tu jedenfalls irgendwas. Wir haben mit ihr was zu besprechen.«

Resigniert zuckte Firdevs Işin die Schultern. Dann sagte sie leise: »Schon gut. Ja, man kann sagen, wir sind Freundinnen. Aber ich weiß wirklich nicht, wo sie ist. Ich habe sie seit Tagen nicht gesehen.«

»Kein Mensch hat sie gesehen«, sagte der Boss. »Das ist ja unser Problem. Hast du mit ihr telefoniert?«

»Nein. Da ist immer nur der Anrufbeantworter.«

Jetzt hätte er sagen sollen, gib mir die Nummer, damit ichs auch mal probiere; das wäre mir im Namen von Ayla Duman und der Oberschwester nur recht gewesen. »Ist das die Nummer?«, fragte er stattdessen und sagte die Nummer, die ich Ayla Duman abgekuckt hatte, herunter wie ein Grundschüler das Einmaleins. Von wem sie die Nummer wohl haben, fragte ich mich besorgt. Und wie sie dabei nachgeholfen haben.

Firdevs Işin nickte.

Der Boss hielt kurz inne, als müsste er die Lage neu beurteilen. Dann drehte er sich zu den beiden anderen um. »Na, Jungs? Reichlich dürftig, was?«

»Äußerst dürftig«, sagte der schwarze Pullover.

»Zu dürftig.«

»Viel zu dürftig.«

Jetzt wirds ungemütlich, sagte ich mir. Firdevs Işin sah von einem zum anderen, als begriffe sie gar nichts. Tat sie bloß so naiv?

Das fragte sich der Boss vielleicht auch. Aber höchstwahrscheinlich war es ihm völlig egal. Er nahm jedenfalls die Pistole in die linke Hand, und mit der rechten versetzte er Firdevs Işin eine solche Ohrfeige, dass sie vermutlich Sternchen sah. Sie hing danach halb über die Armlehne.

Der Boss stand auf und wollte wohl zum zweiten Schlag ausholen. Da meldete ich mich zu Wort. »Bitte beruhigen Sie sich, meine Herren. Sie brauchen der Dame nicht unnötig zuzusetzen. Vielleicht kann ich Ihnen ja behilflich sein.«

Der Boss fuhr zu mir herum und sagte: »Hey, hey, Freundchen, was hast du gesagt?«

Ich drückte mich an die Rückenlehne der Couch. Bald würde ich eine Zigarette brauchen, so viel stand schon mal fest.

»Sie brauchen die Dame nicht zu belästigen, denn was sie weiß, das weiß ich auch, und vielleicht sogar mehr.«

»Warst du nicht wegen deiner kranken Mutter hier?«

»Haben Sie etwa noch nie die Polizei angelogen?«

Zum ersten Mal lächelte der Boss. Kein breites Lächeln, mehr so ein kontrolliertes. Auf das mit der Polizei ging er aber nicht ein. »Na gut, dann red schon, ich höre.«

Gut so, dachte ich. Wenigstens die zweite Ohrfeige hatte ich verhindert. Mal sehen, wie weit ich kommen würde. »Bloß …«, fing ich an.

»Was, bloß? Willst du etwa schon feilschen?«

»Ich bräuchte lediglich eine Zigarette. Mir war vorhin erlaubt worden zu rauchen.« Mit einem Nicken wies ich auf Firdevs Işin und auf den Aschenbecher.

»Das geht ja noch«, sagte der Boss. »Dann zünden wir uns auch eine an. Wenn wir schon die Erlaubnis haben. Also, rede.«

Ich holte mein Zigarettenpäckchen heraus und hielt es dem Boss hin, auf dessen Lippen das Lächeln noch nicht ganz erstorben war. Er nahm das Päckchen, ohne dabei den Blick von mir zu wenden, dann zündete ich erst seine Zigarette an. Er beugte sich nicht etwa vor, um mir die Sache zu erleichtern.

Als ich dann selbst eine Zigarette im Mund hatte, sagte ich: »Und noch was … Wenn ich bitte Ihren Namen erfahren dürfte? Ich bin da irgendwie komisch. Wenn ich nicht weiß, wie jemand heißt, kann ich nicht so richtig mit ihm reden. Ich heiße übrigens Remzi Ünal.«

Der Boss drehte sich zu den anderen um. »Tja, manche Leute haben so ihre Eigenarten«, sagte er, was seine Männer mit einem gezwungenen Lächeln quittierten, besonders der schwarze Pullover. Ich nickte beipflichtend. Firdevs Işin sah mich an wie einen Bettlägerigen, der plötzlich aufsteht und herumspaziert.

»Man nennt mich Baller-Osman«, sagte der Boss und stieß seinen Zigarettenrauch aus. »Wird schon seinen Grund haben. Und du?«

»Ich habe keinen Spitznamen. Ich bin einfach Remzi. Remzi Ünal.«

»Na, das wissen wir ja nun. Aber wenn wir hier schon beim Vorstellen sind, dann sag uns doch, was du für ein Typ bist.«

»Ich bin Privatdetektiv. Mich hat der Freund von der Frau beauftragt, sie zu suchen, weil er sich solche Sorgen macht. Und ich habe sie gefunden.«

»Was? Ist das dein Ernst?«

Ich tat noch einen Zug. »Ja. Ich weiß, wo sie ist.«

»Respekt«, sagte Baller-Osman. Diesmal sah Firdevs Işin mich an wie einen Scheintoten, der die Augen aufmacht.

»Danke.«

»Na, dann sag uns doch, wo sie ist.«

Provozierend langsam zog ich an meiner Zigarette. Diesen kurzen Moment der Überlegenheit musste ich genießen. Es kam mir nur gelegen, wenn Baller-Osman sich ein wenig aufregte. Der hielt nun seine Pistole wieder höher. Auf meinen Kopf. Genau zwischen die Augen. Und in seinem linken Auge zuckte es. »Ich zähle bis drei«, sagte er.

»Tun Sies lieber nicht. Die Wohnung ist ziemlich hellhörig. Das gibt nur Ärger.«

Baller-Osman erwiderte nichts, sondern sah mich nur mit zusammengekniffenem Auge an. Er konnte ja nicht wissen, dass ich beschlossen hatte, die Wahrheit zu sagen. Ich nickte zum Nebenzimmer hinüber. »Begüm Kalyon ist da drinnen.«

Volltreffer! Die ungebetenen Gäste von Firdevs Işin blickten alle drei gleichzeitig zur Tür. Das genügte mir. Mit der linken Handfläche schlug ich auf die Pistole. Die flog Baller-Osman natürlich nicht gleich aus der Hand, aber zumindest war der Lauf nicht mehr auf mich gerichtet. Bevor Baller-Osman noch recht wusste, wie ihm geschah, versetzte ich ihm einen Fausthieb mitten ins Gesicht. So einen richtig satten. Unter der Wucht kippte er nach hinten, wobei die Vorderbeine seines Stuhles um, sagen wir, vier Zentimeter hochgingen. Ich half mit beiden Händen nach und schmiss den Kerl um. Ob er direkt mit dem Kopf auf den Boden knallte, sah ich nicht.

Der schwarze Pullover fasste sich als Erster wieder und stürzte mit ausgestreckten Armen auf mich zu, als wollte er mich erwürgen. Äußerst ungeschickt fing er das an. Ich zielte mit dem Handgelenk zwischen seinen Armen hindurch auf sein Kinn. Die Geschwindigkeit, mit der er auf mich losging, ergab im Verein mit der Schwere seines Körpers genau das gewünschte Ergebnis. Das vom Zusammenprall zwischen Kinn und Handgelenksknochen erzeugte Geräusch möchte ich allerdings nie wieder hören. Vor Schmerzen schreiend, sackte der schwarze Pullover auf die Knie.

Ich bückte mich nach der Pistole.

Der graue Pullover stand ganz einfach nur starr da.

Als ich mich zu Firdevs Işin umdrehte, saß die nicht mehr auf ihrem Platz. Sie musste sich hinter der Couch verkrochen haben, aber da konnte ich jetzt nicht nachschauen.

Von Baller-Osman war kein Laut zu hören. Ich richtete die Pistole auf den grauen Pullover. »Setz dich drauf!«, sagte ich zu ihm und wies mit dem Kinn auf den schwarzen Pullover.

Er begriff nicht gleich.

Der schwarze Pullover stützte sich mit einem Arm auf, um sich aufzurichten, aber den haute ich ihm mit einem Fußtritt weg, sodass er mit dem Gesicht auf den Boden schlug.

»Los, setz dich auf deinen Kumpel drauf«, wiederholte ich und verlieh meinen Worten mit dem Pistolenlauf Nachdruck. Da kapierte der graue Pullover. Übereifrig setzte er sich auf den Rücken des anderen und sah mich an. Der schwarze Pullover wimmerte. »Rühr dich nicht vom Fleck«, sagte ich und blickte suchend im Zimmer herum. Ohne das ganze Pack aus den Augen zu lassen, ging ich zum Fenster, wobei ich feststellen musste, dass Firdevs Işin nicht hinter der Couch war. Egal. Ich griff nach den Schnüren der Jalousie und zog mit einem kurzen Ruck daran.

Bei IKEA verkaufen sie gute Sachen und weniger gute. Firdevs Işin hatte wohl nicht sehr auf Qualität geachtet. Die beiden Zugschnüre jedenfalls flogen sofort aus der Verankerung. Sorry, Firdevs, dachte ich.

Ich ging zurück und warf dem grauen Pullover die Schnüre zu. »Fessel die beiden«, sagte ich, »aber richtig, sonst gibts Ärger.«

Beflissen machte er sich ans Werk, und als er mit dem schwarzen Pullover fertig war, sah er mich an. Ich nickte ihm beifällig zu. Als er auf Knien zu Baller-Osman rutschte, hörte ich auf einmal, dass sich hinter mir etwas tat. Mir war gleich klar, dass das von der Tür her kam, hinter der die Frau mit dem Pferdeschwanz verschwunden war. Und da sah ich auch schon, wie diese zusammen mit Firdevs Işin in Richtung Wohnungstür an mir vorbeihuschte. Die Tür, durch die an dem Tag schon so einiges an Überraschungsgästen gekommen war, ging auf, und schwupp, waren die beiden draußen. Ich hätte nicht einmal sagen können, ob sie überhaupt Schuhe anhatten. Na denn tschüss.

Den grauen Pullover hatte ich selbst gefesselt, nicht weil er bedrohlich geworden wäre, sondern aus Solidarität mit seinen Kollegen. Nun durfte ich mir etwas Entspannung gönnen. Ich richtete den Stuhl wieder auf, setzte mich auf die Couch und legte die Beine auf den Stuhl. Kein Nachbar war gekommen und hatte nachgefragt, was da für ein Lärmen sei. Baller-Osman musste sich den Kopf ganz schön angestoßen haben, denn er war noch immer nicht ganz bei Bewusstsein. Mit herabhängendem Kinn wimmerte er vor sich hin. Die beiden anderen hatte ich an die Wand gelehnt, wo sie nun mit ausgestreckten Beinen dasaßen. Der schwarze Pullover gab keinen Ton von sich. Er hatte die Augen zu, aber seine Brust hob und senkte sich.

Ich angelte mir eine Zigarette. Ach, jetzt einen schönen starken Kaffee dazu. Firdevs Işin hatte mir keinen angeboten. Jetzt dagegen würde sie es bestimmt tun. Ich ging in die Küche. Sie war klein, aber sehr ordentlich, und ich fand gleich, was ich suchte,

Nescafé, Wasserkocher, Tasse, Löffel. Eineinhalb Minuten später war mein Kaffee fertig.

Wieder rüber auf die Couch, Füße auf den Stuhl. Ich steckte mir die Zigarette an. Ein Riesenschluck aus der Tasse, dann ein Riesenzug Tabak.

Der graue Pullover sah mich an wie ein beim Abschreiben erwischter Schüler. Noch ein Kuss zwischen Kaffee und Zigarette, dann redete ich ihn an. »Wie heißt du?«

Er schlug die Augen nieder und sagte leise: »Sivasli.«

Sivasli. Der aus Sivas. Das war doch kein Name. »Und wie heißt du wirklich?«

»Was willst du mit meinem echten Namen? In irgendein Register eintragen?«

»Ich bin kein Bulle.«

Er sah mich wieder an. »Na also. Dann reicht auch Sivasli.«

Nun ja, auf eine Diskussion über Identität war ich auch nicht scharf. Ich zog an meiner Zigarette. »Sivasli!«, sagte ich dann.

»Ja?«

»Was ist euer Boss für einer?«

»Das ist nicht unser richtiger Boss. Der ist auch nur ein kleines Würstchen wie wir. Höchstens ein Oberwürstchen.«

Schmunzelnd nahm ich die Füße vom Stuhl. »Und wer ist der echte Boss?«

»Meinst du, den kriegen wir zu Gesicht? Zu uns ins Kaffeehaus kommt immer nur Baller-Osman, und dann laufen wir mit ihm mit.«

»Und was hat er diesmal gesagt?«

Er verzog das Gesicht, als hätte er sich am Kopf gekratzt, wäre er nicht gefesselt gewesen. »Gar nichts. Der gibt uns bloß ein Zeichen, und wir dackeln los.«

»Er sagt also nicht, tut dies und jenes?«

»Im Auto hat er nur gesagt, wir sollen die Klappe halten, solange er uns nicht anredet.«

»Wo habt ihr geparkt?«

»Gleich nebenan. Die Straße war so eng, dass der Clio halb auf dem Gehsteig steht.«

»Ist Baller-Osman gefahren?«

Er nickte.

»Was solltet ihr danach tun?«

Diesmal schüttelte er nur den Kopf und sah mich an, als hätte er nichts mehr zu sagen. Ich wartete ab.

»Weiß auch nicht«, sagte er schließlich. »Er hätte uns wohl ins Kaffeehaus zurückgebracht.«

Ich versenkte meine Kippe im Magen des gefräßigen Aschenbechers und trank einen letzten Schluck Kaffee. »Wo ist euer Kaffeehaus? In Kasimpaşa?«

Er riss die Augen auf, als sei es ein Weltwunder, dass ich den Standort dieses Kaffeehauses erraten hatte. Dann grinste er.

»Hey, nicht schlecht«, sagte er anerkennend, als wollte er an meinem Erfolg teilhaben. »Şarkişla heißt es. In der Hauptstraße, gleich neben der Bäckerei.«

Ich tat besser so, als wüsste ich genau, wo das ist.

Vielleicht mal einen Blick ins Schlafzimmer werfen? Man will ja nichts unversucht lassen. Das hätte mir einfallen sollen. Oder vielmehr doch. Das Erste, was ich in Firdevs Işins Schlafzimmer sah, war der Tote.

Das ist ja bei Leichen so, dass wie bei Fotoeffekten alles um sie herum verschwimmt und an Bedeutung verliert. Man sieht nur den Toten, wie eine Statue, so wie er im Moment seines Ablebens erstarrt ist. Sogar sein Name verflüchtigt sich.

Obwohl, den Namen dieses Toten wusste ich wirklich nicht.

Er musste so im Alter von Kemal Arsan sein. Er trug eine schwarze Jeans, ein schwarz gestreiftes Hemd und schwarze Wildlederschuhe. Die Arme lagen am Körper angelegt, der Kopf ruhte auf dem Kopfkissen, das sich über der karierten Bettdecke wölbte. Die Augen blickten zur Decke. Er hatte ein langes, schmales Gesicht und einen Anflug von Bart. Die breite Stirn war von kurzen Locken eingefasst. Durchaus gut aussehend, der Bursche.

Das Schussloch, das zu seinem Tod geführt hatte, sah ich erst danach. Es war direkt neben der Brusttasche. Auf dem schwarzen Hemd machte der kleine dunkle Blutfleck nicht gerade schreiend auf sich aufmerksam.

Ich musste mich an die Tür lehnen. Innerlich fluchte ich, und nicht zu knapp. Vielleicht stimmte ja gar nicht, was Firdevs Işin gesagt hatte. Die Wände taten den Nachbarn nicht sofort kund, was zwischen ihnen geschah. Der Revolver, der dem Lockenkopf den Garaus gemacht hatte, war wohl kein Feldgeschütz, aber völlig geräuschlos war die Sache kaum abgegangen.

Es war also Eile angebracht. Ein Nachbar mochte den Schuss gehört und längst die Polizei gerufen haben. Und ich hatte hier drei Würstchen am Hals, zwei kleine und ein größeres. Rasch blickte ich mich um.

Neben dem französischen Bett mit dem schmiedeeisernen Kopfende standen zwei Nachtkästchen. Eines war leer, auf dem anderen sah ich einen Radiowecker, eine Leselampe, einen Stapel Frauenzeitschriften und eine Fernbedienung. Zeit, um die Schubladen zu durchwühlen, hatte ich nicht.

Auf einer Art Toilettentisch gegenüber dem Bett stand ein mittelgroßer LCD-Fernseher, links und rechts davon Schminksachen, Deo, Haarbänder und ähnlicher Kram. Am Fenster die gleiche Jalousie wie im Wohnzimmer, daneben ein kleiner Schrank.

Nun gut. Nichts wie weg.

Ich sah mir den Toten noch einmal an. Weder hatte er mir etwas zu sagen noch ich ihm. Unsere Zeit war knapp. Beim Hinausgehen wischte ich die Türklinke innen und außen mit einem Hemdzipfel ab.

Im Wohnzimmer war alles unverändert. Baller-Osman schien allmählich zu sich zu kommen. Das andere Würstchen wimmerte bei vollem Bewusstsein. Sivasli sah auf den Teppich, als überlegte er, welchen Stein er in der letzten Okey-Partie im Kaffeehaus wohl besser hätte spielen sollen.

»Sivasli!«

Er hob den Kopf.

»Sivasli, hör mir gut zu. Ich hau jetzt ab. Sobald ich weg bin, zählst du bis hundert, und dann macht ihr euch alle drei davon, und zwar schleunigst.«

Sivasli schien gleich zu begreifen, dass etwas Besonderes los war.

»Trödelt ja nicht rum, hier wimmelts gleich vor Bullen. Da drin liegt eine Leiche!«

Sivasli nickte eifrig. Ich band ihn los, und er bedankte sich nicht mal, so eilig hatte er es. Als ich schon an der Tür war, sagte ich noch: »Ich hoffe, Baller-Osman vergisst mir das nicht.«

Vergiss du lieber den Revolver nicht, mag man jetzt denken, aber den hatte ich nicht vergessen. Als ich die Treppe hinuntereilte, hopste die CZ 75 bei jedem Schritt in meiner Tasche. Zum Glück begegnete mir niemand.

Je weiter ich mich von dem steif daliegenden Kerl da oben entfernte, umso leichter war mir ums Herz. Als ich draußen an dem schwarzen Clio vorbeikam, der halb auf dem Gehsteig stand, musste ich sogar schmunzeln, denn jemand hatte die Scheibenwischer hochgestellt und die Außenspiegel verdreht.

Was ich nun als Erstes brauchte, fand ich schon sehr bald, gleich hinter dem Schild, das stolz verkündete, man könne hier bis Mitternacht noch Pide bestellen: Einen bis oben hin vollen Müllcontainer. Als ich näher trat, schlug mir eine wohldosierte Mischung aus sämtlichen Abfalldüften Istanbuls in die Nase. Ich hielt ihr stand. Flink wie ein Hütchenspieler wischte ich die CZ 75 an meinem Hemd ab, feuerte sie in ein freies Eckchen und legte ein paar Mülltüten darauf.

Ich fühlte mich gleich noch leichter und ging die Straße hinab, immer noch sehr auf der Hut, wenn auch Firdevs Işin und ihre Pferdeschwanzfreundin wohl kaum mehr in der Gegend waren. Ich an ihrer Stelle wäre es jedenfalls nicht gewesen.

Dann überlegte ich mir, was zu tun war, falls es hart auf hart kam.

Ja, ich bin in die Wohnung gegangen, und ja, ich habe Firdevs Işin nach Begüm Kalyon gefragt. Warum? Nun, ich bin Privatdetektiv, nach Maßgabe des viel diskutierten Gesetzes 3963 aus dem Jahr 1994. Und ich bin gerade dabei, einen Auftrag auszuführen, der mir im Rahmen von Paragraph 19, Artikel b erteilt wurde, nämlich die »Ausfindigmachung einer abgängigen Person«.

Ja, ich halte mich dabei an Recht und Gesetz. Ich habe die Wohnung mit Zustimmung der Wohnungsinhaberin betreten, habe dieser meine Fragen gestellt und bin dann unverrichteter Dinge wieder abgezogen. Gut, einen Kaffee habe ich zuerst noch getrunken.

Nein, ihr Schlafzimmer habe ich nicht betreten. Was soll ich im Schlafzimmer einer alleinstehenden Dame? Nein, die Jalousie war noch intakt, als ich die Wohnung verließ. Zumindest ist mir nichts daran aufgefallen. Hätte sie jemand abgerissen, so hätte ich das wohl gemerkt.

Wer mein Kunde ist? Der Verlobte der jungen Frau. Da sie tagelang nicht aufgetaucht ist, hat er sich an mich gewandt, wir haben uns über mein Honorar geeinigt, und ich habe den Auftrag angenommen. Die Adresse von Firdevs Işin habe ich von meinem Kunden bekommen, seines Zeichens Arzt.

Nein, ich habe die Frau nicht gefunden. Ja, selbstverständlich werde ich Istanbul nicht verlassen.

Ich schwörs.

Manchmal schoss Istanbul auf mich, aber ich schoss auch manchmal zurück. Ich bat Istanbul, mich leben zu lassen, und gab ihm dafür, was es forderte. Manchmal schüttete es seinen ganzen Dreck über mir aus, und dann verteidigte ich mich mit so perfekten *tenkans*, wie ich sie im Aikido-Training nie zustande brachte. Es kotzte die Reste halb verdauten Reichtums heraus, dass ich nur so zusammenzuckte. Und wenn es mir die Hand reichte, zählte ich hinterher meine Finger.

Wo ich auch hingehen würde, Istanbul würde ich doch stets hinter mir herschleifen, und so ging ich lieber nirgends hin. Versucht hatte ich es, doch Istanbul war mir gefolgt. Nun ließ ich es ganz, das war weniger anstrengend.

Nein, ich werde Istanbul nicht verlassen, Herr Polizeimeister, Herr Polizeiobermeister, Herr Polizeihauptmeister. Ich gehe nicht weg. Und sogar, wenn Sie sagen, ich soll gehen, gehe ich nicht.

Ich musste diese Frau finden. Ich musste herauskriegen, in was für einem Schlamassel sie steckte, damit mir klar wurde, warum der Lockenkopf auf dem Bett dieses Loch in der Brust hatte. Und damit ich, falls es schlimm kam, meinen eigenen Kopf retten konnte. Zumindest so lange, bis Istanbul aus seiner prall gefüllten Vuitton-Tasche die nächste Bosheit über mich kippte.

4

Ich zog die letzte Zigarette aus dem Päckchen und steckte sie zwischen die Lippen. Dann zerknüllte ich das Päckchen und kickte es wie seinerzeit Ricardo Quaresma mit dem Außenrist auf einen Müllhaufen. Noch immer keine Polizei in Sicht. Ich ging jetzt gemächlicher dahin. Laut einem Straßenschild war ich in Richtung Beşiktaş unterwegs.

Höchstwahrscheinlich war ich der einzige Privatdetektiv auf Erden, der die Einzelheiten über einen Mord, den er entdeckt hatte, aus den Abendnachrichten und am nächsten Tag aus der Zeitung erfuhr. Wer der Tote auf dem Bett war und was er mit der Frau in der Wohnung zu tun hatte, würden an meiner Stelle Polizisten und flotte Reporter herauskriegen. Das würde ich dann mit dem, was ich gesehen hatte, zu einem Bild zusammenfügen.

Ich gelangte zur Hauptstraße und kam an einer Reihe von Schulbussen vorbei. Dem ersten Taxifahrer, den ich anhalten wollte, gefiel entweder meine Visage oder meine Zigarette nicht. Der nächste hielt, und ich setzte mich hinten rein.

»Taksim«, sagte ich.

»Die Zigarette«, erwiderte er. »Lieber ausmachen. Es gibt jetzt saftige Strafen.«

»Schon gut.«

Bis zum Taksim-Platz sah ich aus dem Autofenster. Aus dieser Perspektive schien Istanbul guter Laune zu sein. Niemand wurde erschossen, und niemand versuchte, mit einem Skalpell ein Handy zu erpressen.

Da ich keine Lust auf die Menschenmenge in der Istiklal-

Straße hatte, bog ich gleich beim französischen Konsulat rechts ab und ging durch Gassen zu jenem Hotel, dessen Namen ich lieber verschweige. Die Rezeption war leer, und der kleine Fernseher, vor dem der Pförtner, Nachtwächter, Concierge, Kuppler, Drogenbeschaffer und gelegentliche Polizeispitzel sonst immer saß, redete allein vor sich hin. Ich setzte mich am Fenster in einen der Ledersessel, durch deren Risse schon das Füllmaterial herausquoll. Ich horchte in mich hinein und fand mich nach all der Aufregung ziemlich erschöpft. Wochenlang war ich nur ausgegangen, um einen Happen zu essen und mir die Kehle anzufeuchten, und war dann mit weicher Birne ziellos umhergewandert. Einzig und allein mit Emre Yeğenoğlu redete ich, und dazu brauchte es nicht viel Grips. Man lachte über seine dummen Scherze, und das wars dann schon.

Da kam Emre Yeğenoğlu aus dem Zimmer hinter der Rezeption heraus. Er zog seinen Gürtel zu und sah sich um. Als er mich erblickte, lächelte er. Er wandte sich wieder der Tür zu und rief: »Komm raus.«

Eine Frau mit kanariengelben Haaren und einer sehr bauchfreien Bluse tauchte auf. Eine Erscheinung, wie man sie nicht so leicht vergisst. Sie trug Leggings, die so manches nicht nur erahnen ließen, und am Arm eine perlenbesetzte Tasche, die bei nächtlicher Beleuchtung vermutlich glitzerte. Sie sah über mich hinweg und zog sich mit der freien Hand die Leggings weiter hoch. »Tschüss, Schätzchen«, flötete sie beim Hinausgehen.

Emre Yeğenoğlu sah mich an und grinste triumphierend. Ich versagte mir jeden Kommentar. Er setzte sich an seinen Platz und warf einen Blick auf den Fernseher, verzog aber gleich das Gesicht. Dann wandte er sich mir zu. »Remzi, du hast zwei Anrufe bekommen. Ich hab sie hier aufgeschrieben. Der eine ist von einer Frau. Respekt.« Er hielt mir zwei Zettel aus dem Notizblock hin, auf dem der Name eines Reisebüros prangte. Ich stand auf, nahm sie an mich und ging auf die Treppe zu.

»Remzi!«, rief er mir hinterher.

»Ja?«

»An dir ist heute irgendwas anders. Was ist los?«

Woher wusste der Kerl, dass mir das Herz ganz anders schlug? Ich wartete ab, wie er das meinte.

»Na, weißt du, Remzi, als ich gesagt habe, dass eine Frau angerufen hat, ist in deinem Gesicht auf einmal ein ganz anderer Remzi aufgetaucht. Und rasiert hast du dich auch.«

Woher nach so langer Zeit dieser andere Remzi wieder aufgetaucht war, brauchte ich dem Kerl nicht zu erzählen. Und auch nicht, wie glücklich mich ein Anruf jener Frau gemacht hätte, die jedoch – wie mir zwei Sekunden später einfiel – die Nummer dieses schäbigen Hotels gar nicht kannte. So zuckte ich als Antwort nur mit den Schultern und drehte mich um.

Auf dem Weg hinauf las ich den ersten Zettel. Der Kerl hatte den Namen der Frau richtig geschrieben, und die Uhrzeit stand auch dabei. Sie hatte angerufen, nachdem sie den ersten Schock verdaut hatte, vielleicht aus einem Taxi auf dem Weg nach Beşiktaş. Und noch etwas ging aus dem Zettel hervor, nämlich dass ich irgendwie doch das Vertrauen der beiden Frauen gewonnen hatte.

Umso besser. Aus Sivasli hatte ich ja so gut wie nichts herausbekommen, doch als Gegenleistung für die paar Hiebe, die ich den Würstchen versetzt hatte, war ein wenig Vertrauen keine schlechte Ausbeute.

So ist das Leben. Wenn du ihm was gibst, kriegst du auch was zurück. Immer.

Emre Yeğenoğlu hatte die Worte Begüm Kalyons in Anführungsstriche gesetzt. Seine Schrift war kaum besser als die eines Arztes, aber doch lesbar. »Vielen Dank, Herr Ünal. Kommen Sie bitte heute Nachmittag um fünf Uhr in das Starbucks im Einkaufszentrum Profilo, ich möchte mit Ihnen reden.«

Ich sah auf die Uhr. Bis dahin war noch ziemlich viel Zeit. Ich schmunzelte. Das Leben hatte mir doppelt gegeben. Vielleicht würde ich auf ein, zwei wichtige Fragen eine Antwort bekommen.

Als ich vor meiner Tür ankam, las ich den zweiten Zettel. Kemal Arsan hatte angerufen. Etwa um die Zeit, als ich vom Manhattan Medical wegfuhr. »Ich wollte nur wissen, ob sich was Neues ergeben hat. Wenn ja, rufen Sie mich dann bitte an?«

Und ob sich was Neues ergeben hat! Ausrufezeichen!

Als ich mein Zimmer betrat, kam es mir armseliger vor denn je. Zwar war das Bett gemacht worden, das in der Nacht meine nicht ungewichtige Wenigkeit ertrug, doch meinen Raki- und Zwiebelgeruch verströmte es noch immer. Was ich achtlos herumliegen ließ, war aufgeräumt. Durch das offene Fenster kamen Geräusche aus dem Hinterhof der Stadt. Für diverse Laute aus den Zimmern neben und über mir war es noch zu früh.

Ich zog mich rasch aus und ging ins Bad, in das keine zwei Personen gepasst hätten. Ich duschte erst so heiß, wie ich es nur aushielt, dann kalt. Dann war ich ein neuer Mensch.

Nur mit einer Unterhose bekleidet, die ich im Dutzend kaufte, setzte ich mich aufs Bett. Ich griff zum Telefon auf dem Nachtkästchen, atmete tief ein und aus und wählte die Handynummer von Kemal Arsan.

»Dr. Kemal Arsan«, meldete er sich sofort.

»Ich bins, Remzi Ünal. Sie haben mich angerufen?«

»Jaja«, erwiderte er aufgeregt. »Gibts was Neues?«

»Jede Menge.«

»Gute oder schlechte Nachrichten?«

»Nicht gerade sehr gute.«

»Was ist passiert, um Gottes willen?«

»Am Telefon möchte ich das nicht sagen.«

»So schlimm?«

Mir fiel nicht ein, wie ich vom Tod eines mir unbekannten jungen Mannes locker hätte berichten sollen, also wechselte ich das Thema. »Ich habe auch eine gute Nachricht. Höchstwahrscheinlich werde ich Begüm Kalyon finden.«

»Was heißt höchstwahrscheinlich?«

Ich wollte nicht sagen, dass wir verabredet waren, sonst hätte es ausgesehen, als würde mir alles nur zufallen. Nicht dass er dann gleich um das Honorar feilschte. »Ich meine, wenn alles gut geht.«

Eine Weile kam gar nichts, dann sagte Kemal Arsan zögerlich: »Herr Ünal … Sollten Sie sich nicht ein Handy zulegen? Dann könnten Sie mich schneller benachrichtigen, wenn sich was tut.«

»Wenn ich Begüm finde, rufe ich Sie von ihrem Handy an. Falls sie Ihre Nummer nicht gelöscht hat.« Das saß anscheinend.

»Schon gut, schon gut. Also bis dann.« Und schon legte er auf.

Ich sah wieder auf die Uhr. Und hatte immer noch Zeit. So tat ich das Vernünftigste, was jemand tun kann, der zwei Mal am Tag zum Training geht. Ich schlüpfte unter die Bettdecke. Das Kopfkissen roch wie immer nach Raki und Zwiebeln.

5

Ein Geschrei weckte mich. Draußen stritten sich zwei Frauen, mit so hohen Stimmen, dass ich nicht verstand, worum es ging. Ich sah auf die Uhr. Zeit, aufzustehen. Ich konnte den Weibern dankbar sein.

Ich wusch mir kurz das Gesicht und zog mich an. Wäre ich zu Hause gewesen, hätte ich einen Kaffee getrunken.

Den Gang entlang und die Treppe hinunter ging ich beschwingten Schrittes wie nie zuvor, ohne jeglichen Gedanken an die Menschen hinter den vielen Türen. Ich war einzig und allein neugierig, was mich in dem Starbucks erwartete.

Emre Yeğenoğlu saß an seinem Platz, den Blick auf den Fernseher gerichtet. Es lief wohl gerade eine Kuppelshow.

»Ho, ho, unser Remzi auf dem Weg zu seinem Rendezvous! Ist sie wenigstens hübsch?«

Ich erwiderte nichts. Vom Gesicht Begüm Kalyons hatte ich schon noch eine Vorstellung, doch bald würde ich sie mir genauer ansehen können.

Die keifenden Frauen waren verschwunden. Ich ging hinunter zum Tarlabaşi-Boulevard und stieg in eines der Taxis, die den zähen Verkehr durch ihr Spähen nach Kunden noch zäher machten. Der Taxifahrer rauchte, ich also auch. So verschmutzten wir gemeinsam durch die offenen Seitenfenster hinaus die Istanbuler

Luft. Zum Glück ließ der Mann das Radio nicht dudeln und quatschte mir auch nicht die Ohren ab. Wir hingen lieber beide unseren Gedanken nach.

Hundert Meter vor dem Profilo Einkaufszentrum stieg ich aus und ging rhythmisch atmend zu Fuß weiter. Vor dem Metalldetektor am Eingang standen die Leute Schlange. Bei mir piepste es nicht. Ich wich schwungvoll einem jungen Mann aus, der mir gelangweilt einen Prospekt in die Hand drücken wollte, dann ging ich direkt in das Starbucks.

Es war voll.

Ich schlenderte von Tisch zu Tisch, als suchte ich einen leeren Platz. Wo mehr als zwei Frauen zusammensaßen, ging ich zügig weiter. An einem Tisch saßen zwei Frauen, doch da wir etwa im gleichen Alter waren, funkte es nicht zwischen uns. Bald war ich ganz durch. Die Leute schienen alle bester Laune zu sein, doch mit der meinen ging es allmählich den Bach hinunter.

Ich sah auf die Uhr. Ein bisschen konnte ich ja noch warten. Frauen kamen zu Rendezvous manchmal zu spät. Ob Begüm Kalyon gern pünktlich war oder nicht, konnte ich ja nicht wissen.

Ich kam mir in dem Starbucks vor wie ein mittelalter Schürzenjäger, der von einem jungen knusprigen Ding versetzt wurde. Nach allem, was geschehen war, musste Begüm Kalyon doch ein echtes Interesse daran haben, sich mit mir zu treffen. Ich bestellte mit der üblichen Starbucks-Prozedur einen Kaffee und setzte mich an einen freien Tisch. Der Typ neben mir war völlig in seinen Laptop versunken, die beiden Frauen hinter mir zogen über ihre Freunde her.

Ich nahm einen Schluck von meinem furchtbar heißen Kaffee. Während ich so auf die Tür starrte, dachte ich nach, auf wie viele Menschen ich schon so gewartet hatte, entweder mit einem Kaffee oder mit einer Zigarette in der Hand, oder mit beidem. In Autos hatte ich schon gewartet, hinter Müllcontainern, manchmal zogen Horden an einem vorbei, ein andermal nur alle acht Minuten jemand.

Und ich wartete.

Manchmal zählte ich beim Warten, bis hundert, zweihundert,

dreihundert. So teilte ich eine unbestimmte Zeitspanne in lauter kleine Einheiten auf und ging immer nur eine nach der anderen an. War die eine weg, kam die nächste, und immer so weiter. Da wurde das Warten zum Klacks.

Es herrschte ein Kommen und Gehen, aber Begüm Kalyon tauchte nicht auf. Hätte ich ein Handy gehabt, hätte ich sie vielleicht angerufen. Oder sie mich. Ich hatte keins, und trotzdem sagte ich auf einmal »Hallo«, mit einem vermutlich sehr dümmlichen Lächeln im Gesicht. Ja, ich hatte kein Handy, aber ich tat einfach so, als hätte ich eins.

»Lange nicht gesehen«, sagte eine Stimme, die mich in Euphorie versetzt hätte, hätte ich sie tatsächlich gehört.

»Ja«, erwiderte ich, »und das ist gar nicht gut.«

»Meine ich auch.«

»Was sollen wir dann tun?«

»Uns mal treffen.«

»Wäre gut.«

»Wo bist du?«, sagte die Stimme, die hinter allem Gesagten immer Ungesagtes aufspürte.

Hm, wo war ich? Ich beschloss, die Wahrheit zu sagen. »Im Profilo Starbucks. Hinter jemand her, der verschwunden ist.«

»Schon wieder?«

»Tja, ist eben meine Arbeit.«

»Ich mag deine Arbeit nicht«, sagte die Stimme, die in wenig Gesagtes immer viel Gemeintes platzierte.

»Ich weiß.«

»Hört man deswegen nichts von dir?«

»Nein, zuvor war ich wütend.«

»Auf mich?«

»Auf dich, auf mich, auf die ganze Welt.«

»Ist die Wut jetzt verraucht? Rufst du mich deshalb an?«

Auf diese letzte Frage konnte ich nicht mehr antworten, denn auf einmal kamen zwei Menschen herein, von denen ich den einen kannte und den anderen nicht. An Zufälle glaube ich nicht. Wenn ich auf Begüm Kalyon warte und plötzlich Ayla Duman hereinspaziert, kann das kein Zufall sein.

Anstelle der Art Uniform mit den tausend Taschen, die sie im Krankenhaus trug, hatte sie nun ein glatt herabfallendes geblümtes Kleid mit langen Ärmeln an. Ihre Haare trug sie offen, und an ihrer Schulter hing eine hellgrüne Stricktasche. Sie war genauso schön wie im Manhattan Medical.

Der Mann neben ihr hätte fast ihr Vater sein können. Bei ihm fiel zuerst die dünne hellbraune Wildlederjacke auf, unter der er ein helles kragenloses Hemd trug. Die Haare, die sich schon einigermaßen zu lichten begannen, waren für jemanden seines Alters erstaunlich dunkel. Er wirkte wie einer, der mit sich sehr zufrieden war. In seinem runden Gesicht wiesen Augen, Brauen, Nase und Mund keine weitere Besonderheit auf, als da zu sein, wo sie hingehörten. Der Gesamteindruck war eher unangenehm.

Die beiden blickten sich suchend um. Ganz offensichtlich aber nicht nach mir. Als sie an meinem Tisch vorbeikamen, ohne mich wahrzunehmen, sagte ich: »Begüm Kalyon ist noch nicht da, Frau Duman. Nehmen Sie doch einstweilen Platz.«

Ayla Duman fuhr zusammen, als sie ihren Namen hörte. Und als sie sah, wer da sprach, zuckte sie gleich noch einmal.

»Bitte schön«, sagte ich, als redete ich zwei lange nicht gesehene Freunde an.

Ayla Duman wechselte nervös ihre Handtasche von der einen Schulter auf die andere und warf einen hastigen Blick auf den Mann neben sich.

»Wir können zusammen auf Begüm Kalyon warten«, sagte ich.

Da gab sie endlich eine Antwort. » Hat Begüm etwa Sie auch herbestellt?«

Bravo, Remzi Ünal, sagte ich mir. Ins Schwarze getroffen. Ich sah den Mann an und sagte zu Ayla Duman: »Möchten Sie mir den Herrn nicht vorstellen?«

Sie fasste sich etwas und sagte mit den entsprechenden Gesten: »Das ist Remzi Ünal. Er war heute im Krankenhaus, wegen einem Check-up. Und das ist unser Chefarzt Dr. Ismet Günaldi.«

Ich stand auf und reichte ihm die Hand. Seine Hände waren völlig trocken. »Nehmen Sie doch Platz, Herr Doktor«, sagte ich. »Bitte.«

Die beiden sahen sich an. Der Doktor gab wohl den Anstoß, sich zu setzen. Ayla Duman nahm mir gegenüber Platz, der Doktor neben mir. »Woher kennen Sie eigentlich Begüm?«, fragte er.

Fieberhaft dachte ich nach, was für eine Antwort ich geben sollte: eine brave oder eine böse? »Ich bin Privatdetektiv. Begüm Kalyon suche ich im Auftrag eines Kunden von mir. Persönlich kennengelernt habe ich sie noch nicht.«

Ayla Duman wirkte nicht einmal sehr verwundert. Sie zuckte ein winziges bisschen mit den Augenbrauen und sah den Arzt an. Der musterte mich, als hätte er unter dem Mikroskop einen bisher unbekannten Virus vor sich. Und dächte schon nach, wie dieser unschädlich zu machen sei. »Ich wusste gar nicht, dass es diesen Beruf in der Türkei auch gibt«, sagte er. Und zu Ayla Duman gewandt: »Wusstest du Bescheid?«

Ich antwortete an ihrer Stelle. »Als wir uns im Krankenhaus unterhielten, wusste sie noch nichts. Sie hat es später erfahren.« Eine neue Verbündete konnte mir nur recht sein. Ich spürte, wie Ayla Duman sich etwas entspannte.

»Sie tun also Ihre Arbeit«, sagte der Arzt, »indem Sie die Leute anlügen?«

»Nicht immer. Aber dieser Begüm sind noch mehr Leute auf den Fersen. Und zwar von der unangenehmen Sorte. Da wollte ich klarstellen, dass ich zu denen nicht gehöre.«

Ayla Duman kaute an zwei Fingern. Der Arzt sah mich streng an und sagte: »Wer ist Ihr Kunde? Und wer sind diese anderen Leute?«

Ich konnte ruhig etwas mehr mit offenen Karten spielen. »Im Allgemeinen verrate ich die Namen meiner Kunden nicht, aber in diesem Fall schadet es wohl nichts, denn es ist offensichtlich, warum er die Frau sucht. Es handelt sich um einen Ihrer Ärzte, um Dr. Kemal Arsan.«

Er runzelte die Stirn. »Warum sollte Kemal nach Begüm suchen?«

Neben einem Toten kam es auf einen verstimmten Chef jetzt auch nicht mehr an. Der mir noch dazu ins Konzept passte.

»Nun, sie ist seine Freundin.«

Der Arzt verzog die Lippen. »Wusstest du das, Ayla?«

Wieder eilte ich ihr zu Hilfe. »Sie haben es vor jedermann verborgen. Deshalb fragte er auch nicht selber nach, als sie verschwand. Und engagierte mich.«

Ayla Duman sah mich an. In ihren Augen war ein Glänzen, das ich mir nicht recht erklären konnte.

»Das sind ja Geschichten«, sagte der Arzt. »Und warum ist Begüm jetzt nicht da? Wir sind sofort los. Wegen des Verkehrs haben wir uns verspätet, aber trotzdem …«

»Sie hat also Sie auch angerufen? Wann genau?«

»Kurz vor Dienstschluss«, sagte Ayla Duman. »Wir müssen reden, hat sie gesagt. Und dass irgendwas schiefgelaufen ist. Was, das wollte sie mir erst hier sagen.«

Mit einem fragenden Blick wies ich auf den Arzt.

»Und während ich noch mit ihr redete …«, setzte sie zu einer Erklärung an, aber da mischte sich der Arzt selbst ein. Er wollte wohl etwas Autorität zeigen. »Ich hatte unsere Oberschwester Sinem schon gefragt, was mit Begüm los ist. Die wollte aber nicht heraus mit der Sprache. Da dachte ich mir, fragst du eben Ayla …«

Wir sahen beide zu Ayla Duman.

»Na ja«, sagte sie, »ich hätte eben beim Auflegen ihren Namen nicht sagen sollen. Den hat Dr. Günaldi gehört. Und darauf hat er gesagt, fahren wir zusammen hin.«

»Falls sie in der Patsche steckt«, sagte der Arzt, »müssen wir ihr doch helfen, habe ich mir gedacht. Tja, und da sind wir, und sie ist nicht da.«

»Moment mal«, sagte ich. »Vielleicht lässt sich da noch was machen.« Neugierig sahen mich beide an. Ich war mir nicht ganz sicher, wen von ihnen ich gewinnen konnte, falls ich tatsächlich was zustande brachte. »Sie hat gesagt, Sie sollen sich im Starbucks treffen, ja?«, fing ich mit meiner Nummer an. »Hat sie gesagt, in welchem?«

»Nein, nicht nötig, wir treffen uns immer hier, bevor wir was unternehmen, oder hinterher. Ich wohne hier in der Nähe.«

»Gut, dann fragen Sie doch mal die Bedienung, die Sie hier

am besten kennen, ob Begüm nicht schon vor uns gekommen ist. Vielleicht hat sie ja jemand gesehen.«

»Klar, warum ist mir das nicht selber eingefallen«, sagte Ayla Duman und stand auf. »Es hat mich so verwirrt, Sie hier zu sehen.« Sie ging zur Bestelltheke.

Dr. Günaldi und ich sahen uns an. Der Doktor trommelte mit den Fingern auf dem Tisch.

»Ist Begüm Kalyon eigentlich eine gute Krankenschwester?«, fragte ich.

Er lächelte. Wohl zum ersten Mal, seit ich die Ehre hatte, ihn zu kennen. »Wenn sie nicht so oft blaumachen würde, wäre sie die beste von ganz Istanbul.«

Das erleichterte mich irgendwie. Ich sah zu Ayla Duman, die an der Bestelltheke mit einer Frau redete. Die Frau zeigte zur Tür und wirkte einigermaßen aufgeregt. »Die haben sie wohl gesehen«, sagte Ismet Günaldi.

»Kann gut sein.«

Ayla Duman kam nicht gleich zu uns zurück, sondern ging zum Abholcounter. Als sie mit zwei Bechern Kaffee auf unseren Tisch zuging, wirkte sie noch verblüffter als in dem Moment, in dem sie mich gesehen hatte. Verschreckt sogar. Ohne sich zu setzen, sagte sie: »Sie ist mitgenommen worden. Wahrscheinlich gegen ihren Willen.«

»Was soll das heißen?«, sagte Ismet Günaldi, und seine trommelnden Finger erstarrten.

»Von einem Glatzkopf?«, fragte ich auf gut Glück.

»Ja, ja! Woher wissen Sie das?«

Welcher Zauberer verrät schon seine Geheimnisse? »Ach, lassen Sie nur. Was hat die Bedienung gesagt?«

Ayla Duman fuhr sich mit den Händen übers Gesicht. »Dass Begüm am Fenster gesessen hat, wahrscheinlich, damit sie uns gleich sieht. Dann ist sie plötzlich aufgestanden und wollte zur Tür, aber ein Mann hat ihr den Weg versperrt. Sie haben miteinander geredet, und dabei hat der Mann sie am Arm festgehalten. Offenbar hat er sie dann überredet, und sie sind zusammen hinaus.«

»Setzen Sie sich doch«, sagte ich.

»Wie soll ich mich da hinsetzen? Dieser Mann, das war doch bestimmt kein Freund von Begüm. Wer weiß, was das für ein Mensch ist! Wir müssen sie unbedingt finden. Die Bedienung ist ziemlich erschrocken über die Szene.«

»Aber was können wir tun?«, sagte Ismet Günaldi.

Tja, was konnten wir tun.

»Hat die Bedienung gesagt, ob sie draußen nach rechts oder nach links gegangen sind?«

»Sie hat ihnen nachgesehen, und sie sind nach links, also raus aus dem Profilo.«

Ich stand auf. »Dann versuchen wirs.«

»Was?«, fragte der Doktor.

»Vielleicht hat sie draußen jemand gesehen. Wir fragen mal.« Zum Glück fragte er nicht nach, wen wir fragen sollten, sondern stand nur auf und fasste Ayla Duman fürsorglich am Arm.

Wir gingen hinaus. Was mit dem Kaffee auf dem Tisch geschehen sollte, kümmerte mich nicht. War ja nicht meiner.

6

Die Sicherheitsleute brauchten wir gar nicht zu fragen, die hatten genug mit den Hereinkommenden zu tun und kümmerten sich bestimmt nicht um Leute, die hinausgingen. Draußen auf der Straße sah ich nach links und nach rechts, in der Hoffnung, mir würde etwas einfallen.

Taxifahrer! Die waren doch am Puls der Stadt. Und vielleicht war der Glatzkopf ja nicht mit seinem schwarzen Clio gekommen. »Warten Sie mal kurz«, sagte ich und ging über die Straße, zum nahen Taxistand. Vor dem ersten Wagen stand rauchend der Fahrer und deutete gleich auf sein Fahrzeug. Die Zigarette warf er dabei nicht fort. Gut so.

»Nein, Chef, ich brauche kein Taxi, ich möchte nur was fragen.«

Das mit dem Chef wirkte. »Ja?«

»Vor einer halben, drei viertel Stunde sind aus der Tür dort eine Frau und ein Glatzkopf rausgekommen, so einer mit einem Riesenschädel. Haben Sie die gesehen? Vielleicht sind sie hier in ein Taxi gestiegen?«

Der Chef schlug die Stirn in Falten und zog an seiner Zigarette, als könnte ihm die weiterhelfen. »Nein, nicht dass ich mich erinnern könnte.«

»Okay. Wissen Sie was, warten Sie hier auf mich, ich komme gleich wieder, dann fahre ich mit Ihnen. Ich bin übrigens kein Bulle.« Ich ging zu Ayla Duman und Ismet Günaldi zurück und sagte: »Nein, nichts. Die sind entweder mit dem Auto gekommen oder weiter weg in ein Taxi gestiegen.«

»Was sollen wir jetzt tun?«, sagte Ayla Duman. »Ach, Begüm!«

»Ich muss schnell wohin fahren, wo ich vielleicht was erfahren kann«, sagte ich.

»Ich komme mit«, sagte Ayla Duman. »Ich kann jetzt nicht ruhig zu Hause sitzen.«

»Kann aber sein, dass Sie Unschönes zu sehen bekommen.«

»Ach, wissen Sie, ich arbeite im Krankenhaus.«

Ismet Günaldi verzog das Gesicht, wirkte aber irgendwie erleichtert. »Ja, fahrt ihr nur«, sagte er. Ich habe noch was vor. Wenn sich was tut, sagen Sie mir Bescheid, ja?«

»Klar. Hat mich gefreut, Sie kennenzulernen, Dr. Günaldi.«

Er setzte ein halbherziges Lächeln auf, reichte mir aber nicht die Hand. Auch gut. Ayla Duman und der Doktor nickten sich zum Abschied zu. Dann ging der Doktor zum Taxistand.

Der Taxifahrer, mit dem ich gesprochen hatte, stand vor seinem gelben Hyundai. Ohne das Auto hätte man ihn auch für einen Grundschullehrer halten können. Ganz der Typ, dem man abends seine Tochter anvertrauen würde. Ich machte die hintere Tür auf und ließ Ayla Duman einsteigen, wobei sie erst ihr langes Kleid raffen musste. Dann setzte ich mich neben sie und sagte: »Und los gehts, Chef.«

Der Taxifahrer schwang sich ins Auto und sah mich im Rückspiegel an. »Nach Kasimpaşa«, sagte ich. Als das Taxi losfuhr, sah Ayla Duman mich an. Aus ihrem Lächeln sprach die Zuversicht, neben jemandem zu sitzen, der wusste, wohin die Fahrt gehen sollte.

»Darf ich rauchen?«, fragte ich den Taxifahrer.

»Nur zu.«

Ich hielt Ayla Duman das Päckchen hin, doch sie schüttelte den Kopf. Ich steckte die Zigarette an und machte das Fenster auf. Es strömte die Istanbuler Luft herein, die ich in dem Augenblick mit nichts hätte vergleichen können.

»Begüm steckt in der Tinte, was?«, sagte Ayla Duman.

Der Rauch, den ich hinausblies, wurde vom Luftstrom erfasst und zum Fenster hinausgeweht. »Metertief. Übrigens ...«

»Ja?«

»Ist Begüms Nase mal operiert worden?«

Ayla Duman lächelte. Als ob sie auch den Anfang jener Geschichte kannte, die auf dem Operationstisch endete. »Ja. Aber wie können Sie das wissen, Sie haben doch Begüm noch nie gesehen?«

»Ich denke doch, wir sind uns nur nicht vorgestellt worden.«

Da fasste Ayla Duman in ihre Stricktasche und wühlte darin herum. Schließlich zog sie die größte Damenbrieftasche heraus, die ich je gesehen hatte. »Ich habe ein Foto von ihr dabei«, sagte sie und holte es aus der Brieftasche. Es war gut postkartengroß.

Als Erstes sprang mir der junge Mann in die Augen. Zuletzt hatte ich ihn starr und steif auf einem Bett liegen sehen, während er auf dem Foto zwischen Ayla Duman und einer fröhlich lachenden Begüm Kalyon mit Pferdeschwanz einen recht munteren Eindruck machte. Auch das noch. Als ob du es nicht geahnt hättest, Remzi Ünal. »Wer ist der Mann?«, fragte ich Ayla Duman.

Sie wunderte sich, dass ich mich zuerst nach ihm erkundigte, und nicht nach Begüm Kalyon. »Einer unserer Ärzte im Krankenhaus. Ein guter Mann. Hilmi Akalin heißt er.«

»Was ist seine Spezialität?«

»Internist«, erwiderte sie und sah mich dabei ernst an. »Warum?«

»Weil ich ihn auch kenne. Leider.«

Sie erschrak. »Wieso leider?«

Schon wieder, dachte ich. Schon wieder musst du jemandem beibringen, dass ein ihm nahestehender Mensch nicht mehr lebt. Du hast es schon ein paar Mal gemacht. Notgedrungen. Und es war immer furchtbar.

Ich tat einen letzten Zug an der Zigarette und warf sie aus dem Fenster. Der Fahrer war ganz auf den Verkehr konzentriert. Ich atmete tief durch. »Ich habe eine schlechte Nachricht für Sie. Sie werden dann begreifen, wie sehr Begüm Kalyon in der Patsche steckt.«

»Nun sagen Sie schon, was ist passiert?«

»Ich habe Hilmi Akalin in der Wohnung von Firdevs Işin gesehen. Kennenlernen konnten wir uns leider nicht, denn dazu war er nicht in der Lage.«

Ayla Dumans Lippen begannen zu zittern. Sie wollte etwas sagen, brachte aber nichts heraus. Mir blieb nichts übrig, als weiterzureden. »Sie müssen jetzt tapfer sein. Hilmi Akalin ist leider tot. Mein Beileid.«

»Was?«, schrie Ayla Duman. Es war die Art von Schrei, auf die man nicht zu antworten braucht. Ich ließ ihr etwas Zeit, damit sie die Nachricht verdauen konnte. Alle Muskeln in ihrem Gesicht zitterten. Jetzt kommts gleich, dachte ich.

Und es kam. Sie schlug die Hände vors Gesicht und schluchzte. Es war ein echtes, ehrliches Weinen, kein Vergleich zu den Heucheleien, die ich bei so mancher Todesnachricht schon erlebt hatte. Ihre Schultern bebten, als würde sie von jemandem durchgeschüttelt. Ein paar Mal stampfte sie mit dem Fuß auf.

Ich wartete noch ab, denn zu sagen war da nichts. Kurz überlegte ich, ob ich ihr die Hand auf die Schulter legen und sie zu mir heranziehen sollte, aber das ließ ich dann doch lieber.

Der Taxifahrer zupfte aus dem Spender unter dem Radio ein paar Taschentücher und reichte sie mir wortlos nach hinten. Ich nahm sie und hielt sie auf dem Schoß bereit.

Als das Schluchzen allmählich nachließ, hielt ich ihr ein Taschentuch hin, und sie nahm es ruckartig an sich. Bis zu den Augen brachte sie es allerdings nicht, denn schon wurde sie von einem neuen Schluchzanfall erfasst. Sie versuchte, ihn zu unterdrücken, aber ohne Erfolg. Schließlich nahm sie die Hände vom Gesicht und hob den Kopf. Ihr Lidschatten hatte sich ein wenig verwischt wie bei einem zu wässrigen Aquarell, was ihr einen Gothic-Look verlieh. Das merkte sie wohl, denn sie wischte sich ausgiebig die Augen ab. »Geben Sie mir eine Zigarette«, sagte sie heiser.

Ich reichte ihr das Päckchen, aus dem sie mühsam eine Zigarette herausholte, die ihr beim ersten Versuch dann auch noch aus dem Mund fiel. Sie steckte sie wieder hinein und drehte sich dann zu mir. Ich zündete sie an.

»Falls die Dame Wasser möchte, ich habe eine Flasche da, noch ungeöffnet«, sagte der Taxifahrer betont höflich.

Ayla Duman schüttelte den Kopf und zog so heftig an ihrer Zigarette, als sei die ganze Welt ihr Feind. Sie musste husten.

Gut so, dachte ich. Lieber husten als weinen.

Wir hatten den Mecidiyeköy-Platz hinter uns und fuhren auf die E-5 zu. Ayla wurde immer ruhiger. Schließlich warf sie die Zigarette zum Fenster hinaus. »Wie ist das passiert?«, fragte sie.

Das fragte ich mich ja selber auch. Auch wusste ich nicht so recht, ob es für Ayla Duman von Bedeutung war, dass der Tote auf Firdevs Işins Bett gelegen hatte. Na ja, zumindest war er angezogen gewesen. Ich beschloss, etwas weiter auszuholen. »Kennen Sie eine Firdevs Işin?«

»Gehört habe ich von ihr. Sie ist eine Freundin von Begüm. Kennengelernt haben wir uns nicht.«

»Ich war bei ihr in der Wohnung, um sie nach Begüm zu fragen. Entweder sie wusste nichts, oder sie tat nur so. Als ich wieder gehen wollte, sind ein paar Mafiatypen gekommen und haben ebenfalls nach Begüm gefragt. Und sind auch gleich handgreiflich geworden.«

Ayla Duman sah mich mit so großen Augen an, als hätte sie einen Patienten vor sich, der das Manhattan Medical verklagen wollte, weil ihm das falsche Bein amputiert worden war.

»Während ich mich mit den Typen herumprügelte, sind Firdevs Işin und eine Frau mit operierter Nase, die ich bei meiner Ankunft kurz gesehen hatte, aus der Wohnung geeilt. Als die Lage wieder im Griff war, habe ich mich in der Wohnung ein wenig umgesehen.«

»Und die Mafiatypen?«

Ins Detail wollte ich nicht gehen. »Die saßen inzwischen ruhig da. Tja, und da habe ich eben im Schlafzimmer diesen Hilmi Akalin gefunden.«

Ayla Duman hielt den Atem an.

»Jeden Augenblick konnte die Polizei hereinschneien, ich musste also schnell weg. Er lag auf dem Rücken, mit einem Einschussloch im Hemd.«

»Ach«, entfuhr es Ayla Duman. Sie drückte ihr Taschentuch vor den Mund, als wollte sie verhindern, dass ihr etwas herausrutschte. Dass der Kerl angezogen war, hast du geschickt einfließen lassen, Remzi Ünal.

»Dann habe ich mich davongemacht«, sagte ich in abschließendem Ton.

»Und die Mafia-Typen?«

»Habe ich laufen lassen.«

Der Taxifahrer sah mich im Rückspiegel an. »Gut, dass Sie kein Polizist sind. Was da sonst los gewesen wäre! Mein Beileid übrigens, gnädige Frau.«

Wir erwiderten beide nichts.

»Jetzt sind Sie dran«, sagte ich.

»Wie bitte?«

»Erzählen Sie mir was über Ihre Kollegen. Vielleicht finden wir irgendeinen Anhaltspunkt.«

Sie hielt das zerfetzte Taschentuch in der Hand, als wüsste sie nicht, wohin damit. Ich nahm es ihr ab und warf es aus dem Fenster. Entschuldigung, Istanbul. »Wo fahren wir eigentlich hin?«, fragte sie. Nun hörte sie sich wieder an wie die Ayla Duman aus dem Krankenhaus.

»Nach Kasimpaşa, in ein Kaffeehaus, in dem diese Mafia-Typen verkehren. Vielleicht erfahren wir dort was. Erzählen Sie mir doch was von Hilmi Akalin.«

»Wenn Sie‹s schon interessiert, sollten Sie gleich wissen, dass ich nicht mit ihm zusammen war.«

Ein guter Anfang, dachte ich. Ob sie mit jemandem zusammen war, fragte ich nicht.

»Wir waren einfach drei Freunde. Begüm hat nie was von Dr. Arsan gesagt, und ich dachte manchmal schon, dass sie was mit Hilmi hatte. Das wäre mir sogar recht gewesen.«

»Vielleicht war ja auch was.«

»Glaub ich nicht«, erwiderte sie kopfschüttelnd. »Begüm ist keine, die mit zwei Männern jongliert. Außerdem hätte ich was gemerkt.«

»Das mit Kemal Arsan haben Sie aber auch nicht gemerkt.«

Sie nickte. »Und ich begreife es auch nicht. Warum hat sie das vor allen verborgen?«

»Kemal Arsan hat gesagt, im Krankenhaus werde so etwas nicht gern gesehen.«

Verwundert blickte sie mich an. »Das höre ich zum ersten Mal. Wer hätte sich da einmischen sollen? Jede Menge Pärchen gibt es da.«

Es war doch immer das Gleiche. Immer. Wenn man einen Fall verfolgt, kriegt man stets von gut der Hälfte der Leute Lügen aufgetischt. Inklusive von den Kunden. Vielleicht zahlen sie einen ja genau dafür.

»Aha«, sagte ich. »Und weiter?«

»Was weiter? Das ist alles. Wir haben zusammen gearbeitet, und hin und wieder sind wir zusammen ausgegangen. Das wars auch schon.«

»Und ist nichts Besonderes vorgefallen in letzter Zeit?«

»Hm, nein, mir fällt nichts ein. Höchstens … Ja, sie hat in letzter Zeit ziemlich viel Geld ausgegeben. Klamotten, ein iPhone. Aber das kann ich mir auch einbilden.«

»Haben Sie nicht gefragt?«

»Nein. Geht mich ja auch nichts an. Es hat mir gefallen, dass sie sich mal was gönnte.«

»Verdient sie weniger als Sie?«

»Ja, schon. Aber ich weiß nicht, ob ihr das was ausmacht. Die ganzen Ärzte, dass die mehr verdienen, das ist ja normal, aber trotzdem. Jedenfalls freute es mich, wenn sie sich mal was leistete.«

»Hatten Sie irgendwie den Eindruck, dass sie Probleme hatte?«

Sie schüttelte heftig den Kopf. »Nein, überhaupt nicht. Das habe ich Ihnen im Krankenhaus ja gesagt, als Sie nach ihr gefragt haben. Ich hab mir gar nichts gedacht, als sie ein paar Tage nicht kam. Passierte öfter. Und tun wir auch alle. Dass da was mit Mafia-Typen war …«

Sie hielt sich wieder ein Taschentuch an die Augen. Lieber Themawechsel.

»Dieser Dr. Günaldi, was ist das eigentlich für einer?«

Sie antwortete nicht gleich, sondern sah erst zum Fenster hinaus. Wir fuhren gerade den Piyalepaşa-Boulevard hinunter, zu unserer Linken ein Friedhof, zur Rechten ein paar Musterbeispiele der Verschandelung Istanbuls. Bald würde die alte Moschee kommen. Die gefiel mir.

»Ich weiß nicht«, sagte sie.

»Na, Sie werden es doch wissen.«

»Eigentlich ist er harmlos. Er weiß nur manchmal nicht, ob er eher Leiter oder Arzt sein soll.«

»Er ist aber doch mit Ihnen mitgekommen, um Begüm zu suchen?«

»Sie denken also, deswegen sei er mit?«

»Wie meinen Sie das?«, fragte ich so naiv wie möglich.

Sie sah dem Taxifahrer in den Nacken, und da fiel ihr wohl wieder ein, dass er ihr Taschentücher und Wasser angeboten hatte und somit auch hören durfte, was sie nun sagen würde, wenn auch etwas leiser. »Ich will Dr. Günaldi ja nichts unterstellen, aber ich denke doch, dass er wegen mir mitgekommen ist. Um irgendwie mit mir zusammen zu sein.«

»Ist er nicht verheiratet?«

»Doch, aber manche Männer hält das auch nicht auf.«

Hatte sie auch wieder recht. »Und seit wann geht das so?«

»Schon eine Weile. Genauer gesagt, seit ich nicht mehr mit meinem Freund zusammen bin. Seither schaut er mich immer so an, scharwenzelt um mich rum, will mir immer wieder einen Gefallen tun.«

»Aber so richtig erklärt hat er sich noch nicht?«

»Glauben Sie etwa, dazu hätte ich ihn animiert?«

»Verstehe.« Wer ihr Freund gewesen war, konnte ich sie jetzt nicht gut fragen, und was anderes fiel mir gerade nicht ein.

Aber dem Taxifahrer. »Wissen Sie was«, sagte er, »ich will mich ja nicht einmischen, aber so ein Mord, muss man da nicht die Polizei informieren? Davon haben Sie nämlich noch gar nichts gesagt, und da frage ich mich …«

Er hatte nicht unrecht. Ich sah Ayla Duman an, und die schien neugierig zu sein, was ich antworten würde. Unter anderen Umständen wäre ich dem Taxifahrer böse gewesen, jetzt aber nicht. Ich hatte meine Gründe. »Wissen Sie, ich bin Privatdetektiv, ein Schnüffler gewissermaßen. Ich bin nicht dazu da, um der Polizei zu helfen und irgendwelche Mörder zu fangen. Die Polizei schafft das allein, das können Sie in ein, zwei Tagen in der Zeitung lesen.«

»Ja, aber wenn man ein Verbrechen nicht anzeigt, macht man sich dann nicht selber schuldig?«

»Kann schon sein. Aber solange die nicht wissen, dass ich dort war, habe ich kein Problem. Und Sie werden uns ja nicht auf der Stelle verpfeifen, oder?«

»Ich bitte Sie! Natürlich nicht.«

»Dann ist ja alles in Ordnung. Die Polizei geht auf Mördersuche, und ich auf Nichtmördersuche.«

»Sie sind schon eine Marke«, sagte der Taxifahrer.

Ayla Duman wandte leise schmunzelnd den Kopf ab. Wir waren am Ende des Boulevards angelangt und fuhren durch ein Viertel, bei dem man sich fragen musste, ob das jetzt tatsächlich auch noch Istanbul war. Schließlich kamen wir in eine Straße, über der lauter blaue Parteipropaganda-Wimpel hingen, da wussten wir, jetzt ging es rein nach Kasimpaşa.

Der Verkehr stockte wieder mal, und ich hielt Ausschau nach Kaffeehaus und Bäckerei. Ayla Duman und der Taxifahrer, die keine Ahnung hatten, was ich suchte, spähten dennoch angestrengt zum Fenster hinaus, die eine rechts, der andere links. Ich sah eine Bäckerei, aber kein Kaffeehaus daneben, dann ein Kaffeehaus, aber ohne Bäckerei. Ich entschloss mich, im Kaffeehaus zu fragen, wenn das in Istanbul auch immer ein Unterfangen ist. Die Leute putzen einen nicht herunter, das nicht, aber sie antworten betont lustlos. So wie der Kellner jetzt auch. Aber ich erfuhr, was ich brauchte.

Wir kamen vor dem richtigen Kaffeehaus an. An der Tür hing ein Blechschild in der Größe von zwei Autokennzeichen, davor stand einsam ein alter Stuhl. Von den Männern, die drinnen an einem Tisch saßen, konnte ich nur die Beine sehen. Ich ließ den Taxifahrer parken.

»Ich steige jetzt aus«, sagte ich, »und Sie wenden am besten und parken so, dass Sie in Richtung Hauptstraße stehen. Es könnte sein, dass wir schnell von hier wegmüssen.« Dann drehte ich mich zu Ayla Duman um. »Sie bleiben beide im Auto, ja? Ich muss da drinnen bloß ein paar Fragen stellen.«

Über Ayla Dumans Gesicht fuhr ein zweifelnder Schatten, aber sie nickte. Ich stieg aus und ging zu dem Kaffeehaus.

Wenige Meter vom Gewühl der Hauptstraße entfernt, herrschte hier Totenruhe. Nicht mal die üblichen Katzen sah ich, die immer von Mülltonne zu Mülltonne huschen.

Ich machte die Tür auf und musste mich erst mal ein paar Sekunden an das Dunkel gewöhnen. Wie sollten die da Karten spielen? Es spielte auch keiner. An drei Tischen saßen jeweils zwei Männer, alle mit dem Rücken zur Wand. Sie sahen allesamt so aus wie die Bösewichter in einem alten türkischen Film. Ausladende Schnurrbärte, zeitlos unmoderne Koteletten, speckige Haare, sofern noch vorhanden. Und Sakkos. Gaaanz wichtig.

Der junge Wirt hinter der Theke spülte Gläser, als täte er das schon in der zweiten, ja dritten Generation. Er trug ein gefälschtes Abercrombie & Fitch-Sweatshirt und Converse-artige Schuhe. Seine Haare waren an den Seiten rasiert und in der Mitte zu einem Hahnenkamm hochgegelt.

Er konnte sich schon denken, dass ich hier nicht einfach ein Käffchen trinken wollte. Dennoch sah er mich recht unvoreingenommen an.

»Hallo«, sagte ich.
Er nickte nur wohlwollend.
»Ich habe mir sagen lassen, dass Baller-Osman oft hierherkommt. War er heute schon da?«
Statt zu antworten, sah der Wirt zu einem der Tische hinüber. Die beiden Männer lauschten natürlich. Und der ältere sagte denn auch: »Soso. Wer sucht denn nach ihm?«
Wer sucht nach ihm, wer sucht nach ihm, dröhnte es in mir nach. Bevor ich eine überzeugende Antwort fand, fragte der Mann weiter. »Und wer hat gesagt, dass Baller-Osman hierherkommt?« Er lächelte dabei das Lächeln eines grundgütigen Mannes, dem nichts Menschliches fremd ist, doch war mir, als lauerte dahinter ziemlicher Ernst. Mit übereinandergeschlagenen Beinen saß er da und hielt eine Gebetskette in der Hand, eine recht lange, von deren riesiger Schlussperle eine Quaste herabhing.
Ich beschloss, meinen einzigen und noch dazu eher schwachen Trumpf auszuspielen. »Ich habe einen Typen namens Sivasli kennengelernt. Der hat das gesagt.«
Der Mann verzog das Gesicht. »Die Hebamme, die den rausgezogen hat, sollte man anzeigen«, knurrte er. Der Mann neben ihm lachte los, als hätte er den lustigsten Witz der Welt gehört, wurde aber augenblicklich durch einen strafenden Blick gebremst.
Ich meinerseits beschloss, mich mal dumm zu stellen. »Ja, aber was soll aus mir werden? Sivasli hat gesagt, Baller-Osman kümmert sich um mich.«
»Na, spuck schon aus, was du auf dem Herzen hast, vielleicht können wir dir ja helfen. Und wenn nicht, können wir immer noch Baller-Osman fragen.«
Bravo, Remzi Ünal, jetzt lass dir was einfallen. Ernst genug, dass es nicht erfunden klingt, aber doch so, dass du dir keinen Ärger einhandelst. Mir fiel nichts ein. Und zu weiterem Nachdenken bekam ich auch keine Zeit, denn der Mann machte dem Spielchen ein abruptes Ende. »Ich bin Baller-Osman«, sagte er. »Also, schieß los.«
Mit der Hand, die die Gebetskette hielt, schob er so provo-

zierend langsam sein Sakko zurück, dass meine Augen magisch angezogen wurden. Aus seiner Hose stand ein Revolver mit ziseliertem Knauf heraus. Den streichelte er nun. »Von dem da habe ich meinen Namen. Er sehnt sich dauernd nach meinem Finger. Also mach schnell.«

Hm, gut.

»Darf ich Platz nehmen? Im Sitzen redet sichs besser.«

Er wies auf den Stuhl gegenüber. Der andere Mann rückte etwas zur Seite.

Ich holte mein Zigarettenpäckchen heraus. »Auch eine?«, fragte ich.

Sogleich hatte er wieder dieses Tolerante, Abgeklärte an sich. Bevor er die Hand nach einer Zigarette ausstreckte, fuhr er sich bedächtig über den Schnurrbart, der ihm von seinem Friseur bestimmt mit zitternden Händen gestutzt wurde.

»Ja, zünden wir uns eine an. Es ist zwar verboten und die Strafe hoch, aber bis hierher reicht der Arm des Gesetzes nicht.«

Schmunzelnd steckte ich erst seine, dann meine Zigarette an. Auch dem anderen Mann hielt ich das Päckchen hin, aber er schüttelte nur kurz den Kopf.

Der Baller-Osman, von dem ich nicht wusste, ob er es wirklich war, rief den Wirt. »Mach uns doch mal zwei Mokka ohne Zucker, aber schön stark, ja?« Zu mir gewandt sagte er: »Ohne Zucker ist doch okay, oder?«

»Ja.«

Er blies genüsslich seinen Rauch aus und sagte: »Du hast uns deinen Namen noch nicht verraten.«

Ich entschloss mich zu einem strategischen Kniff. Ich musste diese Leute ein bisschen aufmischen und sehen, was passieren würde. »Wenn Sie Baller-Osman sind, wer ist dann der Mann, der sich mir gegenüber als Baller-Osman ausgegeben hat? Und wenn Sie es nicht sind, wäre ich doch ganz schön blöd, einem falschen Baller-Osman das zu erzählen, was ich von dem richtigen will, oder? Und meinen Namen sollte ich Ihnen dann erst recht nicht sagen.«

»Stimmt. Und so blöd siehst du nicht aus.«

»Sagen Sie mir einfach, wie ich Baller-Osman finde. Oder wie er wirklich heißt.«

Der Wirt kam mit den beiden Mokka-Tassen. Der Kaffee sah wirklich stark aus. Schweigend erwiesen wir ihm unsere Reverenz. Wir nahmen bedächtig jeder einen Schluck und ließen ihn auf dem Gaumen wirken.

Der angebliche Baller-Osman schmatzte nach dem Schlucken und fuhr sich mit der Hand über die Lippen. »Jetzt erzähl mir doch erst mal, ob du den Kerl, der meinen Namen verwendet, gesehen hast.«

Ich zog an der Zigarette. Gut, der Kaffee. Schon eine Antwort wert. »Sivasli hat ihn mir aus der Ferne gezeigt. Er redete mit jemand. Darauf hat es geheißen, komm heute Abend ins Kaffeehaus, da ist er dann.«

»Und wie sah der Kerl aus?«

»Eine Glatze hatte er. Einen runden Glatzkopf. Weißer Mantel. Groß und kräftig.«

Seine Augen weiteten sich. Ganz offensichtlich wusste er, von wem ich redete. »Hm, schön, schön«, sagte er mehr zu sich selbst. Und dann, als sei ihm plötzlich etwas eingefallen, meinte er abschätzig: »Womöglich hast du diesem Sivasli schon einen Vorschuss gezahlt?«

»Na, ein bisschen was schon.«

»Schau, schau, schau. Dieser Dreckskerl.«

»Kennen Sie ihn denn?«

Der zweite Mann am Tisch grinste gequält. Der potenzielle Baller-Osman beugte sich über seinen Kaffee und trommelte mit den Fingern auf die Tischplatte. Er schien um einen Entschluss zu ringen. »Dieser Dreckskerl. Dieser gottverdammte Hurensohn.«

Gleich spuckt ers aus, dachte ich. Und mir war so, als wäre ich im Begriff, einen wertvollen Verbündeten zu gewinnen.

Er trank den letzten Schluck Kaffee und schob finsteren Blickes die Tasse beiseite. »Ich glaube, dich haben sie beschissen. Und mich gleich mit. Diese Schweinepriester. Sie haben meinen Namen missbraucht, die Hurenböcke. Der Name Baller-Osman hat in unseren Kreisen Gewicht. Er bedeutet Ansehen, Geld. So einen Namen muss man sich erarbeiten.«

Das mit dem Verbündeten wurde immer verlockender. Ich trank betont langsam meinen Kaffee aus und stellte meine Tasse neben die seine. Ich beschloss, noch mehr einen auf Remzi Ünal zu machen. »Wenn es nur das wäre, Baller-Osman.« Es wurde totenstill im Kaffeehaus. Alle starrten mich an.

»Was sagst du da?«, blaffte Baller-Osman. Der echte Baller-Osman.

»Ansehen und Geld kommen zurück. Aber wenn sie dich wegen Mord einbuchten, kommst du vielleicht nicht so schnell wieder raus.«

»Was redest du da? Wen soll ich umgebracht haben?«

»Es ist eine komplizierte Angelegenheit, und daran bin ich auch ein wenig schuld. Wenn du mir versprichst, nicht auszurasten, erzähle ich dir alles. Und dann musst du mir auch noch sagen, wie ich dieses Schlitzohr finde.«

Der Mann neben mir wartete gespannt auf Baller-Osmans Reaktion. Baller-Osman setzte einen Blick auf, der Antwort genug war. »Rede!«, fuhr er mich dann an. »Und zwar geradeheraus, sonst lass ich dir die Schnauze polieren.«

Dass er vor seinen Leuten so laut wurde, war normal. Ich drückte die Zigarette in meiner Kaffeetasse aus, denn Aschenbecher gabs keine. Dann drehte ich den Kopf nach rechts und links und ließ die Halswirbel knacken, als würde ich eine neue, anspruchsvolle Tätigkeit angehen. Wenn man sein Aikido-Training vernachlässigt, geht es schnell dahin mit der Geschmeidigkeit im Nacken.

Baller-Osman fixierte mich wie ein ausgewachsener asiatischer Tiger seine Beute.

»Um der Wahrheit die Ehre zu geben«, setzte ich zu einem Neuanfang an, »stimmt es zwar, dass ich diesen Mistkerl finden muss, der sich als Baller-Osman ausgibt, aber dass er für mich etwas erledigen soll, ist erfunden.«

Baller-Osman nickte.

»Ich heiße Remzi Ünal und übe eine ähnliche Tätigkeit aus

wie du. Ich bin Privatdetektiv und auf der Suche nach jemandem. In der Wohnung einer Krankenschwester bin ich auf diesen Gauner gestoßen, der noch zwei Kerle dabeihatte und dieselbe Frau suchte wie ich. Kurz und gut, nachdem ich sie unschädlich gemacht hatte, habe ich mich in der Wohnung umgesehen, und da lag im Schlafzimmer ein Toter. Die Krankenschwester hatte sich davongemacht. Jetzt muss ich diesen falschen Baller-Osman finden und herauskriegen, wer ihn auf diese Frau gehetzt hat, und warum.«

»Und von diesem Kaffeehaus hat dir Sivasli erzählt?«

»Ja. Ich wusste nicht, wohin sonst, also bin ich hierhergekommen.«

»Und was hat das alles mit mir zu tun?«, fragte er.

Ich konnte nur schwerlich ein Schmunzeln unterdrücken. Dass er da nicht selber draufkam. »Als ich den Glatzkopf nach seinem Namen fragte und er Baller-Osman sagte, war die Krankenschwester dabei. Wenn die Polizei sie fragt, was wird sie dann wohl sagen?«

Baller-Osman fasste unter seine Mütze und kratzte sich den Kopf. »Vielleicht hat sie ja den Kerl umgebracht«, sagte er.

Ich sah ihn anerkennend an. »Aber wäre es für sie nicht logischer, einfach zu sagen, da ist ein Baller-Osman gekommen, der hat es getan?«

»Hm, stimmt«, sagte er. »Unangenehm.«

»Und wie.«

Hinter mir ging die Tür auf, und Baller-Osman blickte sogleich hin. Auch den anderen war eine leichte Anspannung anzumerken. »Ja, bitte?«, röhrte Baller-Osman über meine Schulter hinweg in Richtung Tür.

»Ich wollte nach jemandem schauen«, sagte eine mir bekannte Stimme. Ich drehte mich um. Da stand, leicht vorgebeugt und mit suchenden Augen, mein Taxifahrer. Ich winkte ihm zu. »Schon in Ordnung. Ich komme gleich.«

»Wer ist das?«, fragte Baller-Osman.

»Mein Taxifahrer. Ich habe ihn draußen warten lassen.«

»Komm, Junge, setz dich her, trink einen Tee mit.«

Diese Einladung sah ich gleichsam als Unterschrift unter unseren Bündnispakt an. Ich hatte trotzdem etwas einzuwenden.

»Danke«, sagte ich anstelle des Taxifahrers. »Da ist aber noch eine junge Frau im Auto. Die würde sich Sorgen machen.«

»Dann soll sie auch kommen«, sagte Baller-Osman.

»Vielen Dank, aber lieber nicht«, erwiderte ich lächelnd. »Der wäre es zu verraucht hier.«

Baller-Osman lachte meckernd, und der zweite Mann am Tisch gleich mit. »Als du zur Tür rein bist«, sagte Baller-Osman zu mir, »hast du mir gar nicht gefallen, aber jetzt finde ich dich okay. Du bist zwar in diesem Scheiß-Istanbul auf der anderen Seite, aber wenigstens ein echter Kerl. Ich werde dir helfen. Obwohl ich mein Leben lang noch keinem Detektiv geholfen habe. Weder einem privaten noch sonst einem.«

Das hörte sich gut an. Mit einer Geste bedeutete ich dem Taxifahrer, er solle wieder hinausgehen. Er musste ja nicht unbedingt hören, was ich mit meinem neuen Verbündeten zu bereden hatte. Leicht enttäuscht schlich der Taxifahrer davon.

»Eine Runde Tee!«, rief Baller-Osman. »Aber schön stark.« Dann wandte er sich wieder mir zu. »Jetzt erzähl doch mal. Wovon lebt so ein Privatdetektiv?«

Ich rückte mit meinem Stuhl ein wenig näher an den Tisch heran. »Nun, er tut Dinge, die andere auch gern tun würden, sich aber nicht trauen, weil sie nicht in die Bredouille kommen wollen. Jemanden suchen, die Adresse eines Schuldners ausfindig machen, herauskriegen, ob nicht das eigene Kind in irgendeiner Scheiße steckt, solche Sachen …«

»Ermitteln, ob jemand fremdgeht …«, vervollständigte Baller-Osman mit der Miene eines Jugendlichen, der seinen ersten Pornofilm zu sehen bekommt.

»Nein, so etwas nicht. Ich mache auch keine Fotos und höre niemanden ab. Ich rede nur.«

»Ein Quassler scheinst du allerdings zu sein.«

Das ließ ich unkommentiert. Der Wirt brachte uns den Tee. Schmeckte gar nicht so schlecht. »Hast du eine Knarre?«, fragte Baller-Osman.

»Nein. Obwohl ich vom Gesetz her mehr oder weniger dürfte. Aber ich habs nicht so mit Waffen.«

Baller-Osman trank einen Schluck Tee und sah dabei sinnierend seine Leute an. »Ha«, sagte er dann, »wisst ihr was, wir schimpfen uns einfach auch Privatdetektive, und dann beantragen wir einen Waffenschein. Herrlich!« Allgemeines Gegackere. Sogar der Wirt lachte mit. Du hast einen Riecher gehabt, Remzi Ünal, dass du hergekommen bist.

»Hör mal, Remzi«, sagte Baller-Osman dann ernster, »dein Name war doch Remzi, oder?«

Ich nickte.

»Hör zu, Freundchen, wie gesagt, du gefällst mir. Es stimmt schon, wie sind hier keine Engelchen, aber einen umlegen, und noch dazu ohne Grund, das ist nicht unser Ding. Und in diese Scheiße hier wollen wir nicht reingezogen werden. Kennst du den einen Witz mit Nasreddin Hodscha?«

Vermutlich würde ich ihn nicht kennen.

Baller-Osman nahm genüsslich einen Schluck Tee und strich sich über den Schnurrbart. »Fragt einer Nasreddin Hodscha nach dem Weltuntergang. Sagt Nasreddin Hodscha: Es gibt zwei Arten von Weltuntergang. Wenn meine Frau stirbt, ist das ein kleiner Weltuntergang, und wenn ich sterbe, ein großer …« Wieder gackerten alle los. Ich setzte ein leises Schmunzeln auf. Wie oft die anderen den Witz schon gehört hatten, ging mich ja nichts an.

»Hier ist es ähnlich«, fuhr Baller-Osman fort. »Falls diese Sache mir angehängt wird, ist das ein großer Weltuntergang. Dass dieser Dummbeutel von Ayakçi Burhan der Frau meinen Namen gesagt hat, schmeckt mir überhaupt nicht. Wenn da irgendwo eine Leiche rumliegt.«

»Ist das sein Name?«

»Ja. Verschlucken soll er sich daran. Er war hier mal eine Weile zugange. Vorher war er Ausrufer am Busbahnhof in Harem, dort hats ihm gestunken, da haben wir ihn hier aufgenommen. Hätten wir mal bloß nicht.«

»Hat er dich auch schon übers Ohr gehauen?«

»Und ob.« Es wurde wieder so still in dem Kaffeehaus, dass

man von der Teeküche her das Wasser gluckern hörte. »Ich werd dir nicht verraten, was er getan hat, aber ich hab ihn sofort zum Teufel gejagt, und seither hat er sich nicht mehr blicken lassen.«

Hm, Remzi Ünal, solltest du vielleicht einen zweiten Kunden annehmen? Ich versuchte es. »Falls sich an der Sache noch was drehen lässt, könnte ich behilflich sein«, sagte ich. »Bei Bedarf.«

Nun wurde es sogar noch stiller. Baller-Osman blickte mir in die Augen und schien dort etwas zu sehen, das ihm gefiel.

»Schönen Dank auch, aber das ist nicht nötig. Einen Teil davon habe ich selbst erledigt, und der Rest ergibt sich noch.«

»Aber mein Angebot steht.«

Er holte aus der Sakkotasche ein Handy heraus, ein funkelnagelneues. Bei jeder Berührung des Bildschirms gab es Töne von sich, die sich nach den Videospielen von vor zwanzig Jahren anhörten. Er stand auf und ging zum Telefonieren in eine Ecke. An die Wand gelehnt, schwang er beim Reden seine Gebetskette.

Ob ich noch einen Tee bestellen sollte? Nein, besser nicht.

Nach einer Weile kam er zurück. »Wir wissen, wo der Saukerl steckt. Pass auf, ich geb dir jetzt Sivri mit, ihr fahrt dahin und regelt das. Geh vor, wie du willst, aber so, dass uns hier nicht die Bude einstürzt. Los, Sivri.« Der Typ, der die ganze Zeit neben mir gesessen hatte, stand auf und zupfte sich das Sakko zurecht. Mich würdigte er keines Blickes.

»Danke, nicht nötig«, sagte ich. »Sag mir nur, wo der Kerl ist, dann erledige ich das allein.«

»Nein, nein, nimm ihn mit. Sivri redet nicht viel, aber er ist gut. Er wird dir nicht auf die Nerven gehen.«

»Vielen, vielen Dank, für den Tee und für die Hilfe«, sagte ich.

»Nicht der Rede wert«, erwiderte er gönnerhaft, legte sich die Hand aufs Herz und verneigte sich leicht. »Ich habe zu danken. Viel Erfolg.«

Das mit dem neuen Kunden wird wohl tatsächlich was, Remzi Ünal. Übers Honorar ist nicht gesprochen worden, doch was du kriegen wirst, steht ohnehin schon fest.

Ich winkte dem Wirt und den übrigen Gästen zum Abschied kurz zu. Nur zwei davon nickten zurück.

Mit Sivri im Schlepptau ging ich hinaus. Es begann schon zu dämmern. Das wird ein Spaß, dachte ich, wenn Sivri und Ayla Duman sich kennenlernen.

Beim Taxi bedeutete ich Sivri, sich neben den Fahrer zu setzen. Ich weiß nicht mal, ob er den überhaupt grüßte. Als ich hinten zu Ayla Duman stieg, wäre sie mir fast um den Hals gefallen. »Wo waren Sie denn so lange?«, fragte sie im Ton einer uralten Bekannnten, die um mein Wohlergehen bangt.

»Alles in bester Ordnung«, erwiderte ich. »Wir haben uns nur ein wenig unterhalten.«

Sivri saß mucksmäuschenstill da und sah nach vorne, als sollten wir von seiner Anwesenheit möglichst keine Notiz nehmen.

»Ich habe mir wirklich Sorgen gemacht«, sagte Ayla Duman, »deswegen habe ich den Fahrer zu Ihnen geschickt, damit der mal …«

»Was machen wir jetzt?«, schaltete sich der Fahrer ein.

»Das wird uns unser Freund hier mitteilen.«

Der Taxifahrer wandte sich Sivri zu, und der deutete stumm nach vorne. Ich nickte die Sache ab, und wir fuhren los.

»Was soll jetzt geschehen?«, fragte Ayla Duman. »Wohin fahren wir?«

»Zu dem Glatzkopf, der Begüm Kalyon mitgenommen hat. Der Kollege da vorn bringt uns hin. Er heißt übrigens Sivri.«

Sivri verständigte sich mit dem Fahrer weiterhin nur über Zeichen. Der Verkehr war noch genauso dicht wie bei der Herfahrt. Ayla Duman schien sich nicht zu wundern, dass ich ihr Sivri gar nicht richtig vorgestellt hatte. Nun hatte ich noch ein Problemchen zu lösen.

»Ich lass Sie am besten an einem Taxistand raus«, sagte ich. »Da, wo wir hinfahren, ist der Empfang vielleicht rauer als in dem Kaffeehaus.«

»Nichts da. Wir sind gemeinsam losgezogen, da bringen wir die Sache auch gemeinsam zu Ende. Und was kann mir schon passieren, mit Ihnen an der Seite? Diesmal bleibe ich auch nicht im Taxi. Dieses Warten macht einen wahnsinnig.«

Ich entgegnete nichts. Der Taxifahrer ließ sich weiter per Gesten durch den Verkehr leiten. Zu unserer Rechten waren in Läden nackte Schaufensterpuppen zu sehen, wie stehende Leichen. Manche mit Kopf, manche ohne. Die mit Kopf sahen alle gleich aus, wie lauter Menschen, denen das Menschsein abhandengekommen war. Alles Geschlechtliche war nur angedeutet, für Anatomiekurse völlig ungeeignet.

Auch Ayla Duman starrte auf die Schaufenster, und ich befürchtete schon, sie würde irgendetwas Tiefsinniges vom Stapel lassen.

An der Bilgi-Universität mussten wir an einer Ampel halten. Schweigend sah Ayla Duman zum Fenster hinaus. Eine alte Frau mit einer Plastiktüte ging zitternden Schrittes über die Straße. Als die Ampel auf Grün sprang, klingelte im Taxi ein Handy. Ein Lied von Amy Winehouse. Ayla Duman kramte hektisch in ihrer Tasche und zog das Handy heraus. Notgedrungen wurden wir zu Mithörern. Aber viel gab es nicht zu hören.

»Ja … Ach so? … Gut, ich komme.« Schon legte sie wieder auf. »Entschuldigung, doch wieder alles anders, ich muss leider weg.«

Ich ließ mir nicht anmerken, wie erfreut ich darüber war. »Gut, aber steigen Sie lieber nicht hier aus, wir fahren Sie zu einem Taxistand.«

»Hier in der Gegend ist keiner«, mischte sich der Fahrer ein. »Aber ich find schon einen vertrauenswürdigen Kollegen.«

»Bis zum Taksim-Platz ist es doch nicht mehr weit, ich steig einfach in irgendein Taxi«, widersprach Ayla Duman, doch der Fahrer hörte nicht auf sie. Er fuhr langsamer, musterte die Fahrzeuge seiner Kollegen und hupte plötzlich einen an. Die mussten irgendeinen geheimen Code haben. Unser Fahrer schien die gewünschte Antwort zu bekommen, denn er fuhr an den Rand und hielt hinter einem anderen Taxi. Er stieg aus, und wir folgten ihm, nachdem Ayla Duman sich mit ihrem langen Kleid aus dem Fahrzeug gezwängt hatte.

Als wir bei den beiden Fahrern anlangten, war der Neue, dem solch wertvolle Fracht anvertraut wurde, wohl schon auf Herz und Nieren geprüft worden und hatte seine Instruktionen. Bestimmt hatte er auf alles schwören müssen, was ihm hoch und heilig war.

»Wann höre ich wieder von Ihnen?«, fragte mich Ayla Duman beim Einsteigen.

»Kommt ganz darauf an.«

»Wenn Sie Begüm sehen, rufen Sie mich aber bestimmt an, ja?«

»Mach ich.«

»Und passen Sie auf sich auf.«

Als das Taxi losfuhr und wir zu dem unseren zurückkamen, sahen wir gerade noch, wie unser Sivri sein Handy wieder einsteckte. Dass Baller-Osman uns so streng überwachen ließ, hätte ich nicht erwartet. Na ja, seine Sache.

Der Taxifahrer sah Sivri an und bekam von diesem wieder stumm ein Zeichen. Ohne meine Zustimmung abzuwarten, fuhr er los.

Ich öffnete das Fenster und sog die hereinströmende Luft ein. Soweit dies im Sitzen möglich war, ließ ich sie bis in mein Hara hinunterfließen. Immer wieder. Was in der Istanbuler Luft noch an Sauerstoff übrig war, beförderte ich in den untersten Teil meiner Lunge. Beim achten Atemzug trug mein Bemühen die üblichen Früchte. Mein Gaumen wurde kühl, und mir schwindelte, als würde ich zum ersten Mal seit Monaten wieder rauchen. Das entspannte mich nicht nur, sondern gab mir auch das Gefühl, ich sei nun zu allem bereit.

Wie dumm es doch war, dass ich mein Aikido so sträflich vernachlässigte. Dass ich aus meiner eigenen Wohnung abgehauen war. Und dass ich die Frau nicht anrief, die ich unbedingt hätte anrufen sollen.

So atmete ich fort, bis wir zu der Kurve kamen, von der es zum Taksim-Platz hinuntergeht. Das Taxi bremste auf einmal heftiger als sonst, und ich merkte, dass wir vor einem Parkhaus standen, auf das Sivri wohl etwas zu spät gezeigt hatte. Der Fahrer blickte mich an, und ich nickte. Das war zwar nicht gerade ein Ort, wie ich ihn erwartet hätte, aber egal.

Der Parkwächter am Eingang schien sich nicht zu wundern, dass wir ins Parkhaus hineinfuhren, obwohl Taxis ihre Fahrgäste doch eher davor aussteigen lassen. Von Sivri geleitet, fuhren wir in dem dunklen Gebäude Stockwerk um Stockwerk hoch. Keiner sagte etwas.

Schließlich blieben wir auf einer Etage und fuhren geradeaus an geparkten Fahrzeugen vorbei, die schwer damit beschäftigt waren, den sozioökomischen Status Istanbuls abzubilden. Da der Fahrer es anscheinend als unmännlich ansah, seine Scheinwerfer anzumachen, sah ich nur mit Mühe, was an der Mauer vor uns für Gestalten standen.

Es war schließlich nur ein Mann, und die Mauer hinter ihm lud mit ihren bizarren Feuchtigkeitsflecken dazu ein, dass man mit Interpretationsversuchen sein ganzes Unterbewusstsein herauskotzte. Was ich aber hübsch bleiben ließ.

Den Mann vor uns hatte ich noch nie gesehen. Er war groß und kräftig und hielt etwas Stockähnliches in der Hand. Der Taxifahrer sah mich unsicher an. »Halten Sie einfach«, sagte ich. Wir blieben einen halben Meter vor dem Mann stehen. Sivri stieg sofort aus, stellte sich neben meine Tür und machte sie auf.

»Wissen Sie was«, sagte ich zum Fahrer, »kehren Sie um. Ihr Geld bringe ich Ihnen zum Taxistand.«

»Aber wenn Ihnen was zustößt? Das mit dem Geld hat sowieso keine Eile.«

»Fahren Sie nur. Ich komm schon zurecht.« Ohne seine Antwort abzuwarten, stieg ich aus. »Fahren wir von hier irgendwo anders hin?«, fragte ich Sivri lächelnd, doch der erwiderte nichts. Das Taxi machte kehrt und fuhr davon.

Ich drehte mich zu Sivri um und machte dabei kleine Trippelschritte, um den Blutkreislauf in meinen Beinen wieder anzuregen. Der Mann mit dem Stock kam auf uns zu, und Sivri fixierte den schwarzen Landrover, neben dem wir standen. Da öffnete sich dessen Beifahrertür, und heraus stieg ein glatzköpfiger Mann.

Er hatte sich nicht einmal umgezogen. Im Gesicht hatte er blaue Flecken. Ob sein Kopf hinten eine Schwellung aufwies, konnte ich nicht sehen.

»Hallo«, sagte ich lächelnd. Es war ein recht künstliches Lächeln, aber mehr brachte ich nicht zustande. Der Glatzkopf erwiderte nichts, sondern nickte nur dem Mann mit dem Stock zu.

Den plötzlichen Hieb hätte ich vorhersehen müssen. Hatte ich aber nicht. Wahrscheinlich, weil ich ihn nicht so schnell erwartete. Ich hatte dem echten Baller-Osman zu sehr vertraut.

Direkt auf meine Schläfe ging der Hieb nieder, ein Stück über dem Ohr. In das Halbdunkel des Parkhauses leuchteten kurz die in meinem Gehirn aufflammenden Sterne hinein. Was der Schlag für ein Geräusch verursachte, hörte ich gar nicht.

Ich stürzte auf die Knie. Soweit mein schwindendes Bewusstsein es noch erlaubte, stellte ich mich auf einen zweiten Schlag ein, und das zu Recht. Er traf mich in den Nacken. Mein Gehirn war auf einmal wie betäubt, und dann auch der Rest meines Körpers. Das Letzte, was ich noch wahrnahm, als ich seitlich zu Boden stürzte, waren die gelblichen Zähne in Sivris grinsendem Mund.

7

Während ich bewusstlos war, sah ich Bilder aus Vergangenheit, Gegenwart und Zukunft. Ich starb, erstand wieder auf, starb erneut. Ich verfolgte jemanden und wurde selber verfolgt. Menschen lachten mir zu, aber ich konnte nicht zurücklachen. Menschen, die ich kannte, und Menschen, die ich zum ersten Mal sah. Ein paar leere Kaffeetassen. Ein paar Zigarettenstummel. Ein leerer Dojo.

Als der Nebel in meinem Gehirn sich zu lichten begann, sah ich als Erstes ein gelbes Licht, das mir direkt in die Augen schien. Wenn du ein Licht sehen kannst, Remzi Ünal, bist du nicht tot. Ich zwinkerte. Das Licht war noch immer da.

Vor mir war eine weiße Wand. Makellos weiß und leer. Wenn man blind ist, sieht man vermutlich alles schwarz, also bist du auch nicht blind. Ich schloss die Augen, machte sie wieder auf: Die Wand war noch immer da.

Als Nächstes wollte ich die schmerzende Stelle an meinem Hinterkopf betasten. Es ging nicht. Aha, du bist also gelähmt. Ich versuchte es mit der anderen Hand. Ging auch nicht. Dann probierte ich, meine Beine zu bewegen. Klappte. Ob es wohl möglich war, an den Armen gelähmt zu sein, an den Beinen aber nicht? Keinen Schimmer.

Ich versuchte, den Kopf nach rechts und nach links zu drehen. Das war zwar sehr schmerzhaft, aber möglich. Grund zur Freude. Links von mir war auch eine leere Wand und rechts ein Fenster, aber ein merkwürdiges. Ich hätte eigentlich nach draußen sehen müssen, sah aber nichts. Ich blickte genauer hin. Es war keine Glasscheibe drin. Das Fenster war mit irgendeinem Material abgedeckt.

Der Nebel verzog sich allmählich.

Ich reckte den Kopf, um an meinen Beinen hinabzusehen. Die Schuhe hatte ich noch immer an. Ich bewegte erst den einen, dann den anderen Fuß. Dann zog ich nacheinander die Beine an. Alles funktionierte.

Um meiner Armlähmung auf die Spur zu kommen, drehte ich den Kopf so weit wie möglich in beide Richtungen und sah, dass ich noch sämtliche Kleider am Leib trug. Meine Arme ließen sich noch immer nicht bewegen, aber am Handgelenk machte ich eine Stelle aus, an der ich auf Widerstand stieß.

Vermutlich war ich gefesselt. Das war gut so, denn wenn mich jemand gefesselt hatte, konnte er mich auch wieder losbinden, und das war besser als eine Lähmung. Dafür brauchte es einen Arzt, fürs Losbinden aber konnte ich selbst sorgen. Wird schon wieder, Remzi Ünal, wird schon wieder.

Nun musterte ich meine Umgebung genauer. Ich lag auf einem Bett ohne Laken, mit nach beiden Seiten ausgestreckten Armen. Am Fußende des Bettes verlief ein eisernes Rohr, von dem die Farbe absplitterte. Es war ein kleiner Raum mit einem Ledersessel zu meiner Rechten als einzigem Möbelstück. Über mir brannte eine nackte Glühbirne. Weiter gab es nichts zu sehen. Und auch nichts zu tun.

Tür sah ich keine, die musste irgendwo hinter mir sein. Egal, wo genau sie war, Hauptsache, ich schaffte es, dass dadurch jemand zu mir hereinkam.

»He!«, rief ich.

Es muss komisch wirken, wenn einer allein gefesselt daliegt und einfach losplärrt. Ich konnte mir trotzdem das Lachen verkneifen. Ich rief noch einmal. Irgendjemand musste mitkriegen, dass ich wieder bei Bewusstsein war. Da sie mich nicht gleich abgemurkst hatten, wollten sie vermutlich mit mir reden. Und wenn wir uns erst mal unterhielten, konnte das zu weiß Gott was führen.

Noch einmal rief ich. Meine Stimme wurde schon sicherer. Wenn mich keiner hörte, würde ich einfach weiterrufen.

Nicht nötig. Ich hörte die Tür hinter mir aufgehen. Um zu sehen, wer eintrat, hätte ich den Kopf so weit wie möglich zur Seite drehen müssen. Das tat ich aber nicht. Lieber schaute ich an die leere Wand vor mir. Lass ihn nur kommen, den Kerl.

Der Eintretende blieb neben meinem Bett stehen und sah auf mich herab. »Soso, der Herr ist aufgewacht.«

Ich sah zu ihm hoch. Es war Ayakçi Burhan. Jemand anderen hatte ich sowieso nicht erwartet. Vorläufig. Ich begriff jetzt, warum Regisseure manche Szenen aus der Froschperspektive filmen lassen. Von unten sieht der Gefilmte größer aus. Riesig. In meinem Film dagegen dagegen hatte Ayakçi Burhan gar nichts Riesiges an sich. Deutlich sah ich nun die blauen Flecken in seinem Gesicht.

»Hallo«, sagte ich immerhin.

Er musterte meine Fesseln, und als er sicher war, dass ich ihm vom Bett aus keinen Streich spielen konnte, ging ein Lächeln über sein Gesicht. Er ging ans Fußende des Bettes und blickte mich von dort an. Während er anscheinend noch überlegte, wie er die Sache anpacken sollte, kam ich ihm zuvor. »Wo ist die Frau?«, fragte ich.

Er zog die Augenbrauen hoch, in der Meinung wohl, wenn hier jemand Fragen stellte, dann sollte er das sein. Gut, dachte ich. Nicht sehr gut, aber immerhin gut.

»Ihr habt ihr doch nichts getan, oder? Sie weiß von gar nichts.«

Er trat einen Schritt zurück und fasste sich in Hüfthöhe an den Mantel. Er wird doch nicht … Nein.

»Ist das der Dank für meine Hilfe?«, setzte ich nach.

»Was für eine Hilfe?«

»Na, wenn ich euch mit der Leiche nebenan gefesselt hätte liegen lassen, hätten die Bullen sich amüsiert.«

Er kratzte sich am Schädel.

»Wo ist die Frau?«, legte ich nach, aber diesmal wurde er sauer.

»Moment mal, Freundchen, wer ist hier gefesselt, ich oder du? Erzähl lieber du mir was, mich interessiert nämlich so einiges.«

»Dich interessiert das? Wohl eher den Kerl, für den du die Drecksarbeiten erledigst.«

»Was sagst du da?«

Jetzt war ich in Fahrt. »Wie wärst du sonst auf einen Schlag von einem Clio zu einem Range Rover gekommen? Den hast du doch von deinem Herrchen?«

Blitzartig lief er so rot an, dass die Stelle, wo ich ihn geschlagen hatte, nicht mehr zu sehen war. Er ging am Bettrand auf mich zu und holte auch schon aus, aber dann überlegte er es sich anders. Er ging zur Tür und machte sie auf. »He, du Irrer«, rief er hinaus, »komm, er ist wach.«

Oh, das ist aber gar nicht gut, Remzi Ünal. Als wäre Ayakçi Burhan nicht schon irr genug gewesen. »Hör mal«, sagte ich beschwichtigend, »wir unterhalten uns doch hier nur.«

»Dir werd ich zeigen, was eine Unterhaltung ist.«

»Bind mir doch eine Hand los und gib mir eine Zigarette, dann können wir vernünftig miteinander reden.«

»Hm, eine Zigarette? Gute Idee.«

Wann wirst du mal lernen, dein Maul zu halten, Remzi Ünal? Da lag ich irgendwo in diesem scheißschönen Istanbul gefesselt auf einem Bett und wartete auf einen Irren, der ganz bestimmt kein freundlich lächelnder Pfleger war. Meine einzige Waffe war mein Mund, aber mit dem hatte ich wohl danebengeschossen.

Ayakçi Burhan setzte sich in den Sessel. Ich tat so, als würde ich ihn nicht beachten. Aus dem Augenwinkel bekam ich mit, dass er aus seinem Mantel ein Päckchen herausholte und sich eine

Zigarette in den Mund steckte. Dann hörte ich ein Zippo-Feuerzeug aufschnappen. Drei Sekunden später stieg mir Rauch in die Nase.

Das tat weh.

Es war zwar nicht meine Marke, aber Zigarette ist Zigarette. Wie konnten Nichtraucher diesen Duft bloß abstoßend finden? Ich stellte mir vor, die Rauchpartikelchen würden in meinem Kopf herumschweben.

Da hörte ich hinter mir Schritte, und die schnitten meinen Junkieschmerz durch wie ein Skalpell. Und Scheiße, das Erste, was ich an dem Kerl wahrnahm, der nun vor mir stand, war das Skalpell, das in seiner Hand blitzte. Mir fuhr ein Schauer durch den ganzen Körper.

Der Schnüffler, mit dem ich vor dem Manhattan Medical zu tun gehabt hatte, grinste mich aus seinem Drecksgesicht an. Das Skalpell drehte er in der Hand umher wie eine Gebetskette, die ihm innere Kraft verlieh. Es war ein neues Skalpell, diesmal mit rotem Griff. Gleiche Technik, neues Material.

Als ich ihm in die Augen sah, grinste er noch unverfrorener. Ich versuchte, mein Zittern in den Griff zu bekommen. Ob der Kerl sich daran erinnerte, dass ich ihn nicht an die Bullen ausgeliefert hatte? Er sah nicht danach aus.

Ayakçi Burhan stand aus dem Sessel auf, tat einen letzten Zug aus der Zigarette und trat sie aus. Dann baute er sich vor dem Bett auf, ergeben beobachtet von dem Schnüffler, der sein Grinsen eingestellt hatte.

»Falls du jetzt kapiert hast, wer hier das Sagen hat, können wir uns ja unterhalten. Ernsthaft unterhalten.«

Ich erwiderte nichts. Das Skalpell erschien mir ernsthaft genug.

»Also sag schon«, sagte er mit möglichst entschlossenem Gesicht, »hinter was bist du her?«

Ich kam mir vor wie ein fauler Schüler, dem eine unerwartet leichte Frage gestellt wird. »Ich versuche, diese Begüm Kalyon zu finden. Die ist in eurer Hand. Du kannst sie selbst fragen.«

»Das habe ich schon. Weder kennt sie dich, noch hat sie eine Ahnung, was du von ihr willst. Also, rede.«

»Ich bin hinter überhaupt nichts her. Sobald ich diese Begüm gefunden habe, ist meine Arbeit beendet.«

»Woher kennst du sie?«

»Ich kenne sie gar nicht, ich habe sie noch nicht mal gesehen. Ich soll sie im Auftrag ihres Verlobten suchen, der sich Sorgen um sie macht.«

»Und das soll ich dir glauben?«

»Es ist nun mal so.«

»Wer ist ihr Verlobter?«

»Ein Arzt aus ihrem Krankenhaus. Ein Kemal Soundso.«

»Und?«

»Und basta.«

Er sah zur Decke hinauf und atmete tief durch. Dann redete er weiter, aber nicht mit mir. »Dieser Knabe erzählt uns nur Stuss. Jetzt bist du dran, Irrer. Zeig, was du kannst.«

Als der Junge seinen Namen hörte, fiel ihm vor Schreck das Skalpell aus der Hand. Er hob es sofort wieder auf und sah mich mit glänzenden Augen an.

»Jetzt musst dus desinfizieren«, sagte Ayakçi Burhan grinsend. Der Junge sah ihn unsicher an.

»Mensch, war ein Witz! Jetzt leg schon los, sonst redet der nie.«

Der Junge hielt das Skalpell nun wie einen Stift in der Hand und bewegte es kreisend auf meinen Arm zu. Dabei kniff er die Lippen zusammen wie ein viermonatiges Baby, das den letzten Löffel Brei verweigert. Seine Augen wirkten entschlossen.

Jetzt steckst du schön in der Scheiße, Remzi Ünal.

Der Junge setzte das Skalpell in Höhe meines Ellbogens an und schlitzte mir wie beim Häuten eines Opfertiers den Ärmel auf, bis hinunter zu der Stelle, wo ich gefesselt war. Dabei schien er aufzupassen, dass er meine Haut nicht berührte. Das ließ mich leise hoffen. Dann zog er die Stoffteile auseinander und legte so meinen Unterarm frei. Und sah wieder zu Ayakçi Burhan.

»Ich frage dich ein letztes Mal«, sagte dieser. »Hinter was bist du her?«

Ich konnte mir keine neue Antwort aus den Fingern saugen. Höchstens ein wenig Zeit schinden. »Wie gesagt, hinter gar nichts.

Ich sollte nur diese Begüm finden. Zuerst habe ich im Krankenhaus gefragt, aber die wussten von nichts, da bin ich zu der Krankenschwester, deren Adresse ich von dem Verlobten hatte. Und während ich mich mit der unterhielt, seid ihr gekommen.«

Er verzog das Gesicht. »Und das soll alles sein?«

»Das ist alles. Jetzt hört schon auf mit diesem filmreifen Getue und lasst mich gehen, dann seht ihr mich nie wieder.«

»Los, weiter!«, sagte Ayakçi Burhan gleichgültig. Der Junge fuhr mit dem Skalpell auf meinen Arm zu. Nun hätte ich zu gerne gewusst, ob man in solchen Fällen die Muskeln lieber anspannen oder locker lassen sollte, aber da reichten meine medizinischen Kenntnisse nicht aus. Die Zähne biss ich aber zusammen.

Der Junge setzte das Skalpell am Ellbogen an und versetzte mir an der Innenseite des Unterarms in aller Langsamkeit einen Schnitt bis hinunter zum Handgelenk.

»Verdammte Scheiße, ihr Arschlöcher!«, schrie ich. Richtig laut. Der Junge betrachtete mit glänzenden Augen sein Werk. Ayakçi Burhan sah kurz vergewissernd zur Tür.

Wie soll ich jetzt den Schmerz beschreiben? Dass er nicht tödlich war, wusste ich natürlich. Es war auch ganz anders als das Mal, als mir die Handfläche genäht werden musste. Das Wort stechend trifft es wohl noch am ehesten. Die Sache wirkt tiefer als ein normaler Schnitt und kommt einem wohl deshalb so schlimm vor, weil man alles sehenden Auges mitbekommt und damit rechnen muss, dass es noch weitergeht.

Ich spürte etwas Feuchtes auf dem Arm. Da ich mir so ungefähr vorstellen konnte, von welcher Farbe mein Blut war, sah ich lieber gar nicht hin.

Der Junge blickte Ayakçi Burhan an, und der wiederum mich. »Ich geb dir noch eine letzte Chance«, sagte er.

Hastig dachte ich nach, was ich ihm hätte auftischen können, damit er sich zufriedengab, aber mir fiel nichts ein, außer lauter Schwachsinn aus drittklassigen Krimis. So biss ich statt einer Antwort die Zähne noch mehr zusammen.

»Jetzt red endlich!«, rief Ayakçi Burhan. »Sonst gehts dir dreckig.«

»Ich hab doch schon alles gesagt! Soll ich dir was vorlügen?«

Darauf nickte er dem Jungen zu, und der beugte sich wieder zu mir vor. Doch hielt er auf einmal inne, sah zur Tür und richtete sich wieder auf. Anscheinend hatte jemand den Raum betreten. Jemand Unerwarteter. Ich war heilfroh um die kleine Atempause. Unwillkürlich verbarg der Junge sein Operationsgerät. Und das Blut, das mir da runterläuft, was machst du damit?

Da hörte ich eine zittrige Frauenstimme. »Ich will den Strom zahlen, bin ich hier richtig?«

8

Einen Augenblick lang war es ganz still im Raum. Ayakçi Burhan und der Junge peilten die Lage. Abwechselnd sahen sie die Frau und einander an. Ayakçi Burhan versuchte, sein verlegenes Grinsen abzustellen, und sagte, um einen sanften Ton bemüht: »Nein, nein, hier wird was anderes erledigt. Gehen Sie doch in Ihr Zimmer zurück.«

Die Frau aber schlurfte an mein Bett heran und sah mich an. Ihr Gesicht war zerknitterter als ein Hemd von mir, wenn ich es monatelang anhatte, und mit Altersflecken übersät. Unter dem dünnen weißen Tuch, das sie um den Kopf trug, lugten ihre noch weißeren Haare hervor. In den Augen hatte sie etwas Verschmitztes.

»Ismail!«, sagte sie zu mir. Was sollte ich darauf antworten? Obwohl die Situation alles andere als komisch war, setzte ich ein leises Lächeln auf.

»Das ist nicht Ismail«, sagte Ayakçi Burhan. »Sie müssen jetzt wirklich in Ihr Zimmer zurück.«

Das schien die Frau ganz anders zu sehen. »In meinem Zimmer ist eine Verrückte«, sagte sie Mitleid heischend. »Die klappert von morgens bis abends mit ihrer Gebetskette. Klapper, klapper, klapper!«

»Ich sage ihr, dass sie das nicht mehr machen soll«, erwiderte Ayakçi Burhan.

»Klapper, klapper, klapper!«

Ayakçi Burhan wandte sich dem Jungen zu. »Schau doch mal, ob nicht ein Pfleger oder ein Verwandter von ihr draußen ist.« Der Junge verschwand.

Ayakçi Burhan ging indes auf die Frau zu, nahm sie bei den Schultern und versuchte, sie zur Tür hinauszuschieben. Sie machte sich aber los. »Wo muss ich das Geld einzahlen? Nicht dass die mir den Strom absperren.«

»Ihnen sperrt niemand den Strom ab. Ganz bestimmt nicht. Also, ab in Ihr Zimmer.«

»Wissen Sie, wo ich mein Geld versteckt habe?«, fragte die Frau und machte sich daran, ihre Jacke aufzuknöpfen. Ayakçi Burhan packte sie an den Händen. »Ich bitte Sie, lassen Sie das!«, rief er nervös.

»Das findet keiner bei mir. He, he, ganz schön schlau, was?«

»Bewundernswert«, bestätigte Ayakçi Burhan.

Die Frau ließ von ihren Knöpfen ab und sah wieder mich an. »Das ist ja gar nicht Ismail.«

Darauf fiel auch Ayakçi Burhan nichts ein.

»Sind Sie operiert worden?«, fragte mich die Frau. Ich wusste nicht, was ich antworten sollte. Doch Ayakçi Burhan schien sich wieder zu fassen. »So, jetzt ists aber genug«, sagte er in festem Ton. »Jetzt gehen Sie, sonst werde ich noch böse.«

Sogleich schossen der Frau Tränen in die Augen. Mit zitternden Schultern begann sie zu schluchzen. »Ich will nach Hause. Ich sehne mich so nach daheim. Bitte lassen Sie mich fort.«

»Na, na, jetzt weinen Sie mal nicht«, sagte Ayakçi Burhan beschwichtigend. »Ich sag denen Bescheid, dass sie Sie nach Hause bringen.«

»Ja … nach … Hause …«, schluchzte sie weiter. »Aber die … lassen … mich ja nicht …« Sie schlug die Hände vors Gesicht.

»Mein Gott!«, seufzte Ayakçi Burhan. Er nützte den Zustand der Frau aus und schob sie wieder sanft auf die Tür zu, und diesmal widersetzte sie sich nicht. Sie weinte nur noch still. Die Tür hinter mir ging auf, und kurz darauf hörte ich die Frau nicht mehr.

Ich sah an mir hinunter. Von meinem Arm troff ein Rinnsal auf die Matratze. Der Junge hatte gerade so tief geschnitten, dass das Blut weder dahinschoss noch sofort gerann. An Blutverlust würde ich also nicht sterben. Aber weh tat es.

Ich versuchte, mich von meinem Arm abzulenken, und versetzte mich in Gedanken ins Aikido-Training. Wir packten zu, wanden uns, schlüpften unter dem Arm unseres Uke durch. Verdammter Mist, auf den Arm zu fallen, wenn dieser der Länge nach aufgeschlitzt war, machte gar keinen Spaß. Der Trainer rief uns zusammen. »Was ist da passiert? Wer war das? Bist du okay?«

»Bist du okay?«, fragte auf einmal eine sanfte Frauenstimme. Besorgt, aber doch ganz ruhig. Liebend, aber doch auch ein wenig verärgert. »Hast dich mal wieder in ein Schlamassel manövriert, was?« Es blitzte in ihren Augen. »Ich habe mir die Wunde angesehen. Sie ist nicht sehr tief, das kriegen wir schon wieder hin.« Ihre Finger berührten sanft meinen Arm.

»Wann hörst du endlich auf mit diesen Kindereien?« Ich spürte ihren Atem auf dem Gesicht. »Wahrscheinlich bleibt dir eine Narbe. Dann vergisst du das wenigstens nicht.« Wie elegant sie ihre Haare zurückwarf! »Halt still, ich verbinde dich.« Wie sehr das alles beruhigt, ihre Finger, die glatte Oberfläche des Verbands, sogar der Schmerz beim Festziehen. Ihre Augen, ihre Lippen, das Beben ihrer Nase. Tut das tut. Ach, tut das gut.

Ich höre die Tür wieder aufgehen. Willkommen in der Realität. Ach!

Wieder kam dieser Ayakçi Burhan auf das Bettende zu, gefolgt von dem Jungen, der wieder das Skalpell in der Hand herumdrehte. »Bekloppt, die Alte!«, murmelte Ayakçi Burhan. Dann sah er sich meinen Arm an. »Na, hast du nachgedacht?«

Ich antwortete nicht.

»Wenn unser Irrer dir noch einen Schnitt verpasst, denkst du dann nach?«

Ich hatte ihm nichts zu sagen.

»Na gut, du hast es so gewollt.«

Er holte sein Handy heraus und wählte eine Nummer. »Ich bins«, sagte er. Beim Reden sah er mir in die Augen. »Wir kriegen nichts raus aus diesem Möchtegerndetektiv. Wir können zwar weitermachen, aber ich glaube nicht, dass es was bringt … Ja, er ist verdammt stur … Vielleicht wollte er wirklich nichts von uns … Seid ihr sicher?! … Ist da nicht etwa … ?« Ich hörte ihm zu, als sei nicht ich selbst dieser sture Möchtegerndetektiv. Inzwischen sah Ayakçi Burhan mich aber nicht mehr an. »Gut. Machen wir. Der Irre erledigt das schon. Ich meld mich dann wieder.« Er verstaute sein Handy wieder und ging zur Tür. »Wir sind fertig mit dir«, sagte er.

Keinen Augenblick kam mir in den Sinn, er meine damit, dass sie mich freilassen würden. So umnachtet war ich nun doch nicht.

Das eigentlich Erstaunliche war, wie Ayakçi Burhan dreinschaute, als er das sagte. Nämlich wie jemand, den es gar nicht kümmert, was der Satz eigentlich bedeutet. Den nicht der Beschluss als solcher etwas angeht, sondern nur die technischen Details. Das einzig Menschliche daran war noch, dass er nicht mich dabei angesehen hatte, sondern die Tür hinter mir.

Tja, Remzi Ünal, nun ist es also so weit. Irgendwann musste es ja mal kommen.

Wie das dann sein würde, daran hatte ich nie gedacht. Nicht einmal, als Yildiz Turanli – so, jetzt habe ich ihren Namen ausgesprochen – mich am allermeisten bedrängte, ich solle doch diesen vermaledeiten Beruf endlich aufgeben. Und auch nicht als junger Leutnant im Cockpit, oder mit zweihundert Passagieren im Nacken, selbst in den hoffnungslosesten Momenten nicht. Da tat ich einfach immer, was gerade anlag, kippte Hebel nach oben oder nach unten, drückte auf Knöpfe, erinnerte mich an Abläufe und wandte sie an. Basta. An alles Weitere dachte ich nicht.

Falls es zum Äußersten kommen sollte, wusste man, was die Hinterbliebenen für eine Feier gestalten würden, denn an solchen Feiern hatte man selbst schon teilgenommen. Ist die Feier vorbei, gehen die Menschen auseinander, und das Schwarz-Weiß-Foto des

Toten, das während der Feier an ihre Brust geheftet war, nehmen sie schon ab, bevor sie sich wieder an ihren Schreibtisch setzen.

Und auch später, in der Ausübung dieses Berufes, den Yildiz Turanli – schon wieder ihr Name! – so hasste, also beim Verfolgen irgendwelcher sonderbaren Gestalten, hatte ich nie an ein jähes Ende gedacht. Irgendwann würde Istanbul mich sowieso aufs Korn nehmen. Das hatte es schon mehrfach getan, nur bisher hatte es mich leben lassen. Doch irgendwann würde es treffen. Und dann würdest du im Ruhestand sein. Bis in alle Ewigkeit.

»Wir sind fertig mit dir.«

Der Junge drehte das Skalpell nicht mehr in der Hand herum. In seinem Gesicht bewegte sich kein Quadratmillimeter. Er sah seinen Boss an.

»Denk lieber noch mal nach«, sagte Ayakçi Burhan, immer noch, ohne mich anzusehen. »Der Chef meint es ernst.«

Was immer ich nun sagen würde, es würde nichts mehr ändern, so viel war mir klar. Das entscheidende Wort war gesprochen. Das Urteil gefällt. Ich konnte mir höchstens ein Stückchen Zeit verschaffen.

Nun ja, ein Stückchen Zeit konnte ganz nützlich sein. Solange man lebt, gibt es auch Hoffnung. Ich musste irgendein glaubwürdiges Szenario erfinden. Leider fiel mir ums Verrecken nichts ein. Verdammt. Schweigend starrte ich zur Glühbirne hinauf.

So also würde es sein, sagte ich mir. Mit gefesselten Armen und Licht in den Augen.

Ayakçi Burhan nickte dem Jungen zu. »Das wird aber blutig werden«, sagte der. »Schwer zum Saubermachen.«

Völlig verwundert sah Ayakçi Burhan den Jungen an. »Dann machs mit den Händen«, sagte er.

Der Junge legte das Skalpell auf den Sessel und hob beide Hände mit den Handflächen nach oben wie zum Gebet. Dann drehte er die Hände um. »So habe ich das noch nie …«, sagte er.

»Jetzt mach schon!«, schnitt Ayakçi Burhan ihm das Wort ab. »Zum Teufel noch mal!«

Der Junge trat an mein Bett heran. Auch er sah mir nicht ins Gesicht. In seinen Augen war eine seltsame Veränderung eingetreten. Als würde ihm gerade erst bewusst, dass man das auch so erledigen konnte. Seine Lippen bewegten sich. Vermutlich wollte er auch diese Arbeit »im Namen Gottes« verrichten.

Ich werde das nie jemandem erzählen können, dachte ich und schloss die Augen. Was ich als Letztes sehen wollte, war in mir drin. Halt aus, Remzi Ünal, bald ist es vorbei. Ich nahm mir vor, einen Fluch auszustoßen, sobald seine Hände meinen Hals berühren würden.

Das ließ der Junge aber nicht zu. Sobald ich seine Finger spürte, drückte er mit aller Kraft zu. Unwillkürlich öffnete ich die Augen.

Seine Lippen waren verkrampft, die Augen ganz starr. Zwischen den Brauen bildete sich ein Schweißtropfen. Er sah mir auf die Stirn. Jetzt begriff ich, warum man zum Tode Verurteilten die Augen verbindet.

Er versuchte, noch ein wenig fester zuzudrücken. Nun, er musste noch lernen. Ich wollte husten, konnte aber nicht. Meine Beine zappelten vergeblich. Verzweifelt fragte ich mich, wie lange das noch dauern würde.

Was dann plötzlich geschah, bekam ich gar nicht richtig mit.

Ich sah nicht, wie hinter mir auf einmal die Tür aufgestoßen wurde.

Ich sah nicht, wie der Junge zur Tür sah, ohne seinen Griff zu lockern.

Und ich sah auch nicht, wie Sekunden später auf den Kopf des Jungen ein Baseballschläger herabsauste. Ich hörte nicht, was für ein Geräusch dabei entstand, und sah nicht, wie der Junge unter der Wucht des Schlages zurücktaumelte.

Ich spürte einzig und allein, dass die Sperre in meiner Luftröhre plötzlich aufging und wieder Leben in mich hineinströmte. Ich versuchte, mir an den Hals zu fassen, aber das ging natürlich nicht.

An den Schritten hörte ich, dass mehrere Leute ins Zimmer gekommen sein mussten. Es kam zu einem kurzen Handgemenge. Während ich keuchend nach Luft rang, sah ich zwei Rücken vor mir, und auf und nieder gehende Arme. Die waren wohl mit Ayakçi Burhan beschäftigt. Wie durch einen dicken Samtvorhang hindurch vernahm ich unterdrückte Rufe.

Allmählich konnte ich wieder normal atmen. Wie bei einem extrem Kurzsichtigen, der seine Brille aufsetzt, sahen meine Augen plötzlich wieder scharf. Und auch was die Ohren mir zutrugen, vermochte ich wieder auseinanderzuhalten.

In meinem Gehirn hatte jemand wieder auf den Starter gedrückt.

Noch mal davongekommen, Remzi Ünal.

Bei dem einen Rücken am Fußende des Bettes ging das Auf und Nieder der Arme zu Ende. Die Ernte war anscheinend eingefahren. Der Mann richtete sich schwer atmend auf. Dann drehte er sich um und lächelte mich an. »Alles in Ordnung, Remzi?«, fragte der Taxifahrer.

Es waren noch zwei Männer im Raum. Der jüngere war der mit dem Baseballschläger. Er trug ein rotes Sweatshirt und eine Mütze mit der Aufschrift »Çarsi«, die ihn als Fan von Beşiktaş auswies. Der andere machte einen so seriösen Eindruck, dass man ihn bei jeder Wahl hätte aufstellen können. Allerdings hielt er eine Brechstange in der Hand.

»Danke«, sagte ich seufzend.

»Glauben Sie etwa, wir lassen einen Fahrgast ohne Zahlen davon?«

»Vielen, vielen Dank. Können Sie mich bitte losbinden?«

Der ältere der Männer holte ein Schweizer Messer aus der Tasche und trennte die Fesseln durch. Ich rieb mir die Handgelenke, dann setzte ich mich auf. Mir war etwas schwindlig. Ich betastete die Stelle, an der mich der Stock getroffen hatte. Sie war geschwollen, aber nicht weiter schlimm. Dann sah ich mir an, was der Junge an meinem Arm angerichtet hatte. Die Blutung war bereits gestillt. Kein Grund zur Sorge also.

»Diese Saukerle«, fluchte der Taxifahrer.

Der Junge lag mir bewusstlos zu Füßen. Zwischen Nase und Augen hatte er eine rote, eingeschlagene Stelle. Am liebsten hätte ich ihm einen Fußtritt versetzt, aber ich ließ es. »Wie haben Sie mich gefunden?«, fragte ich meine Retter. »Und wie geht es dem da?«

»Der wird es überleben«, erwiderte der junge Mann mit dem Baseballschläger mit der Miene eines Jägers, der sich mit einem erlegten Bären fotografieren lässt.

Als ich aufstand, hing mir der aufgeschnittene Ärmel herab. Ich besah mir den Blutfleck auf dem Bett, aus dem ein Wahrsager hätte die Zukunft lesen können. »Im Ernst, wie seid ihr hergekommen?«

Verschmitzt sah der Taxifahrer die beiden anderen Männer an. »Es war ja klar, dass Sie in dem Parkhaus Ärger kriegen, also habe ich mich draußen auf die Lauer gelegt. Als der Landrover rausgekommen ist, bin ich ihm hinterhergefahren, und über Funk habe ich ein paar Kollegen gerufen. Die haben nicht lange überlegt.«

Ich lächelte die beiden grinsend zuhörenden Taxifahrer an, worauf sie mir bedeutungsvoll zunickten.

»Hier haben wir dann mit angesehen, wie Sie ins Haus geschafft wurden, und da haben wir uns gesagt, gehen wir lieber rein. Die Kerle haben uns nämlich gar nicht gefallen.«

»Und sonst haben Sie niemanden gesehen?«

»Vor der Tür stand ein Aufpasser, der uns noch weniger gefallen hat, aber der hat sich bei unserem Anblick davongemacht. Und draußen im Gang haben wir eine Frau getroffen, die uns dieses Zimmer gezeigt hat.«

»Eine alte Frau?«

»Nein, eine junge. Typ Krankenschwester, aber ohne Uniform.«

»Und der Typ an der Tür ist also abgehauen.«

»Ja.«

»Dann sollten wir hier nicht länger rumtrödeln.« Ich ging zu Ayakçi Burhan, der mit halb geöffneten Augen an der Wand lag. Als ich mich zu ihm vorbeugte, kniff er die Augen weiter zusammen. Ich fasste ihm in die Manteltasche und holte sein Handy heraus. Bevor ich mich wieder aufrichtete, sah ich ihm ein paar Sekunden lang ins Gesicht. Er wandte den Blick ab. Zum Abschied versetzte ich ihm eine leichte Ohrfeige.

»Wo sind wir?«, fragte ich den Taxifahrer.

»Wo wir sind?«

»In welchem Viertel? Ich habe nichts mitbekommen, als ich hergebracht wurde.«

»Ach so. Wir sind in Balmumcu. Oberhalb der Straße, die von Ortaköy raufführt.«

»In der Bestekâr-Şevki-Bey-Straße«, sagte der ältere Taxifahrer kundig.

Ich drückte auf den obersten Knopf des Handys, worauf sogleich der Bildschirm aufleuchtete. Gut so, dachte ich und steckte das Handy ein. »Gehen wir«, sagte ich.

Der jüngere Fahrer, der seinen Baseballschläger über der Schulter trug wie ein Gewehr, machte die Tür vorsichtig einen Spaltbreit auf und spähte hinaus. Dann öffnete er die Tür ganz, und wir verließen das Zimmer.

Von dem nüchternen kurzen Gang, dem ein frischer Anstrich gutgetan hätte, gingen noch zwei weitere Türen ab. Die alte Frau, die mich für Ismail gehalten hatte, würde uns nicht weiterhelfen können, und sonst schien niemand da zu sein. Wir gingen die Treppe hinunter und kamen durch einen kleinen Empfangsraum mit einer Couch und einem Sessel, wie er auch in meinem Zimmer gestanden hatte. Und nirgends ein Mensch.

Ich fragte mich, ob es nicht ein Fehler war, abzuhauen, ohne uns in dem Gebäude näher umzusehen, doch der Typ, der getürmt war, würde bestimmt Verstärkung holen. Und mit den Kerlen dort oben wollte ich nicht mehr reden, die würden ihr Fett noch von jemand anderem bekommen, da war ich mir sicher.

Wir gingen hinaus. Der gelbe Hyundai stand vor einem verstaubten Chevrolet aus den Sechzigerjahren und schien mich mit den Lichtern seiner Warnblinkanlage zu begrüßen. »Die anderen stehen weiter unten«, sagte der Taxifahrer.

»Ich bin Ihnen wahnsinnig zu Dank verpflichtet«, sagte ich beim Einsteigen, »Ihnen allen dreien. Und ich weiß noch nicht mal, wie Sie eigentlich heißen.«

»Mahir Salman. Und bevor Sie fragen: Mit dem Schauspieler Ilyas Salman weder verwandt noch verschwägert.«

»Und wo sind Sie her?«

»Hier aus Istanbul. Kadiköy. Und abgesehen vom Wehrdienst noch nie von hier weg gewesen.«

»Familie?«

»Nur meine Frau. Keine Kinder.« Und als wollte er das Thema nicht vertiefen, ließ er den Hyundai an. Den Taxameter ließ er unangetastet. Das schien mir das Zeichen einer neuen und vielversprechenden Freundschaft zu sein.

»Wohin?«

»Taksim. Ich will mich ein wenig erholen.« Ich saß auf dem Beifahrersitz und war so erschöpft, dass mich nicht mal eine Zigarette reizte.

»Legen Sie sich doch auf den Rücksitz«, sagte Mahir Salman. »Wenn wir da sind, wecke ich Sie auf. Der Verkehr ist sowieso zäh um die Zeit.«

Ich schüttelte mich. »Nein, schon gut so. Ach, geben Sie mir doch eine Zigarette.«

Als wir in Mecidiyeköy anlangten, waren meine Lebensgeister schon wieder ein bisschen geweckt. Der Arm schmerzte, aber das würde sich schon geben. Ich bat den Fahrer, am Straßenrand zu halten. »Sie könnten mir einen Gefallen tun«, sagte ich. »Ich will nicht mit dem zerrissenen Ärmel rumlaufen. Würden Sie mir hier irgendwo ein Hemd kaufen? Egal, was für eins. Ein möglichst weites. Und ein Ladegerät für dieses Handy da.« Ich zog das Handy und meine Brieftasche heraus. Mahir Salman sah sich das Handy näher an. Ich reichte ihm einen Geldschein.

»Ich nehme das Handy lieber mit«, sagte er, »sonst kauf ich doch das Falsche.« Er stieg aus und verschwand in der Menschenmenge. Die Leute hetzten dahin, stießen sich gegenseitig an. Alles strömte nach Hause.

Wohl dem, der ein Zuhause hatte. Eine Wohnung hatte ich zwar, aber eben kein Zuhause. Die Wohnung war zu groß für mich, aber ich hatte sie ja auch nicht gemietet, um allein darin zu leben. Die Sache hatte eben nicht geklappt. Und seither war ich nicht mehr dort gewesen. Obwohl ich die Miete weiterzahlte. Die Post musste sich dort schon stapeln. Und das Telefon war noch nicht mal angeschlossen.

Ich musste wohl irgendetwas tun. Diese Nummer anrufen, die mir wie eingebrannt war. Und mich entschuldigen. Das Leben war kurz. Plötzlich konnte man Wurstfinger um den Hals haben. Und es kam nicht immer ein Mahir Salman herbeigeeilt. Ich musste anrufen, und ich musste eine anständige Antwort bekommen. Ich brauchte diese Yildiz Turanli.

Mit einer schwarzen Plastiktüte in der Hand kam Mahir Salman zurück. »Das Telefon ist drin«, sagte er. Ich stellte die Tüte zu meinen Füßen. Was immer er gekauft hatte, würde ich anziehen, sobald wir wieder unterwegs sein würden. Im Hotel würde ich das Handy aufladen. Wen ich damit anrufen und was ich dann sagen sollte, musste ich mir überlegen.

»Fahren wir«, sagte ich.

Über das Restgeld des Scheines, den ich dem Fahrer gegeben hatte, unterhielten wir uns nicht. Wie gesagt, der Beginn einer wunderbaren Freundschaft.

9

Am Taksim-Platz stieg ich in einem dunkelblauen T-Shirt aus und verabschiedete mich von Mahir Salman mit Wangenküssen. Ich versprach ihm, ihn weiter auf dem Laufenden zu halten, und trug ihm auf, sich bei seinen Kollegen nochmals in meinem Namen zu bedanken. Auf dem Weg zum Hotel tat mein Arm mir ein bisschen weh. Nein, sehr weh. Die Tüte mit dem zerrissenen Hemd warf ich weg.

Müde bahnte ich mir einen Weg durch die Menge. Ich musste mich hinlegen, musste duschen, essen und schließlich rauchen. Und ich musste auch herausfinden, was mit Begüm Kalyon geschehen war. Sivri war vermutlich ins Kaffeehaus zurückgekehrt, nachdem er mich an Ayakçi Burhan ausgeliefert hatte. Ich musste mal mit Baller-Osman reden.

Ich ging durch die kaputte Hoteltür.

Emre Yeğenoğlu saß an seinem Platz und unterhielt sich mit einem langhaarigen Kerl, der aussah wie ein Bassgitarrist aus einer der umliegenden Rockbars. Als er mich erblickte, setzte er ein breites Grinsen auf. »Mensch, Remzi, du bist aber früh zurück. Scheint sich trotzdem gelohnt zu haben.« Dabei fasste er sich an sein buntes Hemd. Der Langhaarige lachte laut mit, um zu zeigen, dass er den Scherz kapiert hatte.

»Ja, ich habe mich prächtig amüsiert«, sagte ich im Vorbeigehen. Am Treppenabsatz machte ich kehrt. »Hat jemand angerufen?«

»Nein.«

»Dann bestell mir doch einen Adana-Kebab. Anderthalb Portionen.«

»Bier? Raki?«

»Steckrübensaft. Scharf.«

In meinem Zimmer war alles so, wie ich es verlassen hatte. Als Erstes lud ich das Handy auf. Mit einem Aufleuchten des Bildschirms dankte es mir dafür. Dann ging ich unter die Dusche. Meinem Arm war das gar nicht recht, mir aber sehr. Unter den nassen Nadelspitzen wurde das geronnene Blut wieder aufgeweicht, und der rote Strich an meinem Unterarm leuchtete, aber das scherte mich nicht. Nur beim Abtrocknen hielt ich den Arm weit von mir.

Danach rauchte ich auf dem Bett eine Zigarette. Sie schmeckte irgendwie nicht wie sonst. Kommt wahrscheinlich vom Hunger, dachte ich mir. Ich sah dem Rauch nach, der zum Fenster hinauszog.

Das Handy Ayakçi Burhans zwinkerte mir gewissermaßen zu. Ich drückte die Zigarette aus und griff mir das Ding. Neuestes Modell. Mit allerhand Schikanen, von denen ich nichts verstand. Immerhin fand ich im Menü die Rubrik »Letzte Anrufe«. Als ich darauf drückte, erschien eine Nummer auf dem Bildschirm. Das Handy machte mir den Vorschlag »Anrufen« und sah mich fordernd an.

Sollte ich nicht erst meinen Kebab abwarten? Nun ja, auf

Emre Yeğenoğlus Concierge-Fähigkeiten war nicht viel Verlass. Und Zeit hatte ich auch keine zu verlieren. »Na, ruf schon an«, sagte ich zum Handy, in dem es sofort zu werkeln begann. Unsichtbare Signale strömten zum Fenster hinaus, zu einer größeren elektronischen Anlage auf einem der umliegenden Dächer, und von dort wohl hinauf ins Weltall. Als sie von einem über uns schwebenden Satelliten augenblicklich über wieder eine andere Anlage zu dem Telefon geleitet wurden, über das Ayakçi Burhan von seinem Boss den Befehl bekommen hatte, mich zu töten, hielt ich mir das Handy ans Ohr.

Ich hörte zugleich auf den Ruf, der darin ertönte, und auf den Straßenlärm draußen. Meine Gedanken schweiften weit zurück, in jene Tage, als ich nicht einmal hinter mir selbst her gewesen war, geschweige denn hinter anderen. Ich hatte nichts als gegessen und geschlafen und mich gelangweilt und allerhöchstens meinen Bart dabei beobachtet, wie er wuchs und wuchs.

Niemand erwartete etwas von mir. Ich brauchte lediglich Emre Yeğenoğlu seine Hotelmiete zu bezahlen, und das tat ich. Er machte seine Scherzchen, und ich lachte nicht darüber. Und mit allen Wirten, Imbissbudenmenschen und Klomännern kam ich bestens aus. Niemand stürzte sich mit einem Skalpell auf mich. Niemand prügelte mit einem Stock auf mich ein. Niemand schlitzte mir den Arm auf. Und niemand ging mir an die Gurgel.

Da hob jemand ab, ohne sich aber zu melden. Ich wartete auch erst mal. »Hallo«, sagte dann eine Stimme. Eine Stimme, die ich kannte.

Dass ich mich wunderte, hätte ich nicht behaupten können. Aber auch nicht, dass ich mich nicht wunderte. Es war doch immer das Gleiche. Jeder hatte seine Lügen auf Lager. Der eine kleinere, der andere größere. Manche waren harmloser Natur, andere vernichtend. Und irgendwann und irgendwo wurde die verzerrte Wahrheit mit der echten Wahrheit konfrontiert.

Ich selber log ja auch. Wenn es mir in den Kram passte. Wenn es mir die Arbeit erleichterte. Und wenn die Wahrheit ans Licht kam, grinste ich unverfroren, denn mein Gegenüber war meist in einer übleren Lage als ich. Aber diesen Job aufgeben würde ich eines Tages wegen dieser kollektiven Lügerei. Und nicht, weil Yildiz Turanli es wollte.

Während ich so, das Handy am Ohr, mit den Weltläufen haderte, klopfte es an der Tür.

Da ich meine Stimme nicht hören lassen wollte, stand ich auf und öffnete die Tür, was das Kabel des Ladegeräts tatsächlich zuließ. Ich winkte den Laufburschen des Kebab-Ladens herein.

»Hallo«, sagte die mir bekannte Stimme wieder.

Ich gab keine Antwort. Ich wusste, dass er nicht auflegen würde. Und wenn, dann würde ich wieder anrufen.

Der Laufbursche, der morgens garantiert zwanzig Minuten auf seine Haare verwendete, legte mir das Tablett wie üblich aufs Bett. Ich fischte mit der einen Hand aus meiner Brieftasche einen Schein heraus und reichte ihn ihm. Er hatte kapiert, dass er nichts sagen sollte, dankte mir stumm und ging leise hinaus.

»Hallo!« Das klang jetzt schon einigermaßen wütend.

Ich blickte auf den Kebab-Teller. Obwohl ein Deckel darauf war, lief mir das Wasser im Mund zusammen. Okay, sagte ich mir, jetzt ist es Zeit. Ich atmete tief durch.

»Hallo«, sagte ich nun selbst. »Tut mir leid, ich habe Sie warten lassen.«

Anscheinend erkannte er meine Stimme nicht sofort. Ich hörte ein Hüsteln. »Wer ist am Apparat?«, ertönte es gebieterisch aus dem Telefon.

So, nun war ich an der Reihe. Und ich redete, als hätte ich es mit allen Wahrheitsverdrehern der Welt zugleich zu tun.

»Hallo, Dr. Kemal Arsan.«

Diesmal erkannte er mich. Ich sah bildlich vor mir, wie er die Augen aufriss. Wieder Schweigen. Er legt auf, dachte ich. Oder nein, tut er nicht. »Remzi Ünal!«, sagte Kemal Arsan nach etwa vier Sekunden. »Remzi Ünal!«

»Ja«, erwiderte ich schlicht. Nicht mal zum Scherzen war mir zumute.

»Ich vermute mal, Sie haben sich geärgert, als Sie meine Stimme gehört haben. Und wohl auch gewundert.« Er schien sich schnell gefasst zu haben.

»Wundern tue ich mich schon lange nicht mehr. Verraten Sie mir lediglich, warum Sie mich in die Sache überhaupt reingezogen haben.«

»Na, ich dachte einfach, ich fahre am besten zweigleisig. Und ohne Sie hätte ich Begüm tatsächlich nicht so schnell gefunden.«

Ich gab keine Antwort. Wahrscheinlich war ich zu sehr damit beschäftigt, mich selbst zu verfluchen.

»Und was soll jetzt werden, Remzi Ünal?«, fragte er und betonte dabei meinen Namen etwas merkwürdig.

Am liebsten hätte ich ihm eine Antwort gegeben, in der seine Mutter eine zentrale Rolle spielte, aber ich hielt mich zurück. »Lassen Sie das Mädchen frei.«

»Warum soll ich das? Es war mühsam genug, sie in die Hände zu kriegen.«

Ich suchte nach einem guten Grund. »Wenn Sie sie freilassen, sage ich nichts über die Wohnung in Balmumcu. Dort können Sie dann weiter Ihr Unwesen treiben.«

»Und wenn Begüm mich verpfeift?«

»Dazu hat sie zu viel Angst. Sonst wäre sie gar nicht weggelaufen, sondern längst zur Polizei gegangen. Ich rede mit ihr. Sie kann sich woanders eine Arbeit suchen und aus Ihrem Leben verschwinden. Und aus Ihren Machenschaften.«

Er überlegte. »Abgemacht«, sagte er schließlich. »Ich lasse sie frei. Und Sie vergessen alles, was Sie gesehen haben.«

Punkt eins, dachte ich. Es lief nicht schlecht. Ich warf einen Blick zu dem Tablett auf meinem Bett. »Unter anderem habe ich eine Leiche gesehen«, sagte ich. »Vergessen wir mal, was Sie sich da zusätzlich geleistet haben, aber diese Leiche, was machen wir mit der?«

»Hilmi! Hm, war ein guter Junge. Ich mochte ihn gern.«

Ich wartete ab.

»Ich schwöre Ihnen, dass ich mit seinem Tod nichts zu tun habe«, sagte er. »Das können Sie mir jetzt glauben oder nicht.«

Ums Glauben ging es mir noch gar nicht. Wichtig aber war, dass er es gesagt hatte. »Wer soll es sonst gewesen sein?«

»Woher soll ich das wissen!«, rief er aus, als wäre eine Last von ihm gefallen. »Sie sind doch der Detektiv, kriegen Sie das heraus.«

»Ich frage ja nur.«

»Aber den Falschen.«

Na gut, dachte ich. Punkt zwei. Ich sah wieder auf das Tablett. Wenn ich mich nicht verhörte, knurrte mir gerade der Magen. Noch dazu wurde das Essen kalt. »Dann kommen wir also zum letzten Punkt«, sagte ich.

»Zu welchem letzten Punkt?«

»Nun ja, wir haben uns geeinigt, dass Sie das Mädchen freilassen und ich den Mund halte. Schön und gut. Da wäre aber noch etwas ganz Persönliches zwischen uns beiden. Soll ich etwa auch vergessen, dass Sie Ihrem Gorilla gesagt haben, er soll mich umbringen?«

Daraufhin hätte ich ein Zögern erwartet, doch er antwortete sofort. »Remzi Ünal! Ich bin Arzt. In Ihren Augen vielleicht ein windiger Arzt, aber doch nicht so, dass ich jemanden umbringen lassen würde.«

»Ich habe es mit eigenen Ohren gehört.«

»Was Sie gehört haben, weiß ich nicht, aber ich habe zu diesem Dummkopf von Burhan lediglich gesagt, er soll Ihnen noch etwas zusetzen. Von Umbringen war keine Rede.«

Ob ich das glauben sollte oder nicht, verschob ich auf später. »Na schön. Sagen Sie Begüm, sie soll mich anrufen, sobald sie frei ist.« Ohne eine Antwort abzuwarten, legte ich auf und warf das Telefon aufs Bett. Direkt neben das Tablett, das nun eindeutig an der Reihe war. Da waren noch ein, zwei Dinge, die mir nicht ganz in den Kopf wollten, aber denen würde ich mich später widmen.

10

Während ich die anderthalb Portionen Adana-Kebab vertilgte, dachte ich an nichts, aber wirklich an gar nichts. Das Fladenbrot war zwar schon recht kalt, das Fett begann zu erstarren, und überhaupt erinnerte nichts an Adana und sein herrliches Hinterland, aber trotzdem tat mir der Fraß gut. Ich spülte den letzten Bissen mit Steckrübensaft hinunter und zündete mir eine Zigarette an. Kaum hatte ich zwei Züge getan, schielte ich zum Kopfkissen. Ich räumte das Bett ab, drückte die Zigarette wieder aus und legte mich angezogen hin.

Noch bevor ich alles einordnen konnte, was an dem Tag bisher geschehen war, klingelte das Telefon. Widerwillig nahm ich den Telefonhörer in die Hand, der von einer Qualität war, wie man sie bei sich zu Hause ganz gewiss nicht haben wollte.

»Hier ist Begüm.«

»Wo sind Sie denn?«

»Remzi Ünal? Spreche ich mit Remzi Ünal?« Ihre Stimme klang müde. Und furchtsam. Wer sollte es ihr verdenken?

»Ja. Gott sei Dank, dass Sie anrufen. Wo sind Sie?«

»Am Taksim-Platz, neben dem Denkmal.«

Ich schrieb Dr. Kemal Arsan einen Punkt gut. Immerhin hatte er Wort gehalten. »Ich komme gleich. Bleiben Sie, wo Sie sind.« Ich zog mich rasch um, stopfte bis auf Ayakçi Burhans Telefon alles in die Tasche, was auf dem Tisch lag, und eilte aus dem Zimmer. Um mir von Emre Yeğenoğlu nicht wieder einen müden Scherz anhören zu müssen, schnellte ich an ihm vorbei wie ein Formel-1-Pilot in der Aufwärmrunde.

Draußen ging ich schnell und rempelte wohl den einen oder anderen Passanten leicht an, doch keiner murrte. Auf dem Platz standen wie üblich Polizisten hinter einer Absperrung, und vor dem Denkmal warteten Leute, die sich dort verabredet hatten. Die eine, die auf mich wartete, erblickte ich sofort.

Sie hatte wieder ihren Pferdeschwanz und trug eine enge Jeans und eine Bluse, die ihr nicht ganz über den Po reichte. Um den

Hals hatte sie einen knittrigen Schal und über der Schulter eine billige Tasche. Sie hatte die Hand am Mund und kaute vermutlich an den Fingernägeln. Sie sah mich nicht herankommen.

»Hallo«, sagte ich, als ich nur noch ein paar Schritte entfernt war.

Sie nahm die Hand vom Mund, als sie mich erblickte. Ihr Gesicht schien sich ein wenig zu entspannen. Sie ging einen Schritt auf mich zu.

»Ich bin froh, Sie zu sehen«, sagte ich. »Wie gehts Ihnen?«

»Ach, es geht eigentlich. Aber ich hatte furchtbare Angst.«

»Jetzt ist alles vorbei. Kommen Sie, setzen wir uns irgendwohin, und reden wir ein bisschen.«

Sie nickte schüchtern wie ein junges Mädchen, das beim ersten Rendezvous dem Jungen die Führung überlässt. Ich hakte mich bei ihr ein und führte sie sanft zu der Ampel vor der U-Bahn-Station. Sie ließ es geschehen. Ich konnte nur hoffen, dass ich aus dem Mund nicht allzu sehr nach Zwiebeln roch.

Vor dem Marmara-Hotel stand ein Touristenbus. Wir zwängten uns an älteren Herrschaften vorbei, die vor ihren Koffern warteten, und da erblickte ich daneben auf der Terrasse einen freien Tisch. »Rauchen Sie?«, fragte ich, als wir durch die Eingangstür gingen.

»Ja.«

Sehr erfreulich. Ob sie auch Kaffee trank, war nicht so wichtig. Ich führte sie auf die Terrasse, wo der Tisch noch immer frei war. Wenn der Bus erst mal weg war, würden wir eine herrliche Aussicht auf den Platz haben. Ich wollte gar nicht denken, wie der aussehen würde, wenn sie mit dem unsinnigen Bauprojekt anfingen. Voller Vorfreude bestellte ich einen Kaffee, und auch Begüm wollte einen. Ich hatte vor, mir erst dann genüsslich eine Zigarette anzuzünden, wenn der Kaffee vor uns stünde, aber Begüm sah das anders. »Darf ich mir eine nehmen?«, fragte sie und streckte auch schon die Hand nach meinem Päckchen aus. Ich zündete ihr die Zigarette an und steckte mir dann doch auch eine an.

»Es war furchtbar«, sagte sie dann.

»Das kann ich mir vorstellen.«

»Ich habe Ihnen so sehr zu danken.«

»Warum denn?«

»Hätten Sie nicht eingegriffen, wäre ich wohl kaum freigelassen worden.«

»Wo hat man Sie hingebracht?«

»Weiß ich gar nicht. Als wir aus dem Starbucks raus sind, hat der Glatzkopf mich zu einem Auto in einer Seitenstraße gebracht. Dort musste ich mich auf dem Rücksitz zusammenkauern und habe nicht gesehen, wohin wir gefahren sind.«

»Und beim Aussteigen?«

»Da sollte ich die Augen zumachen, und aus lauter Angst habe ich das auch getan. Wir sind eine Treppe rauf, in eine Art Büro, ziemlich ungemütlich.«

In Filmen ziehen Detektive immer an ihrer Zigarette, bevor sie eine wichtige Frage stellen, das tat ich jetzt auch und blies den Rauch auf den Taksim-Platz hinaus. »Fangen wir mal bei Starbucks an«, sagte ich. »Was hat der Glatzkopf zu Ihnen gesagt, dass Sie so einfach mitgegangen sind?«

Sie lehnte sich zurück und tat einen Zug an ihrer Zigarette, wie um ihrer Erinnerung auf die Sprünge zu helfen. Erst kniff sie die Augen zusammen, dann entspannte sich ihr Gesicht. »Er hat gesagt, dass Kemal mir verziehen hat und mir bloß noch ein paar Fragen stellen wollte, und dass die Sache dann erledigt sei. Erst wollte ich auf Sie warten, damit wir da gemeinsam hingehen, aber darauf hat er sich nicht eingelassen. Es sei eilig, hat er gesagt.«

Der Kellner brachte uns den Kaffee und einen kleinen Keks dazu. Der Kaffee war heiß, und er war stark, und auf das erstarrte Fett des Kebabs hin tat er unheimlich gut. Meinen zweiten Schluck quittierte Begüm mit einem Lächeln. »Sie lieben anscheinend Kaffee.«

»Der Kaffee liebt mich«, sagte ich.

Ihr Lächeln wurde noch breiter. Sie griff zu ihrer Kaffeetasse und nahm einen winzigen Schluck. »Schmeckt wirklich gut«, sagte sie strahlend.

Ich legte mir im Kopf zurecht, was ich sie fragen sollte. Selbst wenn keine ihrer Antworten stimmte, würde ich doch etwas erfahren.

Der Bus, der uns die Aussicht versperrte, fuhr brummend davon, und wir übersahen den wimmelnden Platz nun bis zum Park hin.

»Hat der Mann Sie … irgendwie belästigt?«

Der Glanz in ihren Augen erstarb. Sie sah über meine Schulter hinweg und drückte die Zigarette aus. »Nein, hat er nicht. Aber er hat mir immer wieder die gleiche Frage gestellt. Immer und immer wieder.«

Ich nickte. Warum sollte jemand etwas fragen, worauf er schon die Antwort wusste? Wenn er es doch tat, musste er dafür irgendein anderes Motiv haben. Vielleicht musste man die Sache von Grund auf angehen. »Jetzt erzählen Sie mir doch mal alles von Anfang an.«

»Was?«

Gleichungen achten Grades konnte ich zwar nicht gerade lösen, aber sie sollte doch wissen, dass ich zwei und zwei zusammenzählen konnte. »Na, die Sache mit dem angeblichen Verhältnis.« Ich widmete mich wieder meinem Kaffee, der die letzten Spuren des furchtbaren Kebabs tilgte.

Sie sah mich aufmerksam an, als wollte sie erst einmal genau begreifen, warum sie mir hier Rede und Antwort zu stehen hatte. Dann wandte sie den Blick ab, und als sie mich kurz darauf wieder ansah, wusste ich, dass sie reden würde. Dennoch ließ sie den Blick noch einmal schweifen. Sollte sie ruhig noch einmal überlegen, was genau sie mir anvertrauen würde. Von dem Simit-Verkäufer auf dem Gehsteig sah sie zu einer Frau in einem langen schwarzen Gewand und von dort zu einem mit Werbung zugepflasterten Taxi. Ich zog an meiner Zigarette und stellte mit Bedauern fest, dass mein Kaffee schon ausgetrunken war. Dann beschloss ich, ihr einen kleinen Anstoß zu geben. »Niemand wird erfahren, was Sie mir hier erzählen.«

Ich weiß nicht, ob dieser Hinweis etwas fruchtete. Sie sah auf den kleinen Keks vor sich und fing an zu reden, als hätte sie mich gar nicht gehört. »Ich erzähle Ihnen mal am besten, wie alles angefangen hat«, sagte sie. »Ich war im Krankenhaus eigentlich ganz zufrieden, nur mit dem Gehalt nicht ganz. Die Arbeit hat Spaß gemacht, die Kollegen waren nett. Anstrengend war es, aber das ist ja normal.« Als sie kurz stockte, sah ich sie aufmunternd an. »Ich habe mal ein wenig gejammert, dass ich so wenig Geld kriege, und das hat Kemal mitbekommen, und ein paar Tage später hat er mir gesagt, ich könnte mir was dazuverdienen, nur dürfte ich darüber nicht reden.«

Weiter so, dachte ich, weiter so.

»Er hat gesagt, manche Leute wollen lieber verheimlichen, wenn sie selber oder Angehörige ins Krankenhaus müssen, weil zum Beispiel bei einem Familienstreit einem das Messer ausgerutscht ist. Dafür zahlen sie uns etwas extra. Und wir tun ganz normal unsere Arbeit.«

»Und sagen nur der Polizei nichts.«

»Genau.«

»Und dann?«

»War mir schon klar, dass das nicht ganz legal war. Das machte mir Angst, aber Kemal meinte, wir hätten nichts zu befürchten. Und gezahlt haben die wirklich gut, also bin ich drauf eingegangen.«

»Und Sie haben angefangen, in Balmumcu zu arbeiten.«

Ihr kam anscheinend gar nicht in den Sinn, mich zu fragen, woher ich das wusste, so sehr hatte sie das Bedürfnis, einem relativ Unbekannten ihr Herz auszuschütten. »Ja, und ich habe keinem was davon gesagt. Der Oberschwester habe ich was von einem Verhältnis mit einem Arzt erzählt, und sie hat mir durchgehen lassen, dass ich hin und wieder nicht da war.«

Ich nickte ihr wieder zu.

»Alle möglichen Patienten hatten wir dort, verprügelte Ehefrauen, übel zugerichtete Unfallopfer …«

»Alte Leute«, warf ich ein, »mit Geld …«

»Ja, ja«, erwiderte sie eifrig. »Nach einer richtigen Klinik sah es dort nicht gerade aus, aber das nahmen die Leute hin. Wir vom Personal versuchten, das irgendwie zu überspielen.«

»Aber dann sind Sie abgehauen. Warum eigentlich?«

Sie sah wieder in die Ferne, wahrscheinlich zu den Liebespaaren, die dort immer herumstanden. »Letzte Woche ist uns ein kleiner Junge gebracht worden.« Ihre Augen trübten sich. Unwillkürlich griff sie zu dem Päckchen auf dem Tisch und fischte zitternd eine Zigarette heraus. Ich beeilte mich, sie ihr anzuzünden. Sie tat zwei tiefe Züge, und bevor sich noch der Rauch vor ihrem Gesicht verzogen hatte, redete sie weiter. »Er war in einem fürchterlichen Zustand. Misshandlung war schon kein Ausdruck mehr, regelrecht gefoltert hatten sie den Jungen. Auf seinen Armen waren Zigaretten ausgedrückt worden. Die Beine waren aufgeschwollen, da hatte jemand mit irgendeinem harten Gegenstand draufgeschlagen, mit einer Feuerzange oder so etwas, denn es waren immer zwei Spuren nebeneinander. Furchtbar.«

»Wie alt war der Junge?«

»Acht. Ein ganz hübscher Kerl noch dazu. Ich musste weinen, als ich mich um ihn gekümmert habe.«

»Er brauchte doch auch einen Arzt?«

»Ja, Kemal war da, der hat ihn behandelt.« Sie zog an der Zigarette und stieß den Rauch durch die Nase aus. »Was der Junge gelitten hat … Und da war noch eine Frau dabei.«

»Seine Mutter?«

»Was weiß ich? Eher Stiefmutter. Unmöglich aufgedonnert, und dann auch noch ständig einen Kaugummi im Mund.« Sie stieß ein nervöses Lachen aus. »Stand die ganze Zeit da und kaute, was das Zeug hielt. In jedem Roman würde man sagen, nein, so was von übertrieben.«

Den Satz musste ich mir merken. Der würde sich bestimmt mal wo anbringen lassen. »Und der Vater?«

»War nicht dabei. Er hatte der Frau Kemals Telefonnummer gegeben und fertig. Ich zitterte vor Aufregung, und die Frau redete in einem fort. Ich habe jahrelang in der Notaufnahme gearbeitet, und da ist mir aufgefallen, dass Leute, die was ausgefressen haben, ständig reden wollen, egal, ob sie lügen oder die Wahrheit sagen. Die Frau wusste haargenau, dass sie bei uns niemand zur Rechenschaft zog, und trotzdem konnte sie die Klappe nicht halten. Als ob etwas wahr würde, wenn man es nur hundert Mal hintereinander sagt.«

Das war wieder so ein Satz, den ich mir merken musste.

»Als die beiden wieder weg waren, habe ich mich gefragt, was soll ich jetzt tun?«

Mir wäre noch ein Kaffee recht gewesen, aber jetzt, wo Begüm so erzählte, wagte ich gar nicht, nach dem Kellner Ausschau zu halten.

»Was sollte ich tun? Was sollte ich nur tun? Der Junge hatte in mir diese Frage ausgelöst, und ich wusste keine Antwort darauf.«

Ich sah ihr in die Augen und wartete ab.

»Erst wollte ich zu Kemal sagen, pass auf, mir gefällt die Sache nicht mehr, ich höre auf. Aber dann traute ich mich nicht. Er würde mich ja doch zum Weitermachen überreden. Dann fiel mir aber noch was anderes ein. Ich hatte mich auf was Verbotenes eingelassen, also würden sie mich nicht einfach gehen lassen, allein schon, um sich selbst zu schützen.«

Da hatte sie nicht unrecht.

»Schließlich geriet ich in Panik. Und lief einfach davon.«

»Und wohin?«

Sie antwortete nicht gleich. Als wollte sie zu den begangenen Fehlern nicht noch einen neuen hinzufügen, sah sie brütend auf ihre Kaffeetasse. Das konnte ich ihr zwar nicht verdenken, doch durfte ich auch nicht zulassen, dass sie den Rest verschwieg. In solchen Situationen tat ich gewöhnlich zweierlei. Zum einen garantierte ich in altväterlich vertrauenerweckendem Ton, dass alles Gesagte unter uns bleiben würde. Diese Kugel hatte ich aber schon verschossen. Also Methode Nummer zwei. »Ich glaube, ich weiß schon, bei wem Sie Zuflucht gefunden haben.« Den Anschein zu wecken, man wüsste mehr, als man tatsächlich weiß, gehört zu den grundlegenden Tricks unseres Berufes. Und wirkte auch hier wieder.

Begüm fragte sich gar nicht, woher ich das wissen sollte. Sie starrte noch immer auf die Tasse und führte nur die Zigarette an die Lippen. »Sultan ist eine gute Freundin«, sagte sie. »Sie hat sich überhaupt nicht gesträubt.«

»Und war die Nummer, die Sie hinterlassen haben, die von Sultan Karakum?«, fragte ich, insgeheim jubilierend.

»Nein. Als sie zu ihrer kranken Mutter gezogen war, hatte sie diese Nummer auch dorthin transferieren lassen, benutzte sie aber nicht. Ich habe dann ein Telefon mit Anrufbeantworter eingesteckt.«

»Und Sultan hat Sie auf dem Laufenden gehalten, was sich im Krankenhaus tat. Ob etwa jemand nach Ihnen gefragt hat oder so.«

Bevor sie antworten konnte, kam der Kellner, um die Tassen wegzuräumen. Ich bestellte noch einen Kaffee, Begüm wollte keinen.

»Außer mit Sultan habe ich drei Tage lang mit niemandem gesprochen«, sagte sie dann. »Und bis gestern haben nur lauter Kollegen nach mir gefragt, İsmet etwa. Bei Kemal war es wieder ganz etwas anderes.«

Allmählich kamen wir zu den Themen, die mich wirklich interessierten. »Haben Sie auch mit Firdevs Işin nicht gesprochen?«

Als sie den Namen ihrer Freundin hörte, strahlte sie zunächst übers ganze Gesicht, danach erlosch das Lächeln gleich wieder. Aha, dachte ich mir, jetzt gehts ans Eingemachte. »Firdevs ist eine gute Haut. Und wegen mir steckt sie in der Patsche.«

»Wo ist sie jetzt?«

»Ich weiß nicht. Als wir aus der Wohnung raus sind, haben wir uns in Beşiktaş getrennt. Ich verschwinde besser eine Weile, hat sie noch gesagt. Und dabei sogar gelacht.«

Jetzt musste ich mal ein wenig die Zähne zeigen. Ich legte den rechten Arm auf den Tisch und krempelte den Ärmel so weit hoch, dass der Skalpellschnitt zu sehen war. Er blutete zwar nicht mehr, sah aber noch frisch genug aus. »Das haben vor zwei Stunden die Leute getan, die Sie entführt haben. Sie wollten rauskriegen, ob ich irgendetwas weiß, das ihnen Ärger einhandeln kann. Ich weiß aber nichts, also konnte ich auch nichts sagen.«

»Haben Sie das untersuchen lassen?«, fragte sie, plötzlich ganz Krankenschwester. »Nicht dass es zu einer Infektion kommt.«

Vom Thema ablenken wollte ich keinesfalls, und so behielt ich lieber für mich, dass ich auch gewürgt worden war.

»Sie dürfen mir deshalb nichts verschweigen.«

Der Anblick meines Unterarms tat anscheinend seine Wirkung. »Also bin ich noch in Gefahr?«, fragte sie.

»Nun ja, Sie sind freigelassen worden, also wohl nicht in unmittelbarer Gefahr. Aber das kann sich jederzeit ändern.«

Wieder blickte sie in die Ferne, aber was sie nun hinter mir sah, war mir egal. Als der Kellner wieder kam, lehnte ich mich zurück. Er servierte meinen Kaffee, leerte den Aschenbecher, und ich nickte ihm dankend zu.

»Dann sind aber auch die anderen in Gefahr«, sagte Begüm. Sie sah auf meine Kaffeetasse, als fragte sie sich, was an dem schwarzen Gebräu so Besonderes dran sei. »Hm, wenn man so nachdenkt«, sagte sie, »warum haben die mich überhaupt freigelassen? Der Mann, der mich hierhergebracht hat, hat gesagt, dass ich Ihnen danken soll.«

Ich trank einen Schluck Kaffee. Mir gab das Gebräu genau, was ich brauchte. »Ich habe mit dem Teufel einen kleinen Pakt geschlossen«, sagte ich.

Fragend sah sie mich an.

»Für den Fall, dass Sie unversehrt freikommen, habe ich versprochen, dass ich alles vergessen und niemandem ein Sterbenswörtchen verraten werde.«

»Und Sie gehen wohl davon aus, dass ich auch nichts sage.«

»So ist es.«

»Dann kommen die also ungeschoren davon? Und können so weitermachen wie bisher?«

»Irgendwann erwischt es sie schon.«

»Hat mich der Anblick dieses Jungen ganz umsonst so niedergeschmettert? Ganz zu schweigen von allem, was ich vorher schon gesehen hatte. Ich wollte denen das irgendwie heimzahlen. Es jetzt einfach zu vergessen, kommt mir nicht richtig vor.«

»Es gibt keine Gerechtigkeit auf dieser Welt. Und falls es eine göttliche Gerechtigkeit oder ein Karma gibt, sind sie mir zumindest noch nicht begegnet.«

»Wie leicht Sie solche Dinge nehmen.«

»Manches nehme ich leicht, anderes nicht.« Ich nahm vor allem noch einen Schluck Kaffee.

»Merken Sie das nicht schon daran, dass ich Ihnen über die Leiche in Firdevs Işins Schlafzimmer keine einzige Frage gestellt habe?«, sagte ich und sah Begüm dabei direkt in die Augen.

II

Nein, es explodierte nicht etwa am Sockel des Denkmals eine Schallgranate … Auch gingen die herumstehenden Polizisten nicht plötzlich mit Knüppeln und Tränengas auf eine spontan entstandene Demo los … Und es raste auch nicht von der Siraselviler-Straße her ein Auto bei Rot über die Kreuzung und krachte auf ein von Tarlabaşi her kommendes Fahrzeug drauf … Ich hatte lediglich eine Frage gestellt. Bezüglich einer anderen Frage, die ich wiederum nicht gestellt hatte. Und anstatt zu antworten, tat Begüm Kalyon einen Schrei.

»Hilmi!«, schrie sie. »Ach, Hilmi!« Das kam wohl lauter heraus als beabsichtigt. Und schriller. Die Gäste auf der Terrasse, die ruhig dasaßen und dem Treiben auf dem Taksim-Platz zusahen, zuckten jedenfalls zusammen. Überall drehten sich Leute zu uns um. Zwei Tische weiter erhoben sich drei Männer schon leicht, um gegebenenfalls einzugreifen. Als ich sie direkt ansah, setzten sie sich wieder. Begüm Kalyon schlug die Hände vors Gesicht. Ohne jedoch zu weinen.

Ein Kellner eilte herbei, aber ein anderer, vermutlich der Oberkellner. Mich strafte er mit Verachtung. »Kann ich Ihnen helfen?«, fragte er Begüm Kalyon.

Ich lächelte ihn an. »Sie hat eine schlechte Nachricht bekommen«, sagte ich. »Könnten Sie ihr bitte Wasser bringen?«

Er war sich offenbar unschlüssig, ob er mich mit einer Frau

allein lassen sollte, die in ihrer Hilflosigkeit laut geschrien hatte. Als Begüm Kalyon ihm zunickte, warf er noch einen kurzen Blick auf mich und zog ab. Die Leute um uns herum, die mit gerunzelter Stirn herübergeblickt hatten, wandten sich wieder ihrem Kaffee und ihrem Kuchen zu.

Begüm Kalyon ließ die Hände sinken und sah mich beschämt an. »Verzeihen Sie bitte. Als Sie plötzlich … Da ist mir alles wieder in den Sinn gekommen.«

Der Oberkellner kam mit einer Flasche Wasser und einem Glas zurück. »Alles in Ordnung?«, fragte er Begüm Kalyon. Mich würdigte er keines Blickes.

»Ja, vielen Dank«, erwiderte Begüm. »Entschuldigen Sie bitte das Aufsehen.«

Der Oberkellner begnügte sich mit einem als professionell durchgehenden Lächeln und trollte sich. Vermutlich kopfschüttelnd.

Begüm Kalyon trank ein paar Schluck Wasser und sah mich an. Sie würde nicht wieder losschreien. Also konnte ich auf meine Frage zurückkommen. »Was ist in dem Schlafzimmer passiert?«

Sie ließ die Schultern fallen wie jemand, der nach einem langen Polizeiverhör sein Verbrechen endlich zugibt. »Ich weiß es nicht. Ob Sie es mir glauben oder nicht.«

Nun, auch das war eine Antwort. Immerhin waren wir schon mal beim Thema. »Als ich eintraf, saßen Sie im Wohnzimmer. Wussten Sie da nicht, was gerade im Schlafzimmer vor sich ging?«

Sie richtete sich auf, als würde sie erst so richtig zu sich kommen. »Nein, überhaupt nicht. Ich war ja selbst gerade erst angekommen, und Firdevs übrigens auch. Wir hatten uns noch kaum unterhalten, als Sie kamen.«

Doch, doch, wir kamen voran. Ich deutete auf ihr Wasserglas. »Trinken Sie mal aus, und erzählen Sie mir alles haarklein. In aller Ruhe.«

Sie trank das Glas leer und betupfte sich die Lippen mit der Serviette. Dann holte sie sich wieder eine Zigarette aus meinem Päckchen. Ich zündete sie ihr an und nahm mir auch eine. Aber ohne sie anzuzünden. Das hob ich mir für den Moment auf, in dem ich tatsächlich etwas erfahren würde. Zum Feiern.

»Wie gesagt, ich bin weggelaufen«, sagte sie, »zu Sultan. Darauf passierte erst einmal gar nichts. Ich langweilte mich dort, aber ich hatte sogar Angst, auf die Straße zu gehen. Eines Morgens hat mich Sultan angerufen. Dass mich da im Krankenhaus einer sucht. Sie hat ihn mir geschildert, aber die Beschreibung, also Ihre Beschreibung, passte zu niemandem, den ich kannte.«

Remzi Ünal ist zurück, dachte ich, und mischt sich wieder in das Leben anderer Menschen ein. Verdammt noch mal, sobald ich den kleinen Finger rührte, passierte etwas.

»Ich geriet in Panik, aber so richtig. Ich kannte ja nicht alle, die an Kemals unsauberen Geschäften beteiligt waren, also dachte ich mir, der hat jemanden auf dich angesetzt.« Völlig richtig geschlossen. Sie zog an der Zigarette und redete weiter. »Dann klingelte das Telefon wieder, diesmal das mit dem Anrufbeantworter. Aus lauter Angst habe ich nicht abgehoben, aber Ihre Nachricht habe ich gehört. Ihre Stimme klang irgendwie vertrauenerweckend, das verwirrte mich noch mehr. Vielleicht gab es ja doch einen Ausweg, nur war ich mir eben nicht sicher.«

Die unangezündete Zigarette in meinem Mund übte immer mehr Druck aus. Ich versuchte, sie zu ignorieren.

»Immer wieder habe ich mir Ihre Nachricht angehört, um zu einer Entscheidung zu kommen, aber vergebens. Da habe ich meine eigene Regel gebrochen und Firdevs angerufen. Dass sie mir einen Rat gibt.«

»War sie da zu Hause?«

»Nein, unterwegs, für einen ihrer Patienten was besorgen. Sie sagte, ich solle zu ihr kommen, am Telefon sei das zu kompliziert. Ich wollte nicht aus dem Haus gehen, aber sie ließ nicht locker. Du hockst schon zu lange in der Wohnung herum, sagte sie, da kannst du gar nicht mehr richtig denken. Ich bin also direkt zu ihr nach Hause. Ich hatte immer einen Schlüssel zu ihrer Wohnung dabei, für alle Fälle.«

Ich stellte mir vor, wie Begüm Kalyon das Gebäude mit den

blassrosa Kacheln betrat. Sah den dunklen Treppenabsatz vor mir. Hatte den Zwiebelgeruch in der Nase.

»Ich ging in die Wohnung und wartete.«

»Sind Sie auch ins Schlafzimmer gegangen?«

»Nein, ich habe mich einfach hingesetzt. Ich war so was von durcheinander.«

»Wie lange mussten Sie warten?«

»Weiß nicht, vielleicht eine halbe Stunde, vierzig Minuten. Ich war so froh, als sie endlich da war.«

Ich konnte mich noch gut an Firdevs' aus Jeansstoff zusammengeschneiderte Pseudo-Uniform erinnern, fragte aber trotzdem: »Und sie ist auch nicht ins Schlafzimmer gegangen? Um sich umzuziehen oder so?«

»Nein.« Sie drückte ihre Zigarette aus und sah unsicher irgendwo hinter mich hin. Um das Momentum nicht zu verpassen, legte ich nach. »Das muss Ihnen gutgetan haben, sich mit ihr auszusprechen.«

»Dazu war ja keine Gelegenheit, denn gleich sind Sie gekommen.«

Bravo. Auftritt des berühmten Detektivs Remzi Ünal.

»Ihre Stimme kam mir zwar bekannt vor, aber als Sie von Ihrer kranken Mutter erzählt haben, dachte ich mir, ich hätte mich wohl getäuscht. Mir war es furchtbar unrecht, dass Sie gekommen sind, deshalb verließ ich das Wohnzimmer.«

»Erst sind Sie in die Küche.«

»Ja, aber da hatte ich ja auch nichts verloren, also bin ich ins Schlafzimmer. Ich dachte mir, ich lege mich ein wenig hin, bis der Kunde wieder weg ist.«

Ich feierte schon mal vor und zündete mir die Zigarette an. Meine Anspannung wurde durch das Nikotin aber nicht gelindert. Gleich würde eine junge Frau mir erzählen, wie sie einen engen Freund tot aufgefunden hatte.

In Krimis werden solche Szenen regelmäßig versaut. Die Leute können ja über tote Angehörige nicht einfach reden, als wäre gerade ihre Katze gestorben. Also werden sie laut. Stoßen unverständliche Fetzen aus. Und man weiß nie so recht, wie man darauf reagieren sollte. Da schweigt man am besten. Durch Schweigen kann man anzeigen, dass man durchaus begreift, wie groß des anderen Schmerz ist. Besser jedenfalls als durch einen armseligen Spruch. Irgendwann lässt der Schmerz nach. Sind die Tränen getrocknet, schleicht der Alltag sich wieder heran, erst ganz schüchtern, dann bestimmter, bis er schließlich resolut aufräumt.

Nun, eine Probe dieser Szene hatten Begüm Kalyon und ich ja schon hinter uns. Und waren mit ein paar bösen Blicken und einem Glas Wasser davongekommen. Dennoch würde es wohl gleich wieder eine Krise geben. Ich wartete ab, bis Begüm Kalyon sich von selbst auf jenes heikle Terrain begeben würde.

Erst einmal tat sie das nicht. Konnte es nicht. Zitterte. »Ich bin also ... reingegangen«, sagte sie. »Ach, hätte ich das doch bloß nicht getan.«

Wein jetzt nicht, dachte ich. Sonst kriegen wir noch Hausverbot.

Nein, sie weinte nicht, sondern starrte nur auf den Tisch. Sie redete stockend, mit belegter Stimme. »Da lag Hilmi. Auf dem Rücken. Und sah zur Decke rauf.«

Komm schon. Weiter.

»Erst merkte ich gar nicht, was los war. Der liegt eben da, dachte ich. Und denkt nach. Irgendwie seltsam war es aber schon. Ich wollte ihm schon was zurufen. Einen Scherz.«

Bedächtig führte ich meine Zigarette an die Lippen.

»Dann habe ich es gemerkt. Spät erst, obwohl ich schon viele tote Patienten gesehen habe. Da war Blut. Obwohl er sichtlich tot war, habe ich ihm noch den Puls gefühlt.«

Fast wie in Zeitlupe stieß ich den Rauch aus der Nase. Heikles Terrain hin oder her, ich musste sie fragen. »Haben Sie noch etwas anderes angerührt?«

Sie sah zu mir auf. Ihre Augen waren feucht. »Nein. Oder vielleicht doch. Ich weiß nicht mehr. Ich war wie erstarrt. Dann muss ich zusammengebrochen sein.«

»Ich weiß, das ist jetzt hart, aber denken Sie bitte nach, ob Ihnen nicht was aufgefallen ist in dem Zimmer. Irgendein Gegenstand. Oder ob nicht was gefehlt hat.«

Sie schüttelte den Kopf. »Nein. Das heißt, ich weiß nicht. Ich kann mich bloß noch erinnern, dass ich auf dem Boden saß und auf die Bettdecke starrte, auf die Karos darauf. Hilmi war von dort nicht zu sehen.«

»Haben Sie aus dem Wohnzimmer was gehört?«

Sie schüttelte wieder den Kopf und sah mich dabei an, als wollte sie etwas ganz Bestimmtes von mir hören.

»Und so haben Sie dagesessen, bis Firdevs hereinkam?«

Sie nickte.

»Und dann?«

Sie musste schlucken. »Warum fragen Sie mich das alles so genau?«

»Um zu begreifen, was passiert ist. Wir kommen zwar nicht besonders voran, aber wenn ich das alles nicht frage, mache ich mir hinterher Vorwürfe.«

»Seien Sie ehrlich. Falls Sie zu dem Schluss kommen, dass ich Hilmi umgebracht habe, was tun Sie dann?«

Eine gute Frage, dachte ich. Am besten, ich stellte eine gute Gegenfrage. »Angenommen, ich denke, dass Firdevs ihn getötet hat, was wäre Ihnen dann am liebsten?«

Verlegen sah sie mich an. Wie eine Schülerin, die nicht aufgepasst hat. Ich sah regelrecht, wie sie im Geist verschiedene Antworten durchging. Schließlich hellte ihr Gesicht sich auf. »Vermutlich, dass Sie gar nichts tun.«

»Meistens komme ich zu dem gleichen Schluss.«

»Tatsächlich? Das ist aber sonderbar.«

»Warum?«

»Na ja, bei Ihrem Beruf.«

Theatralisch blies ich den Rauch heraus. »Was soll mit meinem Beruf sein? In diesem Land gibt es hervorragende Polizisten und Staatsanwälte, sollen die doch den Mörder finden und bestrafen.«

»Sie würden mich also tatsächlich laufen lassen? Falls ich die Mörderin wäre?«

»Na, hoffentlich sind Sie es nicht.«

»Natürlich nicht«, sagte sie. Der etwas weiblichere Ton, der in ihrer hypothetischen Frage angeklungen hatte, war wieder verschwunden. »Ich habe Ihnen ja alles erzählt. Und was sollte ich auch für einen Grund haben …«

»Keine Ahnung. Ich kann mir aber vorstellen, dass Sie mir nicht die ganze Wahrheit gesagt haben. Vielleicht haben Sie Hilmi Akalin in der Wohnung angetroffen, sind mit ihm ins Schlafzimmer und haben ihn dort erschossen. Und sich dann ins Wohnzimmer gesetzt.«

»Und das soll niemand gehört haben?«

»Im Schlafzimmer ist ein Fernseher, den haben Sie zuvor auf laut gestellt.«

»Und ich habe also alles von vornherein geplant?«

Als ob ich darauf keine Antwort wüsste! »Sehr wahrscheinlich, denn Sie haben ihn mit einem einzigen Schuss erledigt. Hätten Sie es im Affekt getan, wären noch ein paar Schüsse mehr gefallen. An den Wänden waren keinerlei Blutspuren.«

»Und wie hätte ich wissen sollen, dass Hilmi dort überhaupt war?«

»Genauso wie Sie wussten, dass Firdevs kommen würde. Schließlich gibt es Telefone.«

»Ich müsste doch vollkommen bescheuert sein, wenn ich jemanden umbringe und extra einen Zeugen dazurufe?«

Nicht schlecht. Mir fiel aber noch was Besseres ein. »Falls Sie vorhatten, den Mord Firdevs anzuhängen, war das alles andere als bescheuert. Und mein Auftauchen war ja nicht geplant.«

Lächelnd breitete sie die Arme aus, als gäbe sie sich geschlagen. »Sie denken das doch nicht im Ernst, oder? Mit so was treibt man keinen Spaß.«

»Ich denke gar nichts.«

»Und was Firdevs angeht? Denken Sie da auch nichts?«

»Für die gilt das Gleiche. Als Sie anriefen, war sie vielleicht zu Hause, hat dann Hilmi erschossen und versucht, die Schuld auf Sie abzuwälzen.«

Begüm Kalyon faltete die Hände auf dem Tisch und sah mich an. Sie machte nun einen gefassteren Eindruck. »Was soll jetzt geschehen? Wie werden Sie sich entscheiden?«

Ich drückte meine Zigarette aus. »Wie gesagt, das ist Sache der

Polizei. Und denen wird es auch leichtfallen herauszufinden, ob Sie die Wahrheit gesagt haben. Die nehmen Sie beide ein wenig streng ins Verhör, und schon werden Sie reden. Und aus Ihren Telefonaten rauszukriegen, wo Sie jeweils waren, ist für die auch ein Kinderspiel. Wenn dagegen ich bei den Telefongesellschaften nachfrage, sagen die mir nichts.«

»Hm, stimmt«, erwiderte Begüm Kalyon, fast ein wenig enttäuscht.

Bedauernd hob ich die Hände.

»Sollen wir gehen?«, fragte sie.

»Ja.«

Sie machte aber keinerlei Anstalten dazu. »Was denken Sie wirklich?«, fragte sie und beugte sich leicht zu mir vor. »Ich meine wirklich?«

»Dass die Tat von einem Dritten verübt wurde«, sagte ich und steckte mein Zigarettenpäckchen ein. »Ich glaube nämlich nicht, dass Sie beide – so wie Sie das ausgedrückt haben – bescheuert sind.«

Den beiden Kellnern war es wohl mehr als recht, dass ich die Rechnung verlangte. Das Trinkgeld ließ ich für meine Verhältnisse ungewöhnlich hoch ausfallen, denn ich wusste ja nicht, ob ich nicht wieder mal mit einer verwirrten jungen Frau oder einem verschlagenen jungen Mann hier sitzen würde.

Als wir draußen waren, stand Begüm Kalyon vor der Drehtür des Marmara-Hotels wie eine italienische Touristin, die nicht weiß, zu welcher Sehenswürdigkeit sie zuerst gehen soll. Oder vielmehr wusste sie überhaupt nicht, wo sie hinsollte.

»Sie sollten für eine Weile von der Bildfläche verschwinden«, sagte ich und winkte einen Taxifahrer weg, der mit uns ein Geschäft witterte.

»Zu mir nach Hause kann ich nicht. Zu Firdevs auch nicht. Und zu Sultan genauso wenig.«

»Ich wüsste einen Ort, wo Sie ein paar Tage bleiben könnten.«

Ihr Blick war ein einziges Fragezeichen.

»Bei einer Freundin von mir. Einer Psychologin. Ein sehr angenehmer Mensch.«

»Gerne«, sagte sie ohne Umschweife.

Was bist du doch für ein kleiner Feigling, Remzi Ünal, sagte ich mir. Zu solchen Tricks greifen doch höchstens verliebte Gymnasiasten.

»Darf ich Ihr Handy benützen?«, fragte ich.Im Schein der Hotelbeleuchtung hinter mir wählte ich die Nummer, die unter den Hunderten von Nummern, die mir nicht aus dem Kopf gingen, seit Tagen aufblinkte.

Berufsbedingt ließ Yildiz Turanli ihr Telefon nie öfter als drei Mal klingeln. Diesmal hob sie schon beim zweiten Mal ab.

»Hallo«, sagte ich.

»Schau, schau, Remzi Ünal«, erwiderte sie. »Zu später Abendstunde.«

»Wie gehts?«, fragte ich und ging ein paar Schritte von Begüm Kalyon weg.

»Gut. Ziemlich gut. Und dir?«

»Nicht so besonders. Aber ich bin auf dem Weg der Besserung.«

»Lange nicht gesehen. Warst du in Istanbul?«

»Ja, ich war in der Gegend.« Das wäre zwar der ideale Moment für einen geistreichen Spruch gewesen, so nach dem Motto: Solange Istanbul mich nicht verlässt, verlasse ich auch Istanbul nicht. Ich hielt aber lieber den Mund.

»Und da hast du beschlossen, mich wieder mal anzurufen. Einfach so, eines schönen Abends. Oder steckst du in der Klemme?«

»Ich nicht … Aber jemand anders.«

»Bestimmt eine junge Frau.«

»Ja, woher weißt du das?«

»Na, weil du dumm genug bist, eine Frau erst dann anzurufen, wenn eine andere Frau in Schwierigkeiten ist.«

Gib zu, Remzi Ünal, dass du Yildiz Turanli nicht nur wegen ihrer Stimme vermisst.

»Ich werde der Frau dafür danken, dass sie in Schwierigkeiten geraten ist. Kann sie erst mal ein paar Tage bei dir bleiben?«

»Wenn du sie mir persönlich bringst.«

»Danke.« Ich ging zu Begüm Kalyon und gab ihr das Handy zurück. »Gehen wir«, sagte ich.

Sie wirkte nicht wie jemand, der noch gar nicht weiß, wo er die Nacht verbringen wird, sondern eher wie eine Studentin, die begierigen Blickes an den Liebesabenteuern einer Freundin teilhat. »Das muss ja eine ganz besondere Frau sein«, sagte sie. »Sie wirken auf einmal so anders.«

Ich antwortete nicht. Remzi Ünal, durch dich sieht man heute hindurch. Ich gab einem wartenden Taxi ein Zeichen und ließ Begüm Kalyon hinten einsteigen. »Nach Ulus«, sagte ich zum Taxifahrer. Und der wusste zum Glück, wo das ist.

Wir redeten unterwegs nicht, und der Fahrer quälte uns auch nicht mit Dudelmusik. In einer Seitenstraße der Ahmet-Adnan-Saygun-Straße stiegen wir aus. Schicksalsergeben stand Begüm Kalyon neben mir.

Der Eigentümer des Hauses, in dem Yildiz Turanli wohnte, widerstand ganz offensichtlich den verführerischen Angeboten gieriger Bauunternehmer, die an der Stelle gerne etwas Neues hochgezogen hätten. Genauso hartnäckig widerstand er der Versuchung, die Fassade wieder mal renovieren zu lassen. Der Laden, in dem bis vor Kurzem noch sämtliche türkischen Fernsehermarken repariert worden waren, hatte dagegen einem Mobilfunk-Anbieter weichen müssen, dessen Auslage in scharfem Gegensatz zum Charme der späten Sechzigerjahre stand, den das Haus ansonsten versprühte. Den Zeitungskiosk weiter unten in der Straße gab es allerdings noch.

Ich sah auf die Klingelleiste neben der eisernen Haustür, wo noch immer das aus einer Visitenkarte ausgeschnittene Namensschild mit dem Zusatz »Klinikpsychologin« hing. Ich drückte auf die Klingel, und zwar in dem Rhythmus, den wir damals, in besseren Tagen, vereinbart hatten. Der Türöffner klackte.

Kurz bevor wir im dritten Stock anlangten, drückte ich noch mal auf einen Lichtknopf, um das kurzatmige Treppenlicht zu überlisten. Vor dem Fußabstreifer mit der Aufschrift »Go Home Idiot« blieben wir stehen.

Ich fragte mich, ob ich aufgeregt war. Noch bevor ich zu einer Antwort kam, ging die Tür auf.

Yildiz Turanli war noch immer schön. Sie hatte noch immer

dieses Strahlen in den Augen, und auch das schulterlange Haar hatte seinen Glanz behalten. Sie trug ein weites, formloses Kleid mit blauen Blümchen, das ich noch nie an ihr gesehen hatte. »Das ging aber schnell«, sagte sie mit einem Lächeln, das mehr Begüm Kalyon als mir galt.

In dem kleinen Gang sah es aus wie eh und je. Die Truhe vor dem Spiegel, die als Kleiderablage diente, war frei geräumt. Die Noten an der Wand spielten noch immer lautlos dasselbe Instrumentalstück.

»Herzlich willkommen«, sagte Yildiz Turanli und streckte Begüm Kalyon die Hand hin.

»Yildiz Turanli«, stellte ich vor. »Eine der klügsten Frauen der Welt.«

Sie sah mich an und runzelte scherzhaft die Stirn. »Zumindest manchen Männern gegenüber bin ich das.« Diese Art Claim-Abstecken war sonst nicht ihre Art. Insgeheim freute ich mich aber über diese Worte. Ohne mir etwas anmerken zu lassen, setzte ich die Vorstellung fort. »Begüm Kalyon. Die junge Frau, von der ich dir erzählt habe.«

Yildiz Turanli nahm sie gleich an der Schulter und geleitete sie ins Wohnzimmer. »Setzen Sie sich erst mal in aller Ruhe hin.« Zu mir gewandt, sagte sie leise: »Du hast mir gefehlt.« Ich erwiderte nichts und ging Begüm Kalyon hinterdrein.

Was Yildiz Turanli ihr Wohnzimmer nannte, obwohl es eigentlich eher eine Bibliothek war, sah weitgehend unverändert aus. Lediglich das vielbändige Lexikon war nicht mehr da. Aus Mangel an Platz für neue Regale waren die alten überfüllter denn je. Zwischen den beiden Fenstern thronte noch immer der Computer.

Der Zigarettengeruch war auch nicht verschwunden, was mich am meisten freute.

»Nehmen Sie doch Platz«, sagte Yildiz Turanli, und Begüm Kalyon setzte sich auf die Ledercouch in der Zimmermitte.

»Kaffee?«

Ich nickte.

»Für mich bitte nicht, danke«, sagte Begüm Kalyon. »Ich hatte schon zwei, das ist viel für mich.«

»Tja, wer sich auf Remzi Ünal einlässt, kommt um Kaffee nicht herum«, sagte Yildiz Turanli. »Aber ich trinke einen.« Sie ging in die Küche. Ich trat ans Fenster und sah hinaus. Es gab keinerlei Grund hinauszusehen. Eigentlich sah ich eher in mich hinein.

Begüm Kalyon suchte anscheinend nach irgendetwas, um das Schweigen zu brechen, fand aber nichts. So starrte sie nur auf die Regale.

Yildiz Turanli kam mit zwei riesigen Kaffeetassen zurück und reichte mir eine. Dabei berührten sich unsere Finger. Das war sehr angenehm. Sie lächelte mich an. Sie setzte sich in den Sessel unter der Leselampe und ich mich ihr gegenüber. Um ihr Gesicht gut sehen zu können. Wie gesagt, sie fehlte mir. »Also, wer klärt mich jetzt auf?«, fragte sie.

12

Eine halbe Stunde später ging ich auf der Ahmet-Adnan-Saygun-Straße, die Ulus in zwei Teile schneidet, in Richtung auf das Einkaufszentrum Akmerkez. Außer mir war kein Mensch zu Fuß unterwegs; alle saßen in ihren Autos.

Mit den beiden Frauen war vereinbart, dass Begüm Kalyon die Wohnung nicht verlassen sollte und Yildiz Turanli sie nicht allein ließ. Ich hatte Begüm Kalyons Handy dabei. Es war angeblich genügend aufgeladen, dass ich es noch drei, vier Tage benutzen konnte, hatte sie gesagt und mir auch den PIN-Code gegeben.

Für jemanden, der nur einen Abendspaziergang machte, ging ich viel zu schnell. Ich musste die Lage peilen. Eigentlich war meine Arbeit getan, denn ich hatte die Frau gefunden. Und abgesehen davon, dass ich mein Geld nicht bekommen hatte, gab es keinen Grund zur Klage. Mein Geld nicht zu bekommen, war mir schon öfter passiert, dafür hatte ich andere Mal mehr eingestrichen als erwartet, so glich es sich wieder aus, und damit basta.

Es fiel mir auch nicht ein, Baller-Osman dafür zur Rechenschaft zu ziehen, dass er mich beschissen hatte. Beschissen worden war ich immer mal wieder. Der Schnitt in meinem Arm war von Mahir Salman und seinen Taxifahrerkollegen gerächt worden. Egal was ich jetzt noch tat, Ayakçi Burhan und der Irre würden nicht zu besseren Menschen werden.

Ayla Duman konnte ich nur alles Gute wünschen. Firdevs Işin war vermutlich bei einem ihrer Patienten, und wenn sie Lust hatte, würde sie sich schon wieder melden. Dr. Ismail Günaldi und Sultan Karakum waren mir völlig egal.

Ich ging auf die Lichter des Einkaufszentrums zu.

Warum also fühlte ich mich, als ob mir auf dem Zwerchfell ein pflastersteingroßes Geschwür lastete? Ich hätte bester Laune sein sollen. Ich hätte nach Hause gehen können. Hätte in der Wohnung, in der ich nur ein einziges Mal übernachtet hatte, ein paar Umzugskisten aufmachen und mir zur Feier des Tages dort selbst einen Kaffee machen können. Und in meinem eigenen Bad duschen und meinem eigenen Bett schlafen. Und mir vor dem Einschlafen irgendetwas herbeiträumen. Und am nächsten Morgen früh aufstehen und nachsehen, ob mein Auto noch Saft in den Beinen hatte.

Tja, und warum wollte ich das dann nicht?

Ließ mir Hilmi Akalins starrer Blick an die Decke keine Ruhe? Flüsterte, ja schrie mir Hilmi von dem Bett aus etwas zu? Erinnerte er mich an ein Mädchen, das sein Leben lassen musste, weil ich beschlossen hatte, mich nicht einzumischen? Und sollte ich nun etwas tun wollen, was sollte das dann sein? Bei wem sollte ich anklopfen, mit wem reden, welcher Information hinterherhecheln?

Wie schnell ich dahinrannte, merkte ich erst, als ich vor dem Papermoon ankam. Die Leute mit den protzigsten Autos von ganz Istanbul gaben hier den frechsten Parkwächtern von ganz Istanbul unverschämt hohe Trinkgelder, um so nah wie möglich vor dem Restaurant parken zu können.

Ich ging an Schaufenstern vorbei, in denen riesige Fotos von einem ganz anderen Leben kündeten.

Als ich vor dem Einkaufszentrum ankam, musste ich mich entscheiden. Da klingelte das Handy und nahm mir die Entscheidung ab.

Erst dachte ich, was für ein Handy klingelt da eigentlich, bevor mir einfiel, dass ich das von Begüm Kalyon dabeihatte.

Der Name auf dem Handydisplay war mir nicht unbekannt. »Mensch, wo steckst du denn?«, hörte ich. Ich stellte mir die blonden, kurzen Haare dazu vor.

»Hallo«, sagte ich.

Schweigen.

»Hallo, ich bins, Remzi Ünal. Ich habe Begüms Handy.«

»Ha… hallo«, erwiderte Sultan Karakum. »Ist mit Begüm alles in Ordnung?«

»Ja.«

»Wo ist sie?«

»Bei einer Freundin von mir, und dort bleibt sie auch, bis sich alles gelegt hat. Sie ist dort in Sicherheit.«

»Sie sind doch der Herr, der heute nach ihr gefragt hat, ja?«

»Und wie Sie sehen, habe ich sie gefunden.«

»Geht es ihr wirklich gut?«

»So gut es ihr unter den Umständen gehen kann.«

»Das könnte sich leider ändern. Können Sie ihr ausrichten, dass sie von der Polizei gesucht wird?«

Das musste ich erst mal verdauen. Es hatte ja so kommen müssen. Wer bei sich jemanden versteckt, der von der Polizei gesucht wird, macht sich strafbar. Mir fiel aber nichts ein, wo ich sie sonst hätte unterbringen können. »Sind Sie noch da?«, fragte Sultan Karakum.

»Ja, ich denke nur nach. Wann war denn das?«

»Vorhin erst. Ich war schon weg, aber eine Kollegin hat mich angerufen. Die Polizisten waren im Haus.«

»Haben sie mit sonst jemandem gesprochen?«

»Das weiß ich nicht. Sie sind raufgegangen, aber was sie dort gemacht haben, hat die Kollegin nicht gesagt. Ich rufe sie gleich noch mal an.«

In meinem Kopf hörte ich jemanden sagen: »Herr Wachtmeister, heute Morgen war ein gewisser Remzi Ünal da, der hat auch nach ihr gesucht. Was der wohl wollte?«

Aber nein, als ich wegen des Check-ups vorstellig wurde, sagte ich ja meinen Namen nicht. Zu Remzi Ünal wurde ich erst im Starbucks, mit Ayla Duman und Ismet Günaldi.

»Hallo, sind Sie noch da?«, fragte Sultan Karakum wieder.

»Jaja. Wie gesagt, Begüm Kalyon ist in Sicherheit. Sie kann mit der Polizei schon reden, aber zuvor sollte etwas geregelt werden.«

»Nämlich?«

»Na ja, wenn sie befragt wird, muss sie wahrscheinlich sagen, wo sie sich vier Tage lang aufgehalten hat.«

»Ach so …«

Treffer, dachte ich. Die Gelegenheit galt es zu nutzen. »Es wäre vielleicht nicht schlecht, wenn wir uns sehen könnten.«

»Mit mir haben Sie also auch was zu regeln?«, fragte Sultan Karakum in leicht verändertem Ton.

»Gewissermaßen schon. Je mehr ich erfahre, umso besser.«

»Hm. Wo sind Sie?«

»Vor dem Akmerkez.«

»Gut, in zwanzig Minuten bin ich dort. Treffen wir uns vor dem Haupteingang.«

Ich sah auf die Uhr. Das Einkaufszentrum würde bald schließen. Um den herausströmenden Menschen nicht im Weg zu stehen, lehnte ich mich an den riesigen Blumenkübel vor dem Massimo-Dutti-Geschäft. Die Veilchen darin sahen recht künstlich aus.

Siehst du, Remzi Ünal, du kannst noch so vom Aufhören träumen, das Leben lässt dich nicht in Ruhe. Du musst was regeln. Mit jemandem sprechen. Aussortieren, was gelogen ist und was nicht. Hinter lauter kleinen Fetzchen Wahrheit hinterherrennen. Auf Leute warten. Verhandeln. Wieder was regeln. Das lief wieder alles auf den einen Punkt hinaus, an dem Yildiz Turanli und ich uns nun mal nicht verstanden. Wie lange würde ich auf den Straßen und Gassen dieses Istanbuls, das sich totwaschen konnte und doch nicht sauber wurde, noch hinter Leuten herlaufen, die ich am Tag zuvor nicht einmal kannte? Wie lang es noch aushalten, für die paar Menschen, an denen mir etwas lag, verprügelt, verunstaltet und von ungewaschenen Fingern gewürgt zu werden?

Und was bekam ich dafür? Geld? Das darf bezweifelt werden. Ruhm? Davon hielt ich mich fern. Gerechtigkeit? Von wegen. Dankbarkeit? Mal ein verweintes Küsschen vielleicht. Und auch das bloß auf die Wange.

Ach, lass mal, Remzi Ünal. Reg dich nicht auf. Du willst es doch nicht anders. Du magst dieses Istanbul und läufst gern dort herum. Du stehst gern vor geruchlosen Blumen und schaust unbekannten Menschen zu und wartest auf eine junge Blondine, die dir wer weiß was für einen Käse auftischen wird. Mach weiter, Remzi Ünal. Gib bloß nicht auf.

Auf einmal hörte ich ein Hupen, das eher klang wie das Miauen einer Katze. Es kam von einem weißen Citroën AX, der auf dem Seitenstreifen stand. Ich bezog das Hupen nicht auf mich, weil auf dem Beifahrersitz ein Hund mit einer Art Piratentuch um den Kopf saß. Der Citroën miaute aber noch einmal, und der Hund bellte mich nun an.

Ich sah mich um, aber da sah niemand so aus, als ob er freudig auf einen als Piraten verkleideten Hund zustürzen würde.

Da lugte auf einmal neben dem Hund ein blonder Kopf zum Autofenster hinaus. »Hat nicht lange gedauert, was?«, sagte Sultan Karakum. »Na, steigen Sie schon ein.«

Mit meiner Miene zeigte ich an, wie leicht mir das bisschen Warten gefallen sei, und ging auf den Wagen zu. Als ich die hintere Tür aufmachen wollte, tat sich nichts. »Auf der anderen Seite«, rief sie heraus. »Die da geht nicht mehr auf.«

Ich ging um den AX herum und sah dabei, dass das rechte Bremslicht kaputt war und ein Kotflügel bedenklich herunterhing. »Hallo«, sagte ich und zwängte mich hinter den Fahrersitz.

»Hallo«, erwiderte Sultan Karakum. Da ich ins Auto gelassen wurde, sah der Hund mich wohl nicht mehr als Feind an und bellte nicht.

»Darf ich vorstellen: mein Schatten«, sagte Sultan Karakum.

»Also Schatten heißt er. Um die Zeit wollte er mich nicht allein lassen.«

Ich nickte. »Hat er auch einen Nachnamen?«

Sultan Karakum sah schmunzelnd auf den Hund. »Fragen Sie jeden gleich nach dem Nachnamen?«

»Ja. Bringt der Beruf so mit sich.«

»Er hat keinen Nachnamen. Seine Eltern kenne ich nicht, und er selber wohl auch nicht. Es ist ein Straßenköter.« Als sie den AX in Bewegung setzte, röhrte der Auspuff besorgniserregend, und sie musste lauter reden. »Apropos Beruf … Hat Ihr Interesse an Begüm berufliche Gründe?«

»Durchaus. Ich bin Privatdetektiv.« Schatten bellte, als hätte er mich verstanden.

Sultan Karakum schaltete in den nächsten Gang. Der Auspuff röhrte wieder. »Das heißt also …«

»Mich hat jemand angeheuert, der sich nach Begüm Kalyon sehnte.«

»Und darf ich fragen, wer?«

»Ja, schon. Nur Antwort gebe ich keine.«

Soweit ich von hinten sehen konnte, biss Sultan Karakum sich auf die Lippen. Sie neigte den Kopf zur Seite, als wüsste sie um meine wahren Motive Bescheid. »Wie sind Sie auf den Beruf gekommen?«, fragte sie.

»Nicht ich bin auf ihn gekommen, sondern er auf mich.«

»Nämlich?«

Ich lehnte mich so weit zurück, wie die ausgeleierten Federn der Rückbank dies zuließen. Hätte ich einen Hut aufgehabt, hätte ich ihn mit dem Zeigefinger nach hinten geschoben. »Als kleiner Junge habe ich viel Mike Hammer gelesen.«

Sie erwiderte nichts, und ich wusste nicht recht, ob ich sie verärgert hatte.

»Ich weiß da in Ortaköy ein Lokal, wo wir in Ruhe reden können«, sagte sie schließlich. »Wenn Sie nichts dagegen haben.«

»Was sollte ich dagegen haben?«

»Also gut.« An einer roten Ampel trommelte sie mit den Fingern auf dem Lenkrad. »Und was jetzt?«, fragte sie. Es klang nach echtem Interesse. Ich wusste nicht, wie viel sie schon wusste, sagte erst einmal gar nichts und tat so, als sei ich mit den leeren Bierdosen zu meinen Füßen beschäftigt, die ich behutsam nach links und rechts schob, um nicht drauftreten zu müssen. »Mit Begüm, meine ich«, fuhr sie fort. »Was soll sie machen, jetzt wo die Polizei hinter ihr her ist?«

»Das weiß ich nicht.«

»Was heißt, das wissen Sie nicht? Sie haben doch gesagt, sie ist bei einer Freundin von Ihnen?«

»Ja. Momentan kann ihr nichts passieren.«

Es wurde grün, und augenblicklich wurde hinter uns gehupt, worauf unser Auspuff die entsprechende Antwort gab.

»Und dann?«

»Also ich an ihrer Stelle würde nicht gleich von selbst zur Polizei rennen. Sondern erst mal abwarten, bis sie keinen Grund mehr hat, sich zu verstecken.«

»Sie wollten da noch was regeln.«

Ich sah durch die Windschutzscheibe auf den Weg, den ich kurz vorher zu Fuß zurückgelegt hatte. Hätte sie gewusst, wie nahe ihre Freundin war, hätte sie vielleicht bei ihr vorbeischauen wollen. »Ja, wenn ich das schaffe.«

»Und wenn nicht, komme ich dann auch in Schwierigkeiten?« Sie kam wieder auf den Punkt, an dem ich vorher meine Treffer gelandet hatte. Ich musste aber das Terrain noch weiter erkunden, bevor ich losmarschieren durfte.

»Darf ich rauchen?«, fragte ich. Wer Bier trinkt, der raucht auch.

»Jaja, nur zu«, sagte sie hastig, noch immer auf meine Antwort begierig.

Ich suchte in meinen Taschen herum und rutschte dabei mit dem Hintern hin und her. Dass mein Zigarettenpäckchen zusammengeknüllt in dem Blumentopf vor Massimo Dutti lag, wusste ich sehr wohl, aber ich suchte dennoch. Und fand natürlich nichts. »Hätten Sie vielleicht eine Zigarette?«, fragte ich schließlich.

»In meiner Tasche. Neben Ihnen.« Es war eine mattschwarze

Tasche aus Knautschleder, mit einer Art Gürtelschnalle als Verschluss. Ich legte sie mir auf den Schoß. Es war schon eine Weile her, dass ich nicht mehr in einer Frauentasche herumgewühlt hatte, inklusive der von Yildiz Turanli. Sie war ziemlich voll. Auf den ersten Blick war keine Zigarettenschachtel zu entdecken. Ich kniff die Augen zusammen und nahm beim Licht der vorbeihuschenden Straßenlaternen eine Untersuchung vor. Eine dicke Brieftasche, eine Sonnenbrille mit Hornfassung, ein Schlüsselbund mit Hello-Kitty-Anhänger, vier Schlüssel daran, eine Hülle mit vermutlich einem Handy darin, ein Deo-Stift, zwei mir unbekannte Medikamente, Papiertaschentücher, das neueste Buch von Murathan Mungan, ein winziger Spiegel, eine Schminkdose, ein kleiner Revolver, nein, ein Feuerzeug in Revolverform, ein zusammengefaltetes Kleidungsstück, und noch einiges andere … Aber keine Zigarettenschachtel. Ich blickte auf. Wir kamen gerade am Denkmal für den Komponisten vorbei, nach dem die Straße benannt war. »Ich habe sie nicht gefunden.«

»Sehen Sie noch mal nach«, sagte Sultan Karakum und ließ den AX aufröhren. »Es sind Davidoff. Eine schwarze Schachtel. Irgendwo muss die sein.«

Ich versuchte es erneut. Ist man erst einmal auf eine Zigarette eingestellt, braucht man erst recht eine. Ich räumte und räumte in der Tasche herum. Endlich! Die schwarzen Davidoff krochen von da hervor, wo sie sich versteckt hatten. Die Frau hat schon recht, dachte ich, man muss nur richtig suchen. Ich zündete die Zigarette nicht mit dem Revolver, sondern mit meinem eigenen Feuerzeug an.

»Sie sind ja richtig süchtig«, sagte Sultan Karakum.

»Überhaupt nicht. Ich könnte jederzeit aufhören.« Die Zigarette schmeckte anders als die meinen. Sie war ähnlich stark, roch aber ganz anders.

Sultan Karakum riss mich aus meiner Zigarettenphilosophie. »Meinen Sie also, ich könnte Schwierigkeiten kriegen?«

Nun war jeder Widerstand zwecklos. »Soviel ich weiß, ist es verboten, jemanden bei sich aufzunehmen, der in eine Mordsache verwickelt ist.«

»Eine Mordsache!«, schrie Sultan Karakum. Mit quietschenden Bremsen wurde der AX hin und her geschüttelt.

Mit umgekehrter g-Kraft wurde ich in dem bremsenden Auto nach vorne geschleudert und versuchte, mich dabei am Vordersitz festzuhalten. Panikartigem Hupen entnahm ich, dass wir einem Zusammenstoß mit einem entgegenkommenden Fahrzeug haarscharf entronnen waren. Die Handtasche neben mir fiel vom Sitz, und ein Teil ihres Inhalts verstreute sich auf dem Autoboden. Schatten bellte mich an.

Es gelang Sultan Karakum schließlich, den AX ganz zum Stehen zu bringen. Auf dem Armaturenbrett leuchteten eine Menge Anzeigen auf. Mit aufs Lenkrad gestütztem Kopf fragte sie: »Was für ein Mord? Wer hat wen umgebracht?«

»Fahren Sie doch bitte rechts ran. Wir stehen mitten auf der Straße.«

Wie aus einem Traum erwacht, sah sie auf die Anzeigen vor sich. Dann griff sie zum Zündschlüssel. Ich sah mich nach hinten um. »Ganz ruhig. Hinten ist frei.«

Sie ließ den AX wieder an, und wie eine Fahrschülerin, die zum allerersten Mal ein Auto in Bewegung setzt, fuhr sie ganz langsam die paar Meter bis zum Straßenrand und machte den Motor diesmal aus, ohne ihn abzuwürgen.

»Alles in Ordnung?«, fragte ich zu ihr vorgebeugt. Dann kontrollierte ich, ob ich mit der Zigarette nicht irgendetwas in Brand gesteckt hatte.

»Schon gut, schon gut«, sagte Sultan Karakum. »Entschuldigen Sie bitte. Auf einmal habe ich …«

Die blöde Davidoff hatte ich noch immer in der Hand. Ich warf sie zum Fenster hinaus.

»Haben Sie vielleicht Wasser im Auto?«, fragte ich und lehnte mich zurück. »Ein Schluck würde Ihnen jetzt guttun.«

Keine Reaktion. Also kein Wasser im Auto. Dann drehte sie sich zu mir um. Mit aufgelöstem Gesicht. »Es geht schon. Aber erzählen Sie doch.«

»Sollen wir uns nicht irgendwo hinsetzen?«

Sie setzte so ein Gesicht auf, mit dem Frauen zu verstehen geben, dass gerade nicht mit ihnen zu verhandeln ist. Und entsprechend klang auch ihre Stimme. »Jetzt. Erzählen Sie jetzt.«

»Ich weiß nicht, ob Sie Firdevs Işin kennen, eine Freundin und Kollegin von Begüm. In deren Wohnung ist ein Mann erschossen worden. Und soviel ich weiß, waren die beiden eine Weile mit dem Mann zusammen in der Wohnung.«

»Wer ist der Mann? Wer? Sie machen mich noch wahnsinnig!«

»Sie kennen ihn. Es ist ein Arzt aus Ihrem Krankenhaus. Hilmi Akalin.«

Sie zeigte keine Regung. Als hörte sie den Namen Hilmi Akalin zum ersten Mal. Vielleicht stand sie ja unter Schock. Als sie weitersprach, bewegte sie kaum die Lippen. »Was hat Begüm dazu gesagt?«

»Dass sie sich mit Firdevs in deren Wohnung treffen wollte. Sie hatte den Schlüssel dazu, kam als Erste an, und auch als Firdevs eintraf, sahen sie die Leiche noch nicht, weil die im Schlafzimmer lag.«

Sie kniff die Augen zusammen, als käme ihr die Sache mit dem Schlafzimmer bedeutsamer vor als der Mord selbst. »Und dann?«

»Tja, dann bin ich dazugekommen. Ich wollte mit Firdevs reden. Dass die Frau, die mit ihr im Wohnzimmer saß, Begüm war, wusste ich da noch nicht. Sie wollte uns nicht stören und ging deshalb nach nebenan. Und da hat sie die Leiche gesehen.«

Schatten sah trübe vor sich hin, als wäre ihm der Ernst der Lage bewusst.

»Und dann?«

»Dann sind noch andere Leute gekommen, auch auf der Suche nach Begüm. Es entstand ein Handgemenge, und währenddessen haben die zwei Frauen sich davongemacht.«

Sultan Karakum schwieg, als müsste sie das alles erst mal einordnen. Sie strich sich über die kurzen Haare. »Ich verstehe das nicht«, sagte sie dann. »Ich verstehe das einfach nicht.«

Auch ich verstand gewisse Dinge nicht. »Ich hätte auch noch ein paar Fragen an Sie«, sagte ich. »Deswegen hatte ich vorgeschlagen, dass wir uns irgendwo hinsetzen. Aber wenn Sie lieber ...«

»Moment mal. Glauben Sie Begüm alles, was sie da erzählt?«

»Ich weiß nicht.«

»Also eher nicht? Oder täusche ich mich da?«

Resigniert breitete ich die Arme aus.

»Warum schützen Sie sie dann?«, fragte sie. »Über diese Freundin da?«

Eine nicht unberechtigte Frage. Na, komm schon, Remzi Ünal, sag was. Ich entschied mich für die einfachste Antwort. »Weil sie nicht wusste, wohin sie gehen sollte. Auf der Straße konnte ich sie ja nicht lassen.«

»Sie hätte zu mir kommen können.«

»Sie wollte ich da nicht auch noch reinziehen.«

Sinnierend sah sie an mir vorbei. »Ach, Begüm«, entfuhr es ihr. Sie stieg aus und ließ krachend die Tür ins Schloss fallen. Ich sah ihr nach. Sie ging rasch in die Richtung, aus der wir gekommen waren. Bei ein paar geparkten Autos blieb sie stehen, tat ein paar Schritte zurück, drehte sich dann wieder um. Sie trug rote Leggings, die ihren Hintern betonten wie bei Superwoman. Ihre ebenfalls roten Stiefeletten verstärkten diesen Eindruck noch. Sie hatte einen dunklen Strickpullover an und um den Hals eine Kette. Vor einem riesigen Pick-up chinesischen Fabrikats blieb sie mit um die Brust geschlungenen Armen stehen. Ganz klein wirkte sie neben dem Gefährt, das mit seiner schwarzen Farbe im Dunkel fast bedrohlich aussah.

Sollte ich zu ihr hingehen? Ich ließ es bleiben.

Statt meiner ergriff Schatten die Initiative und sprang zum offenen Fenster hinaus. Er lief auf Sultan Karakum zu, die sich zu ihm hinabbeugte und ihn streichelte.

Jetzt eine Zigarette.

Sie kamen wieder zurück. Schatten prüfte an einem Müllcontainer, ob nicht irgendwo eine Katze herumschlich. Sultan Karakum stieg wieder ein, und fast gleichzeitig sprang auch der Hund ins Auto. Sie ergriff das Lenkrad und sagte: »Ich muss Sie nochmals um Verzeihung bitten. Könnten Sie mir bitte eine Zigarette reichen?«

Unter dem herumliegenden Tascheninhalt war das Zigarettenpäckchen diesmal leichter zu finden. Ich zog eine Zigarette heraus und hielt sie ihr hin, und danach auch das Revolverfeuerzeug.

Sultan Karakum tat einen tiefen Zug. »Vielleicht könnten Sie mir helfen«, sagte sie und stieß den Rauch in den dunklen Nachthimmel hinaus.

Glückwunsch, Remzi Ünal. Du kriegst wohl eine neue Kundin. Jeder Kunde hatte etwas zu verbergen, und mit so manchem davon musste er herausrücken, um mir zu erklären, was ich tun sollte. Was also wollte die blonde Empfangsdame des Manhattan Medical von mir? »Was kann ich für Sie tun?«, fragte ich und setzte mich auf der Rückbank so zurecht, dass ich ihr Gesicht möglichst gut sehen konnte.

»Erst muss ich Sie ein paar Sachen fragen. Was verlangen Sie für Ihre Arbeit? Haben Sie einen festen Tarif?«

»Nein. In der Regel höre ich mir erst an, was ich tun soll, und lege danach mein Honorar fest. Und der Kunde akzeptiert es.«

»Ich würde aber gern im Voraus wissen, wie viel ich zahlen muss. Vielleicht reicht ja mein Geld nicht.«

»Versuchen wirs einfach mal. In der Regel klappt es ganz gut.«

»Na schön. Und wie sieht es mit der Vertraulichkeit aus?«

»Was Sie mir sagen und was ich bei meiner Arbeit erfahre, behalte ich für mich.« Dann zählte ich mit ungerührter Stimme auf: »Ich liefere keinen schriftlichen Bericht, höre niemanden ab, mache keine Fotos und wanze mich nicht bei Beamten an.«

»Sie haben strenge Prinzipien.«

Ich lehnte mich zurück und wartete ihre Entscheidung ab.

»Na ja«, sagte sie, eher zu sich selbst, »jetzt wo ich schon mal angefangen habe.«

Ich blieb stumm. Seufzend ließ sie den Motor an, der Auspuff röhrte, und wir fuhren langsam los. Ich dachte nach, nicht über das, was sie von mir wollte, sondern darüber, was ich von ihr erfahren konnte.

Der AX kam auf der Ahmet-Adnan-Saygun-Straße vorwärts, ohne seine Hupe zu brauchen. Im Wageninnern herrschte intensive Stille. Wir grübelten also beide.

Als wir die steile Portakal-Straße hinunterfuhren, hatten wir

Istanbuls schönsten Ausblick vor uns. In den Kurven hielt Sultan Karakum nicht immer die Spur. Aber das konnte schon mal vorkommen, wenn man derart verwirrt war. In Ortaköy ging es schleppend weiter.

»Da wird wieder gefeiert heute Abend«, sagte sie. Schatten gab keinen Laut von sich. Und mir war alles recht.

13

Eine halbe Stunde später saßen wir auf der Bosporus-Seite von Ortaköy in einer Bar im dritten Stock an einem niedrigen kleinen Tisch auf noch kleineren Korbhockern. Schatten musste hier schon öfters gewesen und an den Lärm gewöhnt sein, denn fröhlich war er die Treppe hinaufgesprungen und oben ohne Umschweife in einer Ecke zwischen Trommeln, Verstärkern und Lautsprechern verschwunden. Einer der Musiker, die sich gerade auf ihren Einsatz vorbereiteten, trug übrigens auch so ein Stirnband wie der Hund.

Das dunkle Lokal war noch recht leer, was den beiden Paaren nichts auszumachen schien, die in noch dunkleren Ecken saßen. Falls man nicht mit so schlechten Augen gesegnet war, dass einem der Wehrdienst erspart blieb, konnte man den Tischsets aus Strohpapier die in winzigen Buchstaben geschriebene Nachricht entnehmen, dass hier drei Mal pro Woche eine Gruppe namens Zenith auftrat. Auf ebensolchem Papier hatte unten am Eingang schon gestanden, dass die Bar Do Diyez heiße, und daneben ein Spruch über Sinnerfüllung durch billiges Bier.

Als unterstützende Maßnahme für die Zweierbeziehungen der Gäste wurde vor dem Auftritt der Band gedämpfte Musik gespielt, vornehmlich aus dem karibischen Raum. Mir taten schon nach kürzester Zeit die Beine weh, weil ich sie nicht ausstrecken konnte.

»Ich höre«, sagte ich.

»Möchten Sie nicht was trinken?«, erwiderte sie. »Ich bin hier gewissermaßen die Gastgeberin.«

»Dann nehme ich einen Kaffee.«

Mit dem Arm machte sie jemanden hinter mir auf sich aufmerksam und vollführte dann mehrmals eine Geste, die wohl Kaffee bedeuten sollte. Die Geste für ein großes Bier verstand sogar ich auf Anhieb.

»Sie müssten für mich eine Kleinigkeit erledigen«, sagte sie. Wie schnell gerade Kleinigkeiten sich zu Katastrophen auswachsen konnten, wusste ich nur zu gut. Aber das behielt ich für mich und nickte nur. »Und zwar aus meiner Wohnung was holen.«

»Wann?«

»Noch heute Abend.«

»Das läuft dann nicht unter Diebstahl«, erwiderte ich in einem Ton, der durchscheinen ließ, dass auch ein Diebstahl mein Gewissen nicht belastet hätte.

Sie lächelte. »Nein.«

»Wegen der Bullen trauen Sie sich nicht mehr in Ihre Wohnung?«

»Genau.«

»Und wo wollen Sie dann bleiben?«

Diesmal lächelte sie nicht. »Ich finde schon was. Keine Sorge, ich werde Ihnen nicht noch einen Gast aufbürden.«

»Nun, wenn Sie mir Ihren Wohnungsschlüssel geben, dürfte die Sache nicht besonders schwer sein.«

»Den gebe ich Ihnen.«

Auf den Kaffee in jener Bar setzte ich keine große Hoffnung, also stand ich auf und hielt ihr die Hand hin. Das Sitzen brachte mich sowieso um. »Und was soll ich aus der Wohnung holen?«

»Erst müssen Sie mir sagen, wie viel Sie verlangen.«

Ich dachte kurz nach, dann entsagte ich aller irdischen Entlohnung und setzte mich wieder. »Informationen. Geben Sie mir als Honorar Informationen. Wenn ich tue, was Sie von mir verlangen, beantworten Sie danach alle meine Fragen.«

»Das ist ein zu hoher Preis«, sagte sie. »So viel kann ich kaum zahlen.«

Ein kleines Scherzchen konnte nicht schaden, dachte ich mir. »Aber muss nicht jeder hienieden sein Scherflein beitragen?«

Sie schmunzelte. Um sich eine Antwort zu überlegen, sah sie auf die Ziegeltapete. »Da haben Sie das Leben schön zusammengefasst«, sagte sie dann.

»Hin und wieder verzapfe ich solchen Unsinn«, erwiderte ich und sah ihr dabei in die Augen.

Wir schwiegen. Als lauschten wir am Radio einem Fußballspiel, bei dem in der letzten Minute der Verlängerung ein Elfmeter gegeben wurde. Die Musik im Lokal hörte sich auf einmal lauter an. Ein Arm mit bis zum Ellbogen aufgekrempeltem Ärmel stellte uns geschickt eine Tasse Kaffee und ein Glas Bier auf das Tischchen. Auf dem Bier stand zwei Finger dick der Schaum.

»Endlich«, sagte Sultan Karakum, hob das Glas in Augenhöhe, prostete mir kurz zu und ließ sich fast die Hälfte des Bieres in die Kehle fließen.

Ich sah zweifelnd meinen Kaffee an. Er roch nicht schlecht. Ich beschloss, ihm eine Chance zu geben, und nahm einen kleinen Schluck. Erstaunlicherweise schmeckte er fast wie der Kaffee, den ich mir einst zu Hause machte. Ich belohnte ihn mit einem größeren Schluck.

»Abgemacht«, sagte sie. »Tun Sie, was ich von Ihnen will, dann gebe ich auf all Ihre Fragen eine ehrliche Antwort.«

Wieder hielt ich ihr meine aufgehaltene Hand hin. Diesmal zögerte sie nicht, sondern beugte sich zu ihrer Tasche hinunter, in der sie beim Aussteigen aus dem AX alles Herausgefallene zurückgestopft hatte. So, wie da drinnen inzwischen alles durchmischt war, musste sie eine Weile suchen, aber schließlich fand sie den Hello-Kitty-Anhänger dann doch und legte mir die Schlüssel in die Hand.

»Und die Adresse?«

»Es ist nicht weit, in Dereboyu. Nach der Ampel ist ein Toyota-Händler, ein großes gelbes Gebäude, können Sie gar nicht verfehlen. Danach nehmen Sie die erste rechts, beim Reifengeschäft. Es ist eine Sackgasse, die auf eine Treppe endet. Das Haus steht links, auf halber Höhe der Treppe. Es heißt Kipçak Apartmani. Da wohne ich im obersten Stock.«

»Und was soll ich da holen?«

Sie kniff die Augen zusammen, als müsste sie sich erst erinnern, wo das Gewünschte sich befand. »Im Schlafzimmer steht ein Nachtkästchen, da machen Sie das Türchen unter der Schublade auf, und da ist dann ganz unten eine braune Schachtel mit einer Schleife drum rum. Die bräuchte ich.«

»Wohl ein Geschenk?«

Auch im Halbdunkel war noch auszumachen, dass über ihr Gesicht ein Schatten fiel. »Darauf möchte ich lieber nicht antworten, ja?«

»In Ordnung«, sagte ich und nahm noch einen Schluck Kaffee für den Weg. Als ich von dem Hocker aufzustehen versuchte, gelang mir das nicht auf Anhieb, denn mir waren die Beine eingeschlafen. »Sie warten hier auf mich, oder?«

Sie nickte nur. »Bis dann«, sagte ich.

Draußen erwartete mich eine kleine Istanbuler Überraschung. Sommerregen, Winterregen, Frühlingsregen, Herbstregen: alles nicht mein Fall. Diesmal waren es so richtig große Tropfen, wie aus einem undichten alten Wasserhahn. Junge Leute in Feierlaune liefen kichernd durch den Regen, andere rauchten erst mal eine unter einem Vordach. Ich ging stur vor mich hin. Taxi hielt ich lieber keines an, der Fahrer hätte ja doch nur gemeckert, wegen der kurzen Strecke. War ja nicht jeder ein Mahir Salman. Auf meinen Schultern bildeten sich große, nasse Flecken. Ich zog den Kopf ein.

Der nächste Waypoint mochte noch so nah sein, aber die Witterungsbedingungen mussten dennoch mit eingeplant werden. Treibstoffgewicht, Ladegewicht, Höhenlage der Landepiste, Luftdruck, Windrichtung, Dichte des Luftverkehrs … War nur ein Parameter falsch berechnet, hatte man auch schon Ärger.

Je weiter ich die Dereboyu-Straße entlangging, umso mehr nahm die Zahl der Passanten ab. Nicht aber der Regen.

Als ich die hässlichen Wände der Toyota-Niederlassung sichtete, wurde ich langsamer. Ich war im ILS-Bereich des Zielflughafens angelangt. Wir bitten die Passagiere, ihre Sitze wieder aufrecht zu stellen.

An den Sonnenschirmständern vor dem Reifenhändler konnte man ersehen, dass der gute Mann zu seinen Geschäftszeiten nicht weniger als vier Parkplätze für sich beanspruchte.

Ich bog rechts in die Cudiefendi-Straße ein. Wer bloß dieser Cudiefendi war? Nun, darum konnte ich mich später kümmern.

Schweren Schrittes ging ich die Treppe hoch. Es war niemand unterwegs. An den meisten Fenstern waren die Vorhänge zugezogen. Das Kipçak Apartmani war ein schmales, zwischen zwei breiteren Gebäuden wie eingezwängt wirkendes Haus. Wie ein Familienvater, der dem lästigen Regen entkommen will, ging ich rasch auf die Haustür zu, den Schlüssel schon in der Hand. Ich spürte, wie die Tür nachgab. Nichts wie hinein.

Ohne Übertreibung darf ich behaupten, dass das Betreten eines fremden Wohnblocks zu den schwierigsten Übungen meines Berufsstandes zählt. Vor allem wenn darin weniger als acht bis zehn Parteien wohnen, wie dies hinter Ortaköy meist der Fall ist. Wenn man im Eingang oder im Treppenhaus jemandem begegnet, wird man gleich angestarrt. Oder gefragt, wen man denn sucht. Jedem fällt irgendeine Einbruchsgeschichte ein, die von den Nachbarn herumerzählt wird.

Dem Gott der Privatdetektive sei Dank, geht es meist nicht darüber hinaus. Sobald man eine halbwegs glaubwürdige Antwort bei der Hand hat, sind die Leute in der Regel zufrieden. Ihnen geht höchstens ein kurzes Zucken über die Lippen, dann schleppen sie auch schon weiter an ihren Einkaufstüten oder Babytaschen. Männer sagen einem allenfalls durch einen Blick: Dich habe ich im Auge, Freundchen. Kommt es tatsächlich zu einem Einbruch, erzählen sie am nächsten Tag den Nachbarn: »Ich habe ihn ja gesehen, den Kerl, aber das hätte ich nie von ihm gedacht, der sah völlig harmlos aus.« Pech hatte man, wenn da, wo man sich herumtrieb, etwa jemand umgebracht wurde, und die Leute dann mit der Polizei redeten, oder mit jemandem, den sie dafür hielten. Mit eifrigen Polizeispitzeln zum Beispiel. Da wurden dann so treffende Beschreibungen abgegeben, dass man in Angelegenheiten, in die man partout nicht verwickelt werden wollte, plötzlich bis zu den Haarspitzen drinsteckte.

Ich fand sogleich den Lichtschalter, und siehe da, ein Aufzug, das verringerte schon mal die Gefahr, jemandem über den Weg zu laufen. Ich drückte auf den obersten Knopf. Der Aufzug war sauber. Keine Überwachungskamera.

Oben nur eine Tür. Hello Kitty half mir hinein.

Ich stand direkt im Wohnzimmer, oder besser gesagt in der Wohnküche. Auf dem Esstisch in einer riesigen Vase Blumen, deren Namen ich wieder mal nicht wusste. LCD-Fernseher, ausladende Couch, großes Regal mit Büchern und Krimskrams. Und mit Fotos, die ich mir später anzusehen gedachte. Vier verschiedene Kelims auf dem Boden. Insgesamt war die Wohnung so aufgeräumt, als würde gleich wichtiger Besuch eintreffen. Nichts lag irgendwie einfach nur so herum. Auch das von Begüm Kalyon eingesteckte Telefon mit Anrufbeantworter war brav an seinem Platz und blinkte vor sich hin. Was da drauf war, würde ich mir noch anhören.

Jetzt erst mal ins Schlafzimmer. Und hoffentlich nicht schon wieder eine böse Überraschung.

14

Nein, diesmal nicht. In dem Schlafzimmer, in das ich hineintappte wie ein Vater aus der Provinz, der bei seiner Tochter in Istanbul nach dem Rechten sieht, lag keine Leiche herum. Stattdessen war da, was nun mal im Schlafzimmer einer jungen Krankenhausangestellten vorhanden ist, die in der gnadenlosen Großstadt mühsam über die Runden kommen muss. Am Kopfende des Bettes war eine Leselampe angeklemmt, und auf dem Nachtkästchen lag das Buch, das sie gerade las, nämlich einer jener elenden Lebenshilferatgeber.

Eine Tür des dreiteiligen Kleiderschranks war von oben bis unten verspiegelt. Neben dem Fenster stand ein Schminktisch mit unaufzählbar vielen Auftakel-Utensilien. Davor ein kleiner Puff, und von Wand zu Wand ein cremefarbener Kurzhaarteppich. Das wars auch schon.

Als unangemeldet Hereinschneiender konnte man für die Ordnung in dem Schlafzimmer neun von zehn möglichen Punkten vergeben, wobei der Punktabzug dem schief hängenden Picasso-Poster über dem Bett galt. Die Tagesdecke war so straff gezogen, dass jeder Feldwebel sie abgesegnet hätte.

»First things first«, dachte ich mir und kniete vor dem Nachtkästchen nieder. Als ich das Türchen öffnete, fiel mir ein verknotetes Blutdruckmessgerät entgegen. Dahinter standen fünf dicke Alben mit vermutlich einer Briefmarkensammlung, und darunter wiederum jenes Objekt, für dessen Beschaffung Sultan Karakum mir die Beantwortung meiner sämtlichen Fragen versprochen hatte. Es war eine braune, mit Samt überzogene Schachtel, etwas größer als eine Schmuckdose und etwas kleiner als eine Pistolenschatulle. Man konnte daran ein kleines Vorhängeschloss anbringen, doch war keines dran. Vorsichtig zog ich die Schachtel unter den Alben hervor. Sie war mit einem gelben Band zugebunden, das auf eine pompöse Schleife endete. Ich drehte die Schachtel in der Hand herum, konnte aber nichts Auffälliges daran entdecken. Ich legte sie aufs Bett und griff zur Schublade.

Da klingelte ein Telefon, ziemlich leise, wie von einem Schalldämpfer gebremst. Ich sah mich um, ob irgendwo ein Handy herumlag. Nein, also vielleicht im Wohnzimmer. Das zweite Klingeln klang etwas kräftiger, und während ich noch suchte und nicht das Gefühl hatte, der Quelle des Läutens entscheidend näher zu kommen, klingelte es ein drittes Mal, noch lauter.

Das vierte Mal klingelte es dann bei mir. An das Handy in meiner Tasche musste ich mich erst gewöhnen. Mit fahrigen Bewegungen zog ich es heraus und sah auf den Bildschirm. »Scotty« stand da.

Wenn ich das Handy schon hatte, musste ich auch rangehen. Ich drückte auf die Taste, auf der ein guter alter Telefonhörer abgebildet war. »Wo steckst du denn?«, rief augenblicklich eine Stimme los, die mir sehr bekannt vorkam.

»Hallo Firdevs, erst mal Entschuldigung im Namen Ihrer Freundin. Deren Handy habe ich nämlich dabei.« Ihren Namen konnte ich ruhig sagen, denn wer das Telefon eventuell abhörte, wusste ohnehin Bescheid.

»Wer ist da? Hallo? Mit wem spreche ich?«

»Mit dem Mann, der für seine krebskranke Mutter eine Krankenschwester sucht. Wir haben uns bei Ihnen zu Hause unterhalten.«

»Was? Ach so, ja.«

»Unser Gespräch wurde unterbrochen, als Ihre Gäste eingetroffen sind«, sagte ich und ging zum Fenster. »Wir sind nicht ganz zu Ende gekommen.«

Sie wusste, worauf ich hinauswollte. »Ja, stimmt. Wie geht es Ihrer Mutter?«

Ich schob den Vorhang etwas zurück. »Nicht besser. Sie braucht mehr denn je Hilfe.«

»Sagen Sie ihr gute Besserung von mir. Und Ihnen habe ich noch gar nicht gedankt. Für Ihr Interesse und Ihre Hilfe.«

»Aber ich bitte Sie. Unser Gespräch könnten wir ja einmal fortsetzen.«

»Nun ja«, sagte sie zögerlich, »ich bin ziemlich beschäftigt momentan. Bei Gelegenheit mal.«

Von den gegenüberliegenden Stockwerken war durch die Vorhänge nur das blaue Flimmern der Fernseher auszumachen.

»Ihre Freundin würde sich auch freuen.«

»Wie geht es ihr?«

»Gut. Ich habe sie mit jemandem bekannt gemacht, und die beiden haben sich auf Anhieb gut verstanden. Da könnte eine richtige Freundschaft draus werden.«

»Ein zuverlässiger Mensch doch?«

Ich stellte mich vor das Bücherregal. Vor allem Romane. Liebesromane. »Und ob. Und äußerst verständnisvoll. Jemand, der keine unangenehmen Fragen stellt, und mit dem man doch gerne redet.«

»Verstehe.«

»Also, sollen wir uns treffen?«

»Ich weiß nicht so recht.«

»Ihre Freundin hat mir so einiges erzählt.«

»Ach ja?«

Außer den Romanen stand wiederum Lebenshilfezeugs herum. Und gute zwei Dutzend Sudoku-Hefte. »Sie könnten mir helfen, und ich Ihnen«, sagte ich. »Es wäre gut, wenn wir uns treffen könnten.«

»Meinen Sie wirklich?«

»Meine ich wirklich.« Ich suchte nach einem Satz, mit dem ich etwas deutlicher werden konnte, ohne aber ganz offen zu reden. »Wenn meine Mutter mal das Zeitliche segnet, würde sie gern jemanden wie Sie bei sich haben. Das ist ihr sehr wichtig. Und Ihnen doch auch?«

Als Firdevs Işin nach kurzer Pause antwortete, spürte ich, dass ich den richtigen Ton angeschlagen hatte. »Ja, stimmt, mir ist das auch wichtig. Gut, treffen wir uns also.«

»Am besten so schnell wie möglich, denn viel Zeit bleibt meiner Mutter nicht mehr.«

»Heute Abend vielleicht?«

»Schön, heute Abend. Sagen Sie mir einen Ort, an dem wir ungestört reden können.«

Wieder überlegte sie erst. Dann sagte sie mit zwitschernder Stimme: »Meine Freundin und ich, wir gehen da immer in so ein Café … Mir fällt gerade der Name nicht ein, aber fragen Sie sie, sie sagt es Ihnen schon. In einer halben Stunde bin ich dort.«

Beim Auflegen dachte ich, dass doch jede junge Frau, die ich bei diesem Fall kennenlernte, ein helles Köpfchen war. Ich steckte das Handy ein und sah auf die Uhr. Ich musste mich beeilen.

Um die Schachtel, die mir wahrheitsgemäße Antworten verschaffen würde, vor Regen zu schützen, suchte ich im Küchenschrank nach den Plastiktüten, die jede Türkin unweigerlich vorrätig hat, und wurde auch gleich fündig. Dann kniete ich vor dem Telefon nieder, dessen Anrufbeantworter durch ständiges Blinken verzweifelt auf sich aufmerksam machte. Ich drückte auf den Knopf, und die eingebaute Frauenstimme teilte mir mit, dass meiner vier neue Nachrichten harrten.

Als Erstes flötete Ayla Duman ins Wohnzimmer, als gäbe es ungeheuer Angenehmes zu berichten. »Begüm, ich bins, Ayla. Die Nummer habe ich von Sinem. Keine Angst, ist nichts passiert, wollte nur mal wissen, wies dir so geht. Ruf mich an, ja?« Hat sie wohl kaum, dachte ich.

Darauf hörte ich meine eigene Stimme. »Wenn Sie Begüm Kalyon sind, dann hören Sie mir bitte gut zu.« Klang furchtbar fremd, wie immer, wenn man sich selbst hört. Die Aussprache an sich war aber nicht schlecht. »Ich heiße Remzi Ünal, ein Freund von Dr. Kemal Arsan. Der macht sich Sorgen um Sie. Rufen Sie ihn bitte unter folgender Nummer an.« Darauf kam die Nummer jenes Hotels, dessen Namen ich lieber verschweige. »Das ist ein Hotel. Sie können bei Emre eine Nachricht für mich hinterlassen.« Ich wusste auch, was dann kam. »Falls Ihr Verschwinden keine beziehungsmäßigen Gründe hat, kann ich Ihnen helfen. Das ist mein Ernst.« Warum ich diesen letzten Satz angefügt hatte, wusste ich auch nicht mehr. Aber die Nachricht hatte gewirkt. Im Gegensatz zu dem Anruf von Ayla Duman war durch den meinen etwas in Gang geraten. Ob das nun gut oder schlecht war, konnte ich nicht sagen. Falls es dazu geführt hatte, dass Dr. Hilmi Akalin in einem fremden Bett an die Decke starrte, ohne was zu sehen, war es natürlich nicht gut. Mein Vorsatz, mich nicht in das Leben anderer einzumischen, war wieder mal in die Hose gegangen.

Das unhörbare Ticken meiner Uhr würgte diesen philosophischen Ansatz ab. Ich drückte wieder auf die Taste.

Diesmal war eine junge Frau von Türk Telekom dran, die in beschwichtigendem Ton zu bedenken gab, dass die Telefongebühr dieser Leitung nicht bezahlt worden sei, was im Fortsetzungsfall zu Unannehmlichkeiten führen könne. Was diese nun im Einzelnen sein mochten, hörte ich mir nicht an.

Aus der letzten Nachricht wiederum war rein gar nichts zu erfahren. Der Anrufer hatte es vorgezogen, lieber nichts zu hinterlassen, sodass nur ein digitales Gepfeife und Gedudel zu hören war. Die Telefonstimme verkündete, das sei es nun gewesen, und falls ich das Ganze löschen wolle, müsse ich so und so vorgehen. Ich hörte nicht darauf.

Ich sah wieder auf die Uhr. Ich hatte zwei Termine mit jungen Frauen aus dem Gesundheitswesen, da durfte ich mich nicht verspäten. Wer weiß, was ich alles erfahren würde.

Ich warf einen Rundblick über den Raum, ob nicht in einem Winkel noch irgendwas zu finden sei. Wenn man wirklich suchte, kam immer was zum Vorschein. Jeder hatte was zu verbergen. Und auch aus dem, was die Leute herumliegen ließen, konnte man Schlüsse ziehen.

Mit lauter Fragezeichen im Kopf verließ ich die Wohnung. Der Aufzug war noch immer auf meiner Etage, und ich schaute mich im Spiegel an. Wie ein Familienvater, der spätabends noch eine schlechte Nachricht bekommen hat, ging ich hastig auf die Haustür zu. Draußen regnete es noch immer.

Es waren nicht mehr viele Leute unterwegs und auch weit und breit kein Taxi zu sehen. Als ich beim Do Diyez anlangte, war ich nur noch etwa fünf Minuten von völliger Durchnässung entfernt und hinterließ auf den Stufen hässliche Fußspuren. Gut, dass an der Tür keiner stand, sonst hätte er mich vielleicht nicht reingelassen.

Drinnen war es noch dunkler als zuvor, und es war auch voller und erheblich lauter. Die Musiker der Band verhunzten gerade ein Lied von Tarkan und wiegten sich dazu rhythmisch vor und zurück. Zwischen den eng aneinanderstehenden Tischen war eine Tanzfläche von der Größe eines Billardtisches frei, und darauf zappelten drei Mädchen und ein Junge herum. Der Junge war vermutlich auf die Tanzfläche geschoben worden und bemühte sich krampfhaft, aus sich herauszugehen. Noch zwei Bier, und es würde ihm wohl gelingen.

Ich erblickte Sultan Karakum, die sich umgedreht hatte, weil sie den Tanzenden zusehen wollte. Um keinen der dicht gedrängt Sitzenden nass zu machen, bewegte ich mich noch wendiger als sonst an den Leuten vorbei. Sie bemerkte mich erst, als ich ihre Handtasche von meinem Hocker auf den Boden stellte.

»Ah, da sind Sie ja! Das ist aber schnell gegangen. Und nass sind Sie geworden.«

»Das trocknet wieder.«

»Das Haus steht noch?«

Ich reichte ihr die Plastiktüte. »Durchaus. Schläft übrigens Begüm Kalyon auf der Couch, wenn sie bei Ihnen ist?«

Sie schaute verwundert und sah in die Tüte, wie zur Kontrolle, ob ich das Richtige mitgebracht hatte. »Geben Sie mir bitte meine Tasche?«, sagte sie dann in ganz verändertem Ton.

Ich hielt sie ihr hin, und sie nahm sie mit spitzen Fingern an sich, als wollte sie mich nur ja nicht berühren. Dabei war ich gerade an der Hand nicht nass. Sie verstaute die Schachtel in ihrer Tasche und machte den schnallenartigen Verschluss zu. »Warum fragen Sie?«, sagte sie dann.

»Weil ich bei Ihnen nichts gesehen habe, was auf einen Besuch hindeutet.«

»Begüm will mir nicht zur Last fallen, darum räumt sie immer peinlich genau auf.«

Ich sah auf die Uhr. Wenigstens für eine Frage musste Zeit sein. »Sagen Sie mir doch, was in der Schachtel drin ist.«

Sie setzte ein Lächeln auf. Ein breites. »Ein wunderschöner Brillantring.«

Die Band hatte das Lied endgültig zugrunde gerichtet. Spärlich wurde Beifall geklatscht, am meisten noch von dem Quartett auf der Tanzfläche. Die drei Mädchen umarmten sich. Die mit dem kürzesten Rock stolperte beim Davongehen etwas, worauf der einzige Junge der Band ihr eilfertig die Hand um die Taille legte. Kichernd wehrte sie ab.

In die relative Stille hinein fragte ich leiser: »Für wen ist der? Und von wem?«

Sultan Karakum gab zu verstehen, dass sie auf jede Frage immer nur eine Antwort zu geben gedachte. »Für Begüm.«

»Und von wem ist er?«, fragte ich nach und ging damit auf ihr Spielchen ein.

»Das weiß ich nicht.«

»Und wie ist die Schachtel dann in Ihr Nachtkästchen gekommen?«

»Ich habe sie reingetan.«

»Und warum? Ein Brillant, der Ihnen nicht gehört?«

»Nicht, um ihn mir unter den Nagel zu reißen.«

»Und warum dann?«

Die Band legte wieder los, mit einem Lied, das ich nicht kannte, obwohl es von den Gästen begeistert beklatscht wurde. Die vier Wiederholungstäter schlenkerten Arme und Beine, und noch ein Paar machte mit. Der Junge von der Band machte sich wieder an das Mädchen von vorhin heran, wurde aber nicht von ihr beachtet.

Sultan Karakum beugte sich etwas zu mir vor. »Ich habe den Ring gestern Abend in Begüms Tasche gesehen. Ich habe gefragt, von wem er ist, aber sie wollte nicht mit der Sprache herausrücken und war schließlich sogar beleidigt. Um sie zu ärgern, habe ich den Ring später, als sie schon schlief, aus ihrer Tasche genommen und wollte ihn ihr erst zurückgeben, wenn sie mir sagt, von wem er ist. Heute Morgen bin ich dann aus dem Haus, bevor sie aufgestanden ist. Jetzt wo die Lage ganz anders ist, möchte ich ihn möglichst schnell zurückgeben.«

»Aber kann sie den Ring nicht schon viel länger haben?«

Mit ernstem Gesicht beugte sie sich noch weiter zu mir vor. »So lange, wie sie schon bei mir ist, hätte sie bestimmt mal davon erzählt. Warum fragen Sie das?«

»Könnte ja sein, dass sie gestern tagsüber Besuch bekam.«

»Es wusste aber keiner, dass sie bei mir war.«

»Es könnte es aber jemand erfahren haben.«

»Und was soll das bedeuten?«

»Weiß nicht. Dürfte ich mal Ihr Handy benützen?«

»Ist jetzt Schluss mit den Fragen?«

»Es ist Schluss mit meiner Zeit.«

Sie reichte mir das Handy und fragte: »Habe ich meine Schuld abbezahlt?«

Ich wählte erst jene Nummer, die sich mir tief eingeprägt hatte. »Eine Rate steht noch aus. Ich komme wohl morgen ins Krankenhaus, dann können Sie die auch noch tilgen.« Wie üblich wurde schon abgehoben, bevor es zum zweiten Mal klingelte. »Ich bins«, sagte ich gleich.

»Ich höre Musik im Hintergrund. Man lässt es sich also gut gehen?«, erwiderte Yildiz Turanli.

Handybesitzer hatten es gar nicht so einfach, dachte ich. »Wie geht es dir?«, fragte ich. Ihre Stimme am selben Tag schon zum dritten Mal zu hören, machte mich ganz aufgeregt.

»Mir geht es gut«, sagte sie. »Aber komm, du hast doch was anderes auf dem Herzen, sonst würdest du nicht anrufen.«

Sogar nach ihren Zurechtweisungen hatte ich mich gesehnt. »Alles in Ordnung? Geht sie dir nicht auf die Nerven?«

»Uns geht es prächtig. Aber dir anscheinend noch besser. Ich weiß ja nicht, was du feierst, aber feiern tust du wohl?«

»Von wegen, ganz nass bin ich. Kann ich mal mit Begüm sprechen?«

»Moment.«

Ich sah zu Sultan Karakum, die den Tanzenden zuschaute und ein neues Bier vor sich hatte. Schade, dass ich wegmusste.

»Hallo«, sagte Begüm Kalyon nach vier Takten Zenith-Musik. »Ist was los? Da ist so viel Lärm bei Ihnen.«

»Alles in Ordnung«, sagte ich möglichst deutlich. »Ich wollte Sie was fragen. Sie gehen mit Ihrer Freundin immer in so ein Lokal, wo ist das genau?«

»Mit Firdevs?«, fragte sie, genau wie ich es gehofft hatte. »Haben Sie mit ihr gesprochen? Geht es ihr gut?«

»Jaja. Es scheint keinen größeren Ärger zu geben. Ich treffe mich jetzt dann mit ihr, in dem Lokal eben.«

»Ich weiß ihre Nummer nicht auswendig, können Sie mir die von meinem Handy als SMS schicken, damit ich mit ihr reden kann?«

»Lieber nicht momentan. Später haben Sie genug Gelegenheit zum Reden.«

Sie überlegte anscheinend, ob sie protestieren sollte, dann sagte sie fügsam: »Meistens treffen wir uns in Beşiktaş, in der Straße neben der Bahçeşehir-Universität.«

»Hat da noch was auf um die Zeit?«

»Die Bierkneipen schon, wegen der Studenten.«

Ich sah zu Sultan Karakum. In dem Bierglas war schon weniger drin. Hätte ich länger bleiben können, hätte sich wohl ein fruchtbares Gespräch entwickelt. Leise seufzte ich.

»Danke«, sagte ich ins Telefon. »Bis bald.«

Ich reichte Sultan Karakum das Handy, und sie nahm es an sich, als erwachte sie aus einem Traum. Ich stand auf. Die Rhythmusmaschine des Do Diyez machte wieder eine Pause. Dem lauten Klatschen war zu entnehmen, dass die Band Lied um Lied und Bier um Bier an Beliebtheit zunahm.

»Wo wollen Sie denn hin?«, fragte Sultan Karakum. »Sie sind doch gerade erst gekommen?«

»Ich muss weg.«

Sie trank einen Schluck Bier. Und gleich noch einen. »Bleiben Sie doch. Die Nacht ist noch jung.« Das hörte sich schon ein wenig lallend an. Ewig schade, dass ich fortmusste. Aber Firdevs Işin wartete.

»Gerade weil die Nacht noch jung ist, muss ich weg.«

»Sehen wir uns dann morgen?«

»Ich denke schon.«

Das Do Diyez ging wieder mit einem neuen Stück ab, und diesmal kannte ich es sogar. Die Leute reckten die Hände in die Luft und wiegten sich hin und her. Sultan Karakum beachtete mich gar nicht mehr, und sobald ich weg war, würde wohl auch sie die Hände hochheben. Allerspätestens nach dem nächsten Schluck Bier.

Draußen kein Regen, aber noch immer graue Wolken. Die konnte jederzeit ein frischer Wind davonfegen. Istanbul-Wetter eben.

Ich hielt ein Taxi an. Als ich »Beşiktaş« sagte, grummelte der Fahrer. Ohne zu fragen, zündete ich mir eine Zigarette an, und der Taxifahrer daraufhin auch. In jener Rauchereintracht, die recht häufig anzutreffen ist, ruckelten wir durch den dichten Abendverkehr.

Vor dem Schwurgericht stieg ich aus und ging über die Straße. Die Security-Leute der Uni standen rauchend und scherzend da und kümmerten sich nicht um mich. Ich ging in die Gasse neben der Uni. Von Markisen beschirmt, saß an den Tischen munteres

Studentenvolk. Ich hielt im feuchtfröhlichen Treiben Ausschau nach einer allein dasitzenden Frau. Schon wieder. Wenn ich sie diesmal nicht fand, hatte ich Grund zum Fluchen.

Nein, da saß sie schon, vor einem Café, das ausgehungerten Studenten sofortige Abhilfe versprach. Ihr Teeglas war noch ziemlich voll, also hatte ich sie nicht lange warten lassen. Als ich ein paar Schritte vor ihr stand, erblickte sie mich, und ihr Gesicht verriet dabei weder Erleichterung noch Anspannung.

Kaum saß ich ihr gegenüber, sagte sie: »Wen würden Sie bei Ihrem letzten Atemzug gern bei sich haben?«

»Ich wüsste schon jemanden«, erwiderte ich.

»Wissen Sie, ich habe schon viele alte Leute sterben sehen, und wohl bei keinem war ich die erste Wahl. Sie mussten sich eben mit mir zufriedengeben. Wenn der Mensch, an den Sie gerade gedacht haben, dann tatsächlich bei Ihnen ist, können Sie sich glücklich preisen.« Sie sah müde aus, abgekämpft und mutlos. Fast so, als hätte sie geweint.

»Wie kommen Sie zu dieser Philosophie?«, fragte ich. »Ich hatte Sie eher für praktisch veranlagt gehalten. Für jemanden, der weiß, dass im Alltag zwei und zwei auch mal fünf sein kann.«

Sie sah mich an, als wollte sie herausfinden, inwieweit ich sie tatsächlich begreifen konnte. Ich setzte daraufhin ein Gesicht auf, als würde ich ihr gleich einen Heiratsantrag machen. Das funktionierte irgendwie, denn auf einmal sah sie aus, als würde sie reden wollen. »Wenn es Ihnen ergangen wäre wie mir, seit ich mich verstecken muss, wären Sie ein kleiner Aristoteles geworden.«

Für Aristoteles hatte ich etwas übrig. Mit Sachen, die der Mann vor zweitausenddreihundertfünfunddreißig Jahren gesagt hatte, half er mir immer wieder ganz unauffällig in meinem Beruf weiter. Und die Situation in dem Café zählte ich da nicht einmal mit. »Was ist denn passiert?«, fragte ich ernst.

»Ich bin heute den ganzen Tag auf der Straße herumgelaufen und wusste nicht, wohin. Nach Hause konnte ich nicht, zur Polizei auch nicht, und Verwandte habe ich keine in Istanbul. Und auch keine Freunde, bei denen ich einfach so untertauchen könnte. Zu Angehörigen früherer Patienten kann ich ja nicht gut gehen, oder?«

Ich nickte verständnisvoll.

»Und nachdem Begüm und ich uns so verabschiedet hatten …«

Diese absichtlich oder unabsichtlich gelieferte Steilvorlage musste ich ausnützen. »Wie haben Sie sich denn verabschiedet?«

»Na, ziemlich kühl. Ich hatte gedacht, zwei Freundinnen in Not müssen doch gemeinsam drüber nachdenken, wie es weitergehen soll, aber wir haben uns verabschiedet, als würden wir gerade aus dem Kino rauskommen, und jede geht zu sich nach Hause.«

Mir fiel ein Satz wieder ein, den ich erst vor ein paar Stunden gehört hatte. »Sie haben aber auch etwas gesagt wie ›Jetzt muss ich mal eine Weile verschwinden‹.«

Ungläubig sah sie mich an. »Ach ja, stimmt, Sie haben mit Begüm gesprochen«, sagte sie dann. »Mag sein, dass ich so etwas dahingesagt habe, mehr aus Nervosität. Aber von ihr hätte ich eine andere Reaktion erwartet.«

Auf einmal stand der Kellner neben uns. Ich deutete nur auf das Teeglas hin, und beflissen entfernte der Mann sich wieder, als hätte er bemerkt, in was für einem ersten Gespräch wir uns befanden.

»Ihr schien es ganz recht zu sein, dass ich so was sagte. Dabei brauchte ich sie doch, zum Reden und so. Um einen Ausweg zu finden. Aber sie ist einfach abgerauscht.«

»Vielleicht war sie ja auch mit den Nerven am Ende. Und wusste selber nicht, was sie tun sollte.«

Sie nickte, als hätte sie diese Wahrscheinlichkeit noch gar nicht in Betracht gezogen. »Vielleicht haben Sie recht. An ihrer Stelle wäre ich wohl auch durcheinander gewesen. Womöglich noch mehr als sie.«

Ich spürte, dass ich nun endlich etwas Lohnendes erfahren würde, und hielt mich zurück. Manchmal mussten die Leute nur in die richtige Stimmung kommen, und dann erzählten sie, ohne dass man weiter nachfragte.

Sie drehte an ihrem Teeglas herum, als wäre ich gar nicht da. Also verhielt ich mich auch entsprechend. Mir war, als hörte ich geradezu, wie es in ihr herumfuhrwerkte. Nur noch ein bisschen Geduld, dachte ich, gleich ist es so weit.

Ich zündete mir eine Zigarette an und ließ das Päckchen für alle Fälle auf dem Tisch liegen.

Allmählich kam Firdevs Işin wieder aus den Sphären zurück, in die sie entschwunden war. Und bemerkte wohl weniger mich als die Zigaretten auf dem Tisch. Ihre Hände glitten vom Teeglas zu dem Päckchen hin, drehten es mechanisch hin und drehten es her. Mit dem Daumen klappte sie den Deckel der Schachtel auf und wieder zu. Dann sah sie mich an.

»Ich rauche das verfluchte Zeug schon eine Weile nicht mehr«, sagte sie.

Um ihre Aufmerksamkeit wieder auf das unterbrochene Gespräch bei ihr zu Hause zu lenken, legte ich ihr ihre eigenen Worte auf den Tisch. »Es ist unsere Lunge, aber es sind auch unsere Sorgen«, sagte ich.

Ihr Gesicht belebte sich kurz. »Nein, nein, ich rauche keine. Wenn Sie wüssten, wie viele Krebskranke ich habe sterben sehen.«

Schon wieder Umwege. Das musste ich verhindern. »Dass Begüm Kalyon verwirrt war, ist ziemlich verständlich«, sagte ich. »Schließlich hat sie auf Ihrem Bett die Leiche eines Bekannten aufgefunden.«

Das Wort Leiche verwendete ich ganz bewusst, und das schlug auch ein. Firdevs Işin ließ die Zigarettenschachtel los und legte die Fäuste unters Kinn. In ihren Augen blitzte etwas auf. »Wenn Hilmi nur ein Bekannter von ihr gewesen wäre«, sagte sie.

Aha, jetzt sind wir auf dem richtigen Gleis. »War er denn mehr für sie?«

»Leider …«

»Warum leider?«

Sie merkte, dass man mit den Fäusten unter dem Kinn nicht so gut reden konnte, nahm sie weg und setzte sich aufrecht hin. »Die beiden hätten womöglich geheiratet.«

Mir fiel wieder ein, was Ayla Duman in Mahir Salmans Taxi gesagt hatte. »Dann haben sie das aber gut verborgen«, sagte ich.

Sie sah mich fragend an, gab sich aber die Antwort selbst. »Vielleicht wollte sie das im Krankenhaus nicht publik machen, aber mit mir hat sie oft über ihre Sorgen gesprochen.«

Weiter, Remzi Ünal, weiter. »Und was für Sorgen waren das?«

Mittlerweile sah sie das Zigarettenpäckchen sehr fordernd an. Ich wusste nicht, wogegen sie innerlich ankämpfte, gegen einen Verrat an ihrer Lunge oder einen Verrat an Begüm Kalyon? »Sie war ihm böse, nein, eine regelrechte Wut hatte sie auf ihn wegen dem, was er getan hatte.«

Dürstend sah ich sie an.

»So eine Wut, dass sie ihn nicht mehr heiraten wollte«, sagte Firdevs Işin fast mehr zu sich selbst.

»Was hat er denn getan, der arme Mann?«

Wieder dieser Blitz in ihren Augen. »Wir wären damals nicht darauf gekommen, ihn einen armen Mann zu nennen«, sagte sie. »Schon eher einen verdammten Verräter.« Jetzt hielt sie es nicht mehr aus. Sie packte die Schachtel, zog eine Zigarette heraus und steckte sie in den Mund. Dann beugte sie sich vor, damit ich ihr die Zigarette anzünden konnte. Ich hielt ihr das Feuerzeug hin, aber ohne es aufzuklappen, in der Hoffnung, dass sich noch was tat.

Sie begriff und sprach weiter. »Neriman ist Hilmis Mutter.« Dazu machte sie ein Gesicht wie jemand, der überzeugt ist, gerade etwas Furchtbares kundgetan zu haben.

»Und wer ist Neriman?«, fragte ich. In meiner linken Hand rauchte meine Zigarette, in der rechten hielt ich das Feuerzeug. Einsatzbereit.

»Na, Neriman!«, sagte sie und riss ob meiner Unwissenheit die Augen auf. »Neriman! Die kennen Sie nicht?«

Moment, dachte ich. Was war da jetzt los? Wir waren auf völlig neuem Terrain. Ich kannte diese Neriman nicht, hätte sie aber anscheinend kennen sollen. Statt des Feuerzeugs in meiner Hand leuchtete auf einmal in meinem Gehirn ein Blitz auf. Und zwar mit Donner und Getöse. Sogar der Skalpellschnitt an meinem Arm tat plötzlich wieder weh. Und ich hörte wieder die Frau rufen, die ihren Strom zahlen wollte: »Nach Hause, nach Hause!« In der Hoffnung, dass meine Lippen nicht bloß noch ein schmaler Strich waren, sagte ich: »Balmumcu …« Nun zündete ich ihr die Zigarette an, und sie kniff beim ersten Zug die Augen zusammen.

»Genau, Balmumcu, da ist sie schließlich hingebracht worden.«

Ich konnte also auch manchmal zwei und zwei zu fünf zusammenzählen. Der zweite Blitz, der in mir aufzuckte, war schwächer, aber bestimmt würde er Regen bringen, und den ersten Tropfen ließ ich auch gleich fallen. »Um Neriman haben zuerst Sie sich gekümmert.«

»Ja.«

»Und nach Balmumcu wird sie ja nicht gekommen sein, weil Sie sie schlecht behandelt haben. Also muss es einen anderen Grund geben.«

Rauchend nickte sie und wirkte dabei gar nicht so, als hätte sie mit ihrer Selbstvergiftung schon lange aufgehört.

»Höchstwahrscheinlich eine Erbsache«, sagte ich, »wenn man das Alter der Dame bedenkt. Auf jeden Fall was mit Geld.«

Wieder nickte Firdevs Işin. Als wäre sie neugierig, wie weit ich von selbst kommen würde. Ich wollte sie nicht enttäuschen, schließlich war ich Remzi Ünal. »Deshalb war Begüm auf Hilmi Akalin böse«, sagte ich. »Was in Balmumcu ablief, war ja bekannt. Es würde dort heißen, sie sei durchaus zurechnungsfähig.«

Diesmal schüttelte sie den Kopf. Eher gutmütig aber, wie eine Lehrerin, deren Schüler Unsinn verzapft. Ich tat so, als bemerkte ich das nicht, und sah nur auf meinen Tee, der gerade gebracht wurde.

»Ich hätte gedacht, Sie kennen sich da besser aus«, sagte Firdevs Işin. »Dass die Frau noch alle Tassen im Schrank hat, würde nicht mal ein Arzt aus Patagonien bestätigen. Außerdem braucht es dazu ein staatliches Attest.«

Das war nicht gut. Gar nicht gut sogar. Ich merkte, dass eine Zigarette allein die Übelkeit, die in mir hochkam, nicht unterdrücken konnte. Ich nahm einen großen Schluck von meinem Tee, aber an Yetims Tee kam er nicht heran. Also doch zwei Züge an der Zigarette.

Im Ton der Lehrerin, die dem Schüler eine zweite Chance geben will, sagte sie: »Zwei und zwei ergibt immer vier. Verstehen Sie jetzt, warum Begüm so niedergeschlagen ist?«

Warum bloß saß ich hier vor diesem Teegesöff und nicht gegenüber, wo es Alkohol gab? »Ja, jetzt verstehe ich.«

Eigentlich hatte ich längst aufgegeben, mich um ein Verstehen zu bemühen. Und zu Recht, wie sich wieder mal zeigte. Wo man verstand, kam nämlich nichts Gutes heraus.

Zufrieden sah Firdevs Işin mich an wie eine Dozentin, die bei einem Diplomanden unerwartet eine Erleuchtung wahrnimmt.

»Da ist die gute Frau also gerade noch mal davongekommen«, sagte ich, um sie nicht zu enttäuschen.

»Einer ist tot, und die andere lebt. Sofern man das noch Leben nennen kann.«

Ich musste ein wenig nachdenken. Das Ergebnis stand zwar schon so gut wie fest, doch um es richtig auszudrücken, musste ich die entsprechenden Worte finden. »Der Mörder von Hilmi Akalin wollte also auf seine Art Neriman retten. Was ihm auch gelungen ist.«

»Ja, aber wer ist dieser Mörder?«

»Fangen wir mal mit den Leuten an, die wir kennen«, sagte ich. »Nummer eins: Begüm Kalyon.«

Sie hob die Augenbrauen.

»In die Geheimklinik, in der sie zusätzlich arbeitet«, sagte ich, »wird eine geistesgestörte Frau eingeliefert, und auf einmal merkt sie, dass es die Mutter des Mannes ist, den sie heiraten will.«

Firdevs Işin nickte jeden meiner Sätze ab.

»Und wie merkt sie das?«, fragte ich, derweil Firdevs Işin mehr Fragezeichen im Gesicht hatte als ein Multiple-Choice-Test.

»Im Gespräch mit ihrer besten Freundin kommt sie darauf, dass die alte Frau eine frühere Patientin jener Freundin ist.«

Firdevs Işin nickte wieder.

»Die beiden merken das, weil die Frau immer die gleichen

Sätze wiederholt. Und die Freundin weiß natürlich noch, wer ihr die Patientin vermittelt hat, nämlich deren Sohn, und sie erinnert sich, dass er Arzt ist, und da wird ihr alles klar.«

Weiteres Nicken.

»Schockiert von dieser Entdeckung, läuft Begüm Kalyon fort und versteckt sich bei einer Freundin. Bis jetzt können wir uns ziemlich sicher sein, alles Weitere ist Spekulation. Begüm Kalyon und der Arzt treffen sich wieder, nämlich in der Wohnung der Freundin. Sie spricht ihn auf die Sache an, und es kommt zum Streit. Die Sache mit dem Attest kommt auf, und damit die wahren Absichten des Mannes. Begüm Kalyon sagt, ich zeige dich an. Da wird der Mann wütend. Er hat einen Revolver dabei und könnte sie beiseiteschaffen.«

»Wo sich wohl die Frau, die dort eigentlich wohnt, währenddessen herumtreibt?«, sagte Firdevs Işin, mehr zu sich selbst.

Darauf ging ich nicht ein. Alles der Reihe nach. »Es folgt ein Handgemenge.« Mir fiel wieder ein, wie es in dem Schlafzimmer aussah. »Vielleicht aber auch keines. Am Ende jedenfalls kriegt Hilmi Akalin die Kugel ab, und nicht Begüm Kalyon.«

Firdevs Işin breitete die Arme aus. »Typischer Fall von Notwehr«, sagte sie.

»Typischer Fall von Spekulation. Nehmen wir deshalb jemand anderen ins Visier.«

»Und wen?«, fragte sie mit echter Neugier im Blick.

»Eine gewisse Firdevs Işin. Begüm Kalyons Freundin. Und Inhaberin der Wohnung. Unsere Nummer zwei.«

»Das ist doch nicht Ihr Ernst!«

»Und warum nicht? Wen hätten wir denn sonst?«

An einem Tisch hinter mir brach Beifall los, dazu ermunternde Rufe. Zu rhythmischem Klatschen hieß es: »Küssen! Küssen! Küssen!« Firdevs Işin neigte sich leicht zur Seite, um das Spektakel verfolgen zu können. Als die Sache ihren Höhepunkt erreichte, klatschte sogar sie kurz in die Hände. Ich drehte mich nicht um. Sie sollte sehen, dass ich mich nicht ablenken ließ. Schließlich wandte sie sich wieder mir zu.

»Es ist also tatsächlich Ihr Ernst.«

Bedauernd zuckte ich die Schultern.

»Moment mal«, sagte sie entschlossen, »wo genau soll da mein Platz sein in der Geschichte?«

»Mittendrin. Denn in Ihrer Wohnung hat Hilmi Akalin seine Kugel in die Brust gekriegt.«

»Aber da war ich doch gar nicht in der Wohnung.«

»Das behauptet Begüm Kalyon von sich auch. Wenn wir ihr nicht glauben, warum sollen wir dann Ihnen glauben?«

»Glauben Sie uns beiden.«

»Nennen Sie mir eine dritte Person, dann glaube ich Ihnen.«

»Was für eine dritte Person?«

Ich neigte mich leicht zu ihr vor. »Wir gehen also davon aus, dass Hilmi Akalin für seine Mutter nicht das Beste im Sinn hatte. Sonst hätte er sie nicht aus Ihrer Obhut in jene Klinik verbracht. Ob sie dort so bald wie möglich sanft entschlafen sollte, wissen wir nicht genau, aber möglich ist es. Bis dahin sind wir uns einig?«

»Ja.«

»Und wir begreifen auch, dass Begüm Kalyon wütend wird, als sie das mitkriegt.«

»Sie ist ein grundguter Mensch.«

»Schön. Wer aber könnte, ohne unbedingt gut zu sein, noch ein Motiv gehabt haben, um Neriman schützen zu wollen?«

Sie schob die Unterlippe vor.

»Vielleicht ein anderes Kind von ihr«, sagte ich.

»Wie bitte?«

»Na, wenn ein Kind Nerimans sie aus dem Weg räumen wollte, konnte doch ein anderes versuchen, das zu verhindern.«

Dass Firdevs Işin auf einmal ganz blass wurde, konnte ich sogar im Licht der zwei Meter entfernten schmutzigen Neonlampe sehen.

»Eine dritte Person … Eine dritte Person … Ein Bruder oder eine Schwester von Hilmi also.«

»Ja.«

»Und wer?«

»Sagen Sie es.«

»Woher soll ich das wissen? Ich kenne sonst niemanden, der Akalin heißt.«

Hinter mir wurden Überraschungsschreie ausgestoßen. Übertrieben laute. Ich drehte mich wieder nicht um.

»Geschwister müssen nicht unbedingt den gleichen Familiennamen tragen«, sagte ich. »Sie können von verschiedenen Vätern sein.«

»Dann könnte genauso gut ich infrage kommen«, erwiderte sie. »Ist aber nicht der Fall. Ich kann Ihnen meinen Ausweis zeigen, wenn Sie wollen. Meine Mutter heißt Sakine.«

»Nicht nötig, ich glaube Ihnen schon.«

»Wie wollen Sie dann feststellen, wer es ist?«

»Es gibt einen Ort, an dem alle, die mit der Sache zu tun haben, registriert sind, jeweils mit dem Namen der Mutter. Und da gehe ich morgen hin.«

»Ins Krankenhaus … Aber ans Register lässt man Sie nicht ran.«

»Ich finde schon einen Weg. Aber zuvor habe ich noch etwas Wichtiges zu erledigen. Und dazu brauche ich Hilfe. Vor allem Ihre Hilfe.«

Sie sah mich an, als wäre ich ihr wieder mit meiner krebskranken Mutter gekommen.

»Ich werde Neriman dort herausholen«, sagte ich. »Wenn Sie dabei mitmachen, wird sie eher Vertrauen in mich fassen.«

»Jetzt, um die Zeit?«

»Gerade jetzt. Da passen sie vielleicht weniger auf.«

An dem Gedanken, ihre frühere Patientin zu retten, schien sie Gefallen zu finden, denn ihre Augen leuchteten auf.

»Ich weiß aber nicht genau, wo sie ist«, sagte sie.

»Macht nichts, ich weiß es.«

»Aber wenn wir sie erst mal raus haben, wo sollen wir sie dann hinbringen?«

Eine gute Frage. Ich zahlte lieber erst mal. Firdevs Işin packte ihre Sachen in die Tasche und schien auf eine Antwort nicht mehr zu hoffen.

Wir gingen in Richtung Bosporus. Unter einer Straßenlampe

blieb ich stehen. »Könnten Sie mir bitte mal Ihr Handy leihen?« Sie öffnete ihre Tasche, und keine dreißig Sekunden später hatte ich ein Handy mit rosafarbener Hülle in der Hand. Ich tippte die Nummer ein, die in riesigen Ziffern auf Mahir Salmans gelbem Hyundai stand.

»Profilo Taxi«, meldete sich eine tiefe Männerstimme.

»Guten Abend. Ist Mahir da, Mahir Salman?«

»Moment.« Drei Sekunden später war er dran.

»Hallo Mahir, hier ist Remzi Ünal. Wir hatten heute …«

»Mensch, Remzi!«, rief er aufgeregt. »Ich habs den anderen schon erzählt, was heute los war. Wie im Film, Mensch. Aber die glauben mir nicht, die Holzköpfe.«

»Ich bräuchte noch mal Ihre Hilfe. Und wäre nicht schlecht, wenn noch zwei Kollegen dabei wären.«

»Klar. Wo gehts denn hin?«

»Dahin, wo wir heute schon mal waren.«

»Wird gemacht. Ich bringe die Holzköpfe mit, dann sehen sie ja selber. Wann sollen wir kommen?«

»Jetzt gleich.«

»Okay, Remzi. Jetzt ist zwar gerade Kinoschluss, aber macht nichts, für Sie tun wir das gern. Wo soll ich Sie abholen?«

»Kommen Sie am besten zur Anlegestelle nach Kadıköy. Und nur mit einem Auto.«

»Ist die eine Frau auch wieder dabei?«, fragte er verschmitzt.

»Nein. Eine andere.«

»Ho, ho, Remzi! Also, wir fahren gleich los!«

Ich gab Firdevs Işin das Handy zurück und deutete in Richtung Anlegestelle. Schweigend gingen wir nebeneinanderher.

Wir würden Neriman schon herauskriegen aus dieser Pseudo-Klinik, aber noch immer hatte ich keine Ahnung, was dann mit ihr geschehen sollte.

15

Aus einem Dampfer kamen Scharen von Leuten heraus. Firdevs Işin sah sich das Treiben schweigend an. Ich schmiedete einstweilen Pläne, wie die Festung einzunehmen sei.

Mir fiel wieder ein, wie mich vor langer Zeit an gleicher Stelle in einem uralten Murat Kartal ein Istanbuler Herr abgeholt hatte, um mich zu seinen Chefs zu bringen. Noch am gleichen Tag ging sein Leben zu Ende. Bald konnte ich nicht mehr zählen, wie viele Leute umgebracht wurden, nur weil sie mal meinen Weg gekreuzt hatten. Aber keiner der Menschen, die hastend oder gemächlichen Schrittes auf die Drehkreuze zumarschierten, sah so aus, als würde er drüben in Kadıköy mit dem Taxi oder dem Bus wohin fahren und dort jemanden umlegen. Es waren normale Leute wie du und ich. Wer von ihnen würde wohl morgen mit einem Foto in der Zeitung stehen?

Überhaupt war ich neugierig auf diese Zeitung. Wenn ein Arzt umgebracht wurde, und noch dazu im Bett einer Freundin seiner zukünftigen Frau, war das schon eine Nachricht wert. Da lief dem Leser das Wasser im Mund zusammen. Eine gute Nachricht war es natürlich nicht. Überhaupt keine gute. Und noch dazu saß die Frau, die er heiraten sollte, nun in der Wohnung Yildiz Turanlis, und ihre Freundin stand neben mir.

Angenommen, es würde plötzlich ein Polizeiwagen vorfahren, und streng dreinblickende Beamte würden herausspringen, Firdevs Işin nach ihren Personalien fragen und sie zum Mitkommen ins Revier auffordern. Und Firdevs Işin würde mir unauffällige, Hilfe suchende Blicke zuwerfen. Was würdest du dann tun, Remzi Ünal?

Ein kurzes Hupen rettete mich. Diesmal war das Taxi ein Fiat Doblo. Machte schon mehr her. Vor allem wegen der drei Männer, die darin saßen. Den am Steuer kannte ich nicht, neben ihm saß Mahir Salman und winkte mir zu. Wir stiegen ein. »Hallo Remzi«, sagte Mahir Salman. »Darf ich vorstellen: Hakan und Murat. Wir stehen zu Diensten.«

»Vielen Dank, die Herren. Das weiß ich sehr zu schätzen.«

Firdevs Işin vorzustellen, kam mir gar nicht in den Sinn. Falls sie gefragt werden sollten, würden sie nur sagen, eine Frau in einem Jeans-Kleid sei mit mir ins Taxi gestiegen.

»Nach Balmumcu?«, fragte Mahir Salman.

»Nach Balmumcu.«

»Nach Balmumcu«, sagte Mahir Salman zu dem Hakan oder Murat am Steuer.

Nach der Baustelle des Meeresmuseums bogen wir links ab. Firdevs Işin sah zu Jungen hinüber, die vor dem Barbaros-Hayrettin-Denkmal ihre Skateboard-Tricks vorführten. Der Mann neben mir zitterte fortwährend mit dem Knie, und ich musste mich zwingen, ihm nicht die Hand darauf zu legen, damit er endlich aufhörte. Auf dem Barbaros-Boulevard ging es zügig vorwärts. Das Blubbern des Fiat Doblo hatte etwas Beruhigendes, sodass wir still dasaßen wie eine Gruppe von Freunden, die abends vom Kino nach Hause fährt, jeder noch in Gedanken an den Film. Links von mir hörte endlich das Zittern auf. Zu meiner Rechten war Firdevs Işin in die Betrachtung ihrer Finger versunken. Und ich versuchte, mir in Erinnerung zu rufen, was das Haus, vor dem wir bald halten würden, in etwa für einen Grundriss hatte. Der Arm tat mir nicht mehr weh.

Unser Fahrer machte das Radio an. Mit sakraler Stimme erzählte ein Mann irgendetwas vom Jenseits und von den Pflichten des Gläubigen. »Mach das weg«, sagte Mahir Salman. Der Fahrer sah ihn kurz an, dann schaltete er das Radio wieder aus. Schließlich kamen wir in Sichtweite der heruntergekommenen Villa, in der Ayakçi Burhan und der Irre geprüft hatten, wie viel ich wohl aushalten würde.

»Langsam«, sagte Mahir Salman und drehte sich zu mir um. »Noch ein bisschen weiter«, sagte ich. Wir fuhren nun im Tempo eines Taxis auf der Suche nach einer Adresse. An Firdevs Işins Kopf vorbei versuchte ich, mich zu orientieren.

Soweit ich durch die Bäume hindurch sehen konnte, brannte nur in zwei Fenstern Licht. Nicht einmal die Haustürlampe war noch an. Es stand niemand draußen, und ich sah auch weder eine Kamera noch das nervös blinkende Lämpchen einer Alarmanlage.

Parkplatz würde kaum einer zu finden sein; die Autos standen Stoßstange an Stoßstange. Weiter vorne sah ich ein größeres Fahrzeug mit einer Tarnplane. Ich tippte dem Fahrer auf die Schulter und sagte: »Halten wir dort.« Das Blubbern des Fiat Doblo verstummte. Der Fahrer schaltete die Warnblinkanlage ein. Wir stiegen aus und versammelten uns neben dem Auto mit der Tarnplane.

»Wie sollen wir vorgehen, Remzi?«, fragte Mahir Salman.

»Die sind es gewohnt, dass abends Leute klingeln«, sagte ich. Dass diese Leute vermutlich zuvor Kemal Arsan anriefen, verschwieg ich meinen Einsatzkräften lieber.

»Haben Sie eine Knarre dabei?«, fragte mich Hakan oder Murat.

»Nein. Ihr doch auch nicht, oder?«, fragte ich besorgt zurück. Zum Glück schüttelten alle drei den Kopf. An ihrer Kleidung sah ich auch keine verdächtigen Ausbuchtungen.

Ich stupste Firdevs Işin an, und wir gingen auf die Villa zu, gefolgt von den Taxifahrern, die sich bemühten, möglichst leise zu gehen. Vor der Treppe zur Eingangstür blieb ich stehen und bedeutete den Männern, sie sollten mir folgen und sich dann links und rechts irgendwo verstecken. Dann ging ich hinauf und drückte auf die Klingel wie jemand, dem man ein Messer in den Bauch gerammt hatte. Ich ließ den Finger auf der Klingel, bis ich bis sechs gezählt hatte.

Nichts.

Ich sah mich zu Firdevs Işin um, die so ruhig dastand wie vor ihrer eigenen Haustür. Mahir Salman hatte ein Lächeln auf, das ich nicht so recht zu deuten wusste. Die beiden anderen wirkten reichlich nervös; dem einen lief der Schweiß von der Stirn. Ich drückte wieder auf die Klingel. Wieder lange. Dann machte ich eine kurze Pause, fluchte innerlich, und klingelte wieder. Endlich hörte ich Schritte näher kommen. Ich atmete tief ein und drückte die Luft bis in mein Hara hinunter. Die Schultern ließ ich fallen. Dann zog ich Firdevs Işin sanft vor den Spion an der Tür.

Drinnen wurde der Schlüssel umgedreht, und die Tür ging langsam auf. Alles Folgende allerdings ging so schnell, dass ich mich selbst nur wundern konnte.

Sobald die Tür etwa fünfzehn Zentimeter auf war, erkannte ich den Mann, der dahinter stand. Es war der Kerl, der mich im Parkhaus am Taksim-Platz mit einem Knüppel empfangen hatte. Blöde starrte er Firdevs Işin an, und ich vergewisserte mich, dass er allein war. Ruckartig stieß ich die Tür auf, die der Kerl ein wenig abbekam. Mit zwei Schritten stand ich vor ihm und ergriff mit der Linken seinen rechten Arm, mit dem er sich zu schützen suchte. Knüppel hatte er diesmal keinen. Mit der rechten Hand bekam ich ihn am Ellbogen zu fassen. Meine Arme waren dabei ausgestreckt, fast wie im Lehrbuch. Mit dem rechten Bein als Standbein drehte ich mich nach links und drückte dem Mann dabei den Arm leicht nach unten, sodass er auf mich zutorkelte und sich bei dem Versuch, sich zu wehren, den Kopf an der Eisentür anstieß. Vor lauter Schreck gab er keinen Ton von sich. Als ich noch einen Schritt zurücktrat, lag er auch schon bäuchlings auf dem Boden.

Firdevs Işin hielt die Hand vor den Mund und wich zurück. Auf mein Winken stürzte Mahir Salman herbei und presste sein Knie auf den Rücken des Mannes. Mit der einen Hand drückte er ihm den Arm hinunter, mit der anderen den Kopf. Ich sprang ins Haus. Der von einer nackten Glühbirne mühsam erleuchtete Salon war leer. Eine Couch, ein Sessel, ein übervoller Aschenbecher und zwei leere Bierflaschen. Die Treppe nach oben war dunkel.

Ich hörte die Tür zugehen und drehte mich um. Meine Hilfskräfte hatten den Mann hereingezogen, der wohl bitter bereute, die Tür überhaupt geöffnet zu haben. Hakan und Murat hielten ihn nieder. Mahir Salman zog sich die hochgerutschte Jacke herunter. Firdevs Işin stand neben der Tür an die Wand gelehnt. Ich gab Hakan und Murat ein Zeichen, sie sollten so bleiben, und bedeutete Mahir Salman und Firdevs Işin, mir zu folgen.

Als ich den Fuß auf die erste Treppenstufe setzte, erstarrte ich. Jemand hatte oben auf den Lichtknopf gedrückt, und die Treppe war nun von oben bis unten hell erleuchtet. Hilflos wartete ich ab. Vorteilhaft war die Situation nicht gerade.

Da hörte ich von oben klappernde Schritte, wie sie jeder, der schon mal in einem Krankenhaus war, auf der Stelle erkennt. Das Klappern der weißen Clogs mit den vielen Luftlöchern darin. Zwei Schritte nur, für mich aber eine ungeheure Beruhigung.

Damit sie nicht laut herunterrief, hastete ich die Treppe hinauf, und tatsächlich, da stand sie. Sie trug einen blauen Trainingsanzug. Ihrem Haar sah man an, dass sie aus dem Bett kam, und natürlich sah sie verschreckt drein.

Ich legte den Zeigefinger an den Mund und winkte mit der linken Hand die anderen herauf. Beim Anblick von Firdevs Işin würde die Frau sich bestimmt beruhigen.

So war es denn auch.

»Wie viele Patienten sind in den Zimmern?«, flüsterte ich, damit sie merkte, dass ich niemand aufwecken wollte.

»Äh, zwei. Wer sind Sie?«

»Vom Gesundheitsministerium«, sagte ich. Später konnte ich immer noch behaupten, ich hätte nur ein Niesen gehört und »Gesundheit« gesagt. Sie schlug die Hand vor den Mund, als sähe sie ihre Laufbahn schon beendet. »Wenn Sie uns helfen, wird Ihnen nichts geschehen«, schob ich hinterher.

Sie nickte heftig. Firdevs Işin und Mahir Salman standen jetzt neben mir. Dass Mahir Salman so gar nicht aussah wie ein Mitarbeiter des Gesundheitsministeriums, war jetzt unerheblich. Die Personalpolitik des Staates hatte sich eben gewandelt.

»Zeigen Sie mir die Patienten«, sagte ich. Auf der Stelle wandte sich die Frau um und ging zur ersten Tür in dem Gang. Sie klopfte zögerlich an, als hätte sie Angst hineinzugehen, öffnete aber dann, ohne eine Antwort abzuwarten.

Das Zimmer sah ganz anders aus als dasjenige, in dem ich fesselnde Stunden verbracht hatte. Es war eine Art Suite mit einem voll ausgestatteten Krankenbett, einem dieser hohen Krankenhaustischchen und einer Couch, auf der ein Mann in Pantoffeln saß.

Der Patient in seinem Bett starrte auf die einzige Attraktion des Zimmers, nämlich den Fernseher an der Wand. Als er uns zu viert eintreten sah, wandte er uns den Kopf zu. Er war um einiges älter als ich, hatte ein dunkles Gesicht und trug einen Schnurrbart. Aus seinem Unterhemd standen weiße und schwarze Brusthaare heraus. Mahir Salman ging vorsichtshalber sofort auf den Mann auf der Couch zu und legte ihm die Hand auf die Brust, sodass er nicht aufstehen konnte. Der Mann tat keinen Muckser.

Der Patient sagte mit starkem Çorumer Akzent: »Was ist da los?«

»Nichts Besonderes«, erwiderte ich. »Lassen Sie sich nicht stören. Geht es Ihnen gut?«

Der Mann zog die Augenbrauen zusammen, doch das galt nicht mir, sondern ihm selbst. »Und wenns mir nicht gut geht, was dann? Ich glaube, die haben mich hier vergessen mit meiner Scheißmesserwunde.«

»Gute Besserung kann ich da nur wünschen. Wenn morgen der Arzt kommt, dann sagen Sie ihm, der Direktor war hier. Dann kümmert er sich mehr um Sie.«

»Danke«, erwiderte er.

Schon waren wir wieder aus dem Zimmer und gingen auf das nächste zu, auf das es uns eigentlich ankam. Ich sah auf die Krankenschwester, von der ich nicht wusste, ob sie wirklich eine war, mit Diplom und so. An dem Zimmer, in dem ich vermutlich gewesen war, ging sie vorbei und trat in das schräg gegenüber ein, diesmal ohne zu klopfen.

Das Zimmerfenster stand weit offen, und dafür gab es einen hässlichen Grund. Als Firdevs Işin sah, dass über den Körper des dort liegenden Menschen ein Tuch gebreitet war, schrie sie auf. »Neriman! Ach! Neriman!«

Die Krankenschwester sah Firdevs Işin erstaunt an. Mahir Salman schluckte. Seine Lippen zitterten leicht.

In dem Zimmer war nichts weiter als das Bett und ein Metallstuhl. Mal abgesehen von einem sehr unangenehmen Geruch. Es blieb mir nichts übrig, als auf das Kopfende des Bettes zuzugehen. Firdevs Işin stand reglos da und hielt sich mit beiden Händen Mund und Nase zu.

Ich beugte mich übers Bett und ergriff das Tuch an zwei Enden. Vorsichtig, als könnte ich der reglosen Gestalt noch wehtun, hob ich das Tuch an. Ich ärgerte mich, dass meine Hände dabei zitterten. Als der Kopf zum Vorschein kam, stieß ich innerlich einen Fluch aus.

Der Verstorbene war ein etwa dreißigjähriger, mir unbekannter Mann. Seine Augen waren zu, doch der Mund stand ihm halb offen, und zwischen den leicht angespannten Lippen waren die Zähne zu sehen, als würde er lachen. Er lachte aber nicht.

»Wo ist Neriman?«, rief Firdevs Işin. »Wo ist die alte Frau? Die mit Alzheimer?«

Plötzlich merkte ich, dass ich die ganze Zeit die Luft angehalten hatte. Ich sah die Krankenschwester an. Mit Blicken munterte ich sie zu einer Antwort auf.

»Da … da war niemand sonst … als ich übernommen habe.«

»Und wann war das?«, fragte ich.

»So … vor drei Stunden. Es waren nur die zwei da. Sonst niemand, garantiert nicht.«

Firdevs Işin und ich sahen uns an, erleichtert, dass unter dem Tuch nicht Neriman lag. Damit war das Problem aber nicht gelöst. »Und wer ist das?«, fragte ich und deutete auf den Toten.

»Das ist Celalettin«, erwiderte die Krankenschwester, nun wieder auf vertrautem Terrain. »Aus Izmir, glaube ich. Anscheinend Selbstmord. Wir haben ihn leider nicht retten können. Es war eine Frau dabei, aber ich weiß nicht, wie sie heißt. Sie hat mit dem Doktor über den Befund oder so geredet. Keine Ahnung, ob sie wiederkommt.«

Am Bett des Toten war für uns nichts mehr zu tun. Ich ging auf die Tür zu, wo Mahir Salman ein Gebet sprach. Instinktiv drehte ich mich noch einmal um und sah ein letztes Mal auf die Silhouette. Machs gut, dachte ich. Wer immer du gewesen sein magst, machs gut, Celalettin.

Draußen packte mich eine Zigarettengier wie seit Jahrhunderten nicht mehr. Ich fuhr mit der Hand in die Tasche, dann beherrschte ich mich doch. »Und Sie sind sicher, dass sonst niemand da ist?«, fragte ich noch mal. Sie nickte.

Sollte ich doch noch in das Zimmer sehen, in dem ich mit dem Skalpell getanzt hatte? Nein. Mir tat der Arm nicht mehr weh.

Ich ging zur Treppe, mit Firdevs Işin und Mahir Salman im Gefolge. Die Krankenschwester schien erst unschlüssig zu sein, dann trabte sie uns doch nach. Vielleicht war ja von dem Mann was zu erfahren, auf dem Hakan und Murat saßen. Ich drehte mich noch mal um und sagte zu unserem Schlusslicht: »Bleiben Sie lieber oben.«

Als ich unten niemanden mehr vor der Tür sah, machte ich mir keine Sorgen. Hakan und Murat waren mit dem Mann in den Salon übergewechselt. Mürrisch saß der Kerl auf der Couch. Der Taxifahrer neben ihm – Hakan? Murat? – wollte mir gleich Platz machen, aber ich bedeutete ihm, sitzen zu bleiben. »Wie heißt du?«, fuhr ich unseren Gefangenen an.

»Iskender.«

»Und der Nachname?«

Erst jetzt blickte er zu mir auf, irgendwie verwundert. »Iskender Topal.«

»Und wo bist du her?«

»Aus Kayseri«, murmelte er. »Aber schon zwanzig Jahre in Istanbul.«

Mein Blick fiel auf den Aschenbecher am Boden und die Zigaretten daneben. Das waren seine, und die kamen mir gerade recht. Ich ließ den Taxifahrer etwas hinüberrutschen und setzte mich.

»Kannst ruhig eine rauchen«, sagte ich. »Und gib mir auch eine.« Iskender Topal warf erst einen vorsichtigen Blick auf den Taxifahrer, und als der nur weiter wachsam dreinschaute, beugte er sich vor und klaubte Aschenbecher, Zigaretten und Feuerzeug auf. Als er mir eine Zigarette anzündete, sah ich, wie seine Hände zitterten.

Ich lehnte mich zurück. »Bist du einer von Burhans Leuten?«, fragte ich und stieß genüsslich den Rauch aus.

Er nickte hastig.

»Und wo steckt er?«

Er schien sich zu wundern, dass ich Burhan überhaupt kannte, fragte aber nicht nach. »Er hat mich per Telefon hierhergeschickt. Wo er ist, weiß ich nicht.«

»Und was hat er gesagt?«

Zum ersten Mal spielte ein Lächeln um sein Gesicht. »Du machst die Nachtwache. Aber pass auf, wenn es irgendein Vorkommnis gibt, mach ich dir die Hölle heiß.«

Ich zog an der Zigarette. Meine beiden Unterstützer sahen Iskender Topal unverwandt an, während Firdevs Işin und Mahir Salman an der Wand lehnten und uns beobachteten. Hätte von der Decke eine starke Lampe gehangen, wäre die Szene perfekt gewesen.

»Und was jetzt?«, fragte ich. Stutzend sah er mich an. »Na, ist das da Vorkommnis genug?«, fragte ich mit Blick auf unser ganzes Personal.

Er verzog das Gesicht. »Weiß nicht …«, sagte er leise.

»Wenn du mir ordentlich antwortest, helfe ich dir.«

Er sah mir forschend ins Gesicht, ob ich wohl wirklich die Wahrheit sagte. Ich half ihm auf die Sprünge. »Schau mal, Iskender«, sagte ich und rückte heran, sodass unsere Schultern sich leicht berührten. »Den Schlag auf den Kopf, den du mir versetzt hast, den vergessen wir jetzt mal. Mir gehts um was anderes. Und ich bin auch kein Bulle, mir ist egal, was du treibst. Du packst jetzt einfach richtig aus, dann gehst du hier zur Tür raus und bist ein freier Mann. Und ich krümm dir kein Haar.«

Da gab es kein Halten mehr. »Frag, was du willst«, sagte er ernst. Firdevs Işin kam etwas näher, um meine Fragen besser zu hören. Mahir Salman rührte sich nicht vom Fleck. Er stand mit verschränkten Armen und gravitätischer Miene da wie ein Unteroffizier, der zufrieden seine Rekruten dem Kommandanten vorführt.

»Wo ist Neriman?«, fragte ich.

»Wer? Wer soll das sein?«, fragte er zurück, anscheinend tatsächlich verwundert.

»Die alte Frau, die da oben war. Die geistig Verwirrte.«

Unwillkürlich musste Iskender Topal lachen. Dann wurde er gleich wieder ernst. »Ach so. Neriman hieß die? Weiß ich nicht. Die ist weggebracht worden.« Er lächelte leise. Mir kam sofort ein Leichenwagen in den Sinn. Der Pseudo-Leichenwagen einer Pseudo-Klinik. Womöglich der frühere Lieferwagen eines Hausgeräteherstellers. Ich fühlte, wie meine Stirn sich runzelte, und versuchte auch nicht, das zu verhindern. »War sie da am Leben?«, fragte ich drängend.

»Ja«, erwiderte er und sah mich an, als hätte er den Sinn meiner Frage nicht verstanden.

»Wer hat sie weggebracht?«

»Ihre Tochter.«

Firdevs Işin und ich sahen uns an. Sie stand da, als hätte sie aus Iskender Topal die Antworten am liebsten herausgeprügelt. »Wie heißt die Tochter?«, fragte ich.

»Woher soll ich das wissen?«

»Dann beschreib sie wenigstens.«

Diesmal lachte er so richtig. Sinnend sah er zur Decke hinauf. »Eine schöne Frau. Sehr schön sogar. Vor allem die Augen.«

In meinem Inneren entstand ganz allmählich ein Bild von der Schwester Hilmi Akalins, so wie früher die Fotos im Entwicklungsbad. Es war aber eine Schwarz-Weiß-Aufnahme, und die Farbe ihres knöchellangen Kleids mit dem Blumenmuster war nicht zu erkennen. »Was hatte sie an?«

»Was?«, sagte Iskender Topal, als erwachte er aus einem Tagtraum.

»Was sie anhatte?«

Während er nachdachte, wurde sein Lächeln noch breiter. »Ein geblümtes Kleid. Bodenlang.«

Bingo und noch mal Bingo, dachte ich und sah Firdevs Işin an. »War die Frau allein?«

Er nickte nur und schien wieder in seinem Tagtraum zu versinken.

»Und sie hat sie einfach so mitgenommen? Geben Sie die Patienten so leicht heraus?«

»Burhan hatte mich vorher angerufen und gesagt, dass die Alte von ihrer Tochter abgeholt wird.«

»Und Sie fragen nicht mal nach dem Namen? Und wenn jetzt jemand anderer kommt und …«

»Also, hören Sie mal, wer soll denn eine wildfremde alte Frau mitnehmen? Es hat geheißen, die Tochter kommt, und die Tochter ist gekommen. Ich stehe ja nicht vor einer Bankzentrale Wache.«

Da musste ich ihm auch wieder recht geben. Ich sah suchend im Zimmer umher, ob mir nicht noch eine andere Frage einfiel, und hatte dabei vier Augenpaare auf mir ruhen. Wenigstens eine Frage wollte ich noch loswerden. »Gibt es noch irgendwo so eine Pseudo-Klinik?«

Iskender Topal zog nach vorne gebeugt an seiner Zigarette, als gehörte er nicht zu uns und hätte auch die Frage gar nicht gehört. Du bist nicht der erste Mann, den Ayla Duman um den Verstand gebracht hat, dachte ich.

Firdevs Işin hielt das nicht mehr aus. »Ob es noch irgendwo so einen Laden gibt?«, sagte sie heftig. »Wo Neriman jetzt sein könnte?«

Iskender Topal blickte zu ihr auf, als wollte er sagen, wo kommt die denn her? Er dachte wohl nach, ob es wert war, sich aus seiner Traumwelt zu lösen.

»Junge, vergiss unsere Abmachung nicht«, sagte ich.

»Ich habe nie von einer anderen Klinik gehört.« Er tat wieder einen Zug an seiner Zigarette und blickte sinnend auf die glühende Asche.

Ich überlegte, was ich ihn noch fragen konnte. »Was wirst du tun, sobald wir weg sind?«

Die Frage brachte Iskender Topal wieder in die Wirklichkeit zurück. Er sah mich an. Der Schatten in seinem Blick verschwand, die Lippen spannten sich. Mit dem letzten Zug an seiner Zigarette brannte er sich anscheinend an den Fingern, denn er zuckte zusammen und ließ sie fallen. Dann hob er den Stummel auf und legte ihn in den Aschenbecher. Ohne ihn auszudrücken. »Soll dich doch …«, murmelte er vor sich hin.

»Jetzt hör mal zu«, sagte ich. »Versprochen ist versprochen. Du kannst jetzt einfach untertauchen. Vor Ayakçi Burhan brauchst du keine Angst zu haben. Wenn die Geschichte hier vorbei ist, wird dem nämlich auch das Maul gestopft. Kannst du eine Zeit lang irgendwo unterkommen? Möglichst weit weg?«

»Ich habe eine Tante in Silivri, die wollte schon lange, dass ich mal vorbeischaue. Weil irgend so ein Kerl sich an ihre Tochter ranmacht.«

»Na also, ab mit dir nach Silivri. Aber nimm den Kerl nicht allzu her.«

Er lächelte wie ein pubertierender Junge, der wieder etwas Selbstvertrauen hat. In seinen Augen sah ich etwas glänzen. »Echt jetzt?«, fragte er und hatte dabei auf einmal einen anatolischen Akzent drauf, als hätte er seine Bemühungen um feines Istanbulerisch zusammen mit der Kippe in den Aschenbecher geworfen. »Und der Laden hier?«

»Soll nicht deine Sorge sein.«

Er stand auf, und sogleich erhob sich der eine Taxifahrer und sah mich fragend an. Ich nickte nur. Iskender Topal tat zwei Schritte auf die Tür zu und drehte sich zu mir zurück. Dann machte er Anstalten, mir zum Dank die Hand zu küssen.

»Komm schon, geh, Junge«, sagte ich und versuchte, ihm die Hand zu entziehen. Innerlich grinste ich.

»Und verzeih mir auch die Geschichte da im Parkhaus«, sagte er, noch im Kampf mit meiner Hand begriffen.

»Schon gut, schon gut. Mach, dass du wegkommst.«

Er ließ meine Hand los, und wir sahen ihm nach, wie er mit gesenktem Kopf abzog. Als er draußen war, fiel die Tür wie von allein ins Schloss. »Und was jetzt?«, sagte Firdevs Işin, und auch Mahir Salman sah mich fragend an.

»Jetzt machen wir den Laden hier dicht.«

Firdevs Işin lächelte, als freute sie sich über das Verschwinden eines Konkurrenten.

»Können Sie mal die Frau da oben holen?«, bat ich Mahir Salman.

An seiner Stelle sprintete einer der beiden anderen Taxifahrer die Treppe hoch. Mahir Salman lachte zufrieden. Er wirkte jetzt nicht mehr wie ein Grundschullehrer, sondern eher wie der Mann, der im Viertel insgeheim das Sagen hat.

Schweigend warteten wir ab, bis der Taxifahrer mit der Krankenschwester zurück war, der ihre Sorge deutlich anzusehen war.

»Wir gehen jetzt«, sagte ich zu ihr, »und Ihnen würde ich das Gleiche raten.« Zögernd sah sie sich im Raum um.

»Denken Sie nicht länger nach«, sagte ich. »Mit der Klinik hier ist es aus. Es wird Sie niemand zur Rechenschaft ziehen. Suchen Sie sich irgendwo eine anständige Arbeit.«

»Und was ist mit denen da oben?«

»Der Tote soll in Frieden ruhen. Und der Lebende muss schauen, wo er bleibt.«

Sie sah nicht recht überzeugt aus. Mir war nicht klar, ob sie über die Klinik wirklich Bescheid wusste. Ging es ihr ums Pflichtgefühl oder nur ums Geld? Auf jeden Fall war es spät, und ich wurde allmählich müde.

»Sie müssen wissen, was Sie tun«, sagte ich im mürrischen Tonfall eines echten Beamten des Gesundheitsministeriums. »Was hier vorgeht, ist komplett illegal, und bald steht die Polizei vor der Tür. Ich denke, hier ist nirgends Ihr Name verewigt, also wenn Sie vernünftig sind, machen Sie sich schleunigst davon und suchen sich was anderes. Die Fragen kann ja der Herr da oben aus Çorum beantworten.«

Ohne etwas zu erwidern, ging sie auf die Treppe. Ich beschloss, mich nicht weiter um sie zu kümmern. »So, wir gehen«, sagte ich zu den anderen.

»Und Neriman?«, fragte Firdevs Işin.

»Für die ist heute Nacht gesorgt, da bin ich mir sicher«, sagte ich und wandte mich zur Tür. Firdevs Işin ging mir nach.

»Und Begüm?«

»Für die ist auch gesorgt.«

Als ich schon die Hand an der Tür hatte, holte Firdevs Işin mich ein und hielt meine Hand fest. »Und was wird aus mir?«

Hm, ich hatte keine Wahl. »Für Sie wird auch gesorgt.«

Auch die drei vom Taxistand machten sich auf. »Ist die Nachtschicht beendet? Eigentlich schade. Wir hätten noch woanders aufräumen können.« Hakan und Murat grinsten.

Zurück beim Fiat Doblo, dessen Warnblinkanlage die Tarnplane des Fahrzeugs daneben dramatisch zur Geltung brachte, stiegen wir in der gewohnten Sitzordnung ein.

»Wohin jetzt?«, fragte Mahir Salman.

»Zum Taksim-Platz.«

Wir wendeten weiter vorne, und als wir wieder an der Klinik vorbeikamen, sahen wir vor der Tür eine Frau mit einer großen Tasche stehen. »Die findet doch nie ein Taxi um die Zeit!«, stieß Mahir Salman aus. Keiner lachte.

Ich sah auf die Uhr.

Bis zum Taksim-Platz sagte niemand mehr ein Wort. Sie mussten alle müde sein, wenn auch nicht so müde wie ich.

Am Taksim-Platz stiegen wir aus. Firdevs Işin sah sich um, als würde ihr das Viertel, in dem sie übernachten sollte, nicht recht behagen. Durchs Autofenster drückte ich Mahir Salman ein paar Scheine in die Hand. »Ganz herzlichen Dank, Leute«, sagte ich ins Auto hinein, worauf abwehrendes Gemurmel ertönte. Die drei konnten es wohl kaum abwarten, den Kollegen ihr Abenteuer zu erzählen. »Jederzeit wieder!«, rief Mahir Salman.

»Ruft am besten von einer öffentlichen Telefonzelle aus die Polizei an, dass da eine Leiche herumliegt. Sagt nur die Adresse und sonst nichts.«

»Wird gemacht«, sagte Mahir Salman freudig, denn das versprach noch einmal ein wenig Nervenkitzel.

»Ich rufe dich bald wieder an«, sagte ich zum Abschied und ging damit endgültig zum Duzen über.

Dann machte ich mich mit Firdevs Işin auf den Weg zu meinem Hotel, und zwar direkt durch die belebte Istiklal-Straße, denn was sich in den Nebenstraßen so tat, sollte sie nicht unbedingt mitkriegen. Sobald sie das Hotel erblicken würde, dessen Namen ich hier lieber verschweige, würde ihr der Mut noch tief genug sinken.

Wir gingen zwischen lauter Nachtschwärmern dahin. Überall grelles Licht, kurz berockte Mädchen sowie Jungs, die nach solchen Mädchen Ausschau hielten, falls sie nicht schon eins dabeihatten. Die Betrunkenen waren noch nicht unterwegs.

Wir bogen in die Imam-Adnan-Straße ein. Das Kaktüs war so gut wie leer. Das Verbot, draußen Tische aufzustellen, würde ihnen über kurz oder lang das Genick brechen. Und ich musste mir für meinen Morgenkaffee ein anderes Lokal suchen. Oder ihn lieber gleich zu Hause trinken. Dann brauchte ich aber zwei Nescafé auf einmal.

Firdevs Işin schaute beim Gehen vor sich auf den Boden. Mir kam nichts in den Sinn, worüber ich mit ihr hätte reden sollen. Bei jedem Schritt spürte ich meine Müdigkeit. Ich musste mich so richtig ausschlafen, denn am nächsten Tag würde ich einiges zu tun haben.

Wir waren noch etwa zwanzig Meter von dem Hotel mit der zerbrochenen Eingangstür entfernt, als ich Emres strohblonde Hinterzimmergespielin sah. Wie aus Munchs »Schrei« ausgebrochen, stand sie vor dem mit Graffiti übersäten Rollladen einer Kneipe, die nach zahllosen Scherereien mit Polizei und Stadtverwaltung das schmuddelige Handtuch geworfen hatte. Sie trug noch immer ihre rosafarbenen Leggings, wodurch sie von dem Hintergrund des blauen Brückenbildes noch mehr abstach. Die Glasperlen an ihrer Tasche blitzten im Straßenlicht auf. Sie rauchte. Als wir an ihr vorbeikamen, sahen wir uns an. Sie erinnerte sich natürlich.

»Na, Onkelchen«, sagte sie, als würde sie zugleich Kaugummi kauen.

Dass Leute über siebzehn mich Onkelchen nannten, nervte mich.

»Was haben wir uns denn da angelacht?«, sagte sie frech. Ich wandte den Blick ab, was sie erst recht ermutigte. »Die ist ja noch grün hinter den Ohren. Falls sie zu heulen anfängt, brauchst du bloß zu pfeifen, ich bin hier.«

Ich gab darauf keine Antwort. Auch ein Remzi Ünal wusste mal nicht weiter. Ich legte Firdevs Işin die Hand auf die Schulter und animierte sie zu schnellerem Gehen. Unter meiner Hand spürte ich ihre Anspannung.

Als ich im Hotel an die Rezeption ging, blickte Emre Yeğenoğlu nicht mich, sondern die hinter mir stehen gebliebene Firdevs Işin an. Auf seinem Gesicht breitete sich ein frivoles Grinsen aus. Als er meinen Blick sah, riss er sich zusammen. »Die Dame braucht ein Zimmer«, sagte ich, »und zwar ein möglichst ruhiges.«

Bewundernswert schnell schaltete Emre Yeğenoğlu auf einen Gesichtsausdruck um, als stünde er am Check-in des Hilton. »Herzlich willkommen, gnädige Frau.«

Firdevs Işin erwiderte nichts. Da sie hinter mir stand, konnte ich auch nicht sehen, ob sie sich ein Lächeln abrang. »Ich hätte für die Dame ein Zimmer im obersten Stock«, sagte Emre Yeğenoğlu und tat dabei so, als müsste er groß das dicke Empfangsbuch vor sich studieren. »Es geht nach hinten hinaus und ist sehr ruhig.«

»Und auch sauber?«, fragte ich.

»Ich schicke sofort die Etagenfrau hoch, ob noch irgendwas fehlt.«

»Nicht nötig«, warf Firdevs Işin ein. »Ich bin sehr müde und lege mich sofort schlafen.«

»Seien Sie unbesorgt, Sie werden bei uns ausgezeichnet ruhen«, sagte Emre Yeğenoğlu, nahm den Schlüssel vom Bord und legte ihn auf den Tresen.

»Hat jemand angerufen?«, fragte ich.

Emre Yeğenoğlu suchte unter dem Tresen herum und legte die Stirn in Falten, als müsste er sich zurückerinnern. »Leider nicht, Remzi.« Grußlos drehte ich mich um und nickte Firdevs Işin zu, die mir, ohne zu zögern, die Treppen hinauf folgte. Ich begleitete sie bis zu ihrem Zimmer. Zum Glück begegneten wir keinem sonderbaren Hotelgast, und es drangen auch aus keinem Zimmer zweideutige Geräusche.

Vor ihrem Zimmer gab ich ihr den Schlüssel. »Gute Nacht. Ich bin auf Zimmer zwölf. Wenn irgendwas ist, rufen Sie mich an, ganz egal wie spät. Und melden Sie sich morgen gleich, wenn Sie aufstehen.« Während ich davonging, kriegte ich mit, wie sie die Tür aufschloss. Wenn sie keinen Schrei tut, bis ich an der Treppe bin, ist alles so weit in Ordnung, dachte ich. Ich hörte lediglich die Tür zugehen.

Dann überlegte ich, was mich am nächsten Tag wohl alles erwarten würde. Halt durch, Remzi Ünal. Bald ist das alles vorbei. Die Hotels, das Alleinsein, das Einmischen ins Leben anderer, die Armoperationen, die Kehlenmassagen.

Im Zimmer lud ich sogleich Begüm Kalyons Handy auf. Dann

nahm ich Ayakçi Burhans Handy und wog es auf der Hand. Was es zu sagen hatte, hatte es mir gesagt. Und zwei Handys waren mir zu viel. Mit einem Hakenwurf beförderte ich es in den blechernen Papierkorb, dass es darin nur so schepperte. Die Putzfrau würde sich freuen. Dann ließ ich mich rücklings aufs Bett fallen.

Ich war wirklich hundemüde.

Heute Morgen beim Aufstehen war ich noch ein anderer Mensch gewesen. Ein Mensch, der mit sich und der Welt in Streit lag und dessen Lebensinhalt vorwiegend in Adana-Kebab und Raki bestand. Dazu noch Zigaretten und Kaffee, und das wars dann schon.

Dann war ich einem Mann begegnet, der seine Verlobte suchte. Oder vielmehr war er mir begegnet. Und hatte mich an meiner schwachen Seite erwischt. Meiner ganz schwachen Seite. Okay, okay, sagte ich. Wenn ich schon mir selber nicht helfen kann, dann wenigstens diesem armen Kerl, diesem hochgewachsenen, blonden Arzt mit der Brille. Und den blauen Augen. Der hatte herausgekriegt, wo ich morgens meinen Kaffee trank. Es gab Leute, die mich für Istanbuls besten Privatdetektiv hielten, und andere wiederum, für die ich der dümmste war. Er musste wohl mit beiden gesprochen haben.

Dann war die Sache aus dem Ruder gelaufen. Wie eigentlich jedes Mal. Sobald ich aufkreuzte und ein paar Fragen stellte, wurden gewisse Leute unruhig. Und anscheinend nicht ohne Grund.

Mit ungeheurer Überwindung richtete ich mich auf und zündete mir eine Zigarette an. Ich sah zu, wie der Rauch aus dem offenen Fenster hinauszog. Und ich lauschte den Sprachfetzen von draußen, von denen ich manche verstand und andere nicht.

Man konnte schon mal versucht sein, jemanden zu töten, aber sinnvoll war es nicht. Es hatte sich da jemand in etwas hineingesteigert. Viel zu sehr.

Ein Revolver ist eigentlich ein gewöhnliches Werkzeug. Wie ein Hammer, oder ein Schraubenzieher. Mit einem Hammer macht man einem Nagel keine Angst, und mit einem Schraubenzieher keiner Schraube, doch ein Revolver kann manchmal nur dazu eingesetzt werden, um jemandem Angst zu machen.

Manchmal geht er aber auch los. Fast ohne, dass man das will. Und wenn in einem kleinen Schlafzimmer so eine Kugel auf einen zuschießt, entkommt man ihr meistens nicht, das wusste ich aus Erfahrung. Bei mir war es kein Schlaf-, sondern ein Wohnzimmer gewesen. So eine Kugel war laut, und verdammt schnell. Da ist keine Zeit mehr dafür, dass das ganze Leben noch mal wie ein Film vor einem abläuft. Wenn einem nicht gleich das Herz stehen bleibt, meldet kurz darauf das Gehirn den Schmerz. Mir blieb es damals nicht stehen, ich hatte Glück.

Hilmi Akalin hatte Pech. Ich wette, er begriff nicht mal, dass der Revolver überhaupt losging. Er würde sagen, wie überrascht er war, wenn man ihn noch fragen könnte. Konnte man aber nicht. Er schwieg für immer. Reden taten jetzt die anderen.

Ich war deprimiert. In diesem Stadium eines Falles war ich das immer. Von den Leuten, die nach so einem Todesfall zu reden anfingen, fürchtete ich am meisten die Polizei. Die anderen konnte man zum Schweigen bringen, die Polizei nur schwer. In wessen Wohnung wurde der Mann getötet? In der von Firdevs Işin. Und wo war Firdevs Işin nun? Da oben. Im obersten Stock eines Hotels, für das ich mich schämte. Polizei – Remzi Ünal 0:1.

Hatte der Mann eine Frau, eine Freundin, eine Verlobte? Hatte er. Begüm Kalyon. Und wo war Begüm Kalyon? In einer Wohnung in Ulus, deren Inhaberin sie wohl gerade nervte. Polizei – Remzi Ünal 0:2.

Wo war die Tatwaffe? Was weiß ich. In dem Schlafzimmer nicht. Ball im Aus. Polizei – Remzi Ünal 0:2.

Von wem waren in der Wohnung Fingerabdrücke? Nicht von Remzi Ünal. Also Abseits. Spielstand immer noch unverändert.

Wer hatte ein Interesse daran, dass Hilmi Akalin das Zeitliche segnete?

Ein langer, durchdringender Pfiff. Die Spieler ab in die Kabine, die Zuschauer auf die Toilette. Halbzeit.

Morgen würden wir weiterspielen.

16

Ich schlief wie ein totes Pferd. Eine traumlose Nacht. Keine plötzliche Erleuchtung mit dem Namen des Mörders wie auf einem Silbertablett, kein blitzartiges Verbinden zweier unwichtig erscheinender Aussagen zu einem entscheidenden Hinweis, kein ruckartiges Zoomen auf ein bisher entgangenes Detail. So was gab es nur in Filmen. Oder in Büchern.

Als das Telefon klingelte, schreckte ich hoch. »Guten Morgen«, sagte Firdevs Işin. »Ich habe Sie doch nicht zu früh geweckt?«

Ich sah auf die Uhr. Früh schon, aber nicht zu früh. »Nein.«

»Ich bin wach«, sagte sie wie ein kleines Mädchen.

»Ich auch. Geben Sie mir eine Viertelstunde Zeit, dann treffen wir uns unten.« Ich stieg aus dem Bett, zog alles aus, was ich am Leib hatte, und ging ins Bad. Das war natürlich ein Fehler, denn bis das warme Wasser auf eine erträgliche Temperatur eingestellt war, dauerte es. Nach vielleicht drei Minuten Herumgefummele war es so weit. Ich feierte meinen Erfolg, indem ich lange unter der Dusche stehen blieb. Die herunterprasselnden Tropfen beulten wie ein geschickter Karosseriebauer all meine Dellen und Kratzer vom Vortag aus. Dann tat die Seife ihr Werk. Mein Körper wurde gereinigt, meine Seele dagegen nicht.

Danach griff ich zu dem Fünfklingen-Rasierer mit dem Gel-Reservoir, den ich sträflich lange vernachlässigt hatte, und beseitigte die letzten Spuren, die der Friseur mit dem altmodischen Schnurrbart hinterlassen hatte. Schließlich zeigte mir der Spiegel das Gesicht eines Remzi Ünal, wie ich es von früher in etwa in Erinnerung hatte. Ein paar Fältchen mochten dazugekommen sein, aber die Augen waren noch dieselben, und das Kinn auch. Ich freundete mich auch mit meiner Zahnbürste wieder an und versuchte aufzuholen, was wir gemeinsam lange versäumt hatten. Dann zog ich mich an.

Das vor neuer Energie strotzende Handy Begüm Kalyons befreite ich von dem Kabel und steckte es in die Tasche, neben das Zigarettenpäckchen. So, ausgehfertig.

Draußen im Gang wettete ich darauf, dass ich vor Firdevs Işin unten sein würde, und ich gewann.

Emre Yeğenoğlu las hinter seinem Tresen Zeitung, immer noch in den Kleidern vom Vortag. Wortlos trat ich heran. Er studierte mit angestrengtem Blick den Sportteil. Ich beugte mich vor, zog sanft die Zeitung zu mir heran und schlug die dritte Seite auf.

»Ah, Remzi, guten Morgen.«

Ohne zu antworten, suchte ich unter den Morden auf der Seite drei nach dem meinen.

»War es eine aufregende Nacht?«, fragte er.

»Keine Anzüglichkeiten, ja?«

Da war die Meldung, unter einem Passfoto Hilmi Akalins. Man konnte noch so Arzt sein, auf einem Passfoto sah man aus wie minderbemittelt.

»Na ja«, sagte Emre Yeğenoğlu, »seit du hier wohnst, hast du so was noch nicht gebracht, also eine Frau abschleppen und …«

Ich hob den Kopf und sah ihn an. Dabei musste ich wohl ganz anders dreinschauen als kurz zuvor noch vor dem Spiegel, denn augenblicklich verstummte er und sah zu dem Kram unter seinem Tresen hinunter. »Du redest zu viel«, sagte ich.

»Ich bin ja schon still, Entschuldigung.«

Während ich wieder auf die Nachricht über Hilmi Akalin blickte, sagte ich in möglichst normalem Gesprächston: »Neulich hättest du still sein sollen, nicht jetzt.«

Das Gesicht Emre Yeğenoğlus war auf einmal von der Farbe der Zettelchen, auf denen er Mitteilungen notierte. Ich sah zwar nicht hin, spürte das aber förmlich. »Wie … wie meinst du das, Remzi?«

Ich sah in das tatsächlich ganz weiße Gesicht des Pförtners, Nachtwächters, Concierge, Kupplers, Drogenbeschaffers, gelegentlichen Polizei- und nun auch noch Unterweltspitzels Emre Yeğenoğlu und sagte: »Als jener Kahlkopf da war, oder einer seiner Leute, da hättest du nicht sagen sollen, wo ich mich mit dem Mädchen treffen wollte. Du hast mich enttäuscht.«

»Aber nein, Remzi!«, sagte er in völlig unüberzeugendem Ton.

»Was für ein Kahlkopf? Und was soll ich gesagt haben? Wie kommst du bloß auf so was?«

Kleiner Showdown zu früher Morgenstunde. Bevor Firdevs Işin herunterkam. »Mir hat doch ein Kerl eine Nachricht hinterlassen, ja?«

Schluckend nickte er.

»Daraufhin habe ich ihn vom Zimmer aus angerufen, ihm aber nicht verraten, was er wissen wollte. Und was meinst du, hat er da gemacht?«

Emre Yeğenoğlu antwortete nicht, sondern schluckte nur wieder. Auf seiner Stirn bildete sich ein Schweißtropfen.

»Wenn man eine Telefonnummer hat, kriegt man leicht heraus, von wo man angerufen wurde. Also hat er seine Leute hierhergeschickt. Ich war nicht da, aber du. Da haben sie dir was zugesteckt, und schon hast du Ort und Zeit meines Treffens ausgespuckt. Na?« Ich blickte wieder auf die Zeitungsseite. Darin vertiefen konnte ich mich aber nicht, denn Emre Yeğenoğlu ließ mit zittriger Erleichterung in der Stimme ein Geständnis folgen.

»Ich hatte Angst, furchtbare Angst. Aber Geld habe ich keins genommen, das schwöre ich, und …«

»Schon gut«, unterbrach ich ihn. »Aber du schuldest mir jetzt was.«

»Du brauchst bloß zu sagen, was ich tun soll, egal, was es ist.«

»Dann sag deiner Tussi, sie soll sich woanders hinstellen und nicht mehr vor das schöne Bild.«

Er stammelte noch etwas, aber ich hörte gar nicht mehr hin. Bevor Firdevs Işin herunterkam, musste ich mit dem Artikel fertig sein. Viel stand nicht drin. Der in einer Privatklinik tätige Dr. Hilmi Akalin sei in einer Wohnung in Şişli erschossen aufgefunden worden. Die Polizei sei vom Hausmeister alarmiert worden, der die Wohnungstür offen vorgefunden habe und daher eingetreten sei. Nach der Wohnungsinhaberin, der Krankenschwester F. A., werde seither gefahndet. Die Nachbarn hätten von der Tat nichts gehört. Mit F. A. habe es nie irgendwelche Schwierigkeiten gegeben.

Gerade als ich fertig gelesen hatte, hörte ich die Krankenschwester F. A. die Treppe herunterkommen. »Guten Morgen«, sagte sie. Ich drehte mich zu ihr um. Sie wirkte leicht verschämt, wie jede Frau, die zwei Tage hintereinander mit der gleichen Kleidung in Erscheinung treten muss, machte aber einen ausgeruhten Eindruck.

»Guten Morgen«, erwiderte ich. »Wie war die Nacht?«

»Gut.« Sie ordnete mit den Fingern ihre Haare. »Nur gegen Morgen wurde es etwas laut.«

»Freut mich sehr, dass Sie eine angenehme Nacht hatten«, sagte Emre Yeğenoğlu, der sich schnell wieder gefasst hatte.

Firdevs Işin ging nicht auf ihn ein. Ich verspürte ein dringendes Bedürfnis nach einem Kaffee und einer Zigarette. »Gehen wir erst mal raus.«

»Einen schönen Tag noch«, sagte Emre Yeğenoğlu, ganz und gar nicht so schleimig wie sonst.

Draußen sah ich als Erstes zum Himmel hinauf. Keine Spur mehr von den Regenwolken des Vortags. Frühling, Sommer, egal, wie man es nennen wollte, es strahlte das Licht einer hellen Jahreszeit. Sogar der Uringeruch, der mir beim Verlassen des Hotels immer entgegenschlug, war auf einmal nicht da. Firdevs Işin brachte mir Glück.

Während wir in der Istiklal-Straße in Richtung Kaktüs gingen, versuchte ich, mich zu erinnern, was auf deren Speisekarte so alles stand. »Haben Sie Hunger?«, fragte ich. Heftig nickte sie.

Die Tür zum Kaktüs stand auf. Es war niemand drin. Während ich überlegte, wie wir uns strategisch am besten hinsetzten, damit ich meinen Zigarettenrauch einigermaßen hinausblasen konnte, erschien der Kellner mit dem Pferdeschwanz. Mit mürrischem Gesicht. »Setzen Sie sich hin, wo Sie wollen, heute können Sie ruhig rauchen.«

»Wie das?«

»Zur Feier des letzten Tages. Wir machen den Laden dicht.«

»Das tut mir aber leid«, sagte Firdevs Işin.

Ich sagte nichts. Auch mit Orten, die einiges in Gang gebracht hatten, ging es manchmal zu Ende. Musste eben woanders etwas Neues angefangen werden.

»Bald eröffnen wir in Cihangir wieder«, sagte der Kellner. »Kommen Sie dahin.«

»Gibts wenigstens noch was zu essen?«, fragte ich.

»Wird sich schon was finden.«

17

Nach dem Abschiedsfrühstück im Kaktüs, das neben so manch anderem auch meine Beziehung zum Manhattan Medical Krankenhaus in Gang gebracht hatte, bestellte ich mir noch einen Kaffee und zündete mir eine Zigarette an. An die alten Tage vor dem Rauchverbot konnte ich mich kaum noch zurückerinnern.

Ich legte die Zigarette in den Aschenbecher, der unseren Tisch mittlerweile beehrte. Wie anno dazumal stieg an die Decke zarter Rauch. Ich holte Begüm Kalyons Handy heraus und wählte die Nummer von Yildiz Turanli, die ich auch dann nicht vergessen würde, wenn die ganze Welt über mir zusammenbräche. Ob mir außer Firdevs Işin noch jemand zuhörte, kümmerte mich nicht mehr.

Noch bevor ich bis drei zählen konnte, hob Yildiz Turanli ab. »Hallo«, sagte sie mit ihrer unwiderstehlichen Stimme.

»Hier ist Ihr Verehrer«, flüsterte ich mit verstellter Stimme. Natürlich erkannte sie mich.

»Dann sollten Sie aber auch wissen, dass ich von Verehrern nicht viel halte«, kokettierte sie zurück.

»Wir müssen uns treffen«, sagte ich.

»Haben wir das nicht schon gestern?«

»Gerade weil wir es gestern haben, müssen wir es heute wieder.«

»Begreife. Und wo möchten Sie sich mit mir treffen?«

»Wo sollten wir uns schon treffen? Sie sagten mir doch immer, man müsse sich auf das konzentrieren, was die Probleme hervorbringe.«

Sie hielt ein wenig inne. Dann sagte sie: »Verstehe. Und wann?«

Nun musste ich ein wenig nachdenken. »Geben Sie mir zwei Stunden Zeit«, sagte ich dann. »Ich muss erst zu mir kommen, bevor ich der Welt vor die Augen trete.«

»Können Sie der Welt nicht ohne mich vor die Augen treten?«

»Was sollte mir die Welt ohne Sie?«

Das hörte sich doch verdammt gut an. Hoffentlich gefiel es auch Yildiz Turanli. Sie legte wortlos auf.

Ich war aber mit dem Handy noch nicht fertig, sondern drückte zögerlich auf die Taste, auf der ein aufgeschlagenes Heft abgebildet war. Auf meine ungeschickte Suche nach der Nummer des Krankenhauses hin stand auf dem Display plötzlich: »Hilmi.«

Nein, der würde mir nicht mehr antworten. Höchstens jemand von der Mordkommission, und denen hatte ich nichts zu sagen. Was sie wissen wollten, würden sie früher oder später aus einem anderen herauskitzeln. Ich konnte ihnen freilich ein wenig behilflich sein. Aus der Ferne.

Da mischte sich Firdevs Işin ein, tippte flott auf die Tasten, und schon erschien, was ich wünschte. Und wieder einmal sagte ich mir, dass die Frauen in dieser Geschichte ziemlich was auf dem Kasten hatten.

Nach zweimaligem Klingeln ging ein Band los, und eine sinnliche Frauenstimme fragte mich, ob ich die Unterhaltung lieber auf Türkisch oder auf Englisch zu führen wünschte. Als ich keine Taste drückte, merkte sie wohl, dass mir Türkisch lieber war. Sie wies mich noch darauf hin, dass das Gespräch im Hinblick auf eine noch bessere Dienstleistung aufgezeichnet wurde, und bat mich dann zu warten. Nun ja, das Warten war ich gewohnt. Noch ein paar Mal Klingeln, dann hörte ich eine bekannte Stimme.

»Manhattan Medical Krankenhaus, was kann ich für Sie tun?«

»Ist Sultan Karakum da?«

»Moment«, sagte die Frau hastig. Keine Spur mehr von ihrem offiziellen Ton. Wieder läutete es irgendwo. »Ja, hallo, hier Sultan Karakum.«

Hörte sich gar nicht nach Kater an. »Wie wars noch gestern Abend?«, fragte ich.

Sie erkannte mich wohl sofort. Dennoch wettete ich darauf, dass sie meinen Namen nicht sagen würde. »Ah, hallo. Gut wars, gut. Und wie gehts Ihnen?«

Wette gewonnen, Remzi Ünal.

»Alles in Ordnung. Sagen Sie mal, wissen Sie, ob Dr. Kemal Arsan im Haus ist?«

Firdevs Işin zuckte zusammen. Ich zwinkerte ihr beruhigend zu.

»Ja, der ist da. Soll ich Sie durchstellen?«

»Nein, danke. Ist Ayla da?«

»Ja, die ist auch da. Aber heute ist ziemlicher Betrieb hier, sie ist dauernd unterwegs.«

»Sie ist aber guter Laune, oder?«

Firdevs Işin musste schmunzeln. »Weiß nicht«, sagte Sultan Karakum. »Möchten Sie mit ihr sprechen?«

»Nein, nein. Ich komme bald selbst vorbei. Aber ich hätte noch eine Bitte.«

»Ja?«, erwiderte sie angespannt. Sie dachte sich wohl schon, dass ich einen seltsamen Wunsch haben würde.

»Ich glaube ja nicht, dass die beiden irgendwohin wollen«, sagte ich, »aber falls doch, könnten Sie sie dann bitte unter irgendeinem Vorwand zurückhalten? Und wenn Sie sich kurzfristig mal vertreten lassen könnten, wäre das auch gut.«

»Das ließe sich machen. Was haben Sie denn vor? Soll irgendeine Zusammenkunft stattfinden?«

»In der Tat.«

»So von der Art«, sagte sie leicht spöttisch, »wo der Detektiv alle zusammentrommelt und am Ende verkündet, wer der Mörder ist?«

Ich musste schmunzeln. Solche Treffen sahen bei mir ganz anders aus als in Krimis. Das letzte hatte ich in einem Kleinbus veranstaltet, gleich nach einer Beerdigung. Einige ertrugen nicht, was ich ihnen zu sagen hatte, und stiegen einfach aus, und da war kein Chefinspektor Japp, der sie zurückgehalten hätte. Wer ausstieg, berief sich auf sein Gewissen, und dem Gewissen des einen, der blieb, setzte ich dann zu.

»Bei solchen Versammlungen weiß der Detektiv schon, wer der Mörder ist«, sagte ich, »ich dagegen habe nicht die mindeste Ahnung.«

Sultan Karakum lachte. »Na schön. Aber ich muss jetzt auflegen. Am Apparat blinkt es schon wie verrückt.«

Als ich auf die Taste drückte, sagte Firdevs Işin gleich: »Meinen Sie diese dramatische Schlussszene aus den Krimis, wo dann …«

Ich unterbrach sie. »Das dient bloß zur Egobefriedigung der Krimiautoren. Hat mir mal einer gesagt, der sich damit auskennt. Im echten Leben gibt es so was nicht.«

»Ja, aber … Sie rufen doch jetzt alle im Krankenhaus zusammen, oder?«

Ich nickte.

»Und soll ich da auch kommen?«

Ich nickte abermals. Durch die Tür, die bald für immer geschlossen sein würde, sah sie auf die Passanten hinaus, dann hinüber zum Kellner an der Bar. »Sind Sie immer so misstrauisch?«, sagte sie dann.

»Die Menschen misstrauen sich ja selber. Und um diesen Zweifel zu beseitigen, erzählen sie Lügen.«

»Jeder?«

»Fast jeder«, erwiderte ich. Und war schon auf die nächste Frage gefasst.

»Und habe ich Sie schon mal angelogen?«

Das wurde doch jedes Mal gefragt. »Selbstverständlich.«

»Wann?«

Ich sah ihr direkt in die Augen, damit sie merkte, wie ernst es mir war. »Sie haben mir nicht gesagt, dass Sie einen Revolver zu Hause haben. Einen ganz kleinen, dessen Kugeln genau den Löchern in Hilmi Akalins Brust entsprechen.« Wenn ich so etwas sagte, bekam ich in der Regel ein Getränk ins Gesicht oder eine Ohrfeige, oder die Leute schrien oder weinten. Firdevs Işin tat nichts dergleichen. Nicht einmal die Augen riss sie auf. »Und wie haben Sie das rausgekriegt?«

Ich sah auf meine Zigarette, der nichts mehr abzugewinnen war. Um sie von ihrem Leiden zu erlösen, drückte ich sie im Aschenbecher aus.

»Stimmt es denn?«

»Ja.«

»Wozu brauchen Sie einen Revolver?« Ich holte mir eine neue Zigarette heraus. Nur kurz schielte Firdevs Işin zu dem Päckchen hin.

»Den hat mir ein Patient geschenkt, im Endstadium. Der wollte mir irgendwie was Gutes tun.«

»Was für eine Marke ist es?«

»Weiß ich gar nicht. Ich habe ihn nur angenommen, um den Mann nicht zu beleidigen. Und auch nichts weiter damit gemacht.«

»Und wo war er bei Ihnen zu Hause?«

»In einer Schublade im Schlafzimmer. Unter lauter Krimskrams.«

»Und da lag er einfach so?«

»Einfach so?«

»Ich meine, war er in irgendwas eingewickelt? Oder in einer Schatulle?«

»Nein, einfach so.«

»Und wer wusste, dass da eine Waffe drin war?«, fragte ich im Ton des Oberschlauen, der sich die wichtigste Frage bis zum Schluss aufhebt.

Sie schien zu begreifen, worauf das hinauslief, denn sie antwortete leicht stotternd. »Begüm habe ich ihn mal gezeigt.« Sie seufzte tief. »Damit kriegt sie wohl jetzt Ärger, was?«

»Damit kriegen vor allem Sie Ärger.«

»Hm, stimmt. Es ist meine Wohnung, und mein Revolver.«

Ich nickte, leicht verwundert, dass sie diese offensichtliche Wahrheit so ungerührt hinnahm.

»Dann wird jetzt nach mir gesucht?«

»Das sowieso. Sie können nur beten, dass die Kugeln in Ihrem Revolver nicht mit der von Hilmi übereinstimmen.«

»Und wenn doch … Dann heißt es Begüm oder ich.«

Ich tat einen Zug an meiner Zigarette. Den hatte ich vor meiner nächsten Frage nötig. »Wer also, Begüm oder Sie?«

»Begüm oder ich?«, wiederholte sie, als ob sie die Antwort nicht wüsste. »Hm, schwierig.«

Wieder sah sie auf das Zigarettenpäckchen. Ich schob es ihr näher hin. »Jetzt begreife ich, warum Sie uns alle versammeln«, sagte sie. »Sie möchten was aus uns herauskitzeln.«

Ich nickte.

»Uns gegeneinander ausspielen. So wie Sie es jetzt auch tun.«

Da hatte sie recht. Wieder nickte ich.

»Sie wissen demnach so einiges nicht. Und sind so gar nicht wie die Detektive in den Krimis.«

Auch das nickte ich ab.

»Und was machen wir jetzt?«, fragte sie.

»Ich muss jetzt was erledigen, und wir treffen uns im Krankenhaus wieder.« Ich sah auf die Uhr. »So in eineinhalb Stunden.«

»Und was soll ich inzwischen machen? Hier sitzen bleiben?«

»Ach, nein. In der Istiklal-Straße sind alle möglichen Kunstgalerien, die sind ideal für Leute, die gesucht werden.«

Lächelnd warf sie einen Blick auf den Zeitschriftenstapel an der Treppe, an der es zur Toilette hinunterging. »Na gut. Ich suche mir da mal einen Sichtschutz aus.«

Ich stand auf. »Soll ich das Päckchen hierlassen?«

Sie sah fast gierig auf meine Zigarette, schüttelte aber den Kopf. »Sie gehen jetzt einfach?«, sagte sie. »Woher wollen Sie wissen, dass ich mich nicht aus dem Staub mache?«

Ich nahm die Zigaretten an mich und sagte ganz ernst: »Das weiß ich nicht. Woher sollte ich?«

Ohne eine Antwort abzuwarten, drehte ich mich um und ging zur Bar. »Was schulde ich Ihnen?«

»Gar nichts«, sagte der Kellner. »Für Stammgäste geht es heute aufs Haus.«

Ich lehnte mich an den Tresen wie ein Filmdetektiv. »Dann muss ich mich aber noch für etwas bedanken.«

»Wofür?«

»Dafür, dass Sie mich als den tüchtigsten Privatdetektiv von ganz Istanbul bezeichnet haben. Gestern, dem blonden Arzt gegenüber. Daran ist zwar nicht viel, aber …«

»Ach, wenn Sie wüssten, was ich den Leuten so alles erzähle …«

»Hat er Sie darauf angesprochen?«

»Ja. Von wegen, dass seine Verlobte verschwunden sei, aber das habe ich ihm nicht geglaubt.«

»Warum nicht?«

»Weil Ärzte sich nicht in Krankenschwestern verlieben, sondern in Ärztinnen.«

»Gut gesagt! Na, dann tschüss!«

Ich sah noch mal zu Firdevs Işin, die schon eine Zeitschrift vor sich hatte. Dann ging ich hinaus. Zum letzten Mal. Vielleicht würde ich mal in das neue Café in Cihangir kommen. Vielleicht auch nicht. Mit gesenktem Kopf ging ich zur Istiklal-Straße hinauf.

Es war nicht viel los. Die Nachtschwärmer schliefen noch. Die Schüler langweilten sich noch nicht im Unterricht. Hie und da ein Tourist. Und ein paar Umfrager, die mir ins Gesicht schauten und daraufhin keinerlei Anstalten machten, mich um meine höchst wertvollen Ansichten zum Weltgeschehen zu bitten.

Auf der Schattenseite ging ich zum Taksim-Platz. So wie ein Hahn sich entschlossen auf den Weg zum Fuchsbau macht. Ich ging zwischen den Leuten hindurch, die vor dem Fast-Food-Laden an der Ecke warteten, und neben den Polizisten, die sich in ihren Mini Coopers und ihren Nissan Jukes zu langweilen schienen, überquerte ich die Straße. Hinter dem Taksim Square Hotel schnappte ich mir ein Taxi. Ich setzte mich hinten rein. Der Fahrer mit dem frommen Bart sah mich im Rückspiegel an, und ich ihn.

»Nach Teneke«, sagte ich.

»Wo ist das?«, fragte er.

»Fulya kennen Sie aber, ja? Erst mal nach Beşiktaş rein.«

Ohne zu antworten, setzte er seinen gelben Schrotthaufen in Bewegung. Natürlich ohne zu blinken.

18

Ich stieg gegenüber dem Müllcontainer aus, in den ich Ayakçi Burhans Revolver geworfen hatte. Die Fahrt über hatten wir nicht miteinander gesprochen. Der Fahrer brauchte mich nicht, und ich ihn nicht. Was ich brauchte, war ein wenig Zeit zum Nachdenken.

Ich ging die leicht ansteigende Straße entlang. In der Nähe des Parkplatzes würde diesmal wohl kein Polizeifahrzeug auf der Lauer liegen. Und so war es denn auch. Es war eine gewöhnliche Morgenstunde in einer gewöhnlichen Istanbuler Straße.

An dem blassrosa Haus, in dem Firdevs Işin wohnte, streckte ich schon fast routinemäßig die Hand durch die zerbrochene Haustürscheibe und betätigte den Griff. Das kaputte Fahrrad lag noch da, der Einkaufskorb war weg. Der Aufzug war natürlich nicht von einem Tag auf den anderen repariert worden, also ging ich zur Treppe, in der es nach wie vor nach Zwiebeln roch. Unter dem Kreidestrich im Treppenhaus war jetzt ein zweiter.

Firdevs Işins Tür war nicht versiegelt. Hinter der Tür gegenüber musste der Wohnungseigentümer selbst wohnen, denn sie war aus Stahl und reich verziert. Aus den Metallgravuren darauf hätte man einen Wikingerschild anfertigen können, und aus dem Messingschild, auf dem »Hüseyin Karakullukçu« stand, zumindest ein Kaffeekännchen.

Ich drückte auf den Knopf mitten auf dem Kaffeekännchen, und es ertönte das übliche Gezwitscher eines Kanarienvogels, der gerade frisches Wasser bekommen hat. Dann schlurften Pantoffeln heran. Aha, Frau Karakullukçu ist im Anmarsch.

Die Tür ging gerade so weit auf, wie bei einer furchtsamen Istanbuler Hausfrau zu erwarten, also die vier Finger breit, die von der Sperrkette zugelassen wurden. Durch den Türspalt sah ich ein Augenpaar und eine Haarsträhne. Die Augen misstrauisch, die Strähne ungekämmt. Etwas weiter unten wäre mir bestimmt der Anblick eines zerknitterten Morgenrocks zuteilgeworden.

Frau Karakullukçu sagte nichts. »Guten Morgen«, begrüßte ich sie, um einen möglichst vertrauenswürdigen Ton bemüht.

»Ich kaufe nichts.«

»Ich bin kein Verkäufer.«

»Wieder eine Umfrage?«

»Nein, ich bin Journalist und würde Ihnen gern ein paar Fragen stellen. Mein Kollege, der die Fotos macht, kommt auch gleich.« Fotograf, das zog immer. Ohne die Sperrkette wäre die Tür wohl ein bisschen weiter aufgegangen.

»Worum geht es denn?«, fragte die Frau mit sanfterer Stimme.

Remzi Ünal, du hast eine zweite Tür aufgetan. Weiter so. Aber vorsichtig. »Um den bedauerlichen Vorfall bei Ihrer Nachbarin. Dazu würde ich Sie gerne etwas fragen.«

»Journalist, sagen Sie?«

»Genau. Und der Fotograf kommt auch gleich.« Misstrauische Hausfrauen wandten die gleichen Verhörmethoden an wie Polizisten, da musste man auf der Hut sein.

»Na gut, dann fragen Sie. Von welcher Zeitung sind Sie?«

»Drinnen könnten wir uns vielleicht ruhiger unterhalten?«

»Ich habe aber noch nicht aufgeräumt. Fragen Sie lieber so. Wenn der Fotograf kommt, gehe ich vor die Tür.«

Na gut, dachte ich. »Sie kennen doch Ihre Nachbarin, ja? Die Krankenschwester?«

»Na ja, eher flüchtig. Ruhig, zurückgezogen. Wir haben kaum Kontakt.«

»Hat sie viel Besuch?«

»Nein, eigentlich nicht«, sagte sie in einem Ton, der auf genau das Gegenteil schließen ließ.

»Aber hin und wieder wird doch jemand kommen. Es ist ja eine junge Frau.«

»Na jaaaa … Aber woher soll ich das wissen, ich stehe ja nicht an der Tür und horche.«

»Selbstverständlich nicht. Aber manchmal hört man ja was.«

Sie gab keine Antwort. In beschwichtigendem Ton fuhr ich fort: »Haben Sie vielleicht gestern etwas gehört? Ein Gepolter oder einen Knall?«

»Das hat mich die Polizei auch gefragt. Ich habe aber nichts gehört. Nach einem Schuss haben sie mich gefragt, aber ich war hinten in der Küche.«

Obwohl ich nichts auf innere Stimmen gebe, plärrte eine solche mir zu, dass die Frau was zu sagen hatte. Aber wenn mir nicht auf die Schnelle was einfiel, würde sie die Tür gleich zumachen. Da bekam ich von unerwarteter Seite Unterstützung. Es ging nämlich die Nebentür auf, und eine kleine, dickliche Frau in einem gestreiften braunen Kleid kam heraus, mit einem lose gebundenen Kopftuch. Ihre Füße steckten in Plüschpantoffeln. »Was ist los? Wer ist das?«, fragte sie ihre Nachbarin.

»Nichts Besonderes, Hanife«, sagte diese und hantierte scheppernd mit ihrer Sperrkette. »Das ist ein Journalist.«

»Ach so«, stieß Hanife aus und musterte mich von oben bis unten. »Ich habe nur was gehört und dachte mir, wird doch nicht schon wieder was los sein.«

Moment mal, dachte ich, Mooooment. Die Frau, bei der ich geklingelt hatte, stand nun halb im Hausgang und hielt nur einen Fuß in die Tür, damit sie ihr nicht zufiel. Ja, der Morgenrock war tatsächlich zerknittert. Aber vollständig zugeknöpft. »Was genau war denn gestern?«, fragte ich sie.

»Weißt du, Hanife«, sagte sie zu ihrer Nachbarin gewandt, »mit diesen Journalisten musst du vorsichtig sein.«

Ich musste mich wieder in Erinnerung bringen. »Falls Sie irgendwas gesehen haben, schreiben wir in der Zeitung nur, dass uns der Name des Zeugen bekannt ist, und niemand wird Sie mit Fragen löchern.«

»Dann kommt aber auch mein Foto nicht in die Zeitung«, sagte die Frau mit enttäuschter Miene.

Mist. Mir fiel aber etwas Besseres ein. »Wenn Sie mir alles erzählen, bringe ich Sie ins Morgenprogramm unseres Fernsehsenders. Ich setze Sie ganz vorne hin.«

»Das ist ja noch besser als die Zeitung«, warf Hanife ein. »Noch viel besser.«

»Sie dürfen natürlich auch mitkommen«, sagte ich eilig. Voreilig, denn nun zog Frau Karakullukçu schon wieder einen Flunsch.

»Nein, nein, da will ich gar nicht hin«, sagte Hanife. »Was sollte ich auch im Fernsehen, in meinem Alter. Nein, da lade ich alle Nachbarinnen ein, und wir sehen uns das gemütlich daheim an.«

Ich gab weiterhin den seriösen Reporter. »Was wollten Sie mir denn nun erzählen?«

Frau Karakullukçu wandte sich wieder mir zu. »Also, gestern …«

»Ja, ich höre.«

»Also, ich weiß ja nicht, ob das wichtig ist. Aber wahrscheinlich schon. Die Tür hat nämlich der eine Mann aufgemacht.«

»Die Tür der Krankenschwester?«

»Ja. Ich habe gehört, dass draußen laut geredet wurde, geschrien fast. So was gabs sonst nie gegenüber, also habe ich durch den Spion geguckt.«

Hanife lauschte ihr, als hörte sie alles zum ersten Mal.

»Und an der Tür war eine Frau, ganz aufgeregt, die hat mit Händen und Füßen geredet.«

»Haben Sie verstanden, was geredet wurde?«

»Nicht so richtig. Wir haben ja eine ziemlich dicke Tür, das wollte mein Mann so, der hat gesagt, wenn schon, dann was ordentlich Stabiles. Na ja. Jedenfalls hat der Mann so was gesagt wie ›Was willst du denn hier?‹, und die Frau hat von ihrer Mutter geredet, aber was sie genau wollte, weiß ich nicht.«

»Haben Sie die Frau gesehen?«

»Nur von hinten.«

»War sie blond?« Das rutschte mir so heraus. Mein künftiger Frühstücksfernsehstar sah mich an, als hätte ich etwas sehr Seltsames gesagt.

»Nein«, erwiderte sie. »Genau habe ich es nicht gesehen, aber blond war sie nicht. Eher braunhaarig.«

»Und wie war sie angezogen?«

»Könnte ich nicht sagen. Aber eine Goldkette hatte sie um, die ist mir aufgefallen.«

Hanife schmunzelte.

»Und dann?«, fragte ich.

»Dann ist die Frau reingegangen.«

»Und was meinten Sie vorhin mit ›der eine Mann‹?«

»Na, der Mann, der umgebracht worden ist. Ich habe sein Foto in der Zeitung gesehen. Der hatte die Tür aufgemacht. Als ich das Foto gesehen habe, bin ich gleich zu Hanife rüber.«

Hanife nickte.

»Haben Sie die Frau dann wieder rausgehen sehen?«

Bedauernd schüttelte sie den Kopf.

»Und haben Sie einen Schuss gehört?«

Wieder Kopfschütteln.

»Die Wände hier sind ziemlich dick«, warf Hanife ein. »Das habe ich auch der Polizei gesagt. Ist eben ein altes Haus.«

»Ja, sagt mein Mann auch immer«, bestätigte Frau Karakullukçu.

Das Licht im Treppenhaus ging aus, und ich drückte auf den Knopf.

»Das ist zu kurz eingestellt«, murrte Hanife.

»Genau, sage ich auch immer zu meinem Mann. Aber unser Herr Hausverwalter, der will ja nichts als sparen. Und wenn man …«

»Haben Sie den Mann oder die Frau vorher schon mal gesehen?«, unterbrach ich sie. Beide schüttelten den Kopf. »Hat sich bis zum Eintreffen der Polizei noch irgendetwas Nennenswertes ereignet?«, fragte ich weiter.

Frau Karakullukçu reagierte sogleich, als wollte sie sich ihren Auftritt im Morgenprogramm redlich verdienen. »Ich habe dann irgendwann draußen wieder Leute reden hören, und da war der Verwalter dabei, da bin ich rausgegangen.«

»Käseweiß war der«, sagte Hanife.

»Und dann hieß es, sollen wir einen Arzt rufen oder die Polizei, und der Verwalter ist noch mal rein, um sicher zu sein, und dann hat er gesagt, nein, der ist tot. Dann wurde die Polizei gerufen.«

»Haben Sie das auch der Polizei erzählt? Ich meine das mit dem Streit zwischen dem Mann und der Frau?«

Die beiden sahen sich an. Ein nervöses Lächeln Frau Karakullukçus war mir Antwort genug.

»Sie haben doch sicher mit den Nachbarinnen über die Sache geredet, hat von denen niemand was gehört oder gesehen?«

Wieder schüttelten sie den Kopf. »Es kümmert sich ja kein Mensch mehr«, sagte Hanife. »Da wird beim Nachbarn jemand erschossen, und es gibt einen Riesentumult, aber manche machen nicht mal die Tür auf und sehen nach, was los ist. Schlechte Zeiten.«

»Die Menschen haben kein Gefühl mehr«, sagte Frau Karakullukçu. »Man will der Polizei helfen oder einem Journalisten, und hinterher heißt es, man sei eine Tratschtante. Stimmt schon, es sind schlechte Zeiten.«

»Sehr schlechte sogar«, setzte Hanife nach.

»Ich danke Ihnen auf jeden Fall ganz herzlich«, sagte ich.

»Aber ich bitte Sie«, erwiderte Hanife.

»Gern geschehen«, sagte Frau Karakullukçu.

»Ich muss dann wieder los. Könnte ich bitte noch Ihre Telefonnummer haben?«

»Meine Telefonnummer?«, fragte Frau Karakullukçu misstrauisch zurück. »Wozu das denn?«

»Für das Fernsehen. Damit der Redakteur Sie anrufen kann.«

»Ach so, ja!« Sie stockte etwas, als müsste sie sich erst an ihre eigene Nummer erinnern. Ich zog Begüm Kalyons Handy heraus und tat so, als würde ich die Nummer speichern. Die Frau diktierte sie mir langsam, und als sie fertig war, sah sie mich an, als würde sie Beifall erwarten. »Vielen Dank«, sagte ich. »Und wie ist der Name?«

Kokett strich sie sich durch die Haare. »Ümran Karakullukçu.«

»Gut.« Ich steckte das Handy wieder ein. »Der Redakteur wird sich dann mit Ihnen in Verbindung setzen.« Mit einer angedeuteten Verbeugung verabschiedete ich mich von den beiden. Erst überlegte ich noch, ob ich ihnen die Hand schütteln sollte, aber so was taten eilige Journalisten vermutlich nicht. Ich wandte mich um und ging die Treppe hinunter.

Du hast ein neues Baby, Remzi Ünal. Ein riesiges, nicht blondes, erwachsenes Baby, das mit Hilmi Akalin vor der Tür gestritten hat. Babys brauchen viel Aufmerksamkeit.

19

Ich stieg in dem Haus, in dem jemand direkt neben Hilmi Akalins Brusttasche eine Kugel platziert hatte, in ganz normalem Tempo die Treppe hinab. Weder hastig, als müsste ich davonlaufen, noch schleichend wie jemand, der noch nicht weiß, was er als Nächstes anfangen soll. Unten versetzte ich dem kaputten Rad einen Tritt, einen leichten aber, mehr so als Gruß gedachten. Lustlos drehte sich das Vorderrad, wie ein Roulettekessel, der es spannend machen will. Ich scherte mich nicht, wer gewann, und ging hinaus.

Die Neigung der schmalen Straße von Teneke ins schicke Nişantaşi lud förmlich dazu ein, eher nach unten zu gehen. Das tat ich denn auch. Erst an einer etwas breiteren Stelle des Gehsteigs zündete ich mir eine Zigarette an.

Man kann vielleicht nicht zwei Mal in denselben Fluss steigen, aber man kann zwei Mal durch dieselbe Straße gehen. Je mehr solcher Straßen es gibt, desto enger wird einem Istanbul. Dann fängt man wieder von vorne an. Eine andere Stadt hat man ja nicht. Zumindest ich hatte keine. Einst war ich in viele Städte gekommen. In viele Straßen zwischen Flughafen und Hotel. Der Rollkoffer war damals noch nicht erfunden, und um die Hände frei zu haben, hängte ich mir die Tasche um die Schulter.

Wer nur kurzfristig in eine andere Stadt kommt, hat die Gehsteige zum Feind, das hatte ich lernen müssen. Sie bringen dich hin, wo du hinmusst, zeigen dir, was du sehen willst, geben dir auch zu essen. Dann aber spucken sie dich wieder aus. Sie wollen dich nicht. Da ziehst du den Schwanz ein und gehst in eine andere Stadt, in der du neue Gehsteige zum Feind hast.

Mit den Straßen von Istanbul lebte ich in Frieden.

Den Dreck, der mir in der einen Straße an die Hose spritzte, wusch der Regen einer anderen Straße wieder ab. Wenn mich in der einen Straße hungerte, ließ mich eine andere Straße satt werden. Knüllte ich in der einen Straße mein Zigarettenpäckchen zusammen, empfing mich in der nächsten eine Mülltonne. Wenn

Istanbul in der einen Straße auf mich schoss, ließ es mich in einer anderen Straße leben. Was sollte ich woanders, wenn ich in einer Stadt die Gehsteige zu Freunden hatte?

Da fraß sich die Glut der Zigarette bis an meine Finger. Lass das Philosophieren, sollte das heißen.

Als ich ruckartig stehen blieb und die Kippe von mir schüttelte, stießen zwei Mädchen gegen mich, die hinter mir gingen. Ich lächelte sie an, und sie lächelten zurück. Ich saugte an meinen schmerzenden Fingern und sah den beiden nach. Und entließ sie in die Obhut der Straße.

Gerade überlegte ich, ob ich mich nicht irgendwo draußen hinsetzen und einen Kaffee trinken sollte, da klingelte das Handy.

Allmählich fragte ich mich nicht mehr, hey, wessen Handy klingelt da? Ich zog Begüm Kalyons Telefon aus der Tasche und hielt es so, dass es nicht an meinen verbrannten Zeigefinger kam.

»Herr Ünal?«, sagte Ayla Duman. »Herr Ünal?« Entweder sie hatte gerade geweint, oder sie würde gleich losweinen.

»Ja, ich bins. Alles in Ordnung?«

Als wüsste sie das selbst nicht so genau, schwieg sie erst mal. Ich bemutterte derweil meinen Zeigefinger. »Sie kommen hierher …«, sagte sie dann.

»Genau. Ich habe mir gedacht, wir sollten uns mal alle treffen und miteinander reden.«

Wieder Schweigen im Telefon. Um nicht im Weg zu stehen, trat ich etwas zurück und lehnte mich an einen Baum, den die Stadtverwaltung gnädigerweise hier gepflanzt hatte.

»Als Sultan mir gesagt hat, dass Sie kommen wollen, bin ich ein bisschen in Panik geraten.«

Handys sind schon eine feine Sache, dachte ich. Musste mir doch mal eines zulegen.

»Warum das denn?«

»Weiß auch nicht. Da wird wohl allerlei schmutzige Wäsche ausgebreitet.«

»Haben Sie denn welche?«

Ihre Antwort kam mit zittriger Stimme, aber so, als wäre sie schon zurechtgelegt gewesen. »Man sorgt sich ja nicht nur um die eigene. Manchmal ist es einem peinlicher, die Geheimnisse anderer zu entdecken.«

»Stimmt auch wieder. Wie geht es Neriman?«

Wieder Schweigen. Ich versuchte, mir Ayla Dumans Gesicht vorzustellen, aber es gelang mir nicht. Auf einmal hörte ich einen Schluchzer. Dann noch einen. Einen ganz innigen.

So kam es meistens. Junge Männer fluchten, und junge Frauen weinten. In beiden Fällen ärgerte ich mich, und hatte zugleich Mitleid. Der Elefant in mir bereute keineswegs, in dem Porzellanladen zu stehen, aber er bemühte sich, Rüssel und Ohren unter Kontrolle zu halten.

»Nicht weinen«, sagte ich. »Wo sind Sie gerade?«

»Da, wo ich die Patienten empfange. Aber es ist gerade keiner da«, erwiderte sie zwischen lauter Schluchzern.

»Jetzt beruhigen Sie sich erst mal.«

»Ich wollte doch nichts Böses tun. Ich wollte wirklich nichts Böses tun. Wirklich nicht.« Mit jedem Satz nahm das Schluchzen noch zu. Ratlos sah ich mich um, als ob mir irgendein Passant weiterhelfen könnte. Sogar der Finger tat mir auf einmal nicht mehr weh.

»Schon gut, schon gut, jetzt hören Sie mir mal zu. Wir machen einen Deal.«

Sie schniefte. »Was für einen Deal?«

»Sie sollten mir erst mal vertrauen. So gut es eben geht. Aus der Geschichte mit Ihrer Mutter werden Sie unbeschadet herauskommen, das verspreche ich Ihnen. Sie müssen aber auch mir was versprechen.«

Das Schluchzen hörte auf. »Und was?«

»Wenn ich ins Krankenhaus komme, möchte ich auf jede meiner Fragen an Sie eine richtige Antwort. Weiter nichts.«

»Aber wenn das, was ich für richtig halte, gar nicht richtig ist?«

»Das überlassen Sie nur mir. Einverstanden?«

»Einverstanden«, sagte sie mit einem kleinen Schluchzer.

»Gut. Ich komme bald. Bis dann. Fassen Sie sich erst mal wieder.« Ich steckte das Handy wieder ein. An einen Ort musste ich jetzt noch. Ich sah mich nach einem freien Taxi um.

Die ersten drei, die vorbeikamen, waren besetzt. Das vierte legte vor mir eine solche Vollbremsung ein, dass die Passanten sich umdrehten. Als sie merkten, dass niemand überfahren worden war, gingen sie enttäuscht weiter.

Der Taxifahrer hatte eine Mütze auf dem kurz geschorenen Haar und einen Schnurrbart, der ihm bis zum Kinn hinunterreichte. »Nach Kasimpaşa«, sagte ich.

»Ist gut, Chef«, sagte er und fuhr noch ruckartiger los, als er gebremst hatte. Es drückte mich in den Sitz. Ich sagte aber nichts. Sollte ich heil in dem Kaffeehaus ankommen, würde ich dort erst mal ein Glas Wasser verlangen.

Bis Kasimpaşa kamen wir ohne Zwischenfall. Auf der Hauptstraße ging es auf einmal nicht mehr vorwärts. Es wurde ein Fest gefeiert. Kasimpaşa war wieder in die erste Liga aufgestiegen. Über der Straße hingen Girlanden mit zahllosen blau-weißen Fähnchen, unter denen Busse und Lastwagen gerade noch durchkamen. Gruppen von Jugendlichen liefen mitten auf der Straße umher, und wenn sich ein Autofahrer darüber aufregte, bekam er Tritte an sein Fahrzeug. Wer dem zuvorkommen wollte, hupte lieber gleich lautstark, wenn eine Gruppe herankam, und hielt in Jubelpose den Arm aus dem Fenster.

Der Taxifahrer stieß einen Fluch aus, den ich nicht wiedergeben will. Wir kamen so gut wie gar nicht mehr voran, und schließlich überhaupt nicht mehr, als weiter vorne anscheinend etwas passiert war. Ich sah Menschen laufen, es wurde geschrien und gehupt. Die Ladenbesitzer kamen nach guter türkischer Tradition gemessenen Schrittes heraus, um nach dem Rechten zu sehen.

Der Taxifahrer fluchte wieder und schlug mit der Faust auf das Lenkrad. »Ich steige lieber aus«, sagte ich. Der Taxifahrer gab keine Antwort. Er prüfte gerade Lautstärke und Ausdauer seiner Hupe. Ich warf einen Blick auf den Taxameter, klopfte dann dem Fahrer auf die Schulter und hielt ihm einen Schein hin, der mehr als bis zu meinem Ziel gereicht hätte. Ohne sich umzublicken, nahm er ihn an sich, und ich stieg aus.

Das Geschrei weiter vorne hielt an, und über den Köpfen

der Leute, die hin und her wogten, als wären sie aneinandergeschmiedet, sah ich jemand einen Knüppel schwingen. Achselzuckend ging ich weiter bis in die Straße, in der sich das Kaffeehaus Şarkişla befand. Die Tür stand diesmal offen.

Baller-Osman saß an seinem angestammten Platz, die Mütze auf dem Kopf und die Gebetskette in der Hand, und spielte Karten mit einem Kerl, dessen Gesicht ich nicht sah. Sivri war anscheinend nicht da.

Einer der Männer an einem Tisch an der Wand stand auf, als er mich sah. Baller-Osman merkte das und blickte zur Tür. Erst zuckte er zusammen, dann setzte er ein breites Lächeln auf und winkte dem Mann, der aufgestanden war, beschwichtigend zu. »Schau, schau«, sagte er, »wen haben wir denn da?« Mit einer kurzen Geste scheuchte er seinen Spielpartner weg, der sich mit vorne gefalteten Händen neben den Tisch stellte. »Willkommen, Remzi Ünal, ganz herzlich willkommen. Das nenne ich eine Überraschung.«

Ich setzte mich auf den frei gewordenen Stuhl. Die Hälfte der Karten auf dem Tisch war aufgedeckt. Ein Teeglas war voll, eines halb leer. »Tut mir leid, dass ich euer Spiel unterbrochen habe«, sagte ich.

»Was macht schon ein unterbrochenes Spiel«, erwiderte er. »Hauptsache, die Freundschaft geht nicht in die Brüche.«

»Ganz meine Meinung.«

»Yetim, bring doch unserem Remzi Ünal einen Tee«, rief Baller-Osman zur Theke. »Aber einen ordentlichen.«

»Ein Tee wird nicht reichen«, sagte ich.

Baller-Osman sah mir aufmerksam ins Gesicht, ob dem nicht irgendetwas abzulesen sei. Den Gefallen tat ich ihm aber nicht. »Stimmt, manchmal reicht ein Tee nicht«, sagte er in ernsterem Ton. »Aber zurückweisen solltest du ihn dennoch nicht.«

»Ich bin nicht doch nicht so töricht, einen Tee von Yetim zurückzuweisen. Aber dann gib du mir auch, was ich von dir will. Und zwar diesmal ohne Faxen.«

»Geben, ohne zu nehmen, kann nur Gott allein«, sagte Baller-Osman.

Billige Philosophie? Das hatte ich auch drauf. »Der Mensch aber kann zurückgeben, was er genommen hat«, sagte ich und sah ihm dabei in die Augen.

Baller-Osman drehte an seiner Gebetskette, dann nahm er sie ganz in die Hand. »Was sollte ich dir genommen haben?«

Ohne den Blick von ihm zu wenden, krempelte ich betont langsam meinen rechten Ärmel hoch. Als das Werk des Irren allmählich sichtbar wurde, runzelte Baller-Osman die Stirn, und je weiter ich krempelte, umso mehr runzelte er. Verkrustet, wie sie war, sah die Wunde noch eindrucksvoller aus. »Ziemlich neu, was?«, sagte er, als mein Arm-Striptease beendet war.

Ich bedeckte den Arm wieder und wies auf meine Kehle. »Die Halsmassage zähle ich nicht mal mit«, sagte ich.

»Wer hat das getan?«

»Die Kerle, zu denen dein Sivri mich gestern geführt hat. Denen hat er mich ausgeliefert.«

Mit der Hand, die die Gebetskette hielt, schlug Baller-Osman auf den Tisch, dass die Spielkarten nur so flogen. »Wo ist dieser verdammte Sivri?«, schrie er den Mann neben dem Tisch an. Der verzog nur das Gesicht. Der andere, der bei meinem Eintreten aufgestanden war, kratzte sich am Kopf. Keiner gab einen Ton von sich. Die an der Wand sitzenden Männer starrten vor sich hin. Yetim, der schon die beiden Teetassen in der Hand hatte, stand abwartend da. »Der Saukerl!«, rief Baller-Osman aus.

Ich erwiderte nichts.

Yetim nützte den Augenblick aus und stellte uns die Teetassen auf den Tisch. Ich sah Baller-Osman die Furcht an, ich könnte etwas von ihm verlangen, was er mir nicht geben konnte. »Was willst du?«, fragte er.

Ich aber wandte mich zu Yetim und sagte: »Danke. Sie machen hervorragenden Tee.«

»Was willst du?«, wiederholte Baller-Osman lauter.

Ich nahm einen Schluck Tee. Wirklich hervorragend. »Ich fahre jetzt zum Manhattan Medical Krankenhaus«, sagte ich. »Aber nicht zum Blutdruckmessen.«

»Und?«, erwiderte Baller-Osman. Wenn man genau aufpasste,

konnte man in seinem Gesicht einen Anflug von einem Lächeln ausmachen.

»Mit den Ärzten und den Krankenschwestern komme ich allein zurecht«, sagte ich. »Ich fürchte nur, dass dein Ayakçi Burhan Ärger macht.«

»Warum soll das mein Ayakçi Burhan sein?«

Darauf ging ich nicht ein. »Ich brauche von dir ein paar Leute.«

»Was sollen die tun?«

Ich nahm wieder einen Schluck Tee. »Tun gar nichts. Nur dekorativ herumstehen. Man soll aber merken, dass sie auch unangenehm werden können.«

Nun lächelte er wirklich. »Eine Art nukleare Abschreckung …«, sagte er.

Schau, schau, sogar die Terminologie kannte er. Ich nickte und nahm noch einen Schluck Tee. Baller-Osman hatte den seinen noch nicht angerührt. Ein Fehler.

»Begreife«, sagte er und spielte mit der Kette herum. »Aber was soll ich davon haben?«

Ich sah ihm in die Augen und erwiderte: »Na, ich komme dann hin und wieder vorbei, und wir trinken zusammen Tee.«

Lachend schlug er mit der flachen Hand auf den Tisch. Die Atmosphäre entspannte sich. »Na gut! Soll sein. Trinken wir eben Tee zusammen.«

»Dass sich die Männer aber ja zurückhalten. Ich will keinen Ärger mit der Polizei.«

»Keine Sorge, ich komme mit. Die Leute sollen mal sehen, wie eine Bombe aussieht, die jederzeit hochgehen kann.«

Irgendwie hatte ich geahnt, dass er mitkommen würde. Ich trank meinen Tee aus und stand auf. »Soll Yetim dir nicht nachschenken?«, fragte er.

»Ich muss los. Ich erwarte euch dann im Krankenhaus.«

»Wann sollen wir kommen?«

»Hat noch Zeit. Ich fahre schon mal voraus. Deine Leute sollen sich vor dem Krankenhaus bereithalten. Und du gehst am besten zum Empfang. Wenn ich weiß, wo die Versammlung stattfindet, hole ich dich ab.«

Er nickte. »Sollen wir Knarren dabeihaben?«, fragte er noch.

»Nicht nötig.«

Das schien ihn zu enttäuschen. »Na gut«, sagte Baller-Osman.

Ich verabschiedete mich mit einer kurzen Geste und drehte mich um. Sie schwiegen, bis ich durch die Tür war.

Draußen hatte sich alles beruhigt. Vor dem Abflug zum letzten Waypoint ging ich im Geist noch mal die Checkliste durch. Anscheinend nichts vergessen. Die Bremsen hatte ich erneuern lassen, alles andere würde sich ergeben.

Die Autos hatten es alle furchtbar eilig, als wäre jemand hinter ihnen her. Ich winkte einem Taxi, und als es abrupt vor mir abbremste, kam mir das irgendwie bekannt vor. Tatsächlich, es war wieder der Kerl mit dem Hängeschnurrbart. Er klopfte zwei Mal auf den Beifahrersitz.

So ein Freundschaftsangebot ließ sich nicht ablehnen. Ich stieg ein.

»So ein Zufall, Mensch!«, sagte der Fahrer.

»Die Welt ist klein.«

»Und wie klein. Ich war nur kurz pissen, und auf dem Rückweg sehe ich Sie da stehen.«

Darauf erwiderte ich lieber nichts.

»Wohin jetzt?«

»In die Ortaklar-Straße.«

»Geht in Ordnung, Chef.« Geräuschvoll schaltete er hoch, aber mit geringer g-Kraft, sodass ich diesmal nicht gleich im Sitz klebte. Als er die ihm angemessene Geschwindigkeit erreicht hatte, wandte er sich zu mir. »Was machen Sie denn so beruflich?«

»Ich war Pilot.«

Er sah mich mit der üblichen Mischung aus Neugier und Scheu an. »Mensch, da müssen Sie ganz schön rumgekommen sein! Na, und die Stewardessen und so?«

»Die haben einen anstrengenden Beruf.«

Als er merkte, dass er auf der Männer-Schiene nicht weiterkam, schaltete er sofort auf den Lauf der Welt um. »Was sagen Sie dazu, dass die Piloten ständig streiken?«

»Die haben recht.«

»Ach, sagen Sie bloß! Also wenn ich so ein Gehalt einschieben würde, würde ich von Land zu Land fliegen, ohne rumzumeckern.«

Das ließ ich an mir abperlen. Ich zog mein Zigarettenpäckchen heraus, und nachdem ich schon mal vorne saß, hielt ich es ihm auch hin, aber er schüttelte den Kopf. Ich zündete meine Zigarette an und blies den Rauch zum Fenster hinaus. Bis zur Auffahrt auf die Bosporus-Brücke hielt der Fahrer sein Schweigen aus, dann sagte er: »Und das mit Beşiktaş und der UEFA, was sagen Sie dazu?«

20

Ich stieg vor dem Kiosk aus, an dem ich am Vortag nach der Mevlut-Pehlivan-Straße gefragt hatte. Der Kioskbesitzer war noch immer unrasiert. Ich marschierte los und atmete dabei rhythmisch. Eins, zwei, drei, vier, einatmen. Eins, zwei, drei, vier, ausatmen. Ein und aus. Ein und aus.

Als ich von der Luft in Mecidiyeköy, deren Qualität ich allerdings bezweifelte, genug in den Lungen hatte, fühlte ich mich besser. Ich ging auf das Zentrum der Lügen und der unzulänglichen Wahrheiten zu.

Je näher ich dem Manhattan Medical kam, desto mehr konzentrierte ich mich auf das rein praktische Vorgehen. Ich drosselte mein Marschtempo auf das einer Jagdeinheit. Mit zusammengekniffenen Augen peilte ich die Lage. Das erste feindliche Element machte ich gleich rechts neben der Eingangstür aus. Sivasli, rauchend, mit wild umherblickenden Augen. War es vielleicht doch ein Fehler gewesen, Baller-Osman und seine Leute unbewaffnet kommen zu lassen? Beruhige dich, Remzi Ünal. Wenn ein Schuss losgeht, kommt sowieso die Polizei, und dann gehen wir das Schlamassel mit der zusammen an.

Als mein Blick noch ein wenig weiter nach rechts glitt, sah ich den Irren, auf genau der Bank, auf der wir schon mal gemeinsam einen Tanz vollführt hatten. Auch er hatte eine Zigarette in der Hand. Mit auf die Knie gestützten Ellbogen starrte er vor sich hin. Die Kapuze seines schmutzigen Sweatshirts hatte er auf.

Ayakçi Burhan würde wohl drinnen sein.

Als ich noch an die zehn Meter entfernt war, bemerkte mich Sivasli. Er löste sich von der Säule und warf die Zigarette zu Boden. Federnd stellte er sich in Positur. In unverändertem Tempo ging ich auf die Tür zu. Sivasli tat einen Schritt auf mich zu. Wild entschlossen wirkte er, wie jemand, der seiner Furcht Herr zu werden sucht.

Da ging die automatische Schiebetür auf, und heraus kam ein Trio, bestehend aus einer Frau, die sich nur mühsam auf den Beinen halten konnte, und einem Mann und einer Frau, die sie links und rechts unter dem Arm gefasst hielten. Der Mann und die Frau waren jenseits der vierzig und sahen sich unheimlich ähnlich. Die Frau, die sie vorsichtig stützten, sah so alt aus, als könnte sie mit den Rekordhaltern für Langlebigkeit aus dem Kaukasus konkurrieren.

Als Sivasli merkte, dass sich hinter ihm etwas tat, blickte er sich um. Diesen Fehler nützte ich aus. Ich ließ das langsame Trio an mir vorbei, sodass sie zwischen mich und Sivasli kamen. Dann wischte ich über die Schwelle, und hinter mir ging die Tür gleich wieder zu. Ich sah mich um und sah den ungeduldig zappelnden Sivasli. Gemächlich ging ich auf den Empfang zu.

Sultan Karakum saß an ihrem Platz, der Stuhl daneben war leer. Ich sah wieder hinter mich. Sivasli kam mit schweren Schritten auf mich zu. Ihm war anzusehen, dass er auf einen handfesten Rüffel gefasst war.

Sultan Karakum hatte mich bemerkt und lächelte mich so an, wie sie jeden Patienten anlächelte. Ich lehnte mich an die Empfangstheke. »Guten Morgen«, sagte ich.

»Guten Morgen«, erwiderte sie. An ihren Lippen ließ sich leichte Unruhe ablesen.

»Kennen Sie sich?«, fragte ich und deutete dabei auf Sivasli.

Der blieb zwei Meter vor mir stehen und machte einen betretenen Eindruck, die junge Frau wiederum setzte ein gezwungenes Lächeln auf. Beide sagten keinen Ton. Ich drehte mich wieder zum Empfang um. Irgendwie mussten wir die Sache ja angehen.

»Ist Ayla da?«, fragte ich.

Sultan Karakum stotterte herum, als wüsste sie sehr wohl, dass sie antworten konnte, was sie wollte, irgendwie würde es falsch sein. »Wa… wahrscheinlich.«

Sivasli trat noch näher an mich heran, das sah ich Sultan Karakums Miene an. »Tun Sie es nicht«, sagte er. Ich wandte mich um. Der Mann sah aus, als wollte er eine Katastrophe verhindern.

»Was soll ich nicht tun?«, fragte ich.

»Tun Sie es nicht«, wiederholte er. »Egal, wozu Sie gekommen sind, tun Sie es nicht. Sonst gibt es Riesenärger.« Mit dem Kopf wies er auf die Eingangstür, neben der der Irre das Gesicht an die Glasscheibe presste, die Hände neben dem Kopf, um sich vor den Spiegelungen abzuschirmen. Er drückte sich an der Scheibe die Nase platt, und mal abgesehen von dem bizarren Leuchten in seinen Augen, sah er unter der Kapuze schon fast lustig aus. Er drohte mir mit dem Zeigefinger und bewegte mahlend den Mund, aber da ich seine Worte nicht hörte, konnte ich sie leider meiner Flüchesammlung nicht zuführen.

»Der darf hier wohl nicht rein, was?«, sagte ich.

Sivasli nickte. Anscheinend merkte er nicht, dass von hinten jemand auf den Irren zukam.

»Ihr Chef hat seinen Pitbull wohl am liebsten angeleint«, sagte ich. »Aber da kommen schon meine Hundefänger.«

Sivasli folgte meinem Blick und sah nun auch, dass der Irre von Männern umstellt war. Fünf Leute hatte Baller-Osman dabei, alles Kerle wie Schränke. Angesichts dieser Überzahl leistete der Irre keinen Widerstand und ließ sich von Baller-Osman zu der Bank neben dem Eingang schubsen. Baller-Osman gab seinen Leuten Anweisungen, dann betrat er das Krankenhaus.

Sivasli sah ihn schweigend an. Ohne mich anzublicken, trat Baller-Osman an den Empfang heran. Er ließ seine Gebetskette ein Mal herumwirbeln, dann versetzte er Sivasli mit dem Handrücken eine gewaltige Ohrfeige. Erstklassiges Anschauungsmaterial für jeden, der sich unter einer »osmanischen Ohrfeige« nichts vorstellen konnte.

Sivasli schwankte unter der Wucht des Schlages ein paar Schritte zurück und versuchte vergebens, das Gleichgewicht zu halten. Ihm verdrehten sich die Beine, und krachend fiel er auf den Rücken. Die roten Striemen auf seiner Wange leuchteten bis zu mir.

Aus dem Warteraum ertönten Schreie. Ich hörte Schritte herankommen und hoffte inständig, dass niemand die Polizei rufen würde.

Baller-Osman ging auf Sivasli zu, der davonzukriechen versuchte, erwischte ihn am Ohr und zog ihn hoch. Mit festen Schritten ging er zur Tür, den unglückseligen Sivasli im Schlepptau. Die Tür ging auf, die beiden traten hinaus, und mit einem letzten Ruck am Ohr wurde Sivasli zu dem Irren auf die Bank befördert.

Die herbeigeeilten Leute standen auf meiner Höhe und trauten sich nicht weiter vor. Zwei trugen riesige Röntgenbilder bei sich, eine Frau klammerte sich an ihre Handtasche, als würde ihr die gleich weggerissen.

Baller-Osman zog vor der Tür die Hose hoch, dann kam er wieder herein und wandte sich an die Gaffer. »Keine Aufregung, meine Herrschaften! Die Sache ist erledigt. Kein Grund zur Besorgnis mehr.« Als er sah, dass die Leute allmählich auseinandergingen, kam er zu mir. »Entschuldige schon, lieber Remzi, aber beim Anblick dieser Fresse konnte ich nicht anders.«

»Entschuldigen musst du dich nicht bei mir, sondern beim Hausherrn«, sagte ich.

Die Aufzugtür war aufgegangen, und heraus trat Dr. Ismet Günaldi in seinem blütenweißen Arztkittel. Er blickte um sich wie ein Feuerwehrmann auf der Suche nach der Brandursache. Hinter ihm ging eine junge Frau in schwarzer Uniform und mit hochgesteckten Haaren. Womöglich lernst du jetzt Oberschwester Sinem kennen, Remzi Ünal.

21

Als Ismet Günaldi mich erblickte, wandelte sich die Neugier in seinen Augen in Wut. Er eilte auf mich zu, als sei er zu einem Notfall gerufen worden. Die Frau hinter ihm warf forschende Blicke umher, und als sie merkte, dass alles ruhig war, verlangsamte sie ihre Schritte. Sultan Karakum stand hinter der Empfangstheke auf.

»Sind Sie für diesen Krawall verantwortlich?«, fragte Ismet Günaldi streng, als er bei mir ankam.

Ich streckte ihm die Hand entgegen, was ihn anscheinend überraschte. Zögerlich ergriff er sie und sah mich dabei immer noch fragend an. »Ich habe mit der Sache nichts zu tun«, sagte ich und wies auf Baller-Osman. »Der Herr hier hat die Angelegenheit meisterhaft gelöst.«

Ismet Günaldi sah zu Baller-Osman, der sich leicht verneigte. »Kein Problem mehr«, sagte Baller-Osman.

»Was war denn los?«, fragte Ismet Günaldi mit der Autorität eines Mannes, der jedermann zur Rechenschaft ziehen darf. Ich musste Baller-Osman aus der Verlegenheit helfen. »Der Herr dort draußen«, sagte ich, »hat Ihre Mitarbeiterin hier in etwas aufdringlicher Weise nach ihrer Telefonnummer gefragt. Daraufhin hat dieser Herr hier ihn davon überzeugt, dass er besser das Krankenhaus verlässt.«

Ismet Günaldi blickte zuerst nach draußen, dann zu Sultan Karakum. »Stimmt das?«, fragte er die Frau. Sie nickte, ohne zu zögern. Dann setzte sie sich und kramte an irgendetwas unter der Theke herum. Ismet Günaldi wandte sich mir zu. »Und wer war das?«

»Der da draußen auf der Bank? Haben Sie den hier schon mal gesehen?«

»Welchen? Da sitzen zwei.«

»Der ohne Kapuze.«

»Ich sehe ihn zwar nicht genau, aber ich denke nicht, dass ich ihn kenne. Und wer sind die anderen Männer?«

»Das wissen wir nicht. Vielleicht Freunde von ihm. Sie scheinen ihn zu trösten.«

Als Ismet Günaldi zu der Überzeugung kam, dass alles unter Kontrolle war, stand er federnd da und zeigte an, dass die Sache für ihn erledigt war. »Wo ist eigentlich Melis?«, fragte er Sultan Karakum.

Anstatt dieser antwortete die Frau in der schwarzen Uniform. »Ihr Vater hatte einen Schwächeanfall, da habe ich ihr Urlaub gegeben.«

»Bezahlten oder unbezahlten?«

»Unbezahlten. Oder sie macht einen Tag mehr Bereitschaftsdienst.«

Ismet Günaldi wandte sich mir zu. »Begüm ist immer noch nicht aufgetaucht. Gibt es nichts Neues?«

»Darüber würde ich mit Ihnen gerne unter vier Augen sprechen. Ein etwas heikles Thema.«

Ismet Günaldi zog die Augenbrauen zusammen. »Kommen Sie in mein Büro, da können wir ungestört reden.«

Als er wieder zum Aufzug ging, sagte er zu der Frau in Uniform: »Sinem, bringst du mir bitte die beiden Berichte? Damit wir damit endlich fertig werden.«

»Sofort«, antwortete die Frau, die also tatsächlich Sinem war. Ihren Nachnamen wusste ich aber immer noch nicht. Ich sah den beiden nach, dann wandte ich mich Sultan Karakum zu.

»Ist der Vater wirklich krank?«, fragte ich schmunzelnd. Sie lächelte zurück. »Sie hat ein Vorstellungsgespräch«, sagte sie.

»Und diese Sinem, wie heißt die eigentlich mit Nachnamen?«

Verwundert sah sie mich an, wie ich so etwas Offensichtliches nicht wissen könne. »Akalin heißt sie.«

»Wie bitte?«

»Akalin. Sinem Akalin. Die Schwester von Hilmi.«

Mensch, dachte ich. Wütend auf mich selbst. Und wütend auf die Mädels hier im Krankenhaus, die es nicht für nötig gehalten hatten, mir diese grundlegende Information mitzuteilen. Ich sah zum Aufzug und versuchte im Geiste, zwischen den beiden Geschwistern eine Ähnlichkeit auszumachen, aber ohne Erfolg.

Dann drehte ich mich zu Baller-Osman um und sagte mit leisem Zorn in der Stimme: »Ich rede jetzt mit dem Arzt. Am besten, Sie gehen nicht zu denen da raus. Und falls wieder jemand überredet werden muss, dann gestalten Sie das bitte möglichst sanft.«

Baller-Osman grinste selbstzufrieden. Ich fragte Sultan Karakum, wo das Büro des Arztes sei.

»Im obersten Stock. Wenn Sie aus dem Aufzug kommen, sehen Sie gleich den Glaskäfig seiner Sekretärin.«

Ich sah hinaus. Baller-Osmans Leute standen um die Bank herum, auf der Sivasli und der Irre saßen, und unterhielten sich. Von Weitem hätte man sie für betrübte Angehörige halten können, die den Verlauf einer Operation abwarteten.

Baller-Osman setzte sich in einen der Sessel gegenüber dem Empfang und schlug ein Bein unter. Mit der Gebetskette spielend, starrte er auf die Bodenfliesen. Ihm wäre wohl recht gewesen, wenn ihm jemand einen Tee serviert hätte.

Ich bestieg den Aufzug und drückte auf den obersten Knopf. Beschallt wurde die Kabine mit leisem Bossa Nova, was sich auf Patienten und Besucher vermutlich beruhigend auswirken sollte. Neben dem obligatorischen Spiegel, in dem man sich anstarren musste, hing ein Informationsblatt über Patientenrechte, dessen Lektüre ich aber auf den Tag verschob, an dem ich mal wirklich einen Check-up würde machen lassen.

Ohne anzuhalten, brachte mich der Aufzug in die oberste Etage. Beim Aussteigen sah ich sogleich am Ende eines langen Korridors den Glaskäfig, der wie später hinzugebaut wirkte. Ich ging an vielen Türen entlang, aus denen kein Laut drang.

Die gläserne Abtrennung sollte verhindern, dass jemand einfach in eines der beiden Büros am Ende des Ganges platzte. Die Sekretärin konnte jeden Neuankömmling schon von Weitem sehen. Hinter ihrem Schreibtisch standen mannshohe Pflanzen, denen man aus der Entfernung nicht ansah, ob sie echt waren oder nicht, und vor dem Schreibtisch eine niedrige Sitzbank.

Die Sekretärin, die darüber entschied, ob man zu Ismet Günaldi vorgelassen wurde oder nicht, hatte es im Übrigen keineswegs nötig, lästige Angehörige von Patienten durch die betont niedrige Sitzgelegenheit in eine Bittstellerposition zu versetzen. Auch wenn sie nur am Schreibtisch saß, sah man ihrem Erscheinungsbild schon an, dass sie durchaus imstande war, unliebsame Zeitgenossen zusammenzufalten und zum Fenster hinauszubefördern.

Schon als ich auf sie zuging, sah sie mich über ihre Kurzsichtbrille hinweg misstrauisch an, tat aber noch so, als sei sie voll und ganz mit ihrem Computer beschäftigt. Als ich zur Klinke der gläsernen Tür griff, lächelte sie mich an, als nähme sie mich jetzt erst wahr.

Jawohl, sie lächelte, doch ihr Blick ging gleichgültig durch mich hindurch. Es war ganz offensichtlich eine Gleichgültigkeit, die sie sich im Umgang mit Tausenden von Patienten und Angehörigen über Jahre hinweg antrainiert hatte.

Ich machte die Tür hinter mir zu und sagte nur: »Ich werde erwartet.« Den Namen des Chefs ließ ich bewusst weg. Die Sekretärin musterte mich. Ihre Oberschenkel, über deren Ausmaße ich nur Vermutungen anstellen konnte, gingen kurz hoch, dann setzte sie sich wieder. »Wen darf ich melden?«, fragte sie, um Haltung bemüht.

»Es ist in einer heiklen Angelegenheit«, erwiderte ich und sah ihr dabei geradewegs in die Augen.

Sie sah auf die beiden Telefone vor sich, als wüsste sie nicht, mit welchem sie diese Nachricht übermitteln sollte. Dann entschied sie sich für das linke. »Da ist ein Herr«, sagte sie, »in einer heiklen Angelegenheit.« Sie horchte kurz und legte auf, ohne zu antworten. Beim Aufstehen stützte sie sich mit beiden Händen auf der Tischkante ab. Sie zupfte ihr Kleid zurecht, das wie eine Art Nazi-Uniform aussah, und wies auf die linke Tür. »Bitte schön«, sagte sie, fand es aber nicht nötig, mich bis zu der vier Schritt entfernten Tür zu begleiten.

»Danke schön«, erwiderte ich. Wenigstens das hatte sie verdient.

Ich klopfte leise an der Tür und trat sofort ein, ohne eine Antwort abzuwarten.

Dr. Ismet Günaldi saß an einem Schreibtisch, dessen Maße

selbst einer Tischtennisplatte Ehre gemacht hätten. Der Tisch lag voll mit Krankenakten, Röntgenbildern und Broschüren. Seinen Computer mit extragroßem Bildschirm hatte er daneben auf einem anderen Tisch stehen. Über einer halb gefüllten Excel-Tabelle tanzten die Seifenbläschen des Bildschirmschoners. Die Wand dahinter hing voller Diplome und Zertifikate.

Gegenüber dem Tisch standen eine Couch und links und rechts davon je ein Sessel, davor ein Beistelltischchen. Es lagen Zeitschriften darauf, und die hübschen Frauen auf den Titelblättern waren entweder Ärztinnen oder Krankenschwestern. Neben den beiden sperrangelweit offenen Fenstern wuchsen die gleichen riesigen Pflanzen empor, die auch im Glaskäfig standen. Sie waren echt und verliehen dem Raum einen Hauch von Tropen. Die Wand hinter den Sitzgelegenheiten war komplett mit einem verglasten Bücherschrank bedeckt, vor dessen dickleibigen Bänden Plaketten und Pokale ausgestellt waren.

Ismet Günaldi sah von einer Akte auf und blickte mich an. Dann schlug er sie zu und legte sie beiseite. »Herr Ünal«, sagte er und fuhr sich über die zurückgekämmten schwarzen Haare.

Ohne Umschweife nahm ich auf der linken Seite der Couch Platz, von wo aus gut zu sehen war, wer den Raum betrat. Ich schlug die Beine übereinander.

»Ich höre«, sagte Ismet Günaldi. »Was ist das für eine heikle Angelegenheit?«

»Darf ich rauchen?«

»Aha, die Sache dauert also länger?«

»Ja.«

»Wenn die Hausordnung schon für mich flexibel ausgelegt wird, warum dann nicht auch für Sie«, erwiderte er und holte unter dem Tisch eine Pfeife hervor, dann einen Tabaksbeutel, einen Pfeifenstopfer und ein Feuerzeug. »Obwohl eigentlich noch gar nicht meine Zeit ist.«

Wieder griff er unter den Tisch und förderte einen riesigen Aschenbecher zutage, den er mir hinschob. »Danke«, sagte ich und zündete mir eine Zigarette an. Ismet Günaldi setzte seine bereits gestopfte Pfeife in Brand, mit einem speziellen Pfeifenfeuerzeug, dessen Flamme seitlich austrat. Sich vermischend, schwebte unser Rauch zur Decke hinauf, verharrte dort etwas unschlüssig und zog schließlich zum Fenster hinaus.

Als Ismet Günaldi der Glut seiner Pfeife allmählich traute, wandte er sich wieder mir zu. »Also, kommen wir zu Begüm.«

»Ich soll Ihnen einen schönen Gruß von ihr ausrichten.«

Er beugte sich vor. »Sie haben sie also gefunden? Wie geht es ihr?«

»Gut. Sie kommt gleich hierher.«

»Ist das Ihr Ernst?«

»Mein völliger.«

»Hat sie alles gut überstanden?«

»Wir sollten vielleicht zunächst die heikle Angelegenheit besprechen.«

Ismet Günaldi sah mich erwartungsvoll an und vergaß darüber sogar seine Pfeife.

»Wir bräuchten einen Raum, in dem wir uns in Ruhe unterhalten können«, sagte ich.

»Aber das tun wir doch gerade.«

»Ich denke da eher an eine größere Besprechung. In der jeder äußern kann, wo ihn der Schuh drückt.«

»Und worum soll es dabei gehen?«

»Um alles. Sogar um die Zukunft des Manhattan Medical.«

Das runde Gesicht Ismet Günaldis lief rot an. »Was soll sein mit der Zukunft des Manhattan Medical?«, rief er mit blitzenden Augen.

»Ihr Krankenhaus hat sich vermehrt.«

»Was reden Sie da? Was soll der Unfug?«

»Wenn Sie keine Maßnahmen treffen, kann es auch sterben.«

»Sie machen einen ja wahnsinnig, worum geht es denn?«

»Über all das werden wir reden. Und noch über einiges mehr.«

Resigniert ließ Ismet Günaldi sich in seinen Chefsessel zurückfallen. Er sah ratlos um sich her, als würden ihm alle Gewissheiten entgleiten. Dann blickte er wieder mich an. »Ich fürchte, die Ermordung Hilmis wird wohl auch ein Thema sein.«

»So ist es.«

»Und das Verschwinden Begüms.«

»Das ist nur ein Klacks.«

Ismet Günaldi zog an der Pfeife, aber die wollte nicht mehr so recht, und nach ein paar Versuchen ließ er die Hand wieder sinken. »Das soll wohl so eine Art Versammlung werden wie am Schluss eines Krimis.«

»Wir sind hier nicht in einem Krimi, sondern im wirklichen Leben.«

»Sie können das Besprechungszimmer nebenan benützen. Soll ich auch dabei sein?«

»Und ob. Ihre Teilnahme wird so manchen überzeugen, der vielleicht noch zögert.«

»Wen soll ich einbestellen?«

»Sorgen Sie dafür, dass Kemal Arsan kommt, um die anderen kümmere ich mich schon. Es genügt, wenn Sie darüber hinwegsehen, dass die Leute von ihrem Arbeitsplatz wegmüssen.«

»Und wann soll das stattfinden?«

Ich sah auf die Uhr. Ein, zwei Dinge hatte ich noch zu erledigen. »In einer Stunde«, antwortete ich.

Ismet Günaldi suchte etwas zwischen den Papierhaufen und fand zwischen zwei Ordnern sein schnurloses Telefon. »Ümran«, sagte er, »in einer Stunde habe ich eine Besprechung, bitte sagen Sie meine Termine ab.« Er lauschte auf seine Sekretärin und sagte dann zu mir: »Ob Sie etwas brauchen?«

Ich schüttelte den Kopf. »Nein. Aber werfen Sie trotzdem mal einen Blick in den Besprechungsraum, ob alles in Ordnung ist.«

Wieder lauschte er. »Wie lang die Besprechung dauert?«

Ich verzog nur unwissend den Mund.

»Kümmern Sie sich einfach um alles. Und verlegen Sie den Termin mit der Wäscherei nicht zu weit. Auf morgen oder so.«

Er legte das Telefon auf eine der wenigen freien Stellen auf dem Schreibtisch und sah mich an.

»Danke«, sagte ich.

Er blickte kurz auf seine Pfeife, ließ sie dann aber Pfeife sein. »Und was geschieht jetzt?«, fragte er.

»Erst mal gar nichts. Wir sehen uns in einer Stunde wieder.«

Müde sah er mich an. »Sehen Sie, Herr Ünal, ich will Ihnen ja gerne alles glauben, sowohl, dass mein Krankenhaus sich vermehrt hat, als auch, dass es sterben kann. Nur schicken Sie es nach dieser Besprechung bitte nicht in die Leichenkammer.«

Ohne darauf etwas zu erwidern, drückte ich meine Zigarette aus und stand auf. An der Tür drehte ich mich noch einmal um. Ismet Günaldi versuchte mit Stopfer und Feuerzeug, seine Pfeife wieder in Gang zu bekommen.

Draußen wandte sich die Sekretärin auf ihrem Drehstuhl zu mir um und sah mich an. Ich kam mir auf einmal vor wie der frisch ernannte CEO des Krankenhauses und lächelte die Sekretärin gnädig an, worüber sie hocherfreut schien. »Wo finde ich Sinem Akalin?«, fragte ich.

»Einen Stock drunter«, antwortete sie blitzschnell. »Wenn sie nicht gerade in einem Krankenzimmer ist, finden Sie sie in dem Büro gleich neben der Treppe. Soll ich sie anrufen?«

»Nicht nötig, ich finde sie schon.«

»Falls Sie irgendwas brauchen, rufen Sie mich einfach an, Durchwahl 123, dann erledige ich das für Sie.«

Im Treppenhaus hingen zur Zerstreuung der Patienten Landschaftsaufnahmen. Mir gefiel am besten ein Foto vom Leanderturm. Aber jetzt war Eile geboten.

Die Etage darunter war genau vom gleichen Zuschnitt wie die oberste, nur dass es hier viel lebendiger zuging. Aus offenen Türen waren beruhigende Stimmen zu vernehmen, aus denen die Patienten wohl schließen sollten, so schlimm könne es nicht um sie stehen. Ein hochgewachsener junger Mann in braunem Trainingsanzug klammerte sich mit beiden Händen an seine Gehhilfe und feierte jeden Schritt, der ihm gelang, mit einem tiefen Atemzug. Ihn überholten eine Frau, die ihre Infusionsflasche mit sich herumtrug, und eine ältere Frau, die auf die andere fortwährend einredete.

An der Stelle des Glaskäfigs waren auf diesem Stockwerk Fenster. Ein Mann und eine Frau sahen hinunter. Die Tür zum Schwesternbüro stand halb offen. Ich klopfte an und vernahm eine mir bekannte Stimme. »Herein.«

Sinem Akalin saß am Fenster, vor sich eine Tasse Tee und Gebäck. Schluckend sah sie mich an und erkannte sofort den Mann, der unten in der Eingangshalle so viel Wind gemacht hatte.

»Guten Appetit«, sagte ich. »Entschuldigen Sie die Störung.«

»Schon gut. Bitte?«

»Wir haben uns unten schon gesehen.«

»Ich habe Sie nicht vergessen.«

»Aber vorgestellt habe ich mich noch nicht. Ich bin Remzi Ünal. Können wir uns kurz unterhalten?«

»Remzi Ünal«, wiederholte sie. »Ich habe schon von Ihnen gehört.«

»Darf ich Platz nehmen?«

»Ach ja, bitte. Nehmen Sie sich von dem Gebäck. Tee kann ich Ihnen auch besorgen.« Sinem Akalin war eine attraktive Frau. Falls ich mal krank werden sollte, wäre sie mir als Betreuerin nur recht gewesen. Natürlich suchte ich ihre Gesichtszüge nach Ähnlichkeiten mit Hilmi Akalin und Ayla Duman ab, aber da war anscheinend wirklich nichts. Nase, Kinn und Lippen fügten sich bei ihr, aus der Nähe betrachtet, zu so vollkommener Harmonie, dass sie nicht von der Natur, sondern von einem Schönheitschirurgen geschaffen schien. Auch musste man immer wieder zu ihren rabenschwarzen, vermutlich frisch gefärbten Haaren hochschauen, die zu einem Dutt frisiert waren, über dessen perfekten Sitz man sich nur wundern konnte.

»Der Mann da unten hat Sultan doch nicht wirklich belästigt, oder?«, fragte sie.

Schmunzelnd schüttelte ich den Kopf.

»Wenn Sultan Ihretwegen Herrn Günaldi angelogen hat, muss sie Ihnen ganz schön vertrauen.«

»Das sollten Sie auch versuchen. Vielleicht klappt es.«

»Wie sollte ich Ihnen vertrauen, wenn ich Sie gar nicht kenne?«

Hm, gar nicht so leicht, ihr dafür einen triftigen Grund zu liefern. »Ich habe zum Beispiel mitgeholfen, Neriman aus jenem Loch herauszuholen.«

Sie schluckte einen letzten Bissen hinunter, und dann erkannte ich gleich an ihrer Stimme, dass sie noch nicht überzeugt war.

»Das interessiert mich aber nicht besonders. Nun gut, es ist eine alte Frau, mit fortgeschrittener Demenz. Aber darüber hinaus …«

Ich musste den Einsatz noch ein wenig erhöhen, und so deutete ich auf ihr Namensschild und sagte: »Und wenn ich herausfinde, wer Hilmi Akalin getötet hat, vertrauen Sie mir dann?«

Sie kniff die Augen ein wenig zusammen. »Den konnte ich nie ausstehen, was soll es mich also scheren, ob er von irgendeinem Ahmet umgebracht wurde oder von irgendeiner Ayşe?«

Es blieb mir also nichts übrig, als zum letzten Mittel zu greifen. »Jemand könnte aber annehmen, dass diese Ayşe niemand anderes als Sie sind.«

Das saß nun doch.

»Und wer ist dieser Jemand?«

»Die Polizei.«

Sie griff zu der aufgerissenen Tüte mit dem Gebäck und brach ein kleines Stückchen ab, das sie aber nicht zum Mund führte, sondern in der Hand zerbröselte. Dann wischte sie die auf den Tisch gefallenen Krümel zusammen, warf sie auf das Papier und rieb sich die letzten Reste von den Händen. »Erklären Sie mir mal, was die Sache mit mir zu tun haben soll.«

Wären wir doch jetzt bloß nicht in einem Krankenhaus, dachte ich. Aber in der Hinsicht war nichts zu machen. Ich lehnte mich auf meinem Stuhl zurück, doch schien er nicht sehr stabil zu sein.

»An dem Tag, an dem Ihr Bruder getötet wurde, ist in die Wohnung eine junge Frau gekommen, mit anscheinend dunklen Haaren. Sie hat etwas von ihrer Mutter gesagt, es ist zu einem Streit gekommen, und dann hat sie die Wohnung betreten.«

»Schön und gut, aber wie gesagt, was hat das mit mir zu tun?«

»Das hat mit Ihnen Folgendes zu tun: Neriman wurde von Ihrem Bruder in jene Pseudo-Klinik in Balmumcu gebracht. Ayla scheidet wegen der Haarfarbe aus. Bleiben nur noch Sie übrig.«

Zum ersten Mal lächelte sie. Aber gleich so richtig. »Keineswegs«, sagte sie, dann hielt sie inne.

»Ich höre«, sagte ich.

»Diese Neriman ist nicht meine Mutter. Was hätte ich also mit Hilmi über sie streiten sollen? Oder ihn gar umbringen, wie Sie gerade angedeutet haben?«

»Auch eine Stiefmutter kann einem zur Mutter werden.«

Sie setzte sich gerade. Ihr war anzusehen, wie es in ihr arbeitete. »Ja, vielleicht, wenn man bei ihr aufwächst. Mich hat aber meine Mutter großgezogen. Und nicht ohne Mühe, das kann ich Ihnen sagen, denn da hat kein Vater mitgeholfen, und kein Hilmi und keine Neriman. Es gibt für mich also nur eine Mutter.«

»Hat Ihnen Hilmi Akalin nicht geholfen, hier eine Stelle zu bekommen?«

Woher ich das wissen sollte, schien sie gar nicht zu kümmern. Mit der gleichen Verve sprach sie weiter. »Das habe ich erst hinterher erfahren. Und ich habe mich auch nicht bemüht, mich dafür erkenntlich zu zeigen, das können Sie mir glauben. Mir ist schlichtweg egal, wer ihn umgebracht hat.«

Ich lehnte mich wieder zurück, diesmal vorsichtiger. »Sehen Sie, allmählich vertrauen Sie mir doch«, sagte ich.

Sie senkte den Kopf. Wie Hilfe suchend sah sie zu den Gebäckkrümeln und dem Rest Tee, der schon kalt sein musste. Dann blickte sie wieder auf, als wollte sie ihre Niederlage nicht eingestehen. »Was haben Sie bloß immer mit Ihrem Vertrauen? Bei Ihrem Beruf müssten Sie doch ohne auskommen, oder?«

»Ich werde aber bald ein paar Leute brauchen, die mir vertrauen«, sagte ich und sah auf die Uhr. »Und zwar in genau fünfundvierzig Minuten.«

»Und was soll in fünfundvierzig Minuten sein?«

»Eine Besprechung. Im Besprechungszimmer Ihres Chefs. Da werden wir über alles reden. Und da wäre es nicht schlecht, wenn ich dem einen oder anderen glauben könnte.«

»Tun Sie das im Allgemeinen nicht?«

»Manchmal glaube ich mir selber nicht.«

Zum ersten Mal sah sie mich an, als empfände sie einen Funken Sympathie für mich. »Soll das so eine Versammlung werden, bei der am Schluss herauskommt, wer der Mörder ist?«

»Das fragt mich jeder. Wahrscheinlich ist es so eine.«

»Haben Sie das schon öfter gemacht?«

»Ach, ein paar Mal.«

»Und dabei den Mörder gefunden?«

Hm, gute Frage. Musste ich mir selber stellen. Und was fiel mir ein? Eine Tribüne in der dritten Amateurliga, eine Riesenohrfeige an einem Arbeitsplatz, an dem mit Geld herumgeworfen wurde, eine Geburtstagsparty, eine Rauferei in meiner alten Wohnung, eine Feier zum Geburtstag des Propheten, eine Fahrt von Şişli nach Taksim …

Sinem Akalin sprach weiter, als wäre mein Gesicht ihr schon Antwort genug. »Und was haben Sie jeweils gemacht, wenn der Mörder überführt war?«

»Gar nichts. Der Mörder hat sich meistens aus dem Staub gemacht.«

»Wie? Gar nichts?«

Wieder bedauerte ich außerordentlich, dass wir uns in einem Krankenhaus befanden. Vor der Besprechung musste ich da unbedingt noch was unternehmen. Ohne Nikotin und Teer war es einfach mühsam. »Na ja, ganz einfach gar nichts. Was hätte ich tun sollen?«

»Muss nicht die Gerechtigkeit siegen?«

»Woher sollen wir wissen, was gerecht ist? Ich habe mich noch nie als Richter aufgespielt. Zeigen Sie mir einen einzigen Menschen auf der Welt, der ganz ohne Schuld ist.«

»Was mühen Sie sich dann überhaupt ab? Mit Ihrer Besprechung und so?«

»Sterben nicht Ihre Patienten schließlich auch? Und trotzdem mühen Sie sich ab.«

Sie stand auf, zupfte ihre schwarze Uniform zurecht. »Gut, dass Sie mich dran erinnern. Ich sollte mal wieder einen Rundgang machen.«

»Aber Sie kommen doch nachher?«

»Ja. Scheint ja, dass wir unseren Spaß haben werden. Aber jetzt muss ich.« Sie ging zur Tür. Ich sah ihr nach und dachte mir, dass sie sich noch mal umdrehen und etwas sagen würde. Etwas Wichtiges. Sie hatte schon die Hand am Türgriff, da drehte die

Frau sich tatsächlich um. Gewonnen. »Sie wissen es ja selbst«, sagte sie, »und ich sage es nur zur Erinnerung: Halten Sie sich ans Geld.«

»Nicht an die Frauen?«, erwiderte ich. »Es heißt doch immer: Cherchez la femme.«

»Na gut, wie Sie meinen, dann eben: Cherchez la femme et l'argent«, sagte sie mit einer wesentlich besseren französischen Aussprache als ich.

Das kam mir nur gelegen, denn Frauen gab es in der Geschichte zuhauf. Es musste nur ein wenig ausgesiebt werden. »In Ordnung. Ich werde mich ans Geld halten.«

»Und wenn ich Geld sage, meine ich viel Geld.« Sie ging hinaus und machte die Tür hinter sich zu. Draußen im Gang hörte ich ihre Schritte. Ich sah auf den Tisch, wischte ein paar Krümel in die Tüte, knüllte diese zusammen und warf sie in den Papierkorb. Das Teeglas ließ ich stehen und ging hinaus.

22

Weder Sinem Akalin noch der Mann mit der Gehhilfe waren auf dem Gang zu sehen. Die beiden Frauen gingen noch immer redend auf und ab. Der Mann und die Frau am Fenster schauten sich nun in die Augen.

Im Aufzug war ein junger Mann mit einem Blumenstrauß. Ich wollte ihm schon gratulieren, ließ es aber dann. Zwei Etagen tiefer stiegen zwei angespannt dreinblickende Frauen zu. Die ältere hielt einen CT-Befund in der Hand und sagte: »Bin neugierig, was er dazu sagt.« Die jüngere schaute zu Boden und erwiderte: »Man darf nie die Hoffnung aufgeben.« Darauf die ältere: »Dürfen darf man schon.« Der junge Mann mit den Blumen und ich sahen uns an.

Im ersten Stock stiegen die drei aus. Ich sog den Blumenduft ein, der noch in der Luft hing, und sah kurz in den Spiegel. Gar so schlecht sah ich nicht aus.

Unten ging ich zum Empfang, wo Sultan Karakum gerade telefonierte. Sie bedeutete mir zu warten. Ich lehnte mich an die Empfangstheke und sah zum Fenster hinaus. Die verfeindeten falschen Brüder waren noch an Ort und Stelle und rauchten, was das Zeug hielt. Baller-Osman saß in einen Stuhl gefläzt da und behielt die Lage im Auge.

Als Sultan Karakum fertig war, fragte ich: »Ist Begüm gekommen?«

»Gerade vorhin. Sie ist kurz mal auf ihre Station. Hatte wohl Sehnsucht.«

»War jemand bei ihr?«

»Ja, eine Frau. Die sitzt in der Cafeteria.«

Ich atmete tief durch und ging dorthin. Yildiz Turanli saß ganz hinten in einer Ecke, mit einer Tasse Kaffee und einem aufgeschlagenen Buch vor sich. Sie trug ihr Haar offen und hatte eine ärmellose weiße Bluse an. Schön war sie. Sehr schön. Irgendwie musste sie gespürt haben, dass ich auf sie zukam, denn sie blickte auf und lächelte mich an. Ich blieb vor ihr stehen und sagte erst mal gar nichts, sondern genoss nur dieses Lächeln.

»Steh nicht so rum, setz dich«, sagte sie.

»Dir scheint es gut zu gehen«, erwiderte ich.

»Ja, geht so.«

»Was liest du?«, fragte ich und setzte mich.

Sie hielt mir den Buchumschlag hin. Irgendein langer Titel mit »Jugendpsychologie« darin. »Für die Arbeit«, sagte sie. »Und wie geht es dir?«

»Ich arbeite auch. Wie wars gestern Abend? Hat sie dich sehr genervt?«

Sie schüttelte den Kopf, wobei ihre Haare mit mir kokettierten. »Nein, nein. Aber was Komisches hat sie schon an sich.«

»Was denn?«

»Erwarte jetzt keine Diagnose«, sagte sie, und wie immer, wenn sie über Berufliches redete, sah sie mir knapp über die

Augen hinweg an die Stirn. »Es ist nur eine Beobachtung, und nicht einmal das, einfach nur so ein Gefühl.«

»Nämlich?«

»Als ob sie sich eine Riesenmühe gäbe, irgendeinen Teil ihrer Persönlichkeit nur ja nicht preiszugeben.«

»Tun wir das nicht alle?«

Sie sah um sich, als suchte sie nach einem Beispiel. »Ganz im Gegenteil. Wir bemühen uns vielmehr, genau den Teil von uns zur Schau zu stellen, der uns besonders wichtig ist, und damit übertreiben wir es oft. Schau dir mal unauffällig den Mann an, der gerade reinkommt.«

Ich blieb unbeweglich sitzen, denn noch während sie redete, hatte ich im Spiegel mir gegenüber schon den blonden Schopf von Kemal Arsan gesehen, der mit Ayakçi Burhan hereinkam. Ich zog den Kopf zwischen die Schultern.

Die beiden blieben an der Tür stehen und sahen sich nach einem freien Tisch um. Hinter mich, hinter mich, flehte ich innerlich. Falls sie dann in meine Richtung blickten, würden sie nur eine schöne Frau sehen.

Der Gott der Istanbuler Privatdetektive erhörte mich nicht und wies Kemal Arsan vielmehr einen Tisch ganz weit weg von uns zu, neben dem wieder so eine tropische Pflanze stand, die sie hier wohl im Multipack erstanden.

Ich beobachtete die beiden über den Spiegel. Angespannt wirkten sie, und Ayakçi Burhan schien Kemal Arsan zu widersprechen.

»He, wir unterhalten uns hier«, protestierte Yildiz Turanli.

»Ganz kurzen Moment noch.«

»Ist was los?«

»Der Blonde, der gerade reingekommen ist, das ist mein Kunde.«

»Hm. Sieht eher so aus, als würde er dich zum Teufel jagen und diesen Glatzkopf engagieren.«

»Weißt du eigentlich, dass ich diesen Job wegen dir angenommen habe?«

»Ach nein«, sagte sie schmunzelnd. »Hat er etwa behauptet, ich hätte dich empfohlen?«

»So gut wie. Er wollte seine Verlobte wiederfinden. Und wenn ich was höre, was irgendwie nach Rettung einer Ehe klingt …«

»Schmilzt dein Herz natürlich dahin.«

»Gewissermaßen.«

»Da bist du aus deinem schäbigen Hotel raus und hast dich darangemacht, einem Mädchen in Not beizustehen.«

Unwillkürlich löste ich meinen Blick aus dem Spiegel. »Woher weißt du von dem Hotel?«

»Ich habe auch so meine Quellen«, sagte sie spöttisch lächelnd.

»Ganz schön geschwätzig, dein Gast.«

»Es war ein langer Abend, da kommt man schon ins Erzählen.«

Ich wandte mich wieder dem Spiegel zu. Kemal Arsan sprach heftig auf Ayakçi Burhan ein, der nur noch nickte.

»Trotzdem freut es mich, dass du für das Glück eines Paares eintrittst«, sagte Yildiz Turanli.

Ich zuckte zusammen, denn auf einmal holte Ayakçi Burhan etwas aus der Tasche und reichte es Kemal Arsan. Der nahm den Gegenstand freudestrahlend entgegen und steckte ihn ein.

»He, Remzi Ünal, wir reden hier gerade über Romantik.«

»Hast du gesehen, was hinter meinem Rücken gerade für eine romantische Übergabe stattgefunden hat?«

Sie lachte.

»Was meinst du, was das war?«, fragte ich.

»Ich habe es nicht genau gesehen. Vielleicht eine Medikamentenschachtel oder so was.«

»Hm, mag sein. Was sagtest du gerade? Über das Glück eines Paares?«

»Ach, lass nur. War bloß ein Versuch.«

Ich stand auf, holte aus meinem Geldbeutel einen Schein, mit dem sich in einer Privatklinik im Herzen von Mecidiyeköy in Gottes Namen ein Kaffee bezahlen ließ, und steckte ihn unter Yildiz Turanlis Tasse.

»Wieder so ein Zurschaustellen deiner Persönlichkeit«, kommentierte sie trocken.

»Du wirst gleich sehen, was ich noch zur Schau stellen werde.«

Sie stand auch auf, steckte das Buch ein und sagte: »Handle dir bloß keinen Ärger ein.«

»Alles unter Kontrolle«, murmelte ich vor mich hin und ging auf den Tisch der beiden zu. Kopfschüttelnd kam Yildiz Turanli mit.

Zuerst erblickte mich Kemal Arsan. Während er zwischen mir und Yildiz Turanli hin- und herschaute, drehte sich auch Ayakçi Burhan um, der dann aufstand, mit einer Million Fragezeichen im Gesicht. Kemal Arsan rührte sich nicht vom Fleck.

»Sie wissen ja, dass in der Notaufnahme ein Polizist ist«, sagte ich zu meinem Kunden, der mir gar nicht mehr so nett vorkam wie noch vor zwei Tagen. »Sagen Sie also Ihrem Typen hier, dass er sich ruhig verhalten soll.«

Kemal Arsan gab Ayakçi Burhan ein beschwichtigendes Zeichen. »Möchten Sie nicht Platz nehmen«, sagte er dann und deutete auf zwei leere Stühle am Tisch. »Die Dame ist selbstverständlich auch unser Gast.«

Yildiz Turanli sah mich unschlüssig an. »Wir bleiben nicht lange«, sagte ich. »Ich möchte nur mein Honorar kassieren. Begüm Kalyon ist da droben.«

»Ach so«, erwiderte er lächelnd.

Ich hielt ihm fordernd die Hand hin. Ayakçi Burhan wurde unruhig.

»Wie professionell«, sagte Kemal Arsan und sah dabei bewusst nicht auf meine Hand.

»Vertrag ist Vertrag.«

»Die Übergabe hat aber noch nicht stattgefunden«, sagte er.

»Weil die Übergabeadresse nicht stimmte.«

»Ich wusste ja nicht, dass Begüm die Verlobung einseitig gelöst hatte. Und wenn auch, was geht Sie das an? Sie haben Ihre Nase in Dinge gesteckt, die Sie nichts angehen. Also gibt es auch kein Geld.«

Ich beugte mich vor und legte die Hand auf den Tisch, immer noch mit der Handfläche nach oben. »Wer redet von Geld? Ich will nur eine Antwort.«

»Was ich zu meiner Verlobten als Erstes sagen werde, weiß ich noch immer nicht. Falls Sie das meinen.«

»Was Sie zu Ihrer Verlobten sagen, kümmert mich nicht.« Ich zog die Hand zurück und richtete mich auf.

»Hilmi Akalin hatte drei Geschwister. Wer ist der oder die dritte?«, fragte ich und sah ihm dabei geradewegs in die Augen.

»Was?«

»Zwei Geschwister kennen wir. Wer ist der dritte?«

Kemal Arsan sah Yildiz Turanli und Ayakçi Burhan an, als erhoffte er sich Hilfe von ihnen. Mit seinem sicheren Auftreten war es auf einmal nicht mehr weit her. Schluckend wandte er sich wieder mir zu. »Ich kenne nur zwei.«

»Sind Sie da ganz sicher?«

»Soweit ich ihn kannte, ja. Da ist einmal Sinem, auch wenn sie mit ihm nichts zu tun haben wollte. Und Ayla, der auch nicht passte, was er so tat. Sonst weiß ich von niemandem.«

»Tja, dann haben Sie jetzt noch ein Problem mehr.«

Wunderbar, Remzi Ünal, wie du den Kerl völlig verwirrst.

Kemal Arsan starrte auf den Tisch. Er war ja nicht dumm, also würde er bald zu dem gleichen Schluss kommen wie ich. »Geh mal ein wenig an die frische Luft«, sagte er zu Ayakçi Burhan. Der blieb erst stehen, als wüsste er nicht, wie das gemeint war. »Du sollst an die frische Luft gehen, habe ich gesagt«, wiederholte Kemal Arsan energischer. »Aber leg dich mit den Kerlen da draußen nicht an.«

Ayakçi Burhan sah mich an, als wollte er etwas zu mir sagen, dann aber trollte er sich mit seltsam schlenkernden Armen.

Kemal Arsan musterte mich neugierig und ballte nervös die Fäuste. Dann sah er Yildiz Turanli an und setzte ein Lächeln auf. »Setzen Sie sich doch«, sagte er. »Ich denke, wir sollten uns über eine neue Vereinbarung unterhalten.«

Ich sah zu Yildiz Turanli und versuchte, den Widerwillen in ihrem Blick zu ignorieren. Ich setzte mich Kemal Arsan direkt gegenüber und stützte die Ellbogen auf den Tisch, als wartete ich auf mein Essen.

»Möchten Sie etwas trinken?«, fragte Kemal Arsan. »Die Dame?«

»Ich bin über mein Tagesquantum an Kaffee schon hinaus«, erwiderte Yildiz Turanli.

»Ich nehme noch einen«, sagte ich.

Kemal Arsan gab jemandem hinter mir ein Zeichen, dann wandte er sich wieder mir zu. »Sind Sie sicher mit den drei Geschwistern?«

Ich nickte und sah ihn abwartend an. Gar nicht notwendig, an der Angel herumzuziehen.

Er rückte seine Brille zurecht. »Wenn Sie mich schon fragen, wer der Dritte ist, wissen Sie es also selber nicht.«

Ich gab ein wenig Schnur. »So ist es.«

»Aber Sie möchten es wissen.«

»Und zwar sehr.«

»Dann finden Sie es bitte auch für mich heraus«, sagte er und lehnte sich zurück. »Damit befriedigen Sie Ihre Neugier und verdienen auch noch Geld dabei.«

Yildiz Turanli regte sich auf ihrem Stuhl. Sag bitte nichts, dachte ich.

»Auf dem Geld, das ich mit Ihnen verdiene, liegt irgendwie kein Segen. Es wird mir nämlich nicht ausbezahlt.«

»Diesmal ist es mir ernst. Sagen Sie mir einen Preis.«

»Wie ernst es diesmal ist, haben Sie vielleicht selbst noch nicht erfasst. Also wundern Sie sich nicht, wenn der Preis recht hoch ausfällt.«

Yildiz Turanli rutschte unruhig hin und her. Kemal Arsan hob die Augenbrauen bis fast in halbe Stirnhöhe und wartete ab.

»Der Bruder oder die dritte Schwester von Hilmi Akalin ist zugleich auch sein Mörder«, sagte ich.

Die Augenbrauen sackten wieder herab. Er rückte an seiner Brille herum. Der Mund war nur noch ein Strich. »Ja, so ist es«, sagte ich. »Sehen Sie jetzt, was das für Sie für praktische Auswirkungen hätte?«

Schwer schluckend nickte er. Ich warf ein letztes Mal meine Angel aus. »Allzu viel müsste sich dann hier gar nicht ändern«, sagte ich und lehnte mich zurück.

Bevor er antworten konnte, kam die Kellnerin. »Sie wünschen?«

»Einen Mokka ohne Zucker«, sagte Kemal Arsan und sah

mich ungeduldig an. »Zwei«, sagte ich. Yildiz Turanli schüttelte den Kopf.

»Unser Kaffee ist aber gut«, sagte die Kellnerin.

»Jaja, ist schon recht«, sagte Kemal Arsan und machte eine verscheuchende Handbewegung.

»Na gut, dann nehme ich auch einen«, sagte Yildiz Turanli. »Mit Zucker.«

»Kommt sofort«, erwiderte die Kellnerin eingeschüchtert und machte, dass sie fortkam.

»Das sagen Sie doch bloß, um den Preis hochzutreiben«, sagte Kemal Arsan, »das mit dem Mörder?«

»Tja, für Mörder hat niemand was übrig.«

»Sagen Sie schon Ihren Preis.«

Ich tat so, als würde ich nachdenken. Es musste ein hoher Preis sein, aber doch einer, auf den er sich einließ. Yildiz Turanli und Kemal Arsan sahen mich neugierig an, was ich wohl ausspucken würde. Der Arzt würde dann über seine Zahlungsbereitschaft befinden, und die Psychologin über mein seelisches Gleichgewicht.

Im guten Gefühl, sie alle beide auf dem falschen Fuß zu erwischen, sagte ich: »Sie werden Neriman in Frieden lassen. Ganz unabhängig davon, wie unsere Besprechung heute ausgeht. Was die Frau noch an Leben vor sich hat, soll sie ungestört genießen können.«

»In Ordnung«, sagte Kemal Arsan. Yildiz Turanli lächelte nur.

»Wenn Sie nicht Wort halten, mache ich Ihnen hier im Krankenhaus die Hölle heiß.«

Das Lächeln von Yildiz Turanli wurde noch breiter. Kemal Arsan wiederholte nur: »In Ordnung.«

Ich stand auf. »So, dann entschuldigen Sie uns bitte.«

»Ihr Kaffee ist noch gar nicht da«, sagte Kemal Arsan.

»Ein andermal«, wehrte ich ab. Auch Yildiz Turanli stand auf und hängte sich die Tasche über die Schulter.

»Wie Sie meinen«, sagte Kemal Arsan. »Dann sehen wir uns oben.«

Ohne zu antworten, wandte ich mich dem Ausgang der Cafeteria zu. Yildiz Turanli hakte sich bei mir unter. Das tat mir so gut, dass ich der Kellnerin, die uns verdutzt abziehen sah, artig zulächelte. Yildiz Turanli drückte mir sanft den Arm. »Hut ab, Remzi Ünal«, sagte sie. »Du hast mich mal wieder völlig überrascht.«

»Die Frau ist eben die Einzige in der ganzen Angelegenheit, die man als unschuldig bezeichnen kann.« Als ob sie verstanden hätte, drückte sie mir wieder den Arm. Herrlich. Ich fühlte mich, als hätte ich eine Heldentat vollbracht.

Draußen ging ich mit ihr zu dem kleinen Laden neben der Cafeteria. Auf einmal blieb Yildiz Turanli stehen, und zog ihren Arm zurück. »Du machst mir doch was vor, Remzi Ünal«, sagte sie. »Du selber hast mir oft gesagt, dass niemand wirklich unschuldig ist. Was soll an dieser Frau so Besonderes sein?«

Lächelnd blickte ich zu den fertigen Blumensträußen vor dem Laden. »Vielleicht, dass sie nicht alle Sinne beisammenhat. Bei den anderen arbeitet der Verstand nämlich wunderbar. Da, such mal einen aus.«

»Für mich?«

»Nein.«

Fügsam ging sie ein paar Blumensträuße durch. Dass der Strauß nicht für sie sein sollte, schien sie nicht weiter zu stören. »Weißt du«, sagte sie, »du hast soeben zur Psychologie von Verbrechern einen wertvollen Beitrag geleistet. Hier, ist der da recht?« Ich nahm ihr den Strauß ab, ein mit Cellophan und Blättern verwirktes Ensemble aufgebläht wirkender Sterne.

»Wie heißen die Dinger, und was kosten sie?«, fragte ich die lächelnd herauskommende Verkäuferin. Sie wusste aber nur den Preis und nicht den Namen. Ich zahlte. »Lilien sind das«, sagte Yildiz Turanli. Wir gingen auf den Empfang zu, leider nicht mehr untergehakt. »Glaub aber ja nicht, dass ich dir deine Show abkaufe«, sagte sie.

»Du bist eine kluge Frau.«

»Verrätst du mir dann die Wahrheit?«

»Ist eigentlich ganz einfach. Ich musste ihm einen Grund dafür liefern, zu der Besprechung zu kommen. Einen echten Grund. Und das habe ich getan.«

»Du hast also wirklich und wahrhaftig vor, so eine Versammlung zu machen, in der am Schluss der Name des Mörders verkündet wird. Ach, Remzi.«

Am Empfang blickte Sultan Karakum mich an. »Könnten Sie bitte Ayla für mich anrufen?«, bat ich. Sowohl Yildiz Turanli als auch Sultan Karakum sahen fragend auf den Blumenstrauß in meiner Hand.

Sultan Karakum nahm den Hörer ab, tippte auf ein paar Tasten und wartete. »Einen Moment, Ayla«, sagte sie dann und reichte mir den Hörer.

»In welchem Zimmer ist Neriman?«, sagte ich hinein, ohne ihr Hallo abzuwarten.

»Remzi Ünal? Sind Sie das?«

»Ja. Auf welcher Nummer liegt sie?«

»Können Sie die Frau nicht mal in Frieden lassen?«

»Ich möchte sie nur besuchen. Und ihr Blumen bringen.« Ein paar Sekunden kam keine Antwort. Sultan Karakum sah mich neugierig an.

»Auf Zimmer 382«, sagte Ayla Duman schließlich mit schwacher Stimme. »Aber bringen Sie sie bitte nicht noch mehr durcheinander.«

Ich gab Sultan Karakum den Hörer zurück und fragte: »Wer liegt auf Zimmer 382?«

Sie beugte sich sofort über ihren Computer und tippte etwas ein. Als sie den Kopf wieder hob, wirkte sie ungläubig. »Da steht, dass Zimmer 382 nicht belegt ist.«

»Und wenn da jemand untergebracht werden soll?«

Sie sah wieder auf den Bildschirm. »Hm, da heißt es, das Zimmer sei derzeit nicht benutzbar. Irgendein Problem mit der technischen Ausstattung.«

»Danke«, sagte ich und sah auf die Uhr. Durchaus noch Zeit für einen Krankenbesuch. Ich blickte Yildiz Turanli an und wies mit dem Kopf auf den Aufzug.

Drinnen starrten wir beide schweigend in den Spiegel, und irgendwie kamen mir die Blumen in meiner Hand unpassend vor. Yildiz Turanli schmunzelte über unseren Anblick. Mir fiel ein, dass wir kein gemeinsames Foto von uns hatten.

Wir gingen auf einen leeren Gang hinaus. Yildiz Turanli folgte mir. Ich hörte nur ihre Schritte, denn durch die geschlossenen Türen rechts und links kam kein Laut.

Vor Zimmer 382 musste ich erst einmal tief durchatmen, dann klopfte ich an. Ich erwartete keine Antwort, und es kam auch keine. Leise öffnete ich die Tür und streckte den Kopf hinein.

Neriman hatte schon Besuch.

Am Kopfende des Bettes saß Firdevs Işin, die Hände im Schoß, mit trüber Miene, und wirkte nicht wie eine Krankenschwester, die sich freut, eine frühere Patientin wiederzusehen.

Neriman schlief anscheinend. Ihr weißes Haar lugte ordentlich gekämmt aus dem Kopftuch heraus, und das faltige Gesicht wirkte gelöster als in der Pseudo-Klinik. Um den Hals trug sie ein Tuch.

Firdevs Işin beäugte neugierig Yildiz Turanli, sagte aber nichts. Ich fragte mich, wohin ich mit den Blumen sollte. Die Zimmereinrichtung war gerade so nüchtern, dass man das Gefühl hatte, für sein Geld etwas zu bekommen und es nicht zum Fenster hinauszuwerfen. Das meiste steckte sichtlich im vor Technologie strotzenden Krankenbett. Yildiz Turanli erbarmte sich meiner und nahm mir den Blumenstrauß ab.

»Wie geht es ihr?«, fragte ich Firdevs Işin.

»Gut. Den Umständen entsprechend gut.«

»Redet sie was?«

»Nur lauter Unsinn. Damit sie nicht noch mehr fantasiert, habe ich es mit dem Lied versucht, das ich ihr immer vorgesungen habe, als sie bei mir war. Sie hat es auch wiedererkannt und ist bald darauf eingeschlafen.«

Als Yildiz Turanli mit dem Blumenstrauß an mir vorbeiging, stieß sie leicht ans Bett, und Neriman öffnete die Augen. Erst sah sie mich an, zunächst etwas verwirrt und sorgenvoll, dann aber gleich entspannt, was mich freute. Als sie Yildiz Turanli wahrnahm, lächelte sie sogar. Zu ihrer Rechten sah sie schließlich Firdevs Işin und lächelte noch mehr, und die Krankenschwester lächelte zurück.

»Wie geht es Ihnen?«, fragte ich.

»Gut«, erwiderte sie, wie jemand, der im Vollbesitz seiner geistigen Kräfte ist. »Und du, Ismail, wie geht es dir?«

Hm. Sollte ich mich auf diesen Ismail einlassen? Wohl schon, um die Frau nicht zu verwirren. Ich war schon so viel gewesen, da kam es auf einen Ismail auch nicht mehr an. »Gut geht es mir, Neriman.«

Sie wandte sich Firdevs Işin zu und sagte verlegen: »Ich muss eingenickt sein. Habe ich lang geschlafen?«

»Nein«, sagte Firdevs Işin, »gar nicht lang.«

Neriman sah die Blumen an, und ihr Gesicht hellte sich noch mehr auf. »Die sind aber schön. Sind die für mich?«

»Ja, für Sie«, erwiderte Yildiz Turanli.

»Wer bist du denn, Kindchen?«, fragte Neriman.

»Ich … Äh …«, stotterte Yildiz Turanli. So sprachlos hatte ich sie noch nie erlebt, und so sprang ich ihr zur Seite. »Das ist meine Verlobte«, sagte ich.

»Erzähl mir doch nichts, Ismail, ihr habt keinen Ring am Finger. Ihr wohnt wohl zusammen, ja?«

Yildiz Turanli sah mich an. Firdevs Işin schmunzelte. »Nein, so weit sind wir noch nicht«, sagte Yildiz Turanli. »Ismail ziert sich noch.«

»Sei doch nicht so dumm, Ismail«, sagte Neriman und hatte dabei diesen Glanz in den Augen, den Familienälteste manchmal bekommen, wenn sie sich erlauben, frei von der Leber weg zu sprechen. »Du bist nicht mehr der Jüngste, und jetzt hast du so eine wunderhübsche, kluge Frau gefunden, da ist es doch egal, was die Leute sagen, wenn ihr jetzt zusammenzieht.«

»Bravo, Neriman!«, rief Firdevs Işin aus.

Ich fand, dass es höchste Zeit wurde, das Thema zu wechseln. »Wirst du gut gepflegt hier, Neriman?«

Sie verzog das Gesicht. »Gut gepflegt hin, gut gepflegt her, das ist ein Krankenhaus. Ich möchte so gerne nach Hause, aber die lassen mich nicht.«

»Ich werde mich wieder um Sie kümmern«, sagte Firdevs Işin. »So wie früher.«

Yildiz Turanli legte den Blumenstrauß auf einem Tischchen

ab, trat entschlossen ans Bett heran und legte Neriman die Hand auf die Schulter. Dann sprach sie in einem Ton, den ich noch nie bei ihr gehört hatte. Einem Fernsehpsychologenton. »Wenn Sie mit den Ärzten so reden wie jetzt gerade mit uns, dann lassen die Sie auch raus«, sagte sie.

Neriman schlug die Augen nieder.

»Wenn Sie wollen, bringe ich Ihnen andere Ärzte, und Sie reden mit denen«, fuhr Yildiz Turanli fort. »Jeder hat das Recht, sich dort pflegen zu lassen, wo er will, egal in welchem Alter.«

Neriman kullerten zwei Tränen herunter. Sie regte sich aber nicht und starrte nur auf die Bettdecke. Firdevs Işin wischte ihr mit dem Halstuch die Tränen ab.

»Keine Angst«, sagte Yildiz Turanli. »Das hier geht vorbei.«

Als wir hinter uns die Tür gehen hörten, drehten wir uns alle drei um. Ayla Duman war hereingekommen, mit besorgtem Gesicht. »Wie gehts dir, Mama, willst du ein bisschen schlafen?«

Neriman ruckelte ein wenig, als wollte sie sich aufrichten. »Wie soll ich denn schlafen, ich muss doch den Strom zahlen. Wo hast du bloß die Rechnung hingetan? Wenn ich den Strom nicht zahle, wird er mir gesperrt.«

Ayla schien sich über Neriman Akalins Worte nicht zu wundern, sondern nahm sie lächelnd hin, als wären sie etwa ein vernünftiges Statement zum türkischen Staatsdefizit. Als sie aufs Bett zuging, trat Yildiz Turanli unwillkürlich zwei Schritte zurück.

»Keine Sorge, deine Stromrechnung habe ich bezahlt«, sagte Ayla Duman.

Neriman wirkte nicht ganz überzeugt. »Wenn die mir den Strom sperren, kann ich Dallas nicht sehen. Sue Allen und diesen Saukerl von JR!«, rief sie und stützte sich auf, als wollte sie aus dem Bett steigen. Ayla Duman drückte sie sanft wieder zurück.

»Versuch jetzt, ein wenig zu schlafen, Mama.«

Da wurde Neriman erst recht laut. »Und die Frau nebenan mit ihrer ständigen Beterei, wie soll da ein Mensch schlafen können?«

»Mama«, sagte Ayla Duman, um einen autoritären Ton bemüht, »wenn du jetzt nicht zu schlafen versuchst, rufe ich einen Arzt, dann kriegst du eine Spritze.«

Resigniert ließ Neriman die Schultern sinken und sah uns einen nach dem anderen an. Als sie bei Yildiz Turanli anlangte, sagte sie: »Mädchen, rette du mich. Ich höre andauernd das Betgemurmel dieser Frau im Kopf. Schaff mich hier raus. Ismail hilft dir dabei. Er soll erst mal meine Stromrechnung zahlen.«

»Schon gut, Neriman, wird gemacht«, sagte Yildiz Turanli.

Ayla Duman sah verwundert auf Yildiz Turanli, und dann auf mich. Ich gab ihr per Zeichen zu verstehen, dass alles in bester Ordnung sei, aber ganz zufrieden wirkte sie nicht.

»Meine Mutter sollte sich jetzt mal ausruhen«, sagte sie und bemühte sich, die alte Frau wieder ganz zuzudecken. Neriman sah nun mich an.

»Bis bald, Neriman«, sagte ich. »Ihre Tochter hat recht, Sie sollten ein wenig schlafen. Keine Sorge, ich werde mit meiner Verlobten zusammenziehen. Machen Sies gut. Und besuchen Sie uns dann mal.«

Als stimmte sie mir zu, schloss Neriman die Augen, hielt sie eine Weile geschlossen und schlug sie dann wieder auf. Ich sah nun einen besonderen Glanz darin. Ich nickte Yildiz Turanli zu, dass wir nun gehen sollten, worauf sie noch einmal direkt ans Bett trat. »Auf Wiedersehen, Neriman. Seien Sie unbesorgt, wir werden Ihren Rat befolgen.«

»Sie kommen doch auch?«, sagte ich zu Ayla Duman. »Wir erwarten Sie oben.«

Wir verließen das Krankenzimmer. Als ich die Tür schloss, atmete Yildiz Turanli geräuschvoll aus. Ich sah sie dankbar an und ging zum Aufzug. Es war jetzt Zeit.

Keiner sprach, und keiner sah in den Spiegel. Der kleine Ruck, mit dem Aufzüge immer halten, riss uns aus unseren Tagträumen.

Das oberste Stockwerk wirkte wieder wie ausgestorben. Als ich auf den Glaskäfig zuging, hörte ich Firdevs Işin hinter mir sagen: »Haben wir noch fünf Minuten?«

»Klar.«

»Ich muss noch kurz auf die Toilette.«

Die Wächterin des Glaskäfigs sah uns schon von Weitem, konnte aber noch nicht hören, was wir redeten.

»Kommen Patienten bei den Ärzten durch, wenn sie so eine Show abziehen?«, fragte ich.

»Wenn die Ärzte sich drauf einlassen, schon«, erwiderte Yildiz Turanli.

»Ich möchte dir für deine Unterstützung danken.«

»War ja auch ganz schön aufregend. Wann ziehst du denn jetzt zu mir? Du hast es der Frau versprochen.«

»Deine Wohnung ist nicht groß genug für uns zwei.«

»Und was ist mit der, die du gefunden hast, Remzi Ünal?«

»Nach der muss ich wieder mal sehen. Vielleicht ist sie ja größer geworden.«

»Wenn du dich das traust, komme ich mit.«

Ich wusste nicht, ob ich mich das traute. Nur wie wohl ich mich in ihrer Gegenwart fühlte, das wusste ich. Und dass das Leben, das ich bis vor zwei Tagen führte, ein Scheißleben war.

»Na, dann gehen wir doch mal hin«, sagte ich. »Wenn bloß die Nachbarn nicht gleich die Polizei rufen.«

»Tut in Istanbul keiner.«

Die Sekretärin erwartete uns schon. »Das Besprechungszimmer ist bereit«, sagte sie, als wir vor ihrem Käfig ankamen. »Kann ich sonst noch was für Sie tun?«

»Ja, wenn Sie Sultan Karakum sagen könnten, sie soll den Mann mit der Gebetskette, der unten am Eingang sitzt, doch bitte mit hochnehmen. Wahrscheinlich muss dafür ein anderer seinen Platz einnehmen.«

»Wird erledigt.«

»Gut. Ich weiß nicht, wo Begüm gerade ist. Sie wollte ein paar Kolleginnen wiedersehen.«

»Die finde ich schon.«

»Und Sinem muss informiert werden, dass wir anfangen. Kemal und Ayla kommen auch, die wissen schon Bescheid.«

Fragend sah die Sekretärin auf Ismet Günaldis Büro. »Den rufen wir erst hinzu, wenn alle da sind«, sagte ich.

Ich überlegte, ob ich nicht jemanden vergessen hatte. Ayakçi Burhan brauchte wohl keine Einladung. »Die Frau von vorhin kommt auch«, sagte Yildiz Turanli und stupste mich dabei leicht an. »Stimmt«, sagte ich, »die Frau, die mit uns aus dem Aufzug gekommen ist. Die ist noch auf der Toilette.«

Die Sekretärin nickte.

»Los dann«, sagte ich zu Yildiz Turanli und machte die Tür auf.

Das Besprechungszimmer kam mir doppelt so groß vor wie das Büro von Ismet Günaldi. Dominiert wurde es von dem schwarzen Tisch in der Mitte, der in etwa zwei Tischtennisplatten entsprach. Die ebenfalls schwarzen Stühle sahen zwar bequem aus, aber richtig hineinfläzen konnte man sich wohl nicht. An jedem Platz lagen Stift und Notizblock bereit. Die Stühle waren so angeordnet, dass eine Person mit Blick zur Tür etwas isoliert dasaß und gleich hinter sich einen Computertisch stehen hatte. Neben dem Bildschirm lag eines der schnurlosen Telefone, wie sie im ganzen Krankenhaus benutzt wurden. Zwischen den drei offenen Fenstern standen die üblichen riesigen Pflanzen.

»Bist du bereit?«, fragte Yildiz Turanli.

Das wusste ich selbst nicht so genau. »Die Sache muss jetzt erst mal in Gang kommen.«

»Aschenbecher sehe ich hier aber keinen«, sagte sie.

»Einmal bin ich bis nach Sydney geflogen, ohne eine einzige Zigarette zu rauchen.« Damals hatte ich mit dem Kopiloten gewettet, und gewonnen.

Ich setzte mich dem für den Chef vorgesehenen Stuhl schräg gegenüber und wies Yildiz Turanli den Platz neben mir zu. Nun, eine Wette war diesmal nicht angesagt, also holte ich eine Zigarette heraus und zündete sie an. Nachsichtig lächelnd wie die Mutter eines Pubertierenden, setzte sich Yildiz Turanli neben mich. Stumm blickte sie auf den Stift und den Notizblock.

Die Sekretärin erschien in der Tür und warf einen prüfenden Blick durch den Raum. »Brauchen Sie noch was? Ich habe allen Leuten Bescheid gesagt.«

»Wenn Sie vielleicht einen Aschenbecher hätten?«

»Kommt sofort.«

Ich hielt meine Zigarette senkrecht, damit die Asche nicht hinunterfiel.

Die Sekretärin kam mit einem Aschenbecher von der Größe eines kleinen Tellers zurück, mit Rillen für drei Zigaretten. »Kann ich Ihnen was anbieten?«, fragte sie. Yildiz Turanli nickte. »Ein Nescafé wäre nicht schlecht«, sagte ich, »ohne Milch und Zucker.«

Ich streifte meine Asche ab und sah dem Rauch zu, wie er sich an die Decke hochkräuselte. Ich war guter Dinge. Meine Waypoints standen mehr oder weniger fest. Für den Fall starken Gegenwinds waren alternative Landeplätze eingeplant. Treibstoff hatte ich genug. Die Gewichtsberechnungen waren alle durchgeführt. Nun wartete ich auf die Passagiere. Sogar eine Flugbegleiterin hatte ich. Eine schöne, kluge, erfahrene.

Firdevs Işin kam zur Tür herein. Sie warf einen kurzen Blick durch den Raum und grinste beifällig. Uns beiden nickte sie zu, dann setzte sie sich an die andere Tischseite und hängte ihre Tasche über die Stuhllehne. Wie eine neugierige Theatergängerin sah sie aus.

Ich tat einen tiefen Zug an meiner Zigarette und blies den Rauch zum Fenster.

Yildiz Turanli hatte den Block aufgeschlagen und kritzelte etwas hinein. Ich wusste nicht, ob sie das in den Sitzungen mit Ratsuchenden auch so hielt. Und eine andere Klinikpsychologin als sie kannte ich nicht.

Wieder tat sich etwas an der Tür. Ayla Duman kam herein, und gleich dahinter die Sekretärin mit einer Tasse in der Hand. Ayla Duman war der Raum vertraut. Ohne zu zögern, ging sie hinter Firdevs Işin vorbei und setzte sich schräg gegenüber dem für Ismet Günaldi vorgesehenen Stuhl hin. Also mir direkt gegenüber. Sie faltete die Hände auf dem Tisch und nickte Yildiz Turanli, mir und Firdevs Işin grüßend zu. Wie jemand, der keine Zeit für überflüssiges Geplapper hat.

Die Sekretärin stellte eine geblümte Porzellantasse vor mich hin. Der Kaffee duftete herrlich.

»Möchten Sie auch etwas trinken?«, fragte die Sekretärin die beiden zuletzt eingetroffenen Frauen.

Firdevs Işin lehnte mit einer Geste ab, Ayla Duman wiederum

deutete auf den Tisch und sagte: »Bringen Sie am besten Wasser für alle.«

Mir war, als hörte ich den Gong zur ersten Runde.

Keiner sprach. Ich trank so geräuschlos wie möglich meinen Kaffee und machte schließlich die Zigarette aus. Eigentlich hätte ich auf die Uhr sehen müssen, aber ich unterließ es.

Keiner weiß in solchen Situationen, was der andere denkt. Ich jedenfalls dachte daran, mich bei meinem nächsten Job unbedingt im Voraus bezahlen zu lassen. Das, wofür ich eigentlich engagiert worden war, verlor mit der Zeit immer mehr an Bedeutung, und ich kümmerte mich kaum mehr darum, für das, was ich tat, auch eine Gegenleistung zu bekommen.

Plötzlich spielten die Tränen einer alten Frau eine Rolle, dann heulten junge Frauen los, und schließlich sogar junge Männer. Die Welt war schlecht und füllte die Augen der Menschen mit Tränen. Wegen dem, was sie getan oder nicht getan hatten. Und dann musste verhandelt werden.

Die Tür ging noch einmal auf, und Baller-Osman kam herein, mit der Gebetskette in der Hand. Die Mütze hatte er abgenommen. Die Sekretärin zeigte ihm an, dass er Platz nehmen könne, wo er wolle. Als er mich erblickte, schien er sich etwas zu entspannen. Mit betont aufrechtem Oberkörper ging er zu Firdevs Işin und setzte sich neben sie, vermutlich aus einem Klasseninstinkt heraus. Sie aber quittierte das lediglich damit, dass sie ihren Stuhl einen Zentimeter von ihm wegrückte, was Baller-Osman allerdings nicht zu merken schien. Er legte die Hand mit der Gebetskette auf den Tisch, die andere ließ er herabhängen. Die Sekretärin ging hinaus.

»Tag auch, allerseits«, sagte Baller-Osman.

Firdevs Işin nickte nur.

»Guten Tag«, sagte Ayla Duman. Yildiz Turanli kritzelte weiter in ihren Block und hatte wohl gar nichts gehört. Zumindest wollte ich das so glauben.

»Hallo«, sagte ich über den Tisch hinüber.

Ich wartete auf den zweiten Gong.

Durchs Fenster tönte eine Krankenwagensirene herein. Ayla

Duman sah zu ihrem Telefon, rührte es aber nicht an. Die Sirene verstummte. In die plötzliche Stille hinein machten sich andere Laute bemerkbar, schaltende Autos, Hupen, Kinderstimmen.

Und noch einmal ging die Tür auf. Sinem Akalin trat ein, blickte sich kurz um und ging dann entschlossenen Schrittes hinter Baller-Osman und Firdevs Işin vorbei und setzte sich neben Ayla Duman. Die beiden tauschten einen kurzen Blick. Es war Sinem Akalin sichtlich unangenehm, so im Zentrum des Interesses zu stehen. Sie rückte den Stuhl näher an den Tisch, zog den Notizblock heran und sah mich an. Stumm grüßte ich zu ihr hinüber.

Jedes Mal, wenn jemand eintraf, wurde die Stille danach noch intensiver. Als Nächstes kommt bestimmt Begüm Kalyon, dachte ich und behielt recht. Die junge Frau, mit der zumindest dem Anschein nach alles begonnen hatte, ging zielstrebig auf Yildiz Turanli zu. Die beiden lächelten sich an, dann setzte sich Begüm Kalyon. Sie streckte den Kopf vor und grüßte an Yildiz Turanli vorbei zu mir herüber, dann winkte sie kurz zu Ayla Duman, die mit einem strahlenden Lächeln zurückgrüßte.

Wann kommt endlich der zweite Gong, dachte ich.

Der ertönte dann auch, aber anscheinend hörte nur ich ihn. Zum x-ten Mal ging die Tür auf, und herein kamen Kemal Arsan und Ayakçi Burhan.

Kemal Arsan blieb stehen und ließ seinen Blick über alle Anwesenden gleiten. Missbilligend nahm er wahr, dass ich in nächster Nähe zum Chefsessel saß. Ich hatte ihm wohl seinen angestammten Platz weggenommen. Er sah sich nach einem anderen Platz um und ging schließlich hinter Baller-Osman und Firdevs Işin vorbei, wobei Letztere nervös zusammenzuzucken schien. Er setzte sich zwischen Ayla Duman und Firdevs Işin, hatte aber rechts und links von sich noch jeweils einen leeren Stuhl. Somit saß er direkt gegenüber von Begüm Kalyon.

Jeder im Raum hatte seine Suche mit den Augen verfolgt, und wie auf ein Zeichen sahen nun alle wieder vor sich hin.

Nun setzte auch Ayakçi Burhan sich, in den nächststehenden Stuhl, als verstünde sich das von selbst.

Angespannte Stille. Sollte ich mir noch einen Nescafé bringen lassen? Nein, lieber nicht. Ich sah Yildiz Turanli an, die noch immer kritzelte. »Wie fühlst du dich?«, fragte ich sie leise.

»Komisch«, sagte sie. »Läuft das immer so?«

»Keine Ahnung.«

Durch unser Gespräch ermutigt, wandte sich Kemal Arsan an Ayla Duman. »Sind von dem Patienten auf der 102 die Angehörigen jetzt schon gekommen?«

»Weiß ich nicht.«

»Solange wir mit denen nicht geredet haben, kann Abdullah nichts machen.«

Sie nickte nur, und Kemal Arsan sah missmutig vor sich hin. Er zog seinen Notizblock heran und schob ihn gleich wieder von sich.

»Wir warten vermutlich auf Herrn Günaldi?«, fragte er mich.

»Und auf Sultan Karakum.«

»Und wie lang soll das Ganze dauern?«

»Ich weiß es nicht. Das kommt auf Sie an.«

Mit heruntergezogenen Mundwinkeln zeigte er an, dass er nicht gewillt war weiterzureden. Daraufhin widmeten sich die anderen wieder der Begutachtung der Tischoberfläche.

Bevor ich bis hundert zählen kann, geht die Tür wieder auf, wettete ich mit mir selbst und begann, in gemäßigtem Tempo zu zählen. Schon bei neunzehn wirkte der Zauber. Die Tür ging auf, und alle Köpfe wandten sich Sultan Karakum zu, die sich sofort neben Begüm Kalyon setzte und auf den Tisch starrte.

Kemal Arsan rutschte ungeduldig hin und her.

Warte nur, gleich kommt der dritte Gong, sagte ich mir.

In der Tür erschien die Sekretärin. Sie warf einen kurzen Blick über die Sitzenden und zog sich dann neben eine der Pflanzen am Fenster zurück. Wie eine Zeremonienmeisterin vor dem Eintritt des Königs.

Mit wohlkalkuliertem Lächeln betrat Ismet Günaldi den Raum, dahinter ein Mann, den ich noch nicht gesehen hatte, im schwarzen Anzug über dem Wrestler-Körper.

Ismet Günaldi ging ohne Umschweife auf seinen Platz zu.

Als er an Begüm Kalyon vorbeikam, berührte er sie leicht an der Schulter. Er setzte sich und rückte den Notizblock vor sich zurecht.

Ganz schön laut, der dritte Gong, dachte ich.

Der Mann im schwarzen Anzug blieb breitbeinig an der Tür stehen. Er war schon beeindruckend. Aber beeindruckende Männer erweisen sich oft als hohl. Manchmal allerdings auch nicht. Ein Satz zum Merken.

Ismet Günaldi hüstelte. Dann begann er mit Chefstimme zu sprechen. »Ich darf Ihnen Tarik vorstellen, den Einsatzleiter der Sicherheitsfirma, die von nun an für uns arbeitet. In letzter Zeit ist es …«

Die Tür ging schon wieder auf. Missmutig sah Ismet Günaldi hin. Ein kellnermäßig gekleideter Junge mit einem Tablett voller Wasserbecher mit Aluminiumdeckeln kam herein. Er begann sofort mit dem Verteilen, wobei er kaum aufzuschauen wagte. Jeder wartete, bis er an der Reihe war, und keiner sagte etwas.

Damit der Junge leichter an uns vorbeikam, rückte jeder seinen Stuhl etwas nach vorne. Alle außer Ismet Günaldi. Als der Junge hinter Baller-Osman vorbeiging, blieb er mit dem Fuß hängen und stolperte. Dabei glitt ihm der Becher aus der Hand und fiel Ayakçi Burhan vor die Füße. Gut hörbar platzte der Deckel auf.

»Mensch!«, rief Baller-Osman.

Mit hochrotem Kopf versuchte der Junge, sein Missgeschick wieder gutzumachen. »Ich wische es sofort trocken«, sagte er mit zitternder Stimme.

»Schon gut«, rief Ismet Günaldi über den Tisch. »Das trocknet von selbst. Geh raus, damit wir weitermachen können.«

Alle Köpfe waren wieder Ismet Günaldi zugewandt, und in die Stille hinein war nur zu hören, wie der Junge die Tür hinter sich zumachte. Ismet Günaldi schob den Wasserbecher neben den Notizblock und hüstelte erneut. »Wie gesagt, haben wir uns durch die Vorfälle der letzten Zeit genötigt gesehen, uns an eine Sicherheitsfirma zu wenden, und deren Personal wird schon bald hier ihren Dienst antreten. Weil unsere heutige, nun ja, Besprechung von solcher Bedeutung ist, habe ich den Einsatzleiter der Firma gebeten, daran teilzunehmen.«

Niemand hielt es für nötig, dem Mann an der Tür wenigstens aufmunternd zuzunicken, sondern alle sahen nur erwartungsvoll Ismet Günaldi an. Der ruckte auf seinem Stuhl hin und her und blickte dann zu mir.

»Bevor wir zum eigentlichen Thema kommen, möchte ich betonen, dass wir uns mit Herrn Remzi Ünal, den Sie ja wohl alle kennen, darin einig sind, dass alles, was hier besprochen wird, unter uns bleiben soll. Nicht wahr, Herr Ünal?«

Das musste ich abnicken.

»Zur Abhaltung dieser etwas ungewöhnlichen Besprechung«, fuhr er fort, »habe ich mich bereit erklärt, weil Herr Ünal sich über die Zukunft unseres Krankenhaus voller Sorge geäußert hat, und zwar im Zusammenhang mit der, nun ja, Ermordung unseres werten Kollegen Hilmi Akalin. Deshalb überlasse ich nun das Wort Herrn Ünal, und zwar in der Hoffnung, dass wir diese Angelegenheit hinter uns bringen, ohne dass irgendjemand Schaden nimmt, sei es unser Haus oder ein Einzelner von uns.«

Als Ismet Günaldi verstummte, sahen die meisten mich an, und ich wiederum Yildiz Turanli. Sie lächelte mich an.

Bevor ich aber loslegen konnte, ertönte Kemal Arsans entschlossene Stimme. »Herr Günaldi, es geht doch hier um ein Verbrechen. Bedeutet das nicht, dass wir uns in die Arbeit von Polizei und Staatsanwaltschaft einmischen?«

Obwohl die Frage nicht an mich gerichtet war, blickten fast alle mich an, selbst Ismet Günaldi.

»Wir werden deren Arbeit in keiner Weise behindern«, sagte ich. »Sondern uns nur unterhalten.«

»Und was soll danach geschehen?«, fragte Kemal Arsan.

»Dann gehen wir auseinander.«

»Obwohl es um ein Verbrechen geht?«

»Ja.«

»Das heißt also, wenn wir den Mörder ausfindig machen, lassen wir ihn laufen?«, fragte Kemal Arsan unverhohlen lächelnd.

»Woher wollen Sie denn wissen, dass der Mörder unter uns ist?«

Er stockte, als hätte er diese Möglichkeit noch gar nicht in Betracht gezogen. »Was weiß ich«, sagte er etwas kleinlauter. »Ich meine ja nur, weil es eben so aussieht. Ein Privatdetektiv, eine Versammlung aller Beteiligten …«

Als müsste ich über Kemal Arsans Antwort nachdenken, holte ich bedächtig meine Zigaretten aus der Tasche und steckte mir eine in den Mund, aber ohne sie anzuzünden. »Einige Beteiligte sind ja nicht da«, sagte ich. »Und niemand von uns hat die Befugnis, einen anderen festzunehmen.«

»Wozu dann überhaupt die Versammlung?«, sagte Kemal Arsan herausfordernd.

Ich zündete die Zigarette an. »Wir müssen an die Unschuldigen denken.«

Kemal Arsan blickte zu Ismet Günaldi, und was immer er in dessen Augen sah, veranlasste ihn anscheinend, nicht weiter zu insistieren. Ich blies meinen Rauch hinaus, und er zog langsam zum Fenster.

»Bitte weiter«, sagte Ismet Günaldi.

»Man darf also hier rauchen?«, fragte Firdevs Işin dazwischen, worauf einige glucksten. Ismet Günaldi schien erfreut zu sein, dass die Spannung etwas nachließ.

»Nun, dieses Recht, das Herr Ünal sich etwas eigenmächtig genommen hat, dürfen wir den anderen Nikotinabhängigen jetzt wohl nicht vorenthalten«, sagte er. »Wenn ich Sie nur bitten darf, nicht alle gleichzeitig zu rauchen, damit wir hier nicht ersticken.«

Dann wandte er sich wieder mir zu. »Bitte schön.«

Ich feierte mein Privileg mit einem erneuten Zug an der Zigarette. Dann musterte ich die Leute, die mich erwartungsvoll ansahen, zuletzt den Einsatzleiter Tarik, der mit vor der Brust verschränkten Armen dastand und an die Wand hinter Ismet Günaldi starrte.

»Ich begreife Herrn Arsan durchaus«, sagte ich. »Er will seine Zeit nicht mit einer Versammlung vergeuden, bei der wahrscheinlich nichts herauskommt. Also …« Ich tat einen letzten Zug an der Zigarette und drückte sie dann in dem riesigen Aschenbecher aus. Bevor ich weiterredete, wartete ich ein wenig ab, um das

Schweigen noch unerträglicher werden zu lassen. Dann betonte ich jedes einzelne Wort.

»Wer Hilmi Akalin im Schlafzimmer der hier anwesenden Firdevs Işin mit einem Schuss in die Brust getötet hat, der soll sich jetzt melden, dann können wir sofort auseinandergehen. Es hat ja wirklich jeder was zu tun.«

Die Leute sahen sich an. Keiner sagte etwas, nicht einmal ein Hüsteln war zu hören. Ich sah noch einmal jedem Einzelnen ins Gesicht, um zu unterstreichen, wie ernst es mir war. Mit ihren zusammengekniffenen Augen und den fest verschlossenen Lippen zeigten sie mir an, dass sie zwar verstanden hatten, aber nichts sagen wollten. Ich zählte bis fünf, damit jeder seinen Entschluss noch einmal prüfen konnte.

»Nun gut«, sagte ich dann. »Fangen wir an.«

23

Ganz gegen meine Erwartung schien sich bei den Anwesenden eher Erleichterung breitzumachen. Einzig Yildiz Turanli wirkte angespannt.

Ich sah auf die Uhr. Allmählich bekam ich Hunger. Sobald das hier vorüber war, würde ich uns beiden ein Mittagessen bestellen, das Yildiz Turanlis Diätgewohnheiten über den Haufen werfen würde.

Betont umständlich nahm ich den Deckel meines Wasserbechers ab. Wie gewöhnlich leistete der Deckel mehr Widerstand, als er eigentlich sollte. Als ich es geschafft hatte, trank ich einen kleinen Schluck. Und noch einen Schluck. Dann stellte ich den Becher ab und begann zu reden.

»Ich bin in dieser Sache aktiv geworden, weil ich eine zukünftige Familie vor dem Zerfall bewahren sollte«, sagte ich, ohne Kemal Arsan dabei anzusehen. »Ein junger Arzt machte sich Sorgen um seine Verlobte, die im selben Krankenhaus arbeitete. Die junge Frau war verschwunden, ohne ihm irgendeine Nachricht zu hinterlassen.«

Ich trank noch einen Schluck. Allmählich kam ich auf Betriebstemperatur.

»Mir kam es am logischsten vor, die Suche nach einer verschwundenen Krankenschwester in dem Krankenhaus anzufangen, in dem sie beschäftigt war. Also bin ich hierhergekommen und habe mit zwei ihrer Kolleginnen gesprochen, die mir aber keine Auskunft geben konnten.«

Weder Ayla Duman noch Sultan Karakum nickten irgendwie zustimmend. Die anderen hingen an meinen Lippen.

»Allerdings hatte die Krankenschwester eine Nummer hinterlassen, unter der sie in dringenden Fällen zu erreichen war. Ich habe dort angerufen und auf den Anrufbeantworter gesprochen, sie solle mich doch zurückrufen, denn ich könne ihr helfen.«

Ayla Duman zuckte zusammen, als hätte ich sie aus dem Schlaf geweckt. »Wer hat Ihnen die Nummer gegeben?«

»Sie selbst.«

»Das habe ich nicht. Sie wollten sie haben, aber ich habe sie Ihnen nicht gegeben, das weiß ich noch ganz genau.«

»Sie haben die Nummer für mich gewählt, und ich habe Ihnen beim Eintippen zugesehen.«

Ohne aufzublicken, schmunzelte Yildiz Turanli. Ayla Duman lehnte sich schmollend zurück.

»In diesem Krankenhaus sind wirklich Sicherheitsmaßnahmen nötig«, sagte ich, an Ismet Günaldi gewandt. »Als ich vor dem Eingang rauchen wollte, bin ich am helllichten Tag Opfer eines Überfalls geworden.«

Ismet Günaldi riss die Augen auf.

»Es war wirklich gefährlich. Der Kerl hatte ein Skalpell in der Hand.«

Mit funkelnden Augen sah Yildiz Turanli mich an. Ich wich ihrem Blick aus und nahm mir vor, über meine Erlebnisse in der Pseudo-Klinik nur zurückhaltend zu berichten.

»Bei diesem kleinen Besuch habe ich zweierlei gelernt«, sagte ich.

Kemal Arsan beugte sich vor und sah mir in die Augen, als wollte er zum ersten Mal wirklich wissen, mit wem er es zu tun hatte.

»Zum einen, dass die Krankenschwester nicht nur aus Beziehungsgründen verschwunden war, sondern ihren Kolleginnen etwas verschwieg.«

Wieder ein Schluck aus dem Becher.

»Und zum Zweiten, dass jemand, der in der Sache Fragen stellte, sich nicht beliebt machte.«

»Wie meinen Sie das?«, fragte Firdevs Işin.

»War es im Umkreis des Krankenhauses schon mal zu solchen Zwischenfällen gekommen?«, fragte ich Ismet Günaldi. Er schüttelte den Kopf.

»Diese Straße ist nicht dafür bekannt, dass sich mitten am Tag Strolche hier herumtreiben«, sagte ich. »Der Kerl ist also speziell auf mich gehetzt worden. Er ist übrigens auch jetzt gerade vor dem Krankenhaus. Und gekommen ist er mit jemandem, der unter uns sitzt.«

»Mit wem?«, fragte Ayla Duman.

Um zu demonstrieren, dass meine Antwort nicht nur ihr allein galt, warf ich erst einen raschen Blick in die Runde.

»Aus diversen Gründen habe ich mit einigen von Ihnen Diskretion vereinbart«, sagte ich. »Ich werde mein Wort halten und keine Namen nennen.«

»Wer gemeint ist, weiß es selbst, wollen Sie damit sagen«, erwiderte Ayla Duman.

»So ist es. Kann ich jetzt fortfahren?«

»Ja, bitte!«, sagte Ismet Günaldi, als wollte er sich wieder in Erinnerung bringen.

»Als ich hier fertig war, suchte ich eine Freundin der Verschwundenen auf, ebenfalls eine Krankenschwester, die allerdings nicht in einem Krankenhaus arbeitet, sondern alte oder im Endstadium befindliche Patienten bei sich zu Hause pflegt. Während ich mit ihr sprach, stellte sich heraus, dass ich nicht als Einziger nach der Krankenschwester suchte, denn ein Herr, der sich unter uns befindet, stürmte mit seinen Leuten in die Wohnung und wollte von Krankenschwester Nummer zwei wissen, wo sich Krankenschwester Nummer eins befinde.«

Hasserfüllt sah Firdevs Işin auf Ayakçi Burhan. Der bekam das gar nicht mit, denn er starrte nur vor sich hin.

»Damit Krankenschwester Nummer zwei nicht zu Schaden kam, sah ich mich zum Eingreifen genötigt. Während wir gerade im schönsten Schlagabtausch waren, verließ Krankenschwester Nummer zwei zusammen mit einer jungen Frau, die sich bei meinem Eintreffen diskret zurückgezogen hatte, eilig die Wohnung. Und als wieder Ruhe eingekehrt war, beschloss ich, mich in der Wohnung ein wenig umzusehen.«

Mein Mund war mittlerweile ganz trocken. Das kam vom vielen Reden. Ich trank mein Wasser aus und wandte mich wieder den Umsitzenden zu, die an meinen Lippen hingen, als hörten sie von ihrer Großmutter ein spannendes Märchen. In meine Stimme hatte sich ein ungewollt dramatischer Unterton eingeschlichen.

»Im Schlafzimmer lag eine Leiche auf dem Bett, mit durchschossener Brust«, sagte ich. Ich war auf vereinzelte Schluchzer gefasst, aber es kam nichts.

»Höchstwahrscheinlich war der Schuss schon vor meiner Ankunft gefallen, denn sonst hätte ich ihn hören müssen. Da vermutlich schon die Polizei unterwegs war, verließ ich schnell die Wohnung.«

Einige atmeten auf, als wären sie mit mir zusammen aus der Wohnung geeilt. Baller-Osman saß aufrecht da und drehte nicht mehr an seiner Gebetskette.

»Ende des ersten Aktes«, sagte ich. »Ich wiederhole jetzt meine Frage: Weiß hier jemand, wer Hilmi Akalin getötet hat oder wie wir das herausbekommen können?«

Als niemand antwortete, setzte ich auf freundlichere Art hinzu: »Wie gesagt, was ich hier erfahre, werde ich niemandem draußen weitererzählen.«

»Ich wars nicht!«, rief Begüm Kalyon aus. »Als ich in das Zimmer kam, war Hilmi schon tot.«

»Ich wars auch nicht«, sagte Firdevs Işin. »Ich habe Ihnen ja schon alles ausführlich erzählt.«

»Wollen Sie uns eigentlich hier veräppeln?«, versetzte Ayla Duman.

»Nein, das ist alles mein völliger Ernst.«

»Wenn Sie etwas wissen, dann reden Sie endlich Klartext, und spannen Sie uns nicht auf die Folter. Und falls Sie nichts wissen, dann lassen Sie uns gehen, wir haben schließlich zu tun.«

Es ist so weit, sagte ich mir und steckte mir eine Zigarette zwischen die Lippen. »Von mir aus gerne«, sagte ich. »Was meinen Sie, Herr Günaldi?«

Ismet Günaldi ergriff das Wort im Ton einer Führungskraft, die im rechten Augenblick einzugreifen weiß. Ich zündete mir unterdessen meine Zigarette an.

»Wir sind ja noch gar nicht bei dem Thema angelangt, das die Zukunft unseres Krankenhauses angeht«, sagte Ismet Günaldi. »Seien Sie mir nicht böse, aber ich interessiere mich vor allem dafür.«

»Bevor wir dazu kommen, muss ich aber noch einiges andere loswerden«, erwiderte ich. »Und ich betone nochmals, dass ich nicht befugt bin, hier jemanden zurückzuhalten. Wer gehen möchte, kann gerne gehen.«

»Vergessen wir nicht«, hakte Ismet Günaldi ein, »dass das hier auch eine Arbeitsbesprechung ist. Zu der ich einen Sachverständigen hinzugezogen habe.«

»Und was für eine Sachverständige haben wir hier?«, fragte Kemal Arsan dazwischen und zeigte mit dem Kopf auf Yildiz Turanli. Die sah daraufhin mich an, und ich dachte angestrengt nach, als was wir sie ausgeben sollten.

Statt meiner gab Begüm Kalyon Antwort. »Yildiz Turanli ist eine der wenigen türkischen Spezialistinnen im Bereich der Psychogerontologie, und ich denke, sie wird uns über einiges aufklären können, was Herr Ünal noch ansprechen wird.«

Kemal Arsan schüttelte leicht den Kopf. »Soll sein«, sagte er.

»Bitte schön«, sagte Ismet Günaldi zu mir und sah mich dabei an, als merkte er gerade erst, dass ich rauchte.

»Da anscheinend niemand den Tisch verlässt und ich auf meine Frage von vorhin keine Antwort bekommen habe, werde ich in chronologischer Folge weitererzählen. Ich blieb lange genug in jenem Schlafzimmer, um mich zu vergewissern, dass darin keine Schusswaffe war. Den Männern, die mein Gespräch mit der Hausherrin so rüde unterbrochen hatten, riet ich, so schnell wie möglich zu verschwinden, dann ging ich selbst aus dem Haus.«

Ayakçi Burhan nickte vor sich hin. Niemand achtete auf ihn. Die anderen am Tisch waren wieder in den Märchenmodus verfallen, sogar Kemal Arsan.

»Dort, wo ich wohne, fand ich auf dem Anrufbeantworter zwei Nachrichten vor. Die erste war von meinem Kunden, der wissen wollte, ob sich was tat. Und die zweite von der gesuchten Krankenschwester. Sie wollte sich in einem Starbucks mit mir treffen. Ich fuhr hin, aber sie war nicht da. Dafür kamen andere Leute.«

Ayla Duman unterbrach mich. »Begüm hat auch mich … Äh …« Sie hielt sich die Hand vor den Mund. »Entschuldigung, ich meine, die gesuchte Krankenschwester hat auch mich angerufen. Ich sollte zum Starbucks kommen. Da bin ich hingefahren, zusammen mit einem, äh, einer Führungskraft, die sich um sie Sorgen machte.«

»Hat sie für das Treffen einen Grund angegeben?«, fragte ich.

Bevor sie antwortete, sah sie zuerst an mir vorbei zum Fenster hinaus, und dann auf Begüm Kalyon. »Genau weiß ich das nicht mehr. Dass irgendwas schiefgelaufen war, sagte sie, glaube ich. Und dass sie mit mir reden wollte.«

Ich drehte mich zu Begüm Kalyon. »Hat Ayla Duman das richtig in Erinnerung?«

Begüm Kalyon senkte den Blick. »Was ich wortwörtlich gesagt habe, weiß ich nicht mehr, aber so was in der Richtung war es schon.«

»Um einzelne Wörter geht es hier nicht. Was ist der wahre Grund dafür, dass Sie zu unserem Treffen noch jemanden dazu bestellt haben?«

Aller Blicke ruhten auf Begüm Kalyon. Sie hob den Kopf und setzte ein entschlossenes Gesicht auf.

»Ich hatte Angst. Als ich Hilmi so daliegen sah … Ich hatte

Ihre Nachricht auf dem Anrufbeantworter gehört, aber ich wusste ja nicht, wer Sie sind und was Sie von mir wollen. Da wollte ich jemanden dabeihaben.«

»Aber dann haben Sie nicht auf mich gewartet, sondern sind davon.«

»Ich musste ja!«

»Warum?«

Sie sah zur Decke hinauf, als versuchte sie, sich den Augenblick wieder vorzustellen, in dem sie am Eingang des Starbucks Ayakçi Burhan begegnete. Alle blickten sie stumm an. »Jemand hat mich dazu aufgefordert«, sagte sie, die Augen noch immer an der Decke.

»Und wer?«

Sie senkte den Blick und sah zu Ayakçi Burhan, der mit seinem Stift herumspielte. Als er die Augen der jungen Frau auf sich ruhen verspürte, ließ er den Stift sinken und sah erst zu Ismet Günaldi, dann zu Kemal Arsan. Er sagte aber nichts. Sein Gesicht glich einer Maske.

Begüm Kalyon wandte sich mir zu. »Ich möchte lieber nicht sagen, wer es war.«

»Von mir aus«, erwiderte ich, »ich weiß es ja sowieso.«

»Warum fragen Sie dann?«

»Weil einer der hier Sitzenden die Antwort hören sollte. Aber das spielt jetzt auch keine Rolle mehr. Eine Frage hätte ich aber noch.«

»An mich?«

»Ja. Als Sie Ayla Duman anriefen, haben Sie ihr da gesagt, in welchem Zustand Sie Hilmi Akalin gesehen haben?«

Ayla Duman preschte vor. »Nein, hat sie nicht.«

»Tatsächlich nicht?«, fragte ich Begüm Kalyon. Sie nickte nur.

»Und warum nicht?«

»Weil ich wusste, wie schlimm das für sie sein musste. Da wollte ich es lieber nicht am Telefon sagen. So von Angesicht zu Angesicht würde ich eher die richtigen Worte finden, dachte ich.«

»Aha. Sehr rücksichtsvoll von Ihnen.« Ich hielt inne, als müsste ich erst den Faden wieder finden. Die Leute sahen mich erwartungsvoll an. Ich atmete tief durch und sah auf die Uhr. Dann griff ich zu Yildiz Turanlis Wasserbecher, nahm mit etwas mehr Geschick den Deckel ab und trank den Becher fast zur Hälfte leer.

Firdevs Işin steckte sich verschmitzt eine Zigarette an. Ich schob ihr den Aschenbecher hin, doch Erdanziehungskraft und Reibung ließen ihn vor Kemal Arsan liegen bleiben. Betont höflich schob dieser ihn weiter.

»Das ist doch in Ordnung, oder?«, fragte Firdevs Işin. Niemand antwortete.

»Wir versuchten, im Starbucks herauszubekommen, ob jemand die erste Krankenschwester gesehen hatte«, sagte ich. »Die anwesende, äh …«

»Patientenberaterin«, warf Ayla Duman hilfreich ein.

»Also die Patientenberaterin erfuhr schließlich, dass Begüm Kalyon mit einem kahlköpfigen Mann gesprochen hatte und mit diesem weggegangen war.«

Da ging schon wieder die Tür auf. Die Sekretärin stand da und wirkte ziemlich aufgeregt.

»Die Polizei ist da«, sagte sie.

Ayakçi Burhan stand auf, setzte sich aber sofort wieder hin.

»Was, die Polizei?«, entfuhr es Ismet Günaldi.

»Ja. Sie sagen, sie sind von der Kripo. Und sie wollen mit Ihnen sprechen.«

»Verdammte Scheiße!«, rief Ismet Günaldi, korrigierte sich aber sogleich erschrocken: »Entschuldigung. Wo sind die jetzt?«

»Unten.«

»Und was haben Sie ihnen gesagt?«

»Dass Sie in einer Besprechung sind und ich Sie unterrichte.«

Ismet Günaldi fuhr sich mit der Hand durch die Haare. Sein rundes Gesicht hatte sich gerötet.

»Keine Sorge«, sagte ich. »Die werden Ihnen nur ein paar Fragen stellen.«

»Kommen Sie mit?«, fragte er.

»Gehen Sie lieber mit Tarik hin«, erwiderte ich scheinheilig, »das ist irgendwie logischer.«

Er fuhr sich noch mal durch die Haare und sah zu dem Sicherheitsmenschen hin. Dessen Anblick fand er anscheinend beruhigend. Er atmete tief durch. »Gut«, sagte er und stand auf.

»Wir machen jetzt eine kleine Pause. Ich unterhalte mich am besten gleich mit den Herren von der Polizei, vielleicht bringe ich ja was in Erfahrung.«

»Gut so«, sagte ich.

»Ich weiß nicht, wie lange das dauern wird. Am besten, Sie gehen jetzt alle, und ich rufe Sie dann wieder zusammen.« Er ging leicht taumelnd zur Tür. Der Einsatzleiter ließ ihm den Vortritt, wurde aber, bevor er selbst hinausgehen konnte, von Ayakçi Burhan ein wenig zurückgeschubst.

Kemal Arsan stand auf. »Ich muss mit dir noch was bereden«, sagte er zu Ayla Duman. Sie nickte, griff zu ihrem schnurlosen Telefon und ging zur Tür.

Firdevs Işin und Begüm Kalyon sahen mich an. Baller-Osman drehte schnell an seiner Gebetskette. Yildiz Turanli hatte die Augen geschlossen.

Kemal Arsan und Ayla Duman gingen gemeinsam hinaus. Sultan Karakum stand schwerfällig auf und ging mit unsicheren Schritten aus dem Raum, wie jemand, der nicht so recht weiß, wo er eigentlich hinsoll. Ich sah ihr hinterher.

»Ich rauche jetzt erst mal in Ruhe eine Zigarette«, sagte ich zu Firdevs Işin. »Bisher habe ich noch nicht viel kapiert.«

Firdevs Işin drückte ihre Zigarette in dem Aschenbecher aus, der es bis zu ihr hin geschafft hatte. Dann schulterte sie ihre Tasche und ging wortlos hinaus.

»Mit mir wollen die wohl auch reden«, sagte Begüm Kalyon beunruhigt.

»Besorgen Sie sich am besten eine Krankenschwesterkluft, und lassen Sie sich so wenig wie möglich blicken«, erwiderte ich.

Das schien ihr eine gute Idee zu sein, denn sofort stand sie auf und ging ebenfalls hinaus.

»Für mich auch ein Auftrag, Chef?«, fragte Yildiz Turanli.

Ich sah zu Baller-Osman, der als Einziger noch im Raum verblieben war. »Ja, geh bitte mit Baller-Osman zu Neriman, und bleibt dort, bis ich mich melde.«

Die beiden standen auf. Baller-Osman schüttelte nach dem langen Sitzen sein Bein und kratzte sich an der Stirn.

»Geh du allein zu ihr ins Zimmer«, sagte ich zu Yildiz Turanli, »und rede mit ihr.«

»Was soll ich sie fragen?«

»Weiß auch nicht. Falls sie was sagen möchte, wird sie es von selber tun. Du brauchst nur deine aktive Zuhörtechnik anzuwenden.«

Ich wandte mich Baller-Osman zu. »Und Sie sorgen dafür, dass keiner in das Zimmer reinkommt. Sagen Sie, dass die Patientin gerade umgezogen wird, oder irgend so etwas. Falls sich jemand damit nicht zufriedengibt, machen Sie keinen Aufstand, sondern gehen Sie selber in das Zimmer. Lassen Sie die beiden nicht allein.«

Baller-Osman nickte. Yildiz Turanli nahm Block und Stift an sich. »Bis später«, sagte sie. »Was machst du jetzt?«

»Ich spiele Detektiv. Lasst die Tür offen.«

Yildiz Turanli zuckte resigniert die Schultern und ging zur Tür, gefolgt von Baller-Osman, der mir beim Hinausgehen grüßend zunickte.

Sobald ich allein war, holte ich mir den Aschenbecher wieder und steckte mir eine Zigarette an.

Durch den Türspalt sah ich die geschlossene Tür zu Ismet Günaldis Büro, links davon die Rückenlehne vom Schreibtischstuhl der Sekretärin und rechts eine Topfpflanze. Wer nicht genau aufpasste, dem mochte nicht auffallen, dass im Besprechungsraum jemand saß. Zur Sicherheit rückte ich den Stuhl ein wenig zurück.

Hastig zog ich ein paar Mal an der Zigarette, dann drückte ich sie aus. Ich war nun ein Teilnehmer einer unterbrochenen Besprechung, der ungeduldig darauf wartete, dass es weiterging. Ein Vertreter für Einwegspritzen etwa, oder für in China gefertigte Prothesen. Vielleicht auch der Geschäftsführer einer Privatversicherung.

Nach ein paar Minuten hörte ich im Glaskäfig die Schritte mehrerer Personen. Jemand sagte mit scharfer Stimme etwas zur

Sekretärin. Ich sah, wie diese aufstand und die Tür zum Büro Ismet Günaldis öffnete. An ihr vorbei betraten zwei Männer das Büro, einer mit einer Leder-, der andere mit einer Jeansjacke. Der mit der Lederjacke hatte graue Haare, der andere trug ein Funkgerät mit sich. Die Tür ging hinter den beiden zu.

Die Sekretärin blieb vor der Tür stehen, als könnte sie sehen, was sich dahinter abspielte. Und ich hatte plötzlich das Gefühl, etwas zu sehen, das ich schon längst hätte sehen müssen. Erst dachte ich, sie horchte, doch sie zupfte nur ihre Kluft zurecht und setzte sich wieder.

Jetzt wird gleich das Telefon klingeln, dachte ich. Polizisten sind auch Menschen, denen muss Tee oder Kaffee angeboten werden.

Zwanzig Sekunden später klingelte das Telefon tatsächlich. Kurz darauf erhob sich die Sekretärin und verschwand aus meinem Gesichtsfeld. Ich begann zu zählen. Als ich bei hundertachtundzwanzig anlangte, kam sie wieder, mit einem Tablett, auf dem drei Teegläser standen. Sie klopfte an die Tür und ging hinein, ohne eine Antwort abzuwarten.

Als sie mit dem leeren Tablett wieder herauskam, ging sie direkt auf das Besprechungszimmer zu. Sie schien keineswegs überrascht zu sein, als sie mich darin sah.

»Möchten Sie etwas, Herr Ünal?«

Ja, ein paar Informationen wären nicht schlecht, dachte ich.

24

Je mehr man von jemandem verlangt, umso geringer ist die Chance, dass man das Gewünschte auch bekommt, hatte ein Freund, auf dessen Meinung ich viel gab, einmal zu mir gesagt. Vor großen Veränderungen, großen Opfern schrecken die Menschen zurück. Fang mit Kleinem an.

»Könnte ich bitte einen Kaffee bekommen? Ohne Zucker?«

»Sofort.«

Ich lehnte mich im Stuhl zurück. Mein Freund hatte eine Ahnung von dergleichen, er war Werbefachmann. Für sich selbst hatte er sich auch große Veränderungen gewünscht. Und Dinge getan, die ich von ihm nicht erwartet hätte. Wo er wohl jetzt war? In einem mobilen Besprechungszimmer hatte ich ihm seine Taten vorgeworfen und mich aus seinem Leben verabschiedet. Ich hatte ihm nie verziehen, wusste aber nicht, ob er mir verziehen hatte.

Ich horchte nach draußen. Alles ruhig. Keine Operationen, keine Verbrechen, keine Lügen.

Die Sekretärin ließ mich nicht lange warten. Der Tee der Polizisten mochte noch warm sein, da hatte ich schon meinen Kaffee vor mir stehen.

»Danke.«

Sie ging nicht gleich wieder, sondern blieb mit dem Tablett hinter ihrem riesigen Körper stehen. Irgendwie wirkte sie, als wollte sie etwas sagen. Das war mir nur recht so.

»Setzen Sie sich doch«, sagte ich.

Das ließ sie sich nicht zwei Mal sagen. Der Stuhl, auf dem Begüm Kalyon gesessen hatte, ächzte unter ihrem Gewicht. »Was soll bloß werden? Wir stecken in der Tinte, nicht wahr, Herr Ünal? Diese Besprechung hier, die Polizisten. Mir ist gar nicht wohl.«

Ich trank einen Schluck Kaffee. Hervorragend. »Das wird sich alles regeln«, sagte ich. »Sie haben doch nichts zu befürchten, soviel ich weiß?«

»Weiß mans? Man kennt das doch aus den Nachrichten. Wenn jemand festgenommen wird, ist immer die Sekretärin auch gleich dabei und hält sich die Handtasche vors Gesicht, damit die Fotografen nicht …«

»Woraus schließen Sie, dass Herr Günaldi festgenommen wird?«

Sie sah zum Fenster hinaus.

Die Theorie meines Werbefreundes ging auf, dachte ich.

»Ach, ist nur so ein Gedanke«, sagte sie und starrte auf den Tisch.

Nun musste ich das Eisen schmieden, solange es heiß war. »Hätten Sie vielleicht die Statuten des Krankenhauses da?«

»Die Statuten?«

»Ja. Wo zum Beispiel drinsteht, wer die Teilhaber sind und so.«

»Äh, ja. Den Visumsanträgen legen wir die immer bei. Aber was wollen Sie damit?«

»Nur mal einen Blick reinwerfen.« Ich nahm noch einen Schluck. »Der Kaffee ist übrigens hervorragend.«

»Danke.« Mit den Gedanken war sie woanders.

»Ich weiß ja nicht«, sagte sie und legte den Kopf zur Seite. »Darf ich Ihnen das wirklich zeigen?«

»Das ist ja kein Geheimdokument, das steht sogar im Amtsblatt, da kann jeder nachschauen, es dauert nur länger.«

»Aber trotzdem …«

»Vor allem steht drin, wer hier in der Tinte steckt und wer nicht. Ich müsste nur zwei Minuten lang hineinsehen.«

Sie sah zu dem Stuhl, auf dem ihr Chef gesessen hatte. Draußen sang ein kleines Mädchen einen Werbejingle vor sich hin. Das musste die Sekretärin irgendwie inspirieren, denn mit für ihre Körperfülle unerwarteter Behändigheit stand sie auf und ging hinaus.

Danke, du Schuft. Wo immer du auch sein magst.

In kleinen Schlucken genoss ich meinen Kaffee. Und kaum tat ich den letzten Schluck, stand die Sekretärin wieder vor mir. Mit immer noch zögerlicher Miene hielt sie mir einen dicken, blauen Ordner hin, auf dem in völlig unpassenden gotischen Buchstaben »Manhattan Medical AG – Urkunden« stand.

»Danke«, sagte ich. »Ich hätte da noch eine Bitte.«

»Ja?«

»Könnten Sie sich bitte mal um die eigene Achse drehen? Ganz langsam?«

Sie stutzte zwar, wirkte aber keineswegs empört. Ich vollführte mit dem Finger Kreisbewegungen, um mein Ansinnen zu unterstreichen, da lächelte sie auf einmal, stützte die Hände in die

Hüften und drehte sich einmal ganz herum. Dabei sah ich, was ich sehen wollte. Wie nach einer Vorführung tat sie am Ende sogar einen kleinen Knicks.

»Vielen Dank«, sagte ich.

Sie erwiderte nichts, und ich machte mich an die Lektüre des Ordners.

Die Statuten des Manhattan Medical waren ganz zuoberst in einer Klarsichtfolie, und dort brauchte ich sie nicht einmal herauszunehmen, denn unter einer Reihe von Unterschriften und Stempeln stand gleich in Artikel 1, was ich suchte.

Da ging gegenüber die Tür auf, und die Herren in Zivil mit ihren Funkgeräten kamen heraus. Sie hatten sich wohl drinnen schon hinreichend verabschiedet, denn sie verließen zielstrebig den Glaskäfig.

Danach kam Ismet Günaldi aus seinem Büro. Einen besonders mitgenommenen Eindruck machte er nicht. »Alles okay?«, fragte ich.

»Geht schon«, erwiderte er und ließ sich auf dem Stuhl nieder, auf dem Ayakçi Burhan gesessen hatte. Wesentlich geschickter als ich öffnete er den Wasserbecher vor sich und trank ihn zur Hälfte leer.

»Ah«, seufzte er.

Ich dachte, nun würde er uns alles erzählen, aber stattdessen deutete er auf den Ordner und fragte: »Warum liegt der denn hier herum?«

Die Sekretärin kam mir mit einer Antwort zuvor. »Herr Ünal hat darum gebeten, da habe ich ihn gebracht. Er wollte einen Blick in die Statuten werfen, und ich habe mir gedacht, das kann er ja.«

Ich nickte zu ihren Worten.

»Was haben sie denn gefragt?«, sagte ich dann.

Er trank sein Wasser aus und wischte sich mit dem Handrücken ein paar Tröpfchen ab. »Gefragt haben sie gar nichts. Sie wissen, wer der Mörder ist.« Er sah uns an, als wollte er ermessen, welchen Eindruck seine Worte auf uns machten. Die Sekretärin schlug freudig die Hände zusammen, sagte aber nichts.

»Haben sie ihn festgenommen?«, fragte ich mit ernster Miene.

»Noch nicht, aber sie sind anscheinend nahe dran.«

»Und wer ist es?«

Er sah mich an, als sei der Name des Mörders nicht mehr weiter von Bedeutung. »Mit Nachnamen heißt er Topal, und wie war gleich noch mal der Vorname? Ein rechter Ganove jedenfalls.«

»Iskender«, sagte ich. »Iskender Topal. Die sollten in der Gegend von Silivri nach ihm suchen.«

»Kennen Sie ihn etwa?«, fragte Ismet Günal und verschluckte sich fast vor lauter Überraschung.

»Wir sind uns über den Weg gelaufen.«

»Und was ist das für ein Kerl? Wo Sie ihn doch kennen. Warum sollte er Hilmi umbringen?«

»Haben die Polizisten das nicht gesagt?«

»Gefragt habe ich sie natürlich, aber sie wollen sich erst äußern, wenn der Mann gefasst ist.«

»Na gut, dann warten wir eben. Allzu lang wird er nicht frei herumlaufen.«

Ismet Günaldi schien zu überlegen, was von meinen Worten zu halten war. Dann schüttelte er sich, als wollte er seine Gedanken abschütteln. Er klopfte mit beiden Händen auf die Tischplatte und streckte sich.

»So, rufen wir die Leute wieder zusammen«, sagte er zu seiner Sekretärin. »Wir verkünden ihnen die Nachricht, dann kann jeder wieder an seine Arbeit.«

Die Sekretärin nickte und ging rasch hinaus. Ich zog eine Zigarette heraus. Die hatte ich mir auf diese Nachricht hin verdient.

Ismet Günaldi wollte vermutlich nicht mit ansehen, wie ich sie anzündete, denn er stand auf und ging zur Tür. Als ich das Feuerzeug anmachte, rief ich ihm hinterher. »Und was ist mit der anderen Angelegenheit?«

Er drehte sich um. Sichtlich verdrossen, dass ich im letzten Moment alles verdarb. »Mit welcher Angelegenheit?«

»Mit der Zukunft des Manhattan Medical. Was werden Sie den Leuten dazu sagen?«

»Ach, diese Angelegenheit.«

»Ja, diese Angelegenheit.«

Er bemerkte am Ärmel ein abstehendes Fädchen, riss es ab und sah sich um, wo er es hinwerfen könnte. Schließlich legte er es in einem Blumentopf ab. »Das überlasse ich Ihnen«, sagte er. »Nachdem die Hauptsache erledigt ist, ist es wohl am besten, Sie bleiben eher vage. Wir wollen die Leute nicht noch mehr durcheinanderbringen.« Er ging mit dem sicheren Schritt eines Mannes davon, der eine Situation gemeistert hat. Vermutlich würde er sich gleich eine Pfeife stopfen.

Wieder war ich in dem Raum allein. Ich zog den Ordner zu mir heran und schlug ihn auf. Da kam die Sekretärin herein. »Könnte ich bitte den Ordner haben? Herr Günaldi hat mich gebeten, ihn wegzuräumen.«

»Ist seine Bürotür zu?«, fragte ich, obwohl ich das von meinem Platz aus sah. Die Sekretärin wiederum drehte sich um, obwohl sie die Antwort schon wusste. »Ja.«

»Dann bleiben Sie jetzt mal so stehen«, sagte ich. »Wenn die Tür aufgeht, reiche ich Ihnen sofort den Ordner.« Ohne ihre Antwort abzuwarten, sah ich in den Ordner hinein.

In den Statuten der Manhattan Medical AG stand als Hauptgründerin Neriman Akalin, wohnhaft in Kavack, türkische Staatsbürgerin.

An zweiter Stelle stand Ismet Ismail Günaldi, wohnhaft in Şişli, darunter ein gewisser Şenol Yurdatapan, von dem ich noch nichts gehört hatte, ebenfalls in Şişli wohnend. Als Nächstes kam Mine Yurdatapan, und zuletzt Hilmi Akalin, bei dem es keine Rolle mehr spielte, wo er wohnte.

Ich überflog allerlei Artikel über Firmennamen, Firmenzweck etc., bis ich zum Firmenkapital gelangte. Was ich da las, war nicht weiter überraschend.

Fast das gesamte Kapital der Manhattan Medical AG gehörte niemand anderem als Neriman Akalin. Alle anderen hielten insgesamt nur so viele Anteile, dass sie bei der Hauptversammlung nicht mal hätten entscheiden dürfen, ob Tee oder Kaffee getrunken wurde. Die Vorstandschaft hatte selbstredend die Mehrheitsaktionärin inne, und assistiert wurde sie von Ismet Ismail Günaldi.

Die weiteren Seiten brauchte ich nicht mehr zu lesen. Höchstens hätte ich bei den Unterschriften grafologische Studien treiben können. Ich klappte den Ordner zu und reichte ihn der wartenden Sekretärin.

»Sie sind schon ein seltsamer Mensch«, sagte sie. Und ich beglückwünschte mich dazu, dass ich Neriman zwei Aufpasser zur Seite gestellt hatte.

Bald kam Sultan Karakum herein, nickte mir zu und setzte sich an ihren alten Platz.

Begüm Kalyon betrat den Raum mit einem leichten Grinsen, als sei sie nicht unzufrieden mit all den Verwicklungen, die sie durch ihr Verschwinden ausgelöst hatte. Im Vorbeigehen flüsterte sie Sultan Karakum etwas zu, dann wandte sie sich mir zu.

»Gott, was bin ich erleichtert.«

»Die Polizei wird den Kerl schon schnappen«, erwiderte ich. Sie setzte ein Lächeln auf, von dem ich aber nicht wusste, ob es mir galt oder der Polizei.

Dann kam Ismet Günaldi. Er schien nicht einmal verärgert, dass noch nicht alle da waren, sondern gab den verständnisvollen Chef. »So«, sagte er und setzte sich. »Wer fehlt noch?«

»Kemal und Ayla sind auf der Kardiologie«, erwiderte Sultan Karakum. »Sie kommen aber gleich.«

Schweigend saßen wir da.

Als Firdevs Işin hereinkam, hatte sie glänzende Augen. »Na, was meinen Sie, Herr Ünal? Wir sind noch mal davongekommen, was?«

»So sieht es aus«, sagte ich. Ob auch meine Augen glänzten, wusste ich nicht zu sagen.

»Ob die wohl jetzt immer noch mit mir reden wollen? Und kann ich jetzt zu mir nach Hause?«

Eine gute Frage. Ich wusste zwar die Antwort, ließ aber lieber Ismet Günaldi ran.

»Was meinen Sie?«, fragte ich. »Sie haben doch mit der Polizei geredet?«

Ismet Günaldi saß versonnen da. »Was meine ich wozu?«, fragte er.

»Dieser Iskender Topal hat Hilmi Akalin ja in Frau Işins Wohnung umgebracht, kann sie da in ihre Wohnung schon zurück?«

Ismet Günaldi wirkte erfreut, dass alle Blicke auf ihn gerichtet waren. »Tja, genau weiß ich das auch nicht. Die Polizei scheint sich erst mal auf die Ergreifung des Täters zu konzentrieren.«

Ayla Duman kam herein, gefolgt von Kemal Arsan, der sich die Lippen leckte, als hätte er gerade etwas gegessen. Die beiden setzten sich.

»Wenn er gefasst ist«, sagte ich, »wird die Polizei wohl in der Wohnung eine Tatortbegehung durchführen.«

»Wie läuft das ab?«, fragte Ayla Duman.

In aller Scheinheiligkeit antwortete ich nicht direkt ihr, sondern in die Runde hinein. »Da wird der Verdächtige an den Tatort gebracht und soll erklären, wie genau er vorgegangen ist.«

»Was, dann muss ich diesen furchtbaren Kerl sehen?«, rief Firdevs Işin aus.

»Unbedingt. Und sich am besten auch seine Antworten anhören.«

»Wie meinen Sie das?«

»Als Erstes wird er gefragt werden, wie er überhaupt in die Wohnung gekommen ist.«

»Nämlich?«

»Na, als ich gekommen bin, war das Türschloss intakt«, sagte ich.

»Er ist reingekommen, so wie Sie reingekommen sind«, sagte Firdevs Işin. »Hilmi hat ihm die Tür aufgemacht.«

»Schön«, sagte ich zu ihr gewandt. »Und warum sind die beiden dann ins Schlafzimmer gegangen?«

»Was sollen diese Fragen?«, warf Ismet Günaldi ein. »Was haben Sie vor?«

»Gar nichts. Ist mir nur so eingefallen. Aber es werden natürlich noch andere Fragen zu beantworten sein.«

»Unterstellen Sie hier, dass die Polizei auf dem Holzweg ist?«

»Nie und nimmer. Mir steht es nicht zu, die Polizei zu kritisieren. Und schon gar nicht, wenn alle mit deren Fazit zufrieden sind.«

»Was soll das jetzt wieder heißen!«, rief Ismet Günaldi. »Drücken Sie sich gefälligst deutlich aus!«

Da ergriff zum ersten Mal Kemal Arsan das Wort. »Nur die Ruhe, Herr Günaldi. Nachdem Herr Ünal hier nicht beweisen konnte, was er für ein brillanter Detektiv ist, will er uns jetzt provozieren. Darauf sollten wir uns nicht einlassen.«

Ismet Günaldi fasste sich sogleich wieder. »Nun gut, Herr Ünal. Bitte entschuldigen Sie, dass ich laut geworden bin. Nachdem dieses Thema nun abgeschlossen ist, kommen wir zu dem anderen, damit die Sache hier zu Ende geht. Bitte schön.«

Du kannst deine Klappe nicht halten, Remzi Ünal, dachte ich. Ist aber gut so.

»Wo es um die Zukunft des Krankenhauses geht, meinen Sie da nicht, dass hier jemand fehlt?«

»Die beiden Herren sind nicht mehr da«, sagte Ismet Günaldi in versöhnlichem Ton, »und auch die Psychologin nicht, die neben Ihnen saß.«

»Den Herrn mit der Glatze dürften wir nicht mehr zu sehen bekommen, der hat mit der Polizei zu tun. Und die beiden anderen Herrschaften sind auf Krankenwache. Es fehlt aber trotzdem noch jemand.«

»Wer?«

»Sinem Akalin.«

»Ach, Sinem«, sagte Ayla Duman. »Die mischt sich in so was nicht ein. Von selber nicht, und auch nicht, wenn man es möchte.«

»Vielleicht ändert sie aber ihre Meinung, wenn man ihr sagt, dass sie an der nächsten Hauptversammlung der Manhattan Medical AG teilnehmen darf.«

»Ach ja, stimmt, wegen Hilmi«, sagte Ismet Günaldi.

Ich nickte.

»Na gut«, sagte er, »wenn Sie wollen, können wir sie rufen. Ich glaube aber trotzdem nicht, dass sie kommt.«

»Da bin ich anderer Meinung.«

»Sultan, sag doch bitte meiner Sekretärin, sie soll Sinem hierherrufen.«

Sultan Karakum stand wortlos auf und ging hinaus.

»Das also wollten Sie zur Zukunft des Krankenhauses sagen?«, fragte mich Ismet Günaldi.

»Das, und noch anderes.«

»Na, dann machen Sie mal«, erwiderte er leicht ungeduldig.

Ich lehnte mich zurück. Aller Augen waren auf mich gerichtet. Allerdings kam ich nicht gleich zu Wort, denn die Tür ging auf, und der Einsatzleiter Tarik kam herein, nickte Ismet Günaldi zu und baute sich wieder neben dem Eingang auf.

»Ich halte mein Wort und werde daher keine Namen nennen, sondern möchte Sie lediglich auf etwas hingewiesen haben. Unternehmen werde ich in der Sache aber nichts, denn sie geht mich nichts an. Sie sollten nur wissen, dass hier im Krankenhaus eine Geschwulst heranwächst, und zwar eine bösartige.«

Begüm Kalyon nickte heftig. Die anderen lauschten mit ernster Miene.

Sultan Karakum kam zurück. Sie spürte anscheinend die Anspannung, die in dem Raum herrschte, und setzte sich wortlos wieder hin.

»Es wurde«, fuhr ich fort, »für bestimmte medizinische Fälle, in denen eigentlich die Polizei informiert werden müsste, eine Paralleleinrichtung geschaffen, um diese Notwendigkeit zu umgehen.«

Bei Ismet Günaldi gingen beide Augenbrauen hoch.

»Für dergleichen scheint also eine Nachfrage zu bestehen«, sagte ich mit geheucheltem Verständnis. »Die Befriedigung dieser Nachfrage hat sich als einträglich erwiesen, und somit war jedermann zufrieden.«

Kemal Arsan konnte sichtlich kaum erwarten, was ich noch sagen würde.

»Soweit ich weiß, haben die Initiatoren dieser alternativen Einrichtung beschlossen, ihre Aktivitäten zurückzufahren. Vielleicht werden sie diese sogar völlig einstellen. Ich habe deshalb der Polizei von der Beziehung zu Ihrem Krankenhaus nichts mitgeteilt.«

Ismet Günaldi atmete tief durch. »Also«, setzte er an, »wenn unserem Krankenhaus von nun an aus dieser Einrichtung kein

Schaden mehr erwächst, warum bringen Sie dann das Thema auf die Tagesordnung?«

»Aus zwei Gründen. Zum einen, damit Sie in Zukunft auf derlei besser achten.«

Da brach es aus Ismet Günaldi heraus. »Was glauben Sie, warum wir diese Sicherheitsfirma beauftragt haben!«

»Und zum Zweiten«, sprach ich ruhig weiter, »weil jene Einrichtung zu etwas benutzt wurde, das die Teilhaberschaft am Manhattan Medical von Grund auf ändern kann.«

Kaum hatte ich den Satz fertiggesprochen, betrat Sinem Akalin den Raum. Aber eine ganz andere Sinem Akalin als die, die zuvor so still neben Ayla Duman gesessen hatte. Menschen können sich ja verändern, und sogar recht schnell, aber ein solcher Wandel war denn doch überraschend. Nicht nur hatte die junge Frau ihren Dutt gelöst und war mit ihrem zu beiden Seiten herabwallenden Haar auf einmal von solcher Anmut, dass sie potenziellen Kandidatinnen eines Schönheitswettbewerbs die Teilnahme madigmachen konnte, sondern die Entschlossenheit, die nun aus ihren Augen blitzte, hätte auch jeden Heiratskandidaten eingeschüchtert. Anteil an dem Wandel hatte natürlich auch, dass an ihrer schwarzen Krankenschwesterkluft nun die beiden obersten Knöpfe offen standen.

Wohl im Bewusstsein, dass die neue Sinem Akalin, die sie zur Schau stellte, von allen Umsitzenden gebührend gewürdigt wurde, ging sie selbstsicheren Schrittes an ihren Platz, schob den Notizblock von sich und stützte beide Ellbogen auf.

Ismet Günaldi schluckte. Ob ihn mehr der neue Look der Oberschwester so überraschte oder eher meine Worte über die neue Teilhaberstruktur des Manhattan Medical, hätte ich nicht zu sagen gewusst.

Er klärte mich aber auf. »Hilmis Aktienpaket war nicht groß genug, um die Führung der AG entscheidend zu beeinflussen. Was sollte sich also ändern?«

»Es könnte sich sehr wohl etwas ändern, wenn offiziell würde, dass Neriman Akalin nicht mehr über ihre geistigen Fähigkeiten verfügt.«

»Dazu müsste ein Angehöriger ein Entmündigungsverfahren einleiten, und meines Wissens ist das nicht geschehen.«

»Sehen Sie, da tritt ebenjene Einrichtung auf den Plan.«

»Und wie?«

»Neriman Akalin hat sich in einer Pseudo-Klinik befunden, deren Betreiber ich hier nicht nennen möchte.«

»Zum Zweck eines ärztlichen Attests?«

»Vielleicht zur Verhinderung eines solchen.«

»Jetzt begreife ich gar nichts mehr.«

»So kompliziert ist es gar nicht«, sagte ich. »Es gibt zwei Möglichkeiten. Entweder ein potenzieller Erbe wollte die zunehmende – entschuldigen Sie den Ausdruck – geistige Umnachtung der Mehrheitsaktionärin festschreiben lassen und sich die Vormundschaft über die Dame sichern, oder aber jemand wollte dies gerade vermeiden und ist deshalb aktiv geworden.«

Die Umsitzenden starrten uns gebannt an wie Zuschauer eines French-Open-Finales, die kaum erwarten können, wie das Hawk-Eye entscheidet.

»Muss das jetzt hier besprochen werden?«, fragte er.

»Es muss sogar noch ein Thema besprochen werden«, erwiderte ich.

»Mein Gott, das hört ja gar nicht mehr auf! Was denn noch?«

»Es kann durchaus sein, dass eine der Seiten sich mit einem Attest nicht begnügte.«

Darauf sagte Ismet Günaldi nichts. Zwar hatte er begriffen, was ich meinte, doch wollte er diesen Ball nicht aufnehmen. Mit Blicken bat er mich, weiterzusprechen.

»Wenn Neriman Akalin nun in dieser Pseudo-Klinik das Zeitliche gesegnet hätte?«

Auf einmal redeten alle am Tisch durcheinander. Sie widersprachen mir vermutlich, aber in dem Wirrwarr verstand ich nicht genau, wer was sagte. Ayla Duman warf mir zornige Blicke zu, doch wusste ich nicht, ob sie mir galten oder dem von mir aufgeworfenen Gedanken. Sinem Akalin blieb die Ruhe selbst, und Firdevs Işin verfluchte wohl die Menschen, die an ihrem Beruf einen solchen Verrat begehen konnten.

»Könnte jemand zu solcher Niedertracht imstande sein?«, sagte Ismet Günaldi.

»Dem Denken sind keine Grenzen gesetzt«, erwiderte ich.

»Ich kann das nicht glauben«, sagte Ismet Günaldi. »Wie könnte jemand so … ich finde gar keine Worte dafür … so erbärmlich sein, so infam, dass er eine alte Frau einfach aus dem Weg schaffen wollte?«

Firdevs Işin konnte sich nicht mehr beherrschen. »Herr Günaldi«, sagte sie, »es geht mich vielleicht nichts an, aber ich möchte Sie doch darauf aufmerksam machen, dass wir hier mit solchen Menschen am Tisch sitzen.«

Ayla Duman schlug auf den Tisch. »Wären wir nicht dazwischengegangen, hättest du die Arme noch weiter vollgesülzt! Wir wissen genau, wie du zu deiner Wohnung gekommen bist.«

»Die habe ich schon vor drei Jahren gekauft«, erwiderte Firdevs Işin mit rotem Kopf. »Da kannte ich Neriman noch gar nicht.«

»Aber die Methode war damals schon die gleiche.«

»Der Konsul hatte keine Angehörigen!«, rief Firdevs Işin.

Ayla Duman streckte sich, und ich dachte schon, sie würde auf Firdevs Işin losstürzen. Sie griff aber nur zu ihrem Telefon und warf auch nicht damit, wie ich ebenfalls befürchtet hatte. »Du hast nur eine neue Taktik, aber die Methode ist immer noch die gleiche. Du schmeißt dich an Patienten ran, um dich an ihnen zu bereichern!«

Firdevs Işin wandte sich mir zu. »Das brauche ich mir nicht länger anzuhören, Herr Ünal. Wenn Sie nichts tun, dann tue ich es, nur dass Sie es wissen.«

Ayla Duman stand auf. »Tu doch, was du willst, du Schnepfe, und versteck dich nicht hinter anderen!« Zum Glück war die breite Tischplatte zwischen den beiden, sonst wäre die Sache ausgeartet. Auch Firdevs Işin schoss nun hoch. »Du kriegst gleich eine aufs Maul!«, rief sie in reichlich feuchter Aussprache.

Ich war neugierig, wer von den beiden zuerst zuschlagen würde. Und schämte mich dafür ein bisschen.

Unter uns war aber jemand, der sich so richtig für die ganze Situation schämte, und zwar Sinem Akalin, die auf einmal die

Arme ausbreitete und ganz in dem Stil, in dem sie zuvor hereingekommen war, entschlossen und sogar etwas drohend sagte: »Setzt euch wieder hin. Das ist jetzt wirklich nicht der Moment.«

Beide hielten augenblicklich inne. Erst sahen sie Sinem Akalin an, dann einander. Aus blitzenden Augen sah dann Ayla Duman Ismet Günaldi an, und Firdevs Işin mich. Ich räusperte mich. Auf einmal waren aller Blicke auf mich gerichtet. Die beiden Frauen setzten sich wieder.

»Sinem Akalin hat recht«, sagte ich. »Wir sollten in aller Ruhe miteinander reden. Wir wollen doch alle nicht, dass unser Freund Tarik hier eingreifen muss.« Über dieses müde Scherzchen lachte niemand, auch Tarik nicht.

»Dann soll sie da aber nicht solchen Unsinn verzapfen«, sagte Firdevs Işin, noch ganz rot im Gesicht. Ayla Duman zuckte, gab aber keine Antwort.

Begüm Kalyon sah die beiden verwundert an. Sie haben schon recht, Begüm, dachte ich, niemand kennt einen anderen Menschen so richtig, nicht einmal der beste Freund. Ich hatte es selbst erleben müssen.

Ismet Günaldi wandte sich mir zu. »Sollten wir das Thema nicht lieber beenden, bevor es hier noch schlimmer zugeht?«, fragte er mutlos.

»Wie Sie meinen«, erwiderte ich vage. Ich wollte erfahren, wer sich gegen diesen Vorschlag aussprach.

Und siehe da, es war Kemal Arsan. »Ich finde, wenn wir schon mal so weit sind, sollten wir die Sache auch zu Ende bringen. Nur hätte ich an unseren werten Privatdetektiv Remzi Ünal eine Bitte, nämlich dass er nicht mehr um den heißen Brei herumredet, sondern endlich sagt, was Sache ist.«

»Dagegen habe ich nichts«, erwiderte ich. Wo ich mir schon eine Meinung verschafft hatte, sprach ich sie gerne aus. In Bereichen aber, wo ich nicht genug wusste, war die Sache riskant, denn da konnte ich mich irren.

In solchen Fällen war es am besten, die anderen zum Reden zu bringen. Klar, meistens logen sie, wenn sie direkt gefragt wurden. Oder sagten nicht die ganze Wahrheit. Manchmal war aber allein schon aufschlussreich, wo genau sie logen. Und ob sie sich beim Lügen an die Nase fassten oder an den Schnurrbart, und ob sie eher über die linke Schulter blickten oder über die rechte. Niemand wusste das so gut wie Pokerspieler.

Manchmal rutschte den Leuten auch etwas heraus. Aus irgendwelchen komplizierten inneren Prozessen, die Yildiz Turanli zu benennen gewusst hätte, sprudelte ein Stück Wahrheit hervor. Die Schlüssel zu dieser Wahrheit waren Angst, Wut und Hass. Oft verhedderten sich die Leute auch schlicht und einfach in ihrem Lügengewebe. Wer bei der zweiten Lüge nicht darauf achtete, ob sie auch zur ersten passte, wurde spätestens bei der dritten überführt.

Und erwischt wurde auch, wer sich seine Lügen nicht merken konnte oder zu sehr ins Detail ging. Das wiederum wusste die Polizei sehr gut.

Jeder um den Tisch herum hatte schon gelogen, seit er hier saß. Ich eingeschlossen. Und das würde auch so weitergehen.

Nun gut, dachte ich, reden wir offen. Und lügen wir auch offen. Mal sehen, wer erwischt wird.

Ich sah mir die Leute noch einmal einen nach dem anderen an. Sie waren bereit, zu lügen und das bisschen Wahrheit, das sie dazwischen streuten, ungeheuer aufzubauschen.

Um ihnen zuhören zu können, musste ich ihnen erst einmal Futter geben. »Also, reden wir offen«, sagte ich. »Hilmi Akalin hatte drei Schwestern. Zwei davon kennen wir, und die dritte sollte sich jetzt zu erkennen geben, sonst kommen wir hier nicht weiter.«

Sie reagierten wie erwartet. Keiner sagte etwas, aber sie schauten sich alle an und warteten ab. Da hob Firdevs Işin die Hand. Ich nickte ihr zu. »Es sei denn, Sie haben sich da irgendwie verrechnet«, sagte sie. »Infrage kommen ja nur zwei von uns. Und mir können Sie glauben, ich bin es nicht. Wirklich und wahrhaftig nicht. Ich habe zwar meinen Ausweis nicht dabei, aber ich bin es ganz einfach nicht.«

Daraufhin wartete Sultan Karakum ab, bis aller Augen auf sie gerichtet waren. In aller Ruhe lehnte sie sich zurück. »Und ich bin es auch nicht«, sagte sie. »Obwohl ich es gerne wäre.«

Einige glucksten. Ayla Duman dagegen setzte einen strengen Blick auf. »Woher wollen Sie wissen, dass wir noch mehr Schwestern sind?«

»Eine Nachbarin von Firdevs Işin«, sagte ich, »hat am Tag des Mordes beobachtet, wie Hilmi Akalin vor der Tür mit einer jungen Frau stritt. Ihre Beschreibung trifft auf sie beide nicht zu. Die Frau redete ständig von ihrer Mutter, dann betrat sie die Wohnung.«

Kemal Arsan ergriff das Wort. »Jetzt mal ernsthaft. Unser Detektiv Remzi Ünal denkt also, Hilmi sei von dieser geheimnisumwitterten Schwester umgebracht worden?«

»Ihr Detektiv Remzi Ünal denkt so einiges«, erwiderte ich. »Er weiß zwar nicht, ob sie selbst ihn getötet hat, aber er ist sich sicher, dass zumindest jemand abgedrückt hat, der ihm sehr nahesteht.«

»Wie kommen Sie darauf?«

»Das habe ich daran gesehen, wie Hilmi Akalin auf dem Bett lag, nämlich ganz ordentlich, mit einem Kissen unter dem Kopf, die Arme am Körper angelegt. Dieser Iskender Topal, den die Polizei verdächtigt, oder irgendjemand anderes von seinem Schlag müht sich mit so was nicht ab, sondern macht sich sofort davon. Da aber steckte Liebe dahinter, oder zumindest Achtung. Also war es jemand, der Hilmi nahestand.«

»Und wo sollte ein Angehöriger Hilmis einen Revolver herhaben?«, fragte Ismet Günaldi. »Und noch dazu eine Frau?«

»In der Wohnung befand sich ein Revolver. Und das konnte auch nur ein Angehöriger wissen.«

Firdevs sah Begüm Kalyon an. Die wiederum starrte zu Boden.

»Wem gehörte der Revolver?«, fragte Ismet Günaldi.

Ich richtete mich ein wenig auf. »Ist das von Bedeutung? Dass dort ein Revolver war, wusste wohl jeder, der mit der Sache hier zu tun hat. Ein Revolver ist schließlich ein interessantes Gesprächsthema, vor allem für Menschen, die im Alltag mit so etwas nichts zu tun haben.«

»Aber ist der Besitzer des Revolvers nicht verdächtiger als die anderen?«, fragte Kemal Arsan mit einem leisen Lächeln.

»Es ist mein Revolver«, sagte da Firdevs Işin. »Vielen Dank

auch, Herr Ünal, Sie halten Abmachungen wirklich gewissenhaft ein. Aber da wir schon mal offen reden …«

Ich verzog das Gesicht, um anzuzeigen, dass sie einen bestimmten Namen nur ja nicht nennen durfte.

»Ein Patient hat ihn mir geschenkt«, fuhr sie fort. »Ich hatte zwar keine Verwendung dafür, wollte den alten Mann aber in seinen letzten Tagen nicht kränken. Also habe ich den Revolver in eine Schublade gesteckt.«

Ayla Duman stieß ein Lachen aus. »Tja, manche Gewohnheiten ändern sich eben nicht«, sagte sie.

»Ayla!«, fuhr Begüm Kalyon sie an.

»Schon gut, schon gut.«

Es trat eine erwartungsvolle Stille ein.

»Also, weiter mit dem offenen Reden«, sagte ich. »Wer wusste von dem Revolver in der Schublade?«

»Begüm wusste davon«, sagte Firdevs Işin. »Wir haben ein paar Mal damit rumhantiert.«

Alle sahen Begüm Kalyon an, die nachzudenken schien. »Ich habe bestimmt anderen davon erzählt«, sagte sie, »aber wem genau, das weiß ich nicht mehr.«

»Hat irgendjemand sich besonders dafür interessiert?«, fragte Ismet Günaldi.

Sie schüttelte den Kopf. »Nein, nicht dass ich wüsste. Ich kann mich echt nicht erinnern.«

»Wenn Sie sich darauf einlassen, könnten wir noch einen Schritt weitergehen«, sagte ich.

»Was bleibt uns anderes übrig?«, erwiderte Ismet Günaldi.

Nichts, hätte ich ihm antworten können. Da ging die Tür auf. Yildiz Turanli. Willkommen, meine Schöne, dachte ich. Ihr Gesicht verriet mir, dass sie einen ganz bestimmten Grund hatte, gerade jetzt wiederzukommen, aber das sah ihr wohl niemand sonst an. Sie kam zu mir.

»Wie geht es ihr?«, fragte ich leise.

»Sie schläft«, flüsterte sie zurück. »Der Mann steht weiter vor ihrer Tür.« Sie nahm Block und Stift zur Hand und schrieb etwas. Bis sie fertig war, musste ich ein bisschen trödeln.

Was tut man so, um Zeit zu gewinnen? Man zündet sich eine Zigarette an. Man holt das Päckchen aus der Tasche, und wenn es ein weiches ist, zupft man es ein wenig glatt. Dann zieht man eine Zigarette heraus und dreht sie ein wenig zwischen den Fingern herum. Als wäre es das Wichtigste auf der Welt, steckt man sie dann zwischen die Lippen. Man holt sein Feuer heraus, und wenn es Zündhölzer sind, macht die Sache natürlich noch mehr her. Man beugt sich leicht vor, reißt das Schwefelholz an und widmet seine gesamte Aufmerksamkeit dem Anzünden. Der Schwefelgeruch vermischt sich mit dem Duft nach verbranntem Tabak und Zigarettenpapier. Man richtet sich auf und tut den ersten Zug. Dann lässt man den Rauch heraus, aus Mund und Nase zugleich.

Für das alles hatte ich keine Zeit, denn kaum steckte ich die Hand in die Tasche, schob Yildiz Turanli mir den Block hin. Es standen nur ein paar Worte darauf.

»Sie nimmt ihre Medizin nicht!«

Ich verzog keine Miene und tat so, als stünde da etwa »Ich liebe dich«, und als müsste ich überlegen, was ich darauf antworten sollte.

Ich schob ihr den Block zurück, vielleicht wollte sie ja noch etwas schreiben. »So, machen wir weiter«, sagte ich dann. »Hat jemand etwas dagegen?«

»Nein«, sagte Ismet Günaldi. »Bitte schön.«

Ich lächelte ihm kurz zu. »Man kann sich fragen, was Hilmi Akalin in Firdev Işins Wohnung überhaupt zu suchen hatte.« Ich sah in die Runde.

Ayla Duman rutschte unruhig hin und her, als wollte sie etwas loswerden. Mit übertriebener Gebärde erteilte ich ihr das Wort. »Mir fällt da was ein, aber ich weiß nicht, ob ich es sagen soll, nicht dass es wieder Ärger gibt«, sagte sie mit zaghafter Stimme.

Firdevs Işin reagierte sofort. »Komm schon, zier dich nicht. Ich lass mich diesmal nicht provozieren. Spucks aus.«

Ayla Duman würdigte sie keines Blickes. »Vielleicht hat sie ihn ja kommen lassen, um ihn zu belabern, damit sie ihre frühere Patientin wieder zurückkriegt«, sagte sie etwas lauter.

Alle sahen Firdevs Işin an. »Also sonst noch was!«, sagte diese. »Was anderes fällt dir nicht ein?«

»Vielleicht hat sie Hilmi sogar erpresst«, sagte Ayla Duman. »Das mit der Klinik sollte ja nicht aufkommen.«

»So ein Unsinn!«, rief Firdevs Işin und wandte demonstrativ den Kopf ab.

Begüm Kalyon beugte sich vor, als ob ihr etwas auf den Lippen brannte. »Ich kann Herrn Ünal den Grund schon sagen. Ich habe mich mit Hilmi verabredet, um ihn zu fragen, was er mit seiner Mutter eigentlich vorhatte.«

»Und das ausgerechnet in Firdevs' Wohnung?«, versetzte Ayla Duman.

»Ja, wo denn sonst? Firdevs hat mich immer unterstützt. Hätten wir was zu besprechen gehabt, was nur Hilmi und mich anging, wäre Firdevs aus dem Wohnzimmer gegangen.«

»Und was wäre das zum Beispiel gewesen? Dass du wegwolltest?«

»Eventuell«, sagte sie mit zitternder Stimme. »Was Hilmi da tat, gefiel mir gar nicht. Das habe ich Herrn Ünal auch gesagt.«

Kemal Arsan sah mich an. »Warum um Himmels willen fragen Sie uns ständig Sachen, die Sie ohnehin schon wissen?«, sagte er.

»Eigentlich wollte ich herauskriegen, wer davon wusste, dass Hilmi in der Wohnung war.«

»Und wozu?«

Ich lächelte ihn an. »Ihr Privatdetektiv Remzi Ünal denkt«, sagte ich, »dass jemand, der von dem Treffen in Firdevs Işins Wohnung wusste, uns auf die Spur der dritten Schwester führen kann.«

Meine scherzhafte Ausdrucksweise wurde von niemandem gewürdigt.

»Schon wieder diese Schwester!«, rief Ayla Duman verärgert aus. »Ich würde sie ja liebend gerne mal sehen und ihr um den Hals fallen.«

Sinem Akalin lächelte vor sich hin.

»Red nicht so, Ayla«, sagte Begüm Kalyon wütend. »Die hat vielleicht Hilmi umgebracht.«

Ayla Duman stützte sich auf dem Tisch auf und kniff die Augen ein wenig zu.

»Der Gedanke passt dir natürlich in den Kram«, sagte sie.

»Wie meinst du das?«, blaffte Begüm Kalyon zurück. »Hast dus jetzt auf mich abgesehen?«

»Ich habs auf gar niemanden abgesehen, Schätzchen. Aber wenn die Polizei sich täuscht, bist du die Verdächtige Nummer zwei. Nach der Wohnungsinhaberin natürlich.«

»Geht jetzt das wieder los!«, rief Firdevs Işin.

Sinem Akalin, die eine Weile ständig gelächelt hatte, wurde auf einmal ganz ernst. Sie wirkte wieder so entschlossen wie zuvor, als sie hereingekommen war. »Hört endlich auf mit diesem Gewäsch!«, rief sie in einem Ton, der verriet, dass sie noch mehr loswerden wollte.

»Was sagst du da?«, fragte Ayla Duman. »Und was gibt dir das Recht, so zu reden?«

Um ihren Worten noch mehr Nachdruck zu verleihen, sprach Sinem Akalin betont langsam und deutlich. »Als Hauptaktionärin dieser Aktiengesellschaft erkläre ich diese Sitzung für beendet. Ihr könnt alle gehen.«

Hätte Ismet Günaldi seine Pfeife im Mund gehabt, wäre sie ihm garantiert herausgefallen.

Der ideale Zeitpunkt, dachte ich. Ich holte eine Zigarette hervor und zündete sie schnell an.

»Und das ist etwa kein Gewäsch?«, sagte Ayla Duman. »Schlimmstenfalls hast du so viele Aktien wie ich.«

»Über den schlimmsten Fall brauchen wir gar nicht zu spekulieren. Ich habe vorhin mit Şenol und Mine Yurdatapan gesprochen. Falls der geistige Zustand von Neriman Akalin eine Versammlung nötig macht, werden die beiden mich unterstützen.«

Mir fiel wieder ein, was Yildiz Turanli auf den Block geschrieben hatte.

»Die beiden sind auch bereit, jederzeit hierherzukommen«, fuhr Sinem Akalin fort. Ayla Duman griff zu ihrem Telefon und drückte auch schon auf die Tasten.

»Soll ich sie anrufen?«

Da ergriff Ismet Günaldi das Wort, der sich wieder etwas gefangen hatte. »Moment, Moment. Ganz ruhig erst mal. Diese Teilhaberangelegenheiten sind komplizierter, als du vielleicht meinst, Sinem.«

»Mit diesen komplizierten Angelegenheiten kennt sich wohl Şenol Yurdatapan am besten aus«, sagte Sinem Akalin herausfordernd.

»Das mag ja sein, aber offiziell ...«

»Wenn die Sache offiziell werden soll: Mine Yurdatapan hat von mir eine Vollmacht. Ein Anruf genügt, und sie bringt alles ins Rollen, auf dem Gericht und so. Dann stehen Sie hier auch als Chefarzt infrage, damit Sie es nur wissen.«

Ich tat wieder einen Zug und blies den Rauch genießerisch zum Fenster.

Am Tisch war es still. Unbeschreiblich still. Yildiz Turanli sah mich fragend an, ob ich begriffe, was da vorging. Ich lächelte ihr unauffällig zu, worauf sie auf den Notizblock wies. Ich gab ihr durch ein Nicken zu verstehen, dass ich den nicht vergessen hatte.

»Du bist ja vorzüglich vorbereitet, Schwesterchen«, sagte Ayla Duman. »Seit wann denn schon?«

»Sag nicht Schwesterchen zu mir«, raunzte Sinem Akalin, ohne Ayla Duman auch nur anzusehen.

»Hilmi hat dich aber immer so genannt.«

Sinem Akalin gab ihrer Schwester keine Antwort. Als ringe sie mit einer Entscheidung, schob sie den Block vor sich hin und her, klappte ihn auf und zu. Dann hob sie den Kopf und sah mich an.

»Falls Sie hier im Namen des Manhattan Medical ermitteln«, sagte sie und schluckte erst mal, »können Sie ab sofort Ihre Arbeit als beendet ansehen.«

Um klarzumachen, dass mich das nicht kratzte, blies ich ostentativ den Rauch aus. Diesmal zog er nicht zum Fenster hinaus, sondern blieb über dem Tisch hängen.

»Mit den Leuten hier am Tisch habe ich zu diversen Zeiten mündliche Vereinbarungen getroffen«, sagte ich. »Darum denke ich, dass ich die Ermittlungen im Namen von jedem Einzelnen fortführen kann.«

»Haben Sie was Schriftliches?«

»So etwas mache ich nie mit meinen Kunden. Nicht wahr, Herr Arsan?«

Kemal Arsan ging darauf nicht ein.

Auch Begüm Kalyon spielte mit ihrem Block herum und sagte: »Falls Sie Ihr Gespräch mit mir als mündliche Vereinbarung zählen, möchte ich diese hiermit auflösen. Tut mir leid, Herr Ünal.«

Ich nickte nur.

»Vielen Dank noch mal, dass Sie mich gestern nicht im Stich gelassen haben«, fuhr sie fort. »Und Ihnen auch, Frau Turanli, Sie waren eine sehr gute Gastgeberin. Aber ich möchte nicht mehr, dass Sie für mich arbeiten, Herr Ünal.«

»Geht in Ordnung.«

»Mich können Sie auch zu Ihren verflossenen Kunden zählen«, sagte Ayla Duman. »Falls ich überhaupt mal Ihre Kundin war.«

Gleich darauf fing zu meiner Rechten jemand zu sprechen an. »Für mich haben Sie auch was getan, aber damit soll jetzt Schluss sein«, sagte Sultan Karakum.

Ich wandte mich Firdevs Işin zu, die mir schräg gegenübersaß, und forderte sie mit einem Blick zum Sprechen auf. Auch sie brauchte nicht lang nachzudenken. »Durch die Lage ergeben sich für mich wohl bessere Möglichkeiten«, sagte sie. »Tut mir leid, Herr Ünal, aber ich bin auch nicht mehr Ihre Kundin.«

Ismet Günaldi brauchte ich gar nicht anzusehen. Ich tat es aber doch. Er schüttelte nur leise den Kopf.

So etwas kam eben vor. Man sollte für Kunden etwas erledigen, und wenn man dabei übers Ziel hinausschoss, zogen sie sich zurück. Das war ihr gutes Recht. Sie zahlten mich dafür, dass ich ihnen im achten Stock von außen die Fenster putzte, doch wenn ich dabei zu sehr in die Wohnung glotzte, durften sie sagen, Freundchen, runter mit dir. Da war nichts zu machen.

»Dann darf ich Sie jetzt nach draußen bitten«, sagte Ismet Günaldi. »Ich nehme an, Sie werden nichts dagegen haben, wenn wir Sie für Ihren Aufwand finanziell entschädigen. Ich zahle Ihnen jetzt eine Summe aus, und wir regeln das dann untereinander.«

Um den Tisch herum herrschte Zustimmung. Ich zog an der Zigarette, drückte sie aus und wartete ab.

Ismet Günaldi zog aus der hinteren Hosentasche eine Brieftasche, und zwar eine ziemlich dicke. Er entnahm ihr mehr als die Hälfte der Scheine, rückte sie auf dem Tisch zurecht und schob sie mir hinüber.

Ich nahm sie an mich, ohne sie zu zählen, und steckte sie in die Tasche. »Vielen Dank. Das ist mehr als eine Entschädigung. Sie haben allerdings vergessen, dass da ein Kunde ist, für den ich noch immer arbeite.«

Auf einen Schlag herrschte eine Stille, wie sie noch nicht entstanden war, seit wir zusammensaßen. Alle schauten sich an und warteten, wer zuerst etwas sagen würde.

Ich beobachtete meinerseits, wer sich von dieser Kehrtwende am meisten beeindrucken ließ. Aus Sinem Akalins Gesicht las ich nicht mehr ab als große Neugierde. Dass Ismet Günaldi der Mund offen stand, hatte wohl mehr mit dem Bündel Scheine zu tun, das nun in meiner Tasche steckte.

Als Erste wagte sich Ayla Duman vor. »Wen meinen Sie damit, Sie Quälgeist?«

Den Quälgeist nahm ich ihr nicht übel. Nicht Worte taten weh, sondern Wissen. »Meine Kundin liegt auf Zimmer 382«, sagte ich. »Da, wo die technische Ausstattung nicht funktioniert.«

Ismet Günaldi hielt sich die Hand vor den Mund wie ein dem Untergang geweihter König, der erfährt, dass schon wieder ein Heer verloren gegangen ist. Kemal Arsan lächelte bitter.

»Bevor ich gekommen bin …«, sagte Ayla Duman. Sie wandte sich zu Firdevs Işin.

»Stimmt das?«

Firdevs Işin sah verblüfft zwischen Ayla Duman und mir hin und her. Ihr schien es die Sprache zu verschlagen. Sie musste erst mal verdauen, dass sich der Wind so plötzlich gedreht hatte.

»Ich … ich … weiß es nicht. Gehört habe ich schon was, aber …«

»Dummes Weibsstück«, zischte Ayla Duman.

Ich lehnte mich in meinem Stuhl zurück.

»Dass ich in ihrem Namen ihren Strom bezahlen sollte, haben ja auch Sie gehört, oder?«, sagte ich.

»Wollen Sie mich veräppeln?«

»Nein, mir ist ganz ernst. Bevor sie ihr Stromgeld zahlen kann, muss ich erst sicher sein, ob sie über ihr Geld noch verfügen darf. Und zu diesem Zweck möchte ich meine Ermittlungen fortführen.«

Sinem Akalin fand wieder zu ihrer Entschlossenheit zurück. »Diesen Unsinn können wir unmöglich ernst nehmen«, sagte sie. »Sie und die Dame neben Ihnen haben hier nichts mehr zu suchen. Bitte verlassen Sie den Raum.«

Ich wandte mich zu Yildiz Turanli, und als ginge es darum, was für einen Fernseher wir uns kaufen sollten, fragte ich sie: »Was meinst du dazu?«

»Vergiss nicht, dass wir der Frau was versprochen haben«, erwiderte sie. Braves Mädchen, dachte ich.

Ich setzte ein Lächeln auf und verschränkte die Arme.

Mit funkelnden Augen blickte Sinem Akalin zum Sicherheitsmann. »Tun Sie bitte Ihre Pflicht.«

Der Mann mit der Wrestlerfigur sah erst zu Ismet Günaldi, was ich anständig fand. Ob seiner in Gefahr geratenen Position, nickte der Chefarzt aber nur.

Der Sicherheitsmann ging gemessenen Schrittes auf uns beide zu, den Kopf wie ein Widder vorgestreckt. Ich rührte mich nicht vom Fleck. Dass ich saß, war strategisch von Nachteil, doch durfte ich keine Nervosität zeigen. Mir fiel das Schmetterlingsmesser ein, das ich in der hinteren Hosentasche trug, aber den Gedanken ließ ich sogleich wieder fallen. Mit bloßen Händen, immer nur mit bloßen Händen.

Der Sicherheitsmann ging hinter Sultan Karakum und Begüm Kalyon vorbei und blieb zwischen Yildiz Turanli und mir stehen. Er legte uns beiden je eine Hand auf die Schulter.

»Kommen Sie bitte mit«, sagte er in vollem Vertrauen auf die Richtigkeit seiner Methode.

Einen größeren Fehler hätte er gar nicht begehen können. Durch seinen ungeschützten Bauch auf Höhe meiner Schulter verwandelte sich mein strategischer Nachteil in einen ungeahnten Vorteil.

Mit der linken Faust versetzte ich ihm einen Schlag in die Magengegend. Zwar spürte ich dabei seine harten Bauchmuskeln, doch bis in sein Hara stieß ich doch vor. Er klappte nach vorne. Hinter mir hörte ich jemanden schreien. Mit der rechten Hand drückte ich seinen Kopf auf die Tischplatte. Das Geräusch dabei war sogar mir unangenehm.

Er sackte in die Knie und fasste sich mit beiden Händen an die arg blutende Nase. Firdevs Işin stieß einen Schrei aus.

»He, he!«, rief Ismet Günaldi und stand dabei halb auf. »Ümran, Ümran, kommen Sie schnell!«

Yildiz Turanli blieb ganz ruhig, als wäre sie öfter Zeugin solcher Darbietungen von mir. Das gefiel mir.

Die Tür ging auf, und die Sekretärin kam herein. Als sie den blutenden Sicherheitsmann sah, der sich mühevoll aufrichtete, kam sie mit ziemlich ungerührtem Gesicht rasch auf uns zu.

»Bringen Sie ihn schnell in die Notaufnahme«, sagte Ismet Günaldi. »Vielleicht ist ja was gebrochen. Sagen Sie Dr. Süha Bescheid.«

Als die Sekretärin dem Sicherheitsmann aufhelfen wollte, schob der ihre Hand rüde zurück und kam dabei an ihre Brillenkette. Mit der anderen Hand hielt er sich noch immer die Nase. Er konnte sich kaum auf den Beinen halten und sah mich böse an.

»Schnell in die Notaufnahme mit ihm!«, wiederholte Ismet Günaldi.

Der Sicherheitsmann sah ihn Hilfe suchend an, doch was er im Blick seines neuen Auftraggebers sah, veranlasste ihn dazu, sich von der Sekretärin gefügig zur Tür führen zu lassen.

Vermutlich würde er den Dienst quittieren. Und mit seinen Kumpels am Ausgang auf mich warten. Aber darum würde ich mir später Gedanken machen.

Ismet Günaldi rief der Sekretärin hinterher: »Schicken Sie doch jemand, der uns das hier wegputzt.«

»Das mache ich schon«, erwiderte Sultan Karakum und eilte zur Tür hinaus.

Drinnen verblieben wir und Tariks Blut. Geredet brauchte nicht zu werden.

»Wenn wir die Polizei rufen, kriegen Sie einigen Ärger, das wissen Sie hoffentlich?«, sagte Ismet Günaldi.

»Was immer der Mann aussagt, unterschreibe ich.«

Niemand sagte etwas.

»Und wenn ich gefragt werde, bin ich auch bereit, noch einiges mehr auszusagen«, fuhr ich fort.

»Soll das Erpressung sein?«, fragte Ayla Duman.

»Absolut nicht! Ich möchte Sie lediglich daran erinnern, woran wir sind.«

»Was schlagen Sie also vor?«, fragte der Kunde, durch den ich überhaupt an den Fall geraten war.

Ich zog an der Zigarette und beugte mich vor, um zu sehen, ob meine Hose nicht Blut abgekriegt hatte. Nur einen kleinen Spritzer, nicht nennenswert.

»Ich will nichts Besonderes. Nur die Erlaubnis, die Interessen meiner Klientin zu verteidigen. Ich stehe im Übrigen noch immer zu meinem Wort, dass von dem, was hier geredet wird, nichts nach draußen dringen wird.«

Mit einem feuchten und einem trockenen Lappen kam Sultan Karakum wieder herein. Ich rückte meinen Stuhl zurück, und Yildiz Turanli tat es mir nach. Sultan Karakum kauerte sich nieder und beseitigte die Spuren unseres Handgemenges. Dann breitete sie die Tücher auf einem der Blumentöpfe aus und setzte sich hastig wieder.

»Ich habe was zu gestehen«, sagte da die junge Frau, mit deren Verschwinden alles angefangen hatte.

Alle wandten sich Begüm Kalyon zu.

Ein Geständnis ist ja immer irgendwie sexy. Aufregend. Nicht nur gehen fest verschlossene Türen plötzlich auf, und was dahinter war, purzelt hervor, sondern ein Geständnis ist auch ein Wendepunkt in einem langen Prozess, den der Gestehende durchmacht. Ein Schlussstrich unter eine Gewissenserforschung. Und sowohl, wer das Geständnis ablegt, als auch, wer es hört, empfindet große Erleichterung.

Begüm Kalyon saß mit gesenktem Kopf da und kratzte mit dem Zeigefinger der linken Hand am Daumen herum. Ihre Lippen zitterten nicht. Der erste Schritt war getan, der Rest würde folgen.

Ich drückte die Zigarette aus.

»Begüm, pass auf, was du sagst«, warnte Ayla Duman. »An diesem Tisch sitzen Wölfe.«

Begüm Kalyon schien sie gar nicht zu hören. Und ich störte mich nicht an ihrer Anspielung.

»Ich habe Hilmi auf das Bett gelegt«, sagte Begüm Kalyon. In dem Raum, in dem es so still war, dass man auch ein nur vibrierendes Handy gehört hätte, klirrte ihre Stimme wie ein zu Boden fallendes Glas.

»Er lag zwischen dem Bett und dem Toilettentisch«, fuhr sie fort, ohne aufzublicken. »Ganz verdreht, mit dem Kopf halb unter dem Bett. Ich musste an mich halten, um nicht loszuschreien. Firdevs konnte ich nicht rufen, neben der saß ja im Wohnzimmer ein mir damals noch unbekannter Mann.«

Firdevs Işin nickte unwillkürlich, ich wusste nicht, ob zustimmend oder in Vorbereitung auf einen etwaigen Einspruch. Wieder herrschte völlige Stille. Die Stille, bevor eine glimmende Zündschnur eine Explosion auslöst. Und niemand versuchte, die Zündschnur zu löschen.

»Ich war wie erstarrt. So was wünsche ich wirklich niemandem. Der Mann, den ich geliebt, und ja, mit dem ich auch gestritten hatte, lag vor mir auf dem Boden und bewegte sich nicht. Würde sich nie wieder bewegen. Nie wieder sagen, guten Morgen, Begüm, wie gehts dir, Begüm. Das ist ganz was anderes, als wenn ein Patient stirbt. Vollkommen anders.«

Sie kämpfte gegen ein Schluchzen an, mit wenig Erfolg. Auch auf der anderen Tischseite ertönte ein Schluchzer, aber ich sah nicht hin, von wem er kam.

Begüm Kalyon hob den Kopf, sah über die gegenüber Sitzenden hinweg an die Wand und sprach leise weiter.

»Ich konnte nicht mit ansehen, wie er da lag. Auch wenn Patienten von uns sterben, machen wir sie immer ein wenig zurecht.

Die Leiche war noch nicht erstarrt. Mit großer Mühe schaffte ich sie aufs Bett. Die Augen kriegte ich aber nicht zu.«

Das konnte ich bestätigen.

Als hätte er gehört, was ich dachte, sagte Ismet Günaldi zu mir: »Sie hatten also recht.«

Ich antwortete nicht. Es würde noch mehr kommen, der Zauber des Augenblicks durfte nicht gebrochen werden.

»Weiter konnte ich nichts tun. Ich musste im Schlafzimmer warten, bis der Mann endlich gehen würde. Ich kauerte mich an die Tür und weinte leise.«

Da kommt noch mehr. Ganz bestimmt.

Sie wandte sich zu mir. »Geben Sie mir doch eine Zigarette.« Ich zündete ihr sofort eine an, und sie stieß den Rauch aus, ohne zu inhalieren. Dann starrte sie wieder an die Wand. Der Moment ist noch nicht verpasst, dachte ich. Unter dem Bett, unter dem Bett …

»Warum sah er unters Bett?«, sagte Begüm Kalyon, als stellte sie sich die Frage damals, als sie am Boden kauerte.

»Weil unter dem Bett etwas war«, fuhr sie fort.

Ich weiß, was das ist, dachte ich. Eine braune, mit Samttuch ausgekleidete Schachtel.

»Unter dem Bett … unter dem Bett …«, stotterte Begüm Kalyon geradezu, als wollte sie den Satz nicht zu Ende bringen. Dann bezwang sie sich. »Da war eine Schachtel …«

Nicht so sehr, um ihr zu helfen, sondern damit die Umsitzenden ahnten, wie weit mein Wissen reichte, sprach ich den Satz für sie zu Ende. »Eine Schachtel mit einer gelben Schleife darum.«

Begüm Kalyon schien mich gar nicht zu hören. Sie war ganz in sich drinnen, mit den Augen noch immer an der Linie, an der Wand und Decke zusammentrafen. Wieder versuchte sie, einen Schluchzer zu unterdrücken.

»Ich bin halb unters Bett gekrochen und habe die Schachtel hervorgeholt. Oben auf dem Bett lag der Mann, den ich schon hatte verlassen wollen, und darunter das Geschenk, das er mir machen wollte. Und das war das Letzte gewesen, was er gesehen hatte, bevor er starb.«

Nun musste ein Schluchzer heraus. Ein kleiner, inniger, ehrlicher Schluchzer. Sie wischte sich die Augen ab. »Den Moment werde ich nie vergessen.«

Es kommt noch Schlimmeres, dachte ich.

Ich schielte zu Yildiz Turanli. Fast hätte ich behaupten können, dass auch ihr allmählich die Augen feucht wurden.

»Ich habe die Schachtel aufgemacht, verdammt noch mal. Ich hätte es nicht tun sollen, nicht wahr, Firdevs?«

Firdevs Işin sah vor sich auf den Tisch.

»Sie können sich nicht vorstellen, was für ein Schock das war. Im Leben nicht. Der Mann, der mich geliebt hatte, lag tot auf dem Bett. Das heißt, der Mann, von dem ich gedacht hatte, dass er mich liebte. Und das Geschenk, von dem ich gedacht hatte, es sei für mich …«

Sie konnte nicht weitersprechen. Das Schluchzen wurde übermächtig. Sie hielt sich die Hände vors Gesicht. In dem Moment, als Yildiz Turanli ihr die Hand auf den Rücken legte, sprang Begüm Kalyon auf, hastete mit den Händen vor dem Gesicht zur Tür und ging hinaus. Die Tür ließ sie hinter sich offen stehen. Wir hörten alle, wie ihre Schritte sich entfernten.

Die Sekretärin kam herein und sah uns neugierig an.

»Was hat Begüm damit gemeint, Firdevs?«, fragte Ayla Duman.

Firdevs Işin blickte auf. Ihre Augen glänzten. »In der Schachtel war ein Diamantring«, sagte sie. »Und in den war mein Name eingraviert. Ich konnte ihn mir aber nicht anstecken, weil Begüm ihn in ihrem Schock mitgenommen hat.«

»Das darf doch nicht wahr sein!«, rief Ismet Günaldi aus.

Yildiz Turanli nahm mich bei der Hand. Ayla Duman stieß einen Fluch aus, den ich nicht wiedergeben kann, und sprang auf. Sie warf Firdevs Işin einen tödlichen Blick zu und eilte so schnell hinaus, dass die Sekretärin ängstlich zurückwich.

Ich schaute Sultan Karakum an. Erst wirkte sie fast teilnahmslos, doch als sie meinen Blick bemerkte, sah sie mich flehend an. Bitte! Bitte! Bitte!

Ich wandte mich wieder den anderen zu und sagte mit möglichst ruhiger Stimme: »Gebrochene Herzen kann ich zwar nicht reparieren, aber ich garantiere, dass der Ring zu seiner rechtmäßigen Besitzerin zurückkommt.«

Aus einem kaum hörbaren Seufzer der Erleichterung zu meiner Rechten durfte ich schließen, dass soeben eine neue Vereinbarung in Kraft getreten war. Die Details konnten später geregelt werden. Durch Begüm Kalyons Worte hatten sich mir völlig neue Perspektiven eröffnet. Vermutlich steuerte ich nun im richtigen Anflugwinkel den letzten Waypoint an. Ich konnte sogar schon die Räder ausfahren.

»Wenn die beiden Damen wieder da sind, können wir weitermachen«, sagte ich und setzte damit meine Unterschrift unter die Vereinbarung. »Frau Karakum, könnten Sie bitte nach den beiden sehen?«

Mit einem dankbaren Blick ging sie los, als wüsste sie schon, wohin weinende Frauen sich in dem Krankenhaus zurückzogen.

Um mich zu beschäftigen, drückte ich Begüm Kalyons im Aschenbecher verbliebene Zigarette aus. Ich hörte, wie unter dem Tisch jemand nervös mit dem Fuß klopfte.

Draußen läutete das Telefon. Erst beim zweiten Klingeln besann sich die Sekretärin darauf, dass es ihre Aufgabe war, das Ding zum Schweigen zu bringen, und eilte hinaus.

»Ja«, hörten wir sie sagen, »ja, den habe ich geschickt. Gut. Verstanden. Danke, ich sag es Herrn Günaldi.«

Sie kam wieder herein, froh anscheinend, einmal mit einer normalen Nachricht aufwarten zu können.

»Das war die Notaufnahme. Nasenbeinbruch. Es geht ihm aber gut, und er wird bald nach Hause gefahren.«

Eine Sorge weniger.

Die Sekretärin stockte kurz, bevor sie weitersprach. Sie sah mich an, dann sagte sie: »Er hat angegeben, dass er gestolpert und mit dem Gesicht auf den Tisch geschlagen ist.«

»Vielen Dank«, erwiderte Ismet Günaldi.

Zwischen den Zeilen sollte das heißen, Sie können jetzt gehen, aber so fasste die Sekretärin das nicht auf und blieb an der Tür stehen.

Ohne sich darum zu kümmern, wandte Ismet Günaldi sich mir zu.

»Sie hatten recht, Herr Ünal. Sie sind ein Menschenkenner.«

Ich, ein Menschenkenner? Ach was, wer kennt schon die Menschen? Manchmal kannte ich mich ja nicht einmal selbst. Ich wusste nur, dass sie Lügner waren. Allesamt. Oder mir zumindest so vorkamen.

Jedenfalls gab ich Ismet Günaldi keine Antwort.

Da sprang plötzlich Kemal Arsan auf, als sei ihm etwas Wichtiges eingefallen. »Entschuldigung, bin gleich wieder da.« Er schlug um die Sekretärin einen Haken, und schon war er draußen.

Firdevs Işin saß aufrecht da und bewegte versonnen die Finger ihrer linken Hand, als prüfte sie, ob ein Ring ihr wohl stand. Yildiz Turanli schrieb in ihren Block.

Ich stand auf und ging zum Fenster. Da lag Istanbul vor mir, Fenster, Balkons, Dächer, Menschen. Von oben sah alles ganz friedlich aus. Als täten die Menschen zwischen diesen Mauern sich nicht gegenseitig weh. Und töteten sich nicht aus Gier, aus Liebe, aus Unzulänglichkeit. Ich atmete tief durch. Halt aus, Remzi Ünal. Das ist dein Istanbul. Deine Menschen.

Von der Tür her hörte ich Schritte und drehte mich um.

Erst kam Ayla Duman wieder herein. Ihre Wangen glänzten, als hätte auch sie etwas geweint und sich dann das Gesicht gewaschen. Hinter ihr trat Begüm Kalyon ein.

»Entschuldigung«, sagte diese. »Das Weinen hat mir gutgetan. Jetzt bin ich zu allem bereit.«

Firdevs Işin streckte die Hand mit dem eingebildeten Ring unter den Tisch. Sie sah nicht Begüm Kalyon an, sondern die Sekretärin, als sei auf deren schwarzer Kluft irgendetwas Besonderes zu entdecken.

Wir warteten in stillschweigendem Einverständnis.

Als Sultan Karakum mit betretener Miene wieder hereinkam, sah nur ich sie an. »Ich hab sie nicht gefu…«, setzte sie an, dann erblickte sie die beiden Frauen, nach denen sie gesucht hatte. Wie eine schuldbewusste Schülerin nahm sie Platz.

Am Fenster hinter mir hörte ich ein Flattern und drehte mich um. Eine Taube saß auf dem Fenstersims und sah kopfruckend herein. Dann erstarrte sie, als hätte sie die Spannung im Raum erfasst. Als die Tür ging, flatterte sie hoch und hinterließ einen kleinen, schmierigen Fleck. Wir horchten ihrem Flügelschlag nach.

Kemal Arsan kam mit einem Becher Cola wieder herein.

Da erinnerte Ismet Günaldi sich seiner Gastgeberpflichten. »Möchte noch jemand etwas trinken?«

Kein Mucks.

»Warten wir noch auf jemand?«, fragte er daraufhin mich.

Ich wandte mich der Sekretärin zu und sagte: »Nehmen Sie doch bitte Platz.« Sie sah erst ihren Chef an, und als der keine Miene verzog, setzte sie sich auf den Stuhl vor sich und blickte uns neugierig an.

»Also, tun Sie jetzt, was Sie nicht lassen können«, sagte Ayla Duman zu mir.

Nicht lassen konnte ich als Erstes, mir eine Zigarette anzuzünden. Dann fragte ich die Sekretärin: »Seit wann arbeiten Sie in diesem Krankenhaus?«

»Na, so ... ein halbes Jahr, würde ich sagen.«

»Und sind Sie mit Ihrer Arbeit zufrieden?«

»Ja, sehr. Die Leute sind nett, mein Chef auch.«

»Und das Gehalt?«

Verlegen blickte sie Ismet Günaldi an. »Tja, weiß nicht, wohl in Ordnung so. Besonders viel ist es nicht, aber mir gehts nicht vor allem ums Geld.«

»Ihre Brillenkette da, ist die aus Gold?«

»Wo denken Sie hin! Nicht mal mit Gold überzogen. Gelbes Metall einfach.«

»Sie werden wohl von Ihrer Familie noch ein wenig unterstützt, oder?«

Da stockte sie etwas und sah Ayla Duman in die Augen, als ob die Antwort dort zu finden sei. »Ich bin ja noch jung, da finde ich es in Ordnung, dass sie mir zur Miete was zuschießen.«

Bei meiner nächsten Frage konnte ich mir die Antwort schon

denken. »Ihr Vorstellungsgespräch hatten Sie doch mit Herrn Günaldi, oder?«

Noch bevor ich Gelegenheit hatte, aus dem verwunderten Gesicht der Sekretärin irgendwelche Schlüsse zu ziehen, rief Ayla Duman aus: »Was sollen denn diese banalen Fragen, verdammt noch mal?«

Ich stieß meinen Zigarettenrauch so heftig aus, als sollte ihn jeder am Tisch ins Gesicht bekommen. »Nicht unbedingt banal, falls diese Dame die gesuchte dritte Schwester ist.«

Erst herrschte kurz Schockstarre im Raum, dann redeten alle gleichzeitig los. Abgehackte Sätze, Ausrufe, ein paar harmlose Flüche. Wer genau was sagte, war nicht zu verfolgen. Yildiz Turanli malte in ihren Notizblock ein großes Ausrufezeichen.

Ich wartete in Ruhe ab, bis sich die Leute wieder beruhigten.

Der Kopf der Sekretärin hatte einen Rotton angenommen, dessen Name mir nicht geläufig war. Sie hatte die Hände auf dem Schoß und kratzte an ihren Fingernägeln herum. Ihre Lippen waren nur noch ein Strich.

»Aber sie heißt doch gar nicht Akalin«, stieß Ismet Günaldi hervor, »sondern Okur. Ümran Okur.«

Abschätzig verzog ich die Mundwinkel. »Menschen heiraten, lassen sich scheiden. Heiraten wieder.«

»Warum haben Sie mir das nicht gesagt?«, fragte Ismet Günaldi die Sekretärin.

»Weil sie ihn umgebracht hat!«, rief Kemal Arsan aus.

Ümran Okur riss die Augen auf und schrie: »Du hast sie wohl nicht mehr alle? Wie kommst du auf solchen Unsinn? Pass lieber auf, was du redest!«

»Frag doch den Großdetektiv deiner Familie«, entgegnete Kemal Arsan ruhig. »Der hat doch wie verrückt nach einer dritten Schwester gesucht.«

Furchtsam sah Ümran Okur mich an.

»Vor dem Mord hat eine Frau mit Hilmi Akalin über ihre Mutter gestritten«, sagte ich. »Und diese Frau war keine der beiden bekannten Schwestern und zugleich wohl die letzte Person, die ihn lebend gesehen hat. Da wollte ich natürlich mit ihr sprechen.«

»Hier bin ich«, erwiderte Ümran Okur. »Fragen Sie mich, was Sie wollen. Nur dass bloß nicht wieder jemand solchen Unsinn …«

»Haben Sie sich wirklich mit Ihrem Bruder in Firdevs Işins Wohnung getroffen?«, fragte ich.

»Ja.«

»Und woher wussten Sie, dass er dort war?«

»Ich habe ihn angerufen, und er hat mir gesagt, wo er ist.«

»Haben Sie ihn gefragt, was er dort überhaupt wollte?«

»Nein. Er konnte doch hingehen, wo er wollte, das ging mich nichts an.«

»Er hat Sie aber nicht sofort reingelassen.«

»Nein, er wollte mich erst gar nicht reinlassen. Aber dann wurden wir immer lauter, das war ihm dann peinlich, wegen der Nachbarn.«

»Und was ist drinnen geschehen?«

»Nichts, wir haben weitergestritten. Er hat gesagt, ich soll mich nicht einmischen, weil ich nichts davon verstehe. Und dass es ihr dort gut geht.«

»Und dann?«

Ümran Okur tat einen Blick in die Runde, als suchte sie die Antwort in unseren Gesichtern. »Weiter gar nichts. Überhaupt nichts. Als ich gemerkt habe, dass er sich nicht umstimmen lässt, bin ich gegangen. Ich habe ihm bloß noch mal ordentlich die Meinung gegeigt.«

»Und ein Revolver hat bei der Sache keine Rolle gespielt?«

»Ein Revolver?«

»So ein kleiner. Als der Streit heftiger wurde.«

Sie lachte los. »Ach so, dieses Ding!«

»Sie wissen schon, der Revolver, den Firdevs Işin in ihrer Schublade hatte.«

»Über den wusste jeder Bescheid, im ganzen Krankenhaus. Ich glaubte ja nicht so recht daran. Ist bloß ein Scherz, dachte ich. Bei dem Streit jedenfalls war kein Revolver im Spiel.«

»Verstehe«, sagte ich und lehnte mich zurück. Vielleicht hatte jemand anders eine Frage.

Es kam eine von Ümran Okur selbst. »Darf ich dann Sie mal was fragen?«, sagte sie und sah mir in die Augen.

»Selbstverständlich«, erwiderte ich und drückte meine Zigarette aus.

»Ich habe nicht bewusst geheim gehalten, dass Hilmi mein Bruder ist«, sagte sie, »aber hinausposaunt habe ich es auch nicht. Woher wissen Sie es dann?«

Ich lächelte und setzte ein unbeteiligtes Gesicht auf, um mein Geschick herunterzuspielen. »Erst war es nur eine kleine logische Schlussfolgerung, oder eher eine Vermutung, wenn Sie so wollen. Die anderen beiden Schwestern Hilmi Akalins arbeiteten hier im Krankenhaus, und dort hatte er sie vermutlich selber untergebracht. Sinem Akalin hat mir gesagt, dass sie das in ihrem Fall erst hinterher erfahren hat.«

Sinem Akalin schüttelte missmutig, aber doch zustimmend den Kopf.

»Und auch Ayla Duman wird uns diesen Umstand bestätigen können«, fuhr ich fort.

An ihrer Stelle antwortete Ismet Günaldi. »Ich ... ja, ich erinnere mich«, sagte er lächelnd, »das war nach der ersten großen Krise.«

»Was meinen Sie damit?«, fragte ich.

Er schien in Erinnerungen zu schwelgen. »Wir waren uns damals im Vorstand einig geworden, dass wir in mancher Hinsicht anders vorgehen sollten. Wir mussten mehr Personal einstellen, neue Positionen schaffen, das gab alles Anlass zu vielen Diskussionen. Und da hat dann ...«

»Jaja, schon gut«, unterbrach ich. »Jedenfalls dachte ich, wenn da eine dritte Schwester ist, arbeitet sie bestimmt auch hier.«

»Das ist alles?«, erwiderte Ümran Okur ungläubig.

Sag was, Großdetektiv Remzi Ünal. »Die Nachbarin, die den Streit mitbekommen hat, hat durch den Spion gesehen, dass die Frau eine Goldkette umhatte.«

Yildiz Turanli sah mich lächelnd an. Ümran Okur wickelte sich ihre Kette um den Zeigefinger.

Ich merkte irgendwie, dass ich schnell das Thema wechseln

musste. »Frau Işin«, sagte ich, »wann hat zwischen Ihnen und Hilmi Akalin die Beziehung begonnen, die bis zu einem Diamantring geführt hat?«

Sie stockte erst, als sei ihr nicht klar, worauf ich hinauswollte. Hilfe suchend sah sie Begüm Kalyon an, die sogleich reagierte. »Erzähls ruhig«, sagte sie. »Mir ist inzwischen gleich, wer was gemacht hat.«

Firdevs Işin wandte sich wieder mir zu und sagte eher unwillig: »Das war wohl in der früheren Wohnung von Neriman. Hilmi kam seine Mutter oft besuchen, und wenn sie schlief, unterhielten wir uns.«

»Und die Spinne webt langsam ihr Netz«, fuhr Ayla Duman hasserfüllt dazwischen, doch keiner achtete auf sie.

»Kümmerte er sich sehr um seine Mutter?«, fragte ich.

»Na ja, es war schließlich seine Mutter.«

»Machte er sich Sorgen darüber, dass sie zu Hause nicht so schnell wieder gesund werden könnte?«

»Das sagte er oft zu ihr, aber sie wollte nichts davon hören.«

»Und was meinten Sie als Frau vom Fach dazu?«

»Na, Ärztin bin ich ja keine, aber ich hatte schon viele Patienten von ihrem Schlag, und so richtig auf die Beine kommen die in der Regel nicht mehr, egal wo sie behandelt werden.«

Ich wandte mich zu Yildiz Turanli. »Du bist zwar auch keine Ärztin, aber was meinst du dazu?«

Sie setzte ein Lächeln auf, das nur ich so richtig zu deuten wusste. »Es fängt mit kleineren Symptomen an«, sagte sie, »aber dann werden die Anfälle immer häufiger, und zu einer wirklichen Besserung kommt es kaum noch.« Sie sah zu Kemal Arsan. »Ich denke, Sie können das bestätigen.«

Kemal Arsan sah sie wortlos an.

Ich blickte wieder zu Firdevs Işin. »Wieso war Neriman dann doch auf einmal bereit, ihre Wohnung zu verlassen?«

»Ganz so bereit war sie eigentlich nicht. Als sie Hilmi eines Abends mit Ismail angeredet hat, hat der spontan beschlossen, sie mitzunehmen. Herr Arsan ist mit einem Krankenwagen gekommen, und sie haben sie abtransportiert.«

Ich wandte mich zu Ismet Günaldi und fragte: »Heißen Sie mit zweitem Vornamen nicht Ismail?«

Verwundert sah er mich an und zuckte die Schultern. »Ja. Ismet Ismail. Hat mir schon als Kind nicht gefallen.«

»Hat Neriman Akalin Sie manchmal mit Ismet Ismail angeredet? Hin und wieder?«

Er lächelte. »Wenn sie mir böse war. ›Ismet Ismail! Ismet Ismail!‹, rief sie dann laut.« Plötzlich wurde er ernst. »Hat das irgendeine Bedeutung?«

»Namen können einem einen Streich spielen.«

»Wie meinen Sie das?«

Es war jetzt Zeit, ein Namensspielchen zu veranstalten. Ich rückte meinen Stuhl zurecht. »Ich gebe Ihnen ein Beispiel. Als wir uns zum ersten Mal hier versammelt haben, waren zwei Männer unter uns, die jetzt nicht mehr da sind. Wissen Sie, wie die beiden heißen?«

Die Leute am Tisch sahen sich stumm an.

»Kommen Sie, Herr Arsan«, sagte ich, »den einen kennen Sie doch. Ich habe Sie in der Cafeteria zusammen gesehen. Da müssen Sie doch wissen, wie er heißt.«

Er verzog das Gesicht. »Gut kenne ich ihn nicht«, sagte er. »Er war auf einen Job hier aus.«

Ich freute mich schon darauf, wie er sich immer weiter hineinreiten würde. Und wies ihn noch auf ein kleines Detail hin. »Sie haben diesen Raum hier zusammen betreten.«

»Habe ich gar nicht gemerkt. Ich habe mich nur gefragt, was er hier verloren hat.«

So leicht kam er mir nicht davon. »Das wundert mich aber«, sagte ich. »In der Cafeteria habe ich gesehen, wie er Ihnen etwas gegeben hat. Sah aus wie eine Medikamentenschachtel.«

Das mit der Schachtel zu erklären, war anscheinend noch unangenehmer, als zuzugeben, dass er den Mann doch kannte. Er schlug auf den Tisch. »Na gut! Ich weiß, wie er heißt. Baller-Osman wird er genannt.«

Dem Glucksen am Tisch gebot ich mit einer Geste sofort Einhalt. »Da irren Sie sich«, erwiderte ich.

»Was? Sie wollten den Namen unbedingt hören, also habe ich ihn gesagt. Der Kerl heißt Baller-Osman.«

»Sie irren sich«, wiederholte ich. »Sein Name ist Ayakçi Burhan.«

»Und wenn schon! Dann heißt er eben anders.«

»Interessanterweise heißt aber der andere Mann, der hier war, der mit der Gebetskette, tatsächlich Baller-Osman.«

»Na und?«, entgegnete Kemal Arsan verärgert. »Mir hat sich aber der andere so vorgestellt, was soll ich da machen?«

»Ja, aber warum hat er das getan?«

»Was weiß ich?«

Ich lehnte mich etwas zurück. »Der echte Baller-Osman«, sagte ich, »hat in gewissen Kreisen eine Schutzfunktion für Leute, die es mit den Gesetzen nicht so genau nehmen. Und seinen Beinamen hat er von dem Revolver, den er mit sich trägt.«

Ismet Günaldi reckte sich. »Was, der Mann läuft hier mit einer Waffe herum?«

»Keine Sorge«, erwiderte ich, »er hat mir versprochen, sie hierher nicht mitzunehmen.«

Kemal Arsan versuchte, zum Gegenangriff überzugehen. »Mit solchen Leuten haben Sie also Umgang?«

»In gewisser Weise angenähert haben wir uns schon. So habe ich auch erfahren, dass Ayakçi Burhan für Baller-Osman als Handlanger tätig ist. Und sich ab und zu für diesen ausgibt.«

»Und Sie scheinen auch zu wissen, warum«, sagte Ismet Günaldi. »Dann seien Sie doch so nett, und verraten Sie es uns.«

»Auch bei dunklen Geschäften spielen Markennamen eine Rolle«, erläuterte ich. »Und Fälschungen. Als Baller-Osman kommt der Mann leichter an Aufträge, und kann auch mehr verlangen.«

»Was für Aufträge denn?«, fragte Ismet Günaldi.

Ich sah Kemal Arsan direkt in die Augen und sagte: »Ich habe immer noch nicht vergessen, was ich zu Anfang hier versprochen hatte.«

Kemal Arsan sah lieber nur in die Luft.

»Was um Himmels willen soll an dieser Namensverwechslung so wichtig sein?«, fragte Ayla Duman.

»Nun, sie ist der Grund dafür, dass Ihr Bruder umgebracht wurde.«

»Was?«, rief sie aus.

»Wäre nicht der Lehrling an die Stelle seines Meisters getreten, wäre Ihr Bruder noch am Leben.«

»Aber wie das denn?«

»Ich erkläre es Ihnen. Begüm Kalyon war Hilmi Akalin böse, weil er seine Mutter in jene Klinik verfrachtet hatte. Sie wollte ihm sein Vorhaben ausreden.«

Begüm Kalyon sackte in sich zusammen. Yildiz Turanli fasste sie mitfühlend an der Schulter. Mich sah sie missbilligend an, was ich aber ignorierte.

»Sie haben sich zu dritt in Firdevs Işins Wohnung getroffen. Hilmi Akalin war schon ziemlich geladen, da ihm kurz zuvor in der gleichen Sache schon die eine Schwester zugesetzt hatte. Ihr Streit wurde immer heftiger.«

Begüm Kalyon wimmerte auf.

Auch das ignorierte ich.

»Dann hat sich die Lage noch weiter zugespitzt«, sagte ich. »Um sie zu überzeugen, ist Hilmi Akalin vermutlich recht persönlich geworden, und dabei ist sein Doppelspiel aufgeflogen.«

Wieder kam von Begüm Kalyon ein Wimmern. Firdevs Işin saß stocksteif da.

»Nun hatte er es mit zwei wütenden jungen Frauen zu tun«, sagte ich. »Die eine hatte er betrogen, die andere ausgenützt. Und da kam dann wohl der Revolver ins Spiel.«

»Verdammt noch mal, Hilmi wollte mir einen Heiratsantrag machen!«, rief Firdevs Işin.

»Vermutlich.«

»Dann frag doch mal die Leute, wer von uns Hilmis Freundin war!«, schrie Begüm Kalyon wie von Sinnen. »Tu mir das nicht an, Firdevs!«

»Als Hilmi sich völlig in die Ecke gedrängt sah«, fuhr ich fort, »hat er sich vielleicht sogar den Revolver an die Schläfe gelegt und damit gedroht abzudrücken. Er hat aber nicht abgedrückt. Und Sie beide auch nicht. Jemand anders hat es getan. Entweder vor

Ihren Augen oder im Nebenzimmer. Mit diesem Revolver ist er nämlich umgebracht worden.«

Ayla Duman sah von einem zum anderen. Yildiz Turanli sah nur mich an. Firdevs Işin und Begüm Kalyon waren überhaupt nicht mehr in der Lage, jemanden anzuschauen.

»Es klopfte nämlich an der Tür«, sagte ich.

Unwillkürlich blickten alle zur Tür des Besprechungsraums.

»An der Tür stand ein ungebetener Gast«, sagte ich, »der sich mit Hilmi Akalin unterhalten wollte. Im Auftrag seines Chefs.«

Begüm Kalyon schniefte.

»Höchstwahrscheinlich wollte er allein mit ihm sprechen und hat Sie deshalb ins Nebenzimmer geschickt. Damit die Nachbarn von Ihrem Streit nichts mitbekommen, hatten Sie den Fernseher laut gestellt, und so haben Sie nicht gehört, wie der Schuss fiel. Der ungebetene Gast ist wieder abgezogen, und bevor Sie noch wussten, was Sie tun sollten, bin ich gekommen.«

»Und der Mann ... war das Iskender Topal?«, fragte Ayla Duman.

»Ist das wichtig?«, erwiderte ich. »Würden wir ihn anzeigen, wenn wir es wüssten?«

»Was soll jetzt geschehen?«, fragte Begüm Kalyon mit tränenerstickter Stimme.

»Nichts weiter«, sagte ich. »Wie gesagt, ich werde lediglich meiner Kundin Bericht erstatten.«

»Moment mal! Moment mal!«, rief Ismet Günaldi.

Ich konnte mir schon vorstellen, worauf er neugierig war. Erst richtete ich meinen Notizblock an der Tischkante aus, dann legte ich ihn auf den von Yildiz Turanli. Erst danach sah ich Ismet Günaldi an.

»Wollen Sie tatsächlich das alles nicht der Polizei melden, oder was weiß ich, der Staatsanwaltschaft?«, fragte er.

»Wenn Sie das tun wollen, dann bitte. Ich hege keinerlei solche Absichten. Die haben ihren Mörder gefunden und sind zufrieden. Bald werden Sie seinen Namen in der Zeitung lesen.«

»Und diese Tatortbegehung, von der Sie gesprochen haben ...«

»Dazu werden vielleicht die Damen einbestellt. Wenn sie dort alles so erzählen, wie ich es gerade getan habe, ist alles in Butter. Und vor Gericht erzählen sie es dann noch einmal.«

Missmutig verzog Ismet Günaldi das Gesicht. Leiser fragte er: »Und das mit dieser Pseudo-Klinik, muss ich das nicht anzeigen?«

»Das wird wohl nicht nötig sein. Die dürfte sich von selber auflösen. Dass sie ihren Zweck nicht erfüllt, hat sich ja erwiesen. Oder täusche ich mich da?«

Kemal Arsan sah vor sich hin. Ayla Duman wollte etwas erwidern, schwieg aber, als Sinem Akalin das Wort ergriff. »Sie täuschen sich nicht«, sagte diese. »Hier wird sich einiges ändern.«

»Dann ist für mich alles in Ordnung«, entgegnete ich.

»Werden Sie wirklich meiner Mutter Bericht erstatten?«, fuhr sie fort. »In Ihrem Zustand?« Sie sagte das so selbstbewusst, als sei sie schon die neue Vorstandsvorsitzende.

»Ich teile meine Kunden nicht nach ihren geistigen Fähigkeiten ein«, sagte ich. »Und bin sicher, dass sie mir aufmerksam zuhören wird. Wie sich die Aktienverteilung entwickeln wird, weiß ich nicht. Auf das Ehepaar Yurdatapan wird jedenfalls einiges an Arbeit zukommen.«

Sinem Akalin reckte herausfordernd den Kopf hoch.

Firdevs Işin stand auf und hängte sich die Tasche um die Schulter. »Dann gehe ich jetzt«, sagte sie. »Das mit dem Ring, das war doch ernst gemeint, oder?«

»Absolut.«

Daraufhin wandte sie sich zur Tür, ohne sich zu verabschieden.

Ich rief ihr nach: »Wenn ich Ihnen raten darf: Gehen Sie lieber nicht zu Neriman. Ich glaube nicht, dass sie Ihrer Dienste noch einmal bedarf.«

Sie blieb kurz stehen, dann ging sie wortlos hinaus. Sultan Karakum eilte ihr hinterher.

»Warten Sie, ich begleite Sie hinaus«, sagte sie und ging ebenfalls. Wir hörten die beiden noch draußen reden. Auch Kemal Arsan stand auf. Seltsam schmunzelnd sprach er Ismet Günaldi an.

»Da Sie vorläufig noch in Amt und Würden sind, muss ich meine Kündigung wohl Ihnen mitteilen. Mit meiner Abfindung dürfte es ja keine Probleme geben …«

Ismet Günaldi vermied es, ihn anzusehen, und knurrte nur: »Darüber rede ich mit der Buchhaltung.«

Kemal Arsan ging in betont aufrechter Haltung zur Tür.

»Einen Augenblick noch«, sagte ich.

Er blieb am Tischende stehen und drehte sich zu mir um.

»Bei unserem ersten Treffen habe ich Sie gefragt, was Sie zu Ihrer Freundin als Erstes sagen werden, wenn ich sie finde …«

Er lächelte. Ich hatte wieder den netten Arzt aus dem Kaktüs-Café vor mir. »Entschuldige, werde ich sagen. Überhaupt möchte ich mich bei allen hier entschuldigen. Genügt das?«

Ich gab keine Antwort. Mir genügte es, und auch ansonsten hatte niemand etwas einzuwenden. Kemal Arsan klopfte im Hinausgehen der Sekretärin auf die Schulter und verschwand.

Ayla Duman sah mich mit glänzenden Augen an.

»Eins würde ich noch gerne wissen«, sagte sie.

Ich sah ihr erschöpft ins Gesicht. Am liebsten wäre ich auch einfach gegangen, aber erst musste ich noch meiner betagten Kundin Bericht erstatten.

»Ja? Was möchten Sie wissen?«, fragte ich.

Sie kokettierte herum wie eine Schülerin, die herauskriegen will, was über sie geklatscht wird.

»Habe ich Sie jemals angelogen?«

»Direkt angelogen vielleicht nicht. Aber mit dem, was Sie mir verschwiegen haben, haben Sie mir die Arbeit erschwert. Und damit sind Sie auch schuld daran, dass ein unerfahrener Chirurg an mir herumgedoktert hat.«

»Was für ein Chirurg?«, fragte Yildiz Turanli dazwischen.

»Das erzähle ich dir später«, sagte ich und wandte mich wieder Ayla Duman zu. »Hätten Sie mir im Taxi gesagt, dass Sie mit Hilmi Akalin verwandt sind, wäre alles viel leichter gewesen. Und außerdem …«

»Er hat mir praktisch verboten, das herumzuerzählen«, unterbrach sie mich.

»Und ich begreife auch, warum. Seine Schwestern im Krankenhaus unterzubringen, war Teil seines langfristigen Plans. Sie mussten an Schlüsselstellen gelangen, da war es von Vorteil, wenn niemand Bescheid wusste. Es ist sogar so: Wenn Sie aus dem Taxi nicht vorzeitig ausgestiegen wären, wäre der Fall im Nu gelöst gewesen.«

Fragend sah sie mich an.

»Erst waren Sie entschlossen, mit mir mitzukommen, und dann haben Sie es sich plötzlich anders überlegt.«

»Ich bekam einen Anruf aus dem Krankenhaus.«

»Das war bestimmt nichts gar so Dringendes. Der wahre Grund liegt woanders.«

Ihr Blick verdüsterte sich.

»Sie hatten wohl begriffen, dass wir dahin fuhren, wohin Ihre Mutter geschafft worden war«, fuhr ich fort. »Als Sie an der Ampel die alte Frau sahen, die über die Straße ging. Wie eine Schaufensterpuppe. Kein Mensch mehr. Ohne Verstand und ohne Gefühl.«

Sie spielte an ihrem Notizblock herum.

»Sie hatten Angst, Ihre Mutter zu sehen. Vor allem davor, von Ihrer Mutter gesehen zu werden.«

»Es wäre so furchtbar gewesen, ihr das mit Hilmi sagen zu müssen«, sagte sie mit zittriger Stimme. »So durcheinander, wie sie sowieso schon war.«

»Wir können nicht immer wissen, was unser Tun für Folgen hat«, entgegnete ich.

»Das stimmt. Hm, eigentlich hätten Sie Psychologe werden sollen.«

Yildiz Turanli schmunzelte. Ayla Duman stand auf, und ich fürchtete schon, sie würde auf mich zugehen und mich auf die Wange küssen. Tat sie aber nicht. »Vielen Dank«, sagte sie. »Vor allem für meinen Bruder.« Sie fuhr mit der Hand durch die Luft, als wollte sie alles Geschehene verscheuchen. »Und falls Sie diesen Check-up doch mal machen wollen … jederzeit. Wird schon alles in Ordnung sein, aber untersuchen sollten Sie sich doch lassen.«

»Ich überlege es mir.«

»Was für ein Check-up denn?«, fragte Yildiz Turanli.

»Das erzähle ich dir später«, sagte ich wieder. Ayla Duman nickte Ismet Günaldi und Begüm Kalyon zu und ging festen Schrittes hinaus.

»Dann bin wohl ich an der Reihe«, sagte Begüm Kalyon mit einem leichten Zucken. »Ich werde Ihnen aber keine solchen Fragen stellen.«

»Ist mir nur recht.«

Sie stand auf und blieb unschlüssig vor mir stehen, als ob sie etwas von mir erwartete. Ich sah sie fragend an. »Sie können es ruhig behalten, wenn es Ihnen gefällt«, sagte sie, »aber eigentlich ist es ja mein Handy.«

»Ach Gott«, rief ich aus und zog das Handy aus der Tasche. »Entschuldigen Sie.« Yildiz Turanli musste lachen.

Mit einem Ruck stand Sinem Akalin auf, nickte uns dreien, die wir noch saßen, grüßend zu und ging zur Tür. Begüm Kalyon ließ sie vorbei, und fast gleichzeitig gingen sie hinaus.

»Ob die wohl wirklich tut, was sie angekündigt hat?«, sagte Ismet Günaldi, als die beiden weg waren.

Die Antwort auf diese Frage war eine jener dicken Zigarren wert, die garantiert irgendwo in dem Raum lagerten.

»Was meinen Sie dazu?«, fragte ich Ümran Okur.

»Wie bitte? Was meine ich wozu?«, erwiderte die Sekretärin geistesabwesend.

»Glauben Sie, dass Sinem Akalin wie behauptet die Aktienmehrheit zusammenbekommt? Herr Günaldi fragt sich das«, sagte ich.

»Ach, ich weiß nicht ...«

»Ich denke aber, dass Sie fast alles wissen, was sich hier im Krankenhaus tut. Hilmi Akalin hat Sie nicht umsonst im obersten Stockwerk untergebracht.«

Ismet Günaldi warf ihr einen verstohlenen Blick zu.

»Ich habe aber nicht alles weitergesagt«, erklärte die Sekretärin.

»Ich weiß. Als Begüm verschwunden ist, haben Sie zum Beispiel nicht gesagt, wo sie ist.«

»Ich war nicht mit allem einverstanden, was er gemacht hat«, fuhr sie fort. »Bei dem Streit in der Wohnung habe ich ihm nicht nur das mit unserer Mutter vorgeworfen, sondern auch die Sache mit Begüm. Weil ich für Begüm was übrig habe.«

»Das … sagen wir mal, echte Interesse Ihres Bruders galt Begüm, nicht wahr?«

»Ja«, entgegnete sie und biss sich auf die Unterlippe. »Aber noch stärker war seine Gier.«

Ich drückte meine Zigarette aus, in der Hoffnung, es sei an jenem Tisch wirklich die letzte gewesen.

»Eine gewisse Gier ist auch Sinem Akalin nicht abzusprechen«, sagte ich.

»Aber so gierig wie Hilmi ist sie nicht«, erwiderte Ümran Okur. »Ich denke, sie lässt die Sache bald wieder sein.«

Ich wandte mich an Ismet Günaldi. »Frau Okur hat wohl eine ziemliche Gehaltserhöhung verdient, meinen Sie nicht auch?«

Er lächelte, und diesmal schien es von Herzen zu kommen. »Das werde ich bei der Buchhaltung veranlassen.«

Ümran Okur stand auf. »Vielen Dank«, sagte sie zu Ismet Günaldi. Und zu mir: »Hat mich gefreut, Sie kennenzulernen. Trotzdem hoffe ich, dass wir uns nicht wiedersehen müssen.«

Ismet Günaldi legte das Kinn auf die Fäuste, stützte die Ellbogen auf und ließ in müder Pose den Kopf fast bis auf die Tischplatte herabsinken.

»Jetzt ist es also vorbei?«, fragte er.

»Ich muss unten noch meinen Bericht abliefern, dann ist es vorbei.«

»Ganz und gar vorbei?«

Ich nickte.

»Sie haben hier so einiges abgeliefert, das mir zuerst merkwürdig vorgekommen ist«, sagte er. »Meist wussten Sie wohl, worauf Sie hinauswollten. Eigentlich sollte ich Sie davon abhalten, einer Demenzkranken alles Mögliche zu erzählen, aber ich werde es nicht tun.«

Wieder nickte ich.

»Gut, dann lassen wir Ihnen Ihr Besprechungszimmer wieder«, sagte ich und zeigte Yildiz Turanli an, dass wir gehen würden.

Den Kopf nun gänzlich auf der Tischplatte, sah Ismet Günaldi zum Fenster hinaus. »Hoffentlich muss ich nie wieder eine solche Versammlung erleben«, sagte er.

Yildiz Turanli und ich standen auf. »Alles Gute«, sagte ich.

»Auf Wiedersehen«, sagte Yildiz Turanli.

Ismet Günaldi stand mühevoll auf, als müsste er sich erst wieder fassen. »Falls Sie mal in einem Krankenhaus arbeiten möchten«, sagte er zu Yildiz Turanli, »lassen Sie es mich wissen.«

»Ach, ich bin eigentlich gerne selbstständig, so wie er«, erwiderte sie und stupste mich am Ellbogen an.

Innerlich verabschiedete ich mich noch beim Aschenbecher, den ich ganz schön gefüllt hatte, dann gingen wir hinaus.

Ümran Okur war nicht an ihrem Platz.

25

»Hast wieder eine ziemliche Show abgezogen, Remzi Ünal«, sagte Yildiz Turanli, als sie auf den Aufzugknopf drückte. »Aber glaub bloß nicht, ich hätte alles geschluckt.«

»Was soll das denn heißen?«, antwortete ich müde lächelnd. »Spielst du dich nicht ein bisschen auf?«

Ich tänzelte vor dem Aufzug herum.

»He, Remzi Ünal, ich warte auf eine Antwort.«

»Was meinst du eigentlich?«

»Und hör mit dem Gezappel auf. Wir sind hier in einem Krankenhaus.«

Ich gehorchte. Aus dem Aufzug kam eine aufgeregt wirkende Frau mit einem vielleicht zwei Monate alten Baby heraus.

Wir betraten die Kabine, und ich betrachtete mich im Spiegel. Gut sah ich aus, und die Frau neben mir war schön.

»Du hast ja fast jeden zufriedengestellt da oben«, sagte sie. »Bei der Szene im Schlafzimmer hast du ziemlich improvisiert, würde ich sagen, oder kommt mir das nur so vor?«

»Hast du was dagegen, wenn jeder zufrieden ist?«

»Im Prinzip nicht. Und ich weiß auch, dass du dich herzlich wenig um Gerechtigkeit scherst. Aber trotzdem: Dass plötzlich dieser Kerl aufgetaucht ist und die beiden Krankenschwestern damit von jedem Verdacht befreit sind, ist das nicht ein bisschen ›Deus ex machina‹? Und wie ist eigentlich die Polizei plötzlich draufgekommen, dass er der Täter ist?«

»Wie soll ich wissen, wie die Polizei arbeitet? Die haben ganz andere Möglichkeiten als ich.«

»Red dich nicht raus! Dass dieser Mann gekommen ist …«

»Nehmen wir mal an, er ist nicht gekommen«, sagte ich, immer noch in den Spiegel blickend. »Glaubst du etwa, die beiden Frauen könnten kaltblütig einen Mann umbringen? Allerhöchstens hätte im Streit ungewollt ein Schuss losgehen können. Der Einschuss war eine viel zu saubere Angelegenheit. Da war ein Fachmann am Werk.«

»Wenn ich dich nicht kennen würde, könnte ich meinen, du hast mit den beiden Mitleid.«

»Wer kann schon jemanden wirklich kennen?«

»Ha! Und was ist mit F. A.?«

»Wer soll das sein?«

Rüttelnd kam der Aufzug zum Stehen. Baller-Osman hatte irgendwo einen Stuhl aufgetrieben und saß, mit seiner Gebetskette herumspielend, vor dem Zimmer 382. Als er uns erblickte, stand er auf.

»In der Zeitung stand, dass eine gewisse F. A. den Mord begangen hatte«, sagte Yildiz Turanli. »Da fürchtete ich schon, Firdevs Işin sei die dritte Schwester.«

»Dann wäre es allerdings eine echte griechische Tragödie geworden. Auch Reporter machen Fehler. Seit wann liest du solche Mistblätter?«

»Das habe ich von dir gelernt«, sagte sie lächelnd.

Der Gang war menschenleer.

»Ich dachte schon, du hast mich vergessen«, sagte Baller-Osman zur Begrüßung.

»Wie siehts aus?«

»Alles in bester Ordnung. Sie schläft. Einmal ist eine Krankenschwester rein, da bin ich mit. Sie hat nur kurz geguckt, dann ist sie wieder raus.«

»Von den Leuten, die oben waren, wollte aber keiner zu ihr rein?«

»Nein«, erwiderte er und strich sich dabei über den Schnurrbart.

»Schau erst mal du rein«, sagte ich zu Yildiz Turanli.

Ohne anzuklopfen, betrat sie das Zimmer, so als hätte sie Ismet Günaldis Angebot angenommen und arbeitete hier. Baller-Osman sah mich fragend an, aber ich sagte nichts. Ich konzentrierte mich ganz auf meinen Atem. Bis ins tiefste Hara hinunter sog ich die Krankenhausluft ein. Ein und aus. Ein und aus. Darüber vergaß Baller-Osman sogar seine Gebetskette.

Yildiz Turanli öffnete die Tür wieder und legte den Finger auf die Lippen.

»Sei leise, sie schläft noch immer.«

Ich gab Baller-Osman zu verstehen, dass er mitkommen solle, und wir traten ein.

Neriman Akalin sah in etwa so aus wie bei meinem letzten Besuch. Sollte sie ihren letzten Atemzug tun, so waren ihre Hände bereits so gefaltet, wie das Personal das danach ohnehin tun würde. Ihr Gesicht hätte man als perfekten Ausdruck innerer Ruhe abbilden können. Falls sie träumte, schien sie mit ihrem Traum zufrieden zu sein. Im Rhythmus ihres Atems bewegten sich Brust und Hände ziemlich schnell auf und ab. Im Zimmer hatte sich nichts verändert, nur das Nachtkästchen war nun leer. Das Fenster war geschlossen und die Luft abgestanden. Doch egal, wie ich mich fühlte, Rauchen war hier definitiv ausgeschlossen.

Yildiz Turanli sah mir neugierig ins Gesicht, wie ich meinen Bericht bei einer schlafenden Kundin anbringen würde. Ich fing mit dem Leichtesten an.

»Verzeihen Sie mir zuerst mal, dass ich mich bei Ihnen noch gar nicht richtig bedankt habe«, sagte ich mit gerade hörbarer Stimme. »Sie haben mir nämlich das Leben gerettet. Vielen, vielen Dank.«

Yildiz Turanli konnte sich nur wundern, was ich da schon wieder für einen Unsinn verzapfte, aber ich hatte Wichtigeres zu tun, als sie zu beruhigen.

»Gerade zur rechten Zeit sind Sie hereingekommen. Sie sind eine tapfere Frau. Das muss man nämlich sein, um das Zimmer eines unbekannten Mannes zu betreten, nur weil man ahnt, dass er sich in Gefahr befindet. Und schauspielerisch haben Sie geglänzt. Der glatzköpfige Dummkopf hat nicht mal gemerkt, wer Sie sind. Er hatte sich die Patientin, die er bewachen sollte, nie richtig angeschaut.«

Hätte Yildiz Turanli nicht mich angesehen, sondern Neriman Akalin, so hätte sie gemerkt, dass sich an deren Mundwinkel gerade ein kleines Fältchen bildete. Du bist auf dem richtigen Weg, Remzi Ünal.

»Überhaupt haben Sie immer gut geschauspielert«, sagte ich, »und jeden an der Nase herumgeführt.«

Yildiz Turanli öffnete den Mund, als wollte sie etwas sagen, aber sie merkte wohl rechtzeitig, dass das nicht der richtige Moment war. Dafür würde ich ihr später danken.

»Als ich erfuhr, dass Sie Ihren Sohn mit Ismail ansprachen, dachte ich zuerst, Ihr Verstand hätte Ihnen einen Streich gespielt, noch dazu einen, der für Sie ganz unerwünschte Auswirkungen haben konnte. Später aber, in der Pseudo-Klinik, haben Sie das Spielchen weitergespielt. Vielleicht war das eine Art Ruf, der an den echten Ismail ergehen sollte.«

Ich holte tief Atem, und da begann das Fältchen am Mundwinkel auch schon zu schwinden. Keine Pause.

»Eine intelligente und vermögende Frau wie Sie würde natürlich auch andere Wege versuchen, um sich zu retten. Ich weiß nicht, wann Sie begriffen haben, was Ihr Sohn mit dem Krankenhaus vorhatte. Doch als er Sie wegsperren wollte, begriffen Sie, dass er mit guten Worten nicht umzustimmen war. Seine

Gier würde ihn womöglich so weit treiben, das Unaussprechliche zu tun.«

Unter Neriman Akalins linkem Auge bildete sich ein winziges Tränlein. Ich musste aber weitermachen.

»Da haben Sie sich den Holzköpfen zugewandt, die Sie bewachen sollten, und ein bisschen mit Geld gewedelt. Damit wollten Sie an die wahren Chefs herankommen.«

Die Träne wurde größer und größer. Gleich wird sie sie sehen und wegwischen, dachte ich. Doch Yildiz Turanli rührte sich nicht vom Fleck.

»Wo eine Mutter-Sohn-Beziehung nicht gefruchtet hatte, musste schnöder Mammon seinen Dienst tun.«

Mehr als meine Kundin nahm mein Bericht mich selbst mit. Aber ich machte weiter.

»Sie hatten recht, doch eine Marotte Ihres kahlköpfigen Bewachers führte Sie zur falschen Person. Oder vielmehr doch zur richtigen. Wenn man bedenkt, wie es ausging.«

Yildiz Turanli sah mich mit großen Augen an wie einen Patienten, von dem sie noch nicht so recht weiß, was in seiner Seele vorgeht. Vor meinem nächsten Satz trat ich einen Schritt zurück. Man weiß ja nie.

»Man hatte Ihnen gesagt, der Chef sei Baller-Osman, und so haben Sie sich auf die Fersen eines Baller-Osmans gemacht. Und der Duft des Geldes ist in ein Kaffeehaus in Kasimpaşa eingezogen.«

Die Reaktion, die ich von meiner rechten Seite her erwartet hatte, blieb aus. Auch die Gebetskette blieb ruhig.

»Sie wussten aber nicht, ob Ihr Ruf sein Ziel erreicht hatte und welcher der Fremden, die Sie zu sehen bekamen, ein Mann von Baller-Osman war.«

Die Träne in Neriman Akalins Auge wurde nicht mehr größer. Die Ohren aber wirkten wie aufgesperrt.

»Sie gaben jedoch die Hoffnung nicht auf. Ihre Litanei von der unbezahlten Stromrechnung, mit der Sie geistige Umnachtung vortäuschten, war wie ein Signal, das Sie immer wieder aussandten.«

Von meiner Rechten her kam leises Kettenklacken.

»Ich weiß nicht, woher Sie wussten, dass der anvisierte Mann eine Gebetskette benutzte. Aber egal, es hat gewirkt.«

Auf Neriman Akalins Gesicht regte sich nichts.

»Schließlich ist Ihr Ruf vernommen worden«, fuhr ich fort. »Der wahre Baller-Osman wollte die Sache ohne viel Gewalt lösen. Er hat einen Mann losgeschickt, der mit Ihrem Sohn reden sollte. Wäre er doch bloß selbst hingefahren.«

Das Kettenklappern wurde lauter.

»Dem Mann gelang es nicht, die Sache im Guten zu lösen«, sagte ich. »Vielleicht war Ihr Sohn ja auch zu nervös, weil ihm seine Schwester und die beiden Frauen, zwischen denen er hin und her lavierte, schon zu sehr zugesetzt hatten. Jedenfalls spitzte sich alles zu, und es fiel ein Schuss. Tut mir schrecklich leid.«

Jetzt hielt Yildiz Turanli es nicht mehr aus. Sie flüsterte mir zu: »Woher wusste denn der Mann, dass Hilmi in Firdevs Wohnung war?«

»Wenn Ümran Okur etwas weiß, weiß es das ganze Krankenhaus«, sagte ich, ohne sie anzublicken, als wäre es gar nicht die Antwort auf ihre Frage. Ungerührt sprach ich dann weiter.

»Was in der Wohnung wirklich geschehen ist, werden wir nie erfahren. Die Frauen werden es uns nicht erzählen. Warum sollten sie auch? Die Polizei hat ihren Mörder und wird ihn über kurz oder lang fassen. Und ich möchte wetten, dass er nichts anderes aussagen wird. Er wird sagen, Hilmi habe ihn beschimpft, doch habe er ihn keineswegs töten wollen, es sei leider so passiert. Mit guter Führung, Strafnachlass, Freigang und so weiter kommt der Mann in ein paar Jahren wieder raus. Und drinnen wird es ihm auch nicht schlecht gehen, das haben Sie ihm ja versprochen.«

Da öffnete sie die Augen.

Ich lächelte sie an, und sie lächelte zurück. In ihren Augen war weder Wut noch Trauer.

Yildiz Turanli wollte aufstehen und ans Bett herankommen, aber ich bedeutete ihr, sitzen zu bleiben.

»Ihr Sohn hat das Leben einiger Menschen in verhängnisvoller

Weise beeinflusst«, sagte ich. »Da wollten Sie wohl nicht zulassen, dass durch seinen Tod wieder jemand zu Schaden kommt?«

Neriman Akalin sah mich unverändert an.

»Sie denken vielleicht, Ihren Sohn hat ja seine Strafe ereilt, das Krankenhaus hat vor ihm nun seine Ruhe, wozu soll also noch jemand leiden? Es wurde aber schon die Polizei verständigt. Von wem, möchten Sie wohl wissen. Nun, von dem Mann, der hier vor Ihrer Tür gewacht hat. Und den ich dorthin beordert habe.«

Baller-Osman räusperte sich.

»Iskender Topal hatte schon was anderes auf dem Kerbholz«, sagte er, »für das er nicht erwischt worden ist. Soll er eben für das sitzen.«

Ich drehte mich nicht einmal zu ihm um und konzentrierte mich ganz auf meine Klientin, die mich ansah, ohne von ihren Gefühlen etwas zu verraten.

»So wie ich weder Polizist noch Staatsanwalt oder Richter bin«, fuhr ich fort, »bin ich auch kein Gewissenswächter. Ich habe dort oben mein Geld bekommen, und sogar ohne es zu verlangen. So bin ich mit allen quitt.«

Neriman Akalin hörte mir zu wie einem neuen Vorstandsmitglied, das sie selbst nie und nimmer aufgenommen hätte.

»Dem Kerl, der gerade an meinem Arm herumfuhrwerkte, als Sie damals das Zimmer betreten haben, mit dem würde ich ja gern noch ein Wörtchen reden, aber ich bin zu müde dazu.«

Da mischte sich Baller-Osman wieder ein.

»Die Polizisten haben beim Rausgehen auf Verdacht hin den Kerl durchsucht, der der Irre genannt wird, und dabei haben sie ein seltsames Messer gefunden. Und weil er schon ein hübsches Vorstrafenregister hat, haben sie ihn gleich mitgenommen.«

Ich nickte. Auf manches verstand sich die Polizei doch besser als ich.

»Sie sind jetzt auf keine Hilfe mehr angewiesen, um aus diesem Bett da rauszukommen«, sagte ich. »Und damit Sie es wissen, Dr. Kemal Arsan hat gekündigt und ist schon nicht mehr da. Ihre Töchter wissen, was Sie getan haben, und kommen bald alle hierher. Zeigen Sie ihnen am besten die ganzen Medikamente, die Sie nicht genommen haben, und führen Sie vor, wie Sie immer die dumme Alte gespielt haben, sobald Ayla Duman hereinkam, das wird Ihre Töchter amüsieren.«

Nun zeichnete sich auf Neriman Akalins Lippen ein leises Lächeln ab.

»Nur noch eine kleine Warnung«, sagte ich mit letzter Energie. Ich wollte endlich hier raus, wollte einen Kaffee, eine Zigarette. Mit Yildiz Turanli Arm in Arm durch Mecidiyeköy gehen. Alles andere war mir egal. Die Schlüssel zu meiner Wohnung, in der ich nur ein einziges Mal übernachtet hatte, würde ich schon irgendwo wiederfinden. »Passen Sie auf die kleineren Aktieninhaber auf, auf Şenol und Mine Yurdatapan. Die könnten Ihnen mal einen bösen Streich spielen.«

Ich merkte, dass mir bald die Stimme versagen würde. Also musste ich es kurz machen.

»Falls Sie den Vorstandsvorsitz aufgeben möchten, wäre Sinem Akalin wohl eine solide Kandidatin dafür. Oder wissen Sie was? Machen Sie einfach, was Sie wollen.«

Yildiz Turanli erkannte, dass der Besuch zu Ende war, und stand auf. Innerlich dankte ich ihr dafür.

»Krankenbesuche dürfen nicht zu lang dauern«, sagte sie. »Wir lassen Sie also jetzt in Ruhe. Auf Wiedersehen.«

Erst meinte ich schon, sie würde sich vorbeugen und die Frau auf die Wange küssen, aber das tat sie doch nicht. Langsam lernt sie es, dachte ich und wandte mich zur Tür.

»Kommen Sie doch mal vorbei, dann trinken wir einen Tee zusammen«, sagte Baller-Osman.

Eigentlich hätte ich am liebsten nicht geantwortet. Bei meinem Bemühen, hinter meinen Klienten herzuräumen, kam ich mit den seltsamsten Menschen zusammen. Er war so einer.

»Mach ich«, sagte ich dennoch.

Yildiz Turanli fasste mich am Ellbogen, um mich hinauszuführen.

»Danke, Ismail«, sagte Neriman Akalin da. »Wie heißen Sie eigentlich wirklich?«

Ich wandte mich um. Ihre Augen glänzten. Sie sah aus, als würde sie niemals sterben.

»Remzi Ünal«, sagte ich.

Remzi Ünal, der bei der Luftwaffe gekündigt hatte, bei Turkish Airlines rausgeflogen war, sich selbst bei einer achtklassigen Chartergesellschaft, die ein anständiger Frequent Flyer nicht mal dem Namen nach kannte, nicht hatte halten können, und der sogar die Cessna in seinem MS Flight Simulator seit Monaten nicht angerührt hatte. Der ehemalige Kapitän, nunmehr wieder angehende Schwiegersohn und Privatdetektiv Remzi Ünal …

Nie und nimmer würde ich einen Check-up in einem Krankenhaus machen, dessen Vorstandsvorsitzende mal bei Verstand war und mal nicht, dachte ich beim Hinausgehen. Jetzt ein Adana-Kebab, und die Welt war wieder in Ordnung.

Schnee am Bosporus

In seinen besseren Tagen war Remzi Ünal Pilot. Jetzt sorgt sein Job als Privatdetektiv fürs nötige Kleingeld. Nicht nur seine Klienten, auch er selbst hat allen Grund, der Polizei aus dem Weg zu gehen. Bei seinem ersten großen Fall muss er nicht nur einen ausgerissenen Studenten finden, er stolpert ebenso über eine Leiche, transportiert seltsame Päckchen hin und her und braucht dringend seine Aikido-Kenntnisse.

Foul am Bosporus

Remzi Ünal braucht dringend einen neuen Auftrag. Da trifft es sich gut, dass ein Freund von ihm einen Geschäftspartner in der Modebranche hat. Und der besitzt einen Fußballverein, der kurz vor dem Abstieg steht. Remzi Ünal soll eigentlich nur herausfinden, ob ein paar der Spieler bestechlich sind. Dann aber läuft die Angelegenheit schwer aus dem Ruder. Und der Privatdetektiv steckt mittendrin in den unschönen Aspekten von Sport, Mode und Mord.

Letzter Akt am Bosporus

Remzi Ünal, Privatdetektiv in Istanbul, hat einen Fehler gemacht. Er hat eine junge, hübsche Schauspielerin nicht ernst genommen, die sich bedroht fühlte. Jetzt ist sie tot. Um sein Gewissen zu beruhigen und seine Ehre wiederherzustellen, macht sich Remzi an die Arbeit und sticht in ein Wespennest. Er dringt in das Szene-Milieu von Off-Theatern, dunklen Bars und obskuren Spielhöllen ein, um die Wahrheit herauszufinden. Denn nur die kann ihn retten.

Dunkle Geschäfte am Bosporus

Aus finanzieller Not spielt Privatdetektiv Remzi Ünal den Schuldeneintreiber für Muazzez Güler, die toughe Chefin einer Computerfirma. Doch die liegt plötzlich tot in ihrem Büro, erwürgt mit einem Mauskabel. Schnell stellt Remzi Ünal fest, dass in dieser Geschichte gar nichts zusammenpasst, denn auch der Gatte geht für seine Politikerkarriere über Leichen.